MIRA®

Der Preis dieses Bandes versteht sich einschließlich
der gesetzlichen Mehrwertsteuer.

Umwelthinweis:
Dieses Buch wurde auf chlor- und säurefreiem Papier gedruckt.

Ritter des Herzens

Langsam entschwindet das Kloster in der Ferne, als die junge temperamentvolle Novizin Sybil an der Seite von Robin de Burgh ihre bisherige Heimat verlässt. Die Äbtissin hat verlangt, dass sie den fremden Ritter auf seiner gefahrvollen Mission begleitet: Gemeinsam sollen sie die mysteriösen Umstände aufklären, die zum Mord an einer Nonne geführt haben. Vor ihnen liegt ein gefährliches Abenteuer, und mit jedem Tag, den Sybil mit Robin verbringt, lodern die Flammen der Leidenschaft heißer. Als der Ritter ihres Herzens sie schließlich zärtlich liebt, ahnt Sybil, dass sie nicht ins Kloster zurückkehren kann. Doch was hält die Zukunft dann für sie bereit?

Deborah Simmons

Ritter des Herzens

Roman

Aus dem Amerikanischen von
Helga Holtermann

MIRA®

MIRA® TASCHENBUCH
Band 25127
1. Auflage: März 2005

MIRA® TASCHENBÜCHER
erscheinen in der Cora Verlag GmbH & Co. KG,
Axel-Springer-Platz 1, 20350 Hamburg
Deutsche Taschenbucherstausgabe

Titel der nordamerikanischen Originalausgabe:
My Lady De Burgh

erschienen bei: Harlequin Enterprises Ltd., Toronto
Published by arrangement with
Harlequin Enterprises II B.V., Amsterdam

Konzeption/Reihengestaltung: fredeboldpartner.network, Köln
Umschlaggestaltung: pecher und soiron, Köln
Titelabbildung: by „John Ennis“ bei Thomas Schlück GmbH, Garbsen
Autorenfoto: © by Harlequin Enterprise S.A., Schweiz
Satz: D.I.E. Grafikpartner, Köln
Druck und Bindearbeiten: Ebner & Spiegel, Ulm
Printed in Germany
ISBN 3-89941-166-8

www.mira-taschenbuch.de

PROLOG

Ein Fluch lastete auf dem Geschlecht der de Burghs.

Dessen war sich Robin sicher. Zwar war die Familie immer noch wohlhabend und zählte zu den führenden Adelsgeschlechtern, auch waren alle Familienmitglieder gesund, doch irgendwie stand im Moment das Geschick dieses edlen Geschlechts unter keinem guten Stern. Der Einfluss der Familie schwand, und sie wurde zunehmend auseinander gerissen, weil die Angehörigen sich in verschiedenen Teilen des Landes niederließen. Robin wusste, was dahinter steckte: *Vermählung*.

Noch vor vier Jahren waren alle sieben Söhne des Earl of Campion Junggesellen gewesen, und es gab keinerlei Anzeichen, dass einer von ihnen beabsichtigte, seinen Familienstand zu ändern. Dann jedoch, als wenn eine mysteriöse Macht die Hand im Spiel hätte, nahmen sich Dunstan, Geoffrey und Simon Ehefrauen, einer nach dem anderen. Sogar der Earl selbst hatte zur Weihnachtszeit wieder geheiratet. Und nun war Robin zur Hochzeitsfeier seines Bruders Stephen geladen.

Er sah sich im Großen Saal von Campion Castle um, und es hob nicht gerade seine Stimmung, dort so viele Ehepaare anzutreffen. Wohl wissend, dass er jetzt eigentlich seine Segenswünsche zur Hochzeit überbringen sollte, war ihm mehr danach zumute, verzweifelt aufzuschreien. Ihn betrübte nicht nur, dass seine Brüder durch diese unfassbare Fügung in den Stand der Ehe getrieben worden waren, er sorgte sich auch um sein eigenes Schicksal, war er doch der Älteste der drei de Burghs, die noch nicht verheiratet waren. Wie seine beiden noch ledigen Brüder darüber dachten, wusste er nicht. Ihm graute davor, wahrscheinlich als Nächster in den Stand der Ehe treten zu müssen.

Robin hatte nichts gegen Frauen. Sie boten einen angenehmen

Zeitvertreib und Sinnenfreuden, wenn ihm daran gelegen war. Manche waren dafür mehr, andere weniger geeignet, doch weder die schönste noch die unterhaltsamste dieser Damen hatte in ihm auch nur das geringste Verlangen nach einer dauerhaften Verbindung wecken können. Allein der Gedanke, für immer an eine Frau gefesselt zu sein, löste Beklemmungen in ihm aus, als wenn eine Schlinge um seinen Hals gelegt worden wäre. Er hatte das Gefühl, dass diese Schlinge schon jetzt für ihn ausgelegt war, um ihn für alle Zeiten an eine ihm noch unbekannte Frau zu binden.

Obwohl Robin innerhalb der Familie eigentlich derjenige war, der es verstand, recht unbeschwert zu leben, fühlte er sich nun ausgesprochen niedergeschlagen, wenn er an seine Zukunft dachte. Es ärgerte ihn, als gestandener Mann und Ritter von diesem Gefühl der Hilflosigkeit überwältigt zu werden. Am liebsten hätte er mit einem gezielten Schwerthieb dem Spuk ein Ende bereitet, doch gegen eine unsichtbare Macht konnte er auch mit der besten Kampftechnik nichts ausrichten. Robin biss die Zähne zusammen, als er sich fragte, wie viel Zeit ihm wohl noch bleiben mochte. Seine Brüder hatten sich offensichtlich kampflos ihrem Schicksal ergeben; er hingegen wollte keinesfalls seinen Untergang so einfach hinnehmen.

Es musste einen Weg geben, der aus dieser Misere hinausführte. Robin hatte in seinem Leben oft erfahren, dass es ihm durch besonnenes Nachdenken gelungen war, auch scheinbar aussichtslose Probleme zu lösen, und normalerweise hatte er in solchen Situationen den Rat seines Vaters eingeholt. Doch war auch sein Vater bereits dieser geheimen Macht zum Opfer gefallen und hätte ihm deswegen nicht beratend zur Seite stehen können. Seine verheirateten Brüder zu fragen wäre ebenso sinnlos gewesen.

Robins Hoffnung auf eine Lösung schwand, er fühlte sich niedergeschlagen und verzweifelt. Das Geschlecht der de Burghs hatte er immer für unbesiegbar gehalten, weil sie mächtige Herren waren, starke Krieger, in verschiedenen Kampftechniken bestens ausgebildet, und großes Geschick bewiesen hatten in der Verwaltung ihres umfangreichen Grundbesitzes. Aufgrund ihres Reichtums, ihrer Privilegien und ihrer vielfältigen Talente verfügten alle Angehörigen dieses edlen Geschlechts über ein hohes Maß an Selbstbewusstsein und Würde, auch jene, die nun Ehemänner geworden waren. Robin aber fühlte sein eigenes Selbstvertrauen schwinden. Es waren jetzt nur noch drei der de Burghs Junggesellen. Wahrscheinlich war es höchste Zeit, dass sie sich über dieses Problem unterhielten.

Nachdem Robin zu dieser Einsicht gelangt war, hielt er sogleich Ausschau nach seinem Bruder Reynold, der sich irgendwo unter den vielen Gästen in der riesigen gewölbten Halle befand. Er entdeckte seinen jüngeren Bruder auf einer Bank sitzend, den Rücken an die Wand gelehnt, das beeinträchtigte Bein hatte er vor sich ausgestreckt. Reynold war bekannt für seine stets etwas mürrische Stimmung. Heute schien er allerdings ganz besonders verdrossen zu sein. Robin fragte sich, ob auch er die letzten Stunden seines freien Junggesellenlebens zählte.

Er versuchte, seinen Bruder ermutigend anzulächeln, setzte sich neben ihn und überlegte, auf welche Weise er das brisante Thema des zwanghaften Heiratens, über das sich in der Familie bislang niemand geäußert hatte, ansprechen könnte. Glücklicherweise richtete Reynold als Erster das Wort an ihn.

„Hättest du das für möglich gehalten?" begann er und schüttelte den Kopf, während er Stephen fasziniert anstarrte. „Nach all den Maiden, mit denen Stephen geschäkert hat, hätte ich nie geglaubt, dass er jemals eine endgültige Verbindung eingehen, oder gar das Trinken aufgeben würde."

„Hätte ich auch nicht gedacht", stimmte ihm Robin zu. Er

musterte Reynold intensiv, aber der Gesichtsausdruck seines Bruders war wie immer unergründlich. Jedoch ließ sich Robin nicht verunsichern. Auch wenn die de Burghs normalerweise lieber sterben als eine Schwäche zugeben würden, war in dieser Situation unbedingte Aufrichtigkeit erforderlich, zumal die Zeit drängte. Vielleicht konnte es ihnen gemeinsam gelingen, der Verdammung zum Heiraten ein Ende zu bereiten, vor allem bevor es Robin selbst traf.

„Ich habe nicht damit gerechnet, dass auch nur einer unserer Brüder heiraten würde", sagte Robin und betrachtete seinen Bruder aus den Augenwinkeln heraus. „Findest du es nicht merkwürdig, dass sie es alle getan haben und so schnell hintereinander?"

Reynold reagierte lediglich mit einem starren Schulterzucken. Er war nie besonders gesprächig, deshalb entmutigte diese spärliche Resonanz Robin nicht. „Aus meiner Sicht ist es verdammt merkwürdig", fuhr er fort. Er beugte sich etwas stärker zu seinem Bruder hinüber und flüsterte: „Ich bin mir sicher, dass ein Fluch auf uns lastet, der uns zum Heiraten zwingt."

Reynold starrte ihn verständnislos an, doch ließ sich Robin davon nicht irritieren. „Was sollte sonst der Grund für diese Misere sein?" bedrängte er Reynold. „Noch vor ein paar Jahren waren wir alle Junggesellen und sehr zufrieden mit diesem Stand. Und dann, als wenn eine mysteriöse Macht im Spiel gewesen wäre, wurden den de Burghs die Fesseln der Ehe angelegt, einem nach dem anderen, sogar unserem Vater!" Die Angst in seiner Stimme war nicht zu überhören. „Glaub mir, wir müssen unbedingt etwas unternehmen, bevor wir die Nächsten sind!"

Robin bemerkte, wie sein Bruder auf den Becher in seiner Hand blickte, und runzelte die Stirn. Offensichtlich hatte Reynold etwas zu viel von dem freigiebig dargebotenen Wein genossen, aber wer hätte das nicht getan angesichts der bedrückenden Zukunftsaussichten? Und gerade Reynold, der bei auftretenden Widrigkeiten als unversöhnlich galt, musste in dieser Angelegenheit besonders besorgt sein. „Du bist sicher auch sehr beunruhigt?“ fragte Robin.

Der stoische Gesichtsausdruck seines Bruders änderte sich in keiner Weise. „Warum sollte ich beunruhigt sein?“

„Wegen der Gefahr, von einer Frau in den Ehestand gezwungen zu werden!“ erklärte Robin und wies mit der Hand auf seine Brüder, die, einst frei von ehelichen Pflichten, nun wie verliebte Narren um ihre Gattinnen herumscharwenzelten. „Weil uns das gleiche Schicksal ereilen könnte wie sie!“

„Ich würde mich glücklich schätzen“, seufzte Reynold.

„Glücklich? Glaub mir, sie sind verflucht!“ protestierte Robin.

Reynold betrachtete seinen Bruder, als wenn er an dessen Verstand zweifelte. „Schau sie dir an, Robin“, sagte er. „Glaubst du wirklich, sie sind unglücklich?“

Robin guckte kurz zu Stephen hin, der in ihrer Nähe stand. Er musste zugeben, dass sein Bruder, der eh als der Charmeur der Familie galt, besser aussah als jemals zuvor, aber das lag sicher daran, dass er mit dem Trinken aufgehört hatte. Gewiss, er lächelte, aber er wirkte dabei wie ein Schwachkopf, genau wie seine anderen vermählten Brüder. Sogar der eher mürrische Simon hatte dieses merkwürdige Lächeln im Gesicht. Ebenso der gelehrte Geoffrey, er starrte verzückt das kleine Kind an, das in seinen Armen lag, als wenn er es höchst selbst zur Welt gebracht hätte. Es versetze Robin einen Stich, wie fremd ihm seine Brüder geworden waren.

„Ich stimme dir zu, sie *scheinen* glücklich zu sein, sonst hätten sie sich nicht darauf eingelassen“, meinte er. „Aber ich kann dir versichern, dass auch dieses ein Teil des Fluchs ist, der auf unserer Familie lastet.“

„Die meisten Männer würden ihre Seele verkaufen, um auf solche Art verflucht zu werden", murmelte Reynold. Seine Miene hellte sich kurz auf und ein sehnsuchtsvoller Blick trat in seine Augen, bis sich sein Gesichtsausdruck wieder verfinsterte. „In dieser Sache gibt es keinen Fluch", stellte er fest.

„Woher nimmst du diese Gewissheit?" fragte Robin ärgerlich, weil sein Bruder an seiner Erkenntnis zweifelte.

„Weil mich keine Frau heiraten wird", entgegnete Reynold, richtete sich auf und ging hinkend davon.

Robin runzelte die Stirn. Er hatte den Eindruck, dass sein stets launischer Bruder heute ganz besonders schlecht aufgelegt war. Wahrscheinlich lag das daran, dass Reynold als Einziger von den sieben Söhnen des Earls noch auf Campion Castle wohnte. Vielleicht ist es besser, noch eine Weile hier zu bleiben, überlegte Robin, anstatt nach Baddersly, einem Gut, das er für seinen Bruder Dunstan verwaltete, zurückzukehren. Aber der Gedanke an all die Veränderungen, die hier während seiner Abwesenheit stattgefunden hatten, und besonders der Umstand, dass es mit seiner Stiefmutter jetzt eine neue Herrin auf der Burg gab, hielten ihn davon ab. Er sehnte sich nach dem früheren, ihm vertrauten Campion Castle.

Es kam ihm vor, als wäre es gestern gewesen, als er hier zusammen mit seinen Brüdern gelebt hatte. Sie hatten sich gegenseitig Streiche gespielt, und es war immer sicher gewesen, dass sie sich absolut auf einander verlassen und einander vertrauen konnten wie niemandem sonst auf der Welt. Bei Problemen hatten sie gemeinsam nach einer Lösung gesucht und waren oft auch ohne die Unterstützung des Vaters zurechtgekommen. Wichtige Entscheidungen hatten sie allerdings nicht ohne den Rat des Earls getroffen. Sicher, es hatte auch mal Streit zwischen ihnen gegeben, aber sie waren immer eine starke, lebensfrohe Gemeinschaft gewesen.

Das alles hatte sich nun geändert. Vier seiner Brüder lebten mit ihren Frauen an verschiedenen Orten, verstreut über das ganze Königreich. Nach Campion Castle kamen sie nur noch zur Weihnachtszeit oder zu besonderen Anlässen wie heute. Das konnte nicht gut sein. Robin stöhnte verzweifelt auf, und ein Gefühl der Leere überkam ihn – wie immer, wenn er an seine Familie dachte. Auch wenn er eigentlich nicht zur Verbitterung neigte, fühlte er sich jetzt doch irgendwie hintergangen und verlassen.

Dennoch war er nicht bereit, die Schuld bei seinen Brüdern zu suchen. Diese standen offensichtlich unter irgendeinem magischen Einfluss. Wie sonst sollte man sich ihr plötzlich verändertes, ungewöhnliches Verhalten erklären? Robin war mit seinen Brüdern in einer reinen Männergemeinschaft aufgewachsen und lebte nun in Gemeinschaft mit den Rittern von Baddersly. Er konnte sich nicht erklären, worauf diese plötzliche Neigung seiner Brüder, sich zu vermählen, zurückzuführen war.

Angefangen hatte es mit Dunstan, dem Ältesten und dem Mann, den Robin unter allen Menschen dieser Welt am meisten bewunderte. Dunstan hatte dem König als Ritter gedient und als Dank für seine Verdienste die Grundherrschaft über Wessex erhalten. Seitdem war er bekannt als „Wolf von Wessex“. Als er Marion geheiratet hatte, eine Frau, der alle de Burghs herzliche Wertschätzung entgegenbrachten, war Robin zwar etwas beunruhigt, doch war diese Heirat aufgrund besonderer Umstände notwendig gewesen, weil Marion von ihrem Vormund bedroht worden war. Außerdem lebte Dunstan schon seit längerer Zeit nicht mehr auf Campion Castle, so dass sich dort zunächst nicht viel verändert hatte.

Der bedauernswerte Geoffrey musste auf Erlass des Königs heiraten, um durch diese eheliche Gemeinschaft den kriegerischen Auseinandersetzungen zwischen Dunstan und dem Herrscher des benachbarten Territoriums ein Ende zu bereiten. Robin war damals dankbar gewesen, dass dieses Los nicht ihm auferlegt worden war, obwohl er natürlich Geoffrey außerordentlich bedauerte, zumal dessen Braut eine schreckliche Person war. Inzwischen schien sie zwar etwas liebenswürdiger geworden zu sein, dennoch bemitleidete Robin seinen Bruder nach wie vor, obschon Geoffrey offensichtlich seiner Frau ebenso treu ergeben war wie Dunstan seiner Marion. Aufgrund der sehr ungewöhnlichen Umstände, die zu diesen beiden Ehen geführt hatten, war Robins Argwohn damals noch nicht geweckt worden.

Es war Simons Hochzeit, die ihn letztendlich verunsichert hatte.

Simon, der Kühnste von allen Brüdern, eine ausgesprochene Kämpfernatur, hatte sich *aus freier Willensentscheidung* ausgerechnet der Frau in ewiger Liebe und Treue ergeben, die eine im Schwertkampf erfahrene Frau war und ihn in einem Gefecht besiegt hatte. Als Robin und seine Brüder damals bei Simon eingetroffen waren, war dieser bereits in einer Verfassung gewesen, die jegliche Warnung vor der Ehe hatte sinnlos erscheinen lassen. Leider hatte auch Geoffrey damals diese Eheschließung gutgeheißen, was Robin als bitteren Verrat an seinem eigenen Fleisch und Blut empfunden hatte.

Seit diesem Ereignis glaubte er, dass Dunstan, Geoffrey und Simon möglicherweise Opfer eines mysteriösen Fluchs geworden waren. Die Heirat von Stephen, der wegen seiner Verführungskünste im ganzen Land bekannt war, schien seine These nun zu bestätigen. Wenn selbst Stephen sich auf eine Heirat eingelassen hatte, dann waren auch er und seine noch ledigen Brüder dazu verdammt. Seine einst so starken Brüder waren weich und schwach geworden und hatten sich von Frauen an die Kette legen lassen. Robin aber wollte keinesfalls so enden.

Grundsätzlich hatte er nichts gegen Frauen. Er hatte mit einigen angebandelt, und sie hatten ihm höchst angenehme Sinnenfreuden verschafft. Wirklich außerordentlich angenehm. Aber außerhalb der Bettstatt schwand ihre Anziehungskraft. Die meisten Frauen hielt er für launisch und anspruchsvoll. Er hatte nicht vor, sich auf Lebenszeit an ein solches Geschöpf zu binden, egal wie glücklich seine verheirateten Brüder zu sein schienen!

Vielleicht sehnte sich Reynold nach einer Ehe, Robins Verlangen war dieses absolut nicht. Reynold musste ein Tor sein, wenn er untätig blieb, bis auch er ruiniert würde. Je länger Robin darüber nachdachte, desto entschlossener wurde er. Er wollte herausfinden, welche geheime Macht das Leben der de Burghs beeinflusste, bevor es zu spät war. Robin atmete tief ein, jedoch wurde er recht mutlos, als ihm plötzlich etwas einfiel.

Leider wusste er nichts über Flüche oder die Möglichkeiten, diese abzuwenden. Der Earl hatte bei der Erziehung seiner Söhne Wert darauf gelegt, dass diese sich genug Bildung aneigneten, um nicht an Hexen und Magie oder ähnliche Dinge zu glauben. Zwar hatte Robin im Gegensatz zu seinen Brüdern eine gewisse Neigung zu Amuletten, Talismanen und Reliquien, doch konnte er nicht sagen, wo man ein Zaubermittel gegen das Heiraten hätte finden können. Und soweit er wusste, gab es auch keinen Heiligen, der die Junggesellen beschützte. Es stand einem jedoch natürlich frei, Mönch zu werden. Robin hatte aber keineswegs vor, ein Keuschheitsgelübde abzulegen.

Bedauerlicherweise war in dieser Angelegenheit auch nicht mit Hilfestellung seitens der Kirche zu rechnen, zumal deren Haltung zur Ehe ja bestens bekannt war. Nein, er brauchte jemanden, der sich mit mystischen Phänomenen auskannte. Robin dachte angestrengt nach. Die einzigen ihm bekannten Menschen, die eventuell einen Bezug zu diesen Dingen hatten, waren die L'Estranges, Stephens gerade angetraute Frau und deren Verwandtschaft. Darüber war in der Hochzeitsgesellschaft seit seiner Ankunft immer wieder getuschelt worden. Er hatte aber das vage Gefühl, dass er Brighid deswegen besser nicht ansprechen sollte, weil sie es ihm wohl verübeln würde, wenn er sie verdächtigte, zumindest indirekt an der Verschwörung gegen die de Burghs beteiligt zu sein.

Robin runzelte die Stirn. Statt an Brighid konnte er sich eventuell an deren Tanten wenden, über die das Gerücht kursierte, dass sie heilkundig waren und über andere ungewöhnliche Fähigkeiten verfügten. Vielleicht waren sie bereit, ihm zu helfen, wenn er darauf verzichten würde, das Unglück anzusprechen, das seinen verheirateten Brüdern widerfahren war, und sie ausschließlich darum bat, diese Bedrohung von ihm abzuwenden.

Nachdem er zur Stärkung noch etwas Wein getrunken hatte, richtete er sich auf und bereute sogleich seine forsche Bewegung, weil ihm etwas schwindelig wurde. Er verzog das Gesicht und stellte seinen Becher beiseite. Er hatte nicht vor, Stephens Platz als Trunkenbold in der Familie einzunehmen. Robin war immer sich selbst treu geblieben und hatte seinen Brüdern gegenüber weder Neid empfunden noch das Bedürfnis gehabt, sie zu imitieren, und so sollte es auch bleiben. Er atmete tief ein und sah sich unter den Gästen nach den Damen L'Estrange um.

Es war nicht schwer, sie zu finden, da sie wegen ihrer bunten Gewänder aus der Menge hervorstachen. Die kleinere, rundliche Tante trug ein Gewand, an dessen Ärmeln kleine Glöckchen befestigt waren, ein deutliches Zeichen für Exzentrik oder gar übersinnliche Fähigkeiten. Robin lächelte und fasste neuen Mut. Sie würde ihm sicher helfen können.

„Mistress L'Estrange?" fragte er und vernahm den hellen Klang der Glöckchen, als die kleine weißhaarige Frau sich ihm freundlich zuwandte.

„Mylord!“

„Nennt mich bitte Robin, Mistress“, sagte er mit einer galanten Verbeugung.

„Gerne! Und ich bin Cafel. Habt Ihr Euch schon mit meiner Schwester Armes bekannt gemacht?“ erkundigte sie sich und wies auf eine größere, eher schweigsame Frau, die ein wenig hinter ihr stand und nun hervortrat.

Robin verbeugte sich nochmals. „Mistress“. Er beschloss, sich an diejenige der Damen zu wenden, die weniger abweisend wirkte. Auch wenn er eigentlich nicht so ein Schmeichler wie Stephen sein wollte, konnte er doch sehr charmant sein, ein Talent, über das alle de Burghs verfügten. Bei der kleineren der beiden Damen würde ihm das leichter fallen, sie schien deutlich liebenswürdiger als ihre Schwester zu sein. Und da er nun mit seinem Anliegen so weit gekommen war, wollte er nicht länger zögern, sondern umgehend tätig werden.

Er lächelte sie freundlich an. „Seid versichert, dass es mir eine ganz besondere Freude ist, Euch in unserer Familie willkommen zu heißen.“

„Was verschafft mir diese Ehre? Ich danke Euch, Mylord Robin“, entgegnete Cafel sichtlich geschmeichelt.

„Es genügt, wenn Ihr mich Robin nennt“, erwiderte er mit einer weiteren Verbeugung und versuchte vorsichtig, die ältere Frau dazu zu bewegen, das Gespräch in etwas größerer Abgeschiedenheit fortzusetzen. Leider folgte ihre Schwester ihnen, daher blieb ihm nichts anderes übrig, als sich mit seinen Sorgen an beide zu wenden.

„Eure Anwesenheit auf diesem Fest erweist sich für mich als eine günstige Fügung des Schicksals, weil ich wegen einer Bedrängnis auf Eure besonderen Fähigkeiten angewiesen bin“, fuhr er mit sanftem Tonfall fort.

Cafel runzelte die Stirn. „Ihr seid unwohl und benötigt Heilung?"

Robin lächelte. „Nein, mein Problem ist etwas ungewöhnlicher." Er senkte die Stimme. „Eine ziemlich heikle Angelegenheit ..."

Armes musterte ihn mit stechendem Blick. „Ihr sprecht nicht etwa über die Erbschaft der L'Estranges?" fragte sie.

Robin stutzte. Möglicherweise hegten die Damen Befürchtungen, von deren Hintergründen er keine Ahnung hatte. „Nein, nichts dergleichen ..."

„Das ist gut!" sagte Cafel und klatschte erfreut in die Hände, was ihre Schwester mit einem missbilligenden Blick quittierte. Robin betrachtete die Damen skeptisch. Während Cafel gegenüber seinem Ersuchen durchaus aufgeschlossen war, schien Armes Vorbehalte zu haben. Er fragte sich, über welche magischen Fähigkeiten sie wohl verfügen mochte und ob er nicht besser das Gespräch beenden sollte, um sich nicht noch weitere Probleme zu verschaffen. Er hatte genug damit zu tun, den einen Fluch abzuwenden, und wollte nicht das Risiko eingehen, sich einen weiteren aufzuladen.

„Verratet uns, wie wir Euch helfen können!" unterbrach Cafel seine trübsinnigen Gedanken.

„Schwester, ich glaube kaum ...", begann Armes.

Cafel hob den rechten Arm, als wollte sie den Einwand ihrer Schwester abwehren, und das Schellen der Glöckchen war zu vernehmen. „Oh, Brighid kann sich wirklich nicht beklagen, wenn sie ..."

„Aber er ist ein de Burgh", protestierte Armes. Robin ließ seinen Blick von einer Schwester zur anderen schweifen und hatte Mühe, ihrer Konversation zu folgen.

„Umso besser!" erwiderte Cafel und rieb sich die Hände auf

eine Art, die Robin beunruhigte. Er zweifelte an seinem Plan und ging einen Schritt zurück, worauf die kleine Frau die Hand auf seinen Arm legte. „Geht nicht, Lord Robin“, bat sie, bevor sie sich an ihre Schwester wandte.

„Armes, wir müssen ihn anhören, das ist allein schon ein Gebot der Höflichkeit. Außerdem sind wir jetzt durch die Heirat Verwandte“, erklärte sie. Robin fühlte sich dadurch allerdings noch nicht sonderlich ermutigt, daher wandte sich Cafel nun erneut mit einem freundlichen Lächeln an ihn. „Kommt, erzählt uns, was Euch quält.“

„Nun“, begann Robin und musterte Armes misstrauisch.

„Vertraut uns, mein Lieber“, drängte Cafel.

„Nun, ich habe über all diese Vermählungen nachgedacht“, erklärte Robin. Er holte noch einmal tief Luft und war dann entschlossen, seine Sorgen vorzutragen. „Ich habe es als höchst sonderbar empfunden, dass vier meiner sechs Brüder ganz plötzlich und innerhalb kürzester Zeit geheiratet haben, wo wir doch vor wenigen Jahren alle noch Junggesellen waren.“

Armes runzelte die Stirn. „Was soll denn daran merkwürdig sein, wenn junge Männer im besten heiratsfähigen Alter sich nach einer Gemahlin umsehen, besonders wenn es sich um Lords von solch edlem Geschlecht handelt?“ fragte sie.

„Es ist auch wichtig, das Fortbestehen der Dynastie zu sichern“, fügte Cafel fröhlich hinzu.

„Das mag wohl sein“, stimmte Robin zu, war aber innerlich mit dieser Auslegung nicht einverstanden. Seine Brüder hatten sich nie den Kopf über Nachkommen zerbrochen. Dazu war es erst gekommen, nachdem sie geheiratet hatten. Doch warum hatten sich so plötzlich und in kurzer Abfolge all diese Vermählungen ereignet? Dunstan war schon etwas älter, als er geheiratet hatte, aber die anderen Brüder waren viel zu jung gewesen für einen solchen

Schritt. „Könnte es sein, dass uns jemand zum Heiraten verdammt hat?"

„Wahrscheinlich Euer eigener Vater", murmelte Armes, und Robin fragte sich, ob er sie jetzt richtig verstanden hatte.

„Oh, Ihr scherzt, nicht wahr, Robin?" sagte Cafel und klopfte ihm verspielt auf die Brust. „Eure Brüder haben uns schon vor Eurer Neigung, Späße zu machen, gewarnt."

Robin fühlte seine Hoffnung schwinden. Er war zwar für seinen Humor und seine Streiche bekannt, doch im Moment war ihm äußerst ernst zumute. Wie konnte er diese beiden exzentrischen Damen nur von der Dringlichkeit und Ernsthaftigkeit seiner Sorgen überzeugen?

„Ich glaube, er meint, was er gesagt hat", warf Armes ein, und beide betrachteten ihn mit neu erwachtem Interesse.

Cafel schien erstaunt: „Aber warum? Ich halte es tatsächlich für möglich, dass du Recht hast, Schwester, aber warum wollt Ihr, Robin ..."

„Er sorgt sich um sich selbst", erklärte Armes mit verächtlicher Stimme, die Robin erstarren ließ, entsprachen ihre Worte doch nur zu sehr der Wahrheit.

„Ach, du armer Junge!" bedauerte ihn Cafel und tätschelte seinen Arm, wobei abermals die Glöckchen zu hören waren. Er schaute sich flüchtig um; ihm war nicht wohl in dieser Situation, Cafel aber kam näher an ihn heran, als wolle sie ihm ein Geheimnis anvertrauen. „Ich wünschte, wir könnten Euch einen Blick in Eure Zukunft ermöglichen, das würde Euch vielleicht beruhigen, aber Brighid lehnt derartiges leider ab. Allerdings ist mir aufgefallen, dass sie seit einiger Zeit diesbezüglich etwas aufgeschlossener ist."

Cafel warf ihrer Schwester einen fragenden Blick zu, worauf diese den Kopf schüttelte. „Ich bin sicher, dass ihr derartige Praktiken im Zusammenhang mit ihrer neuen Familie nicht genehm sind", gab diese zu bedenken.

Enttäuscht ließ Robin die Schultern sinken. Er war nicht an Wahrsagerei interessiert, er wollte einen Fluch abwenden. Selbst wenn die Schwestern willens waren, ihm zu helfen, so schienen sie in dieser Angelegenheit doch leider nicht über die erforderlichen Fähigkeiten zu verfügen. Plötzlich hatte er aber einen Einfall, und seine Stimmung hellte sich auf. „Vielleicht kennt Ihr jemanden, der über ähnliche Fähigkeiten verfügt wie Ihr, und mir bei diesem besonderen Problem helfen kann?" fragte er hoffnungsvoll.

Armes rümpfte die Nase. „Ihr solltet nicht davon ausgehen, dass wir einer spirituellen Gilde angehören, junger Mann!"

„Wir kennen außerhalb unserer Familie tatsächlich niemanden, der über diese Talente verfügt", erklärte Cafel sanft. Als sie Robins Enttäuschung bemerkte, fügte sie hinzu: „Verliert nicht den Mut, wir werden uns etwas einfallen lassen!"

Die beiden Damen tauschten bedeutungsvolle Blicke. Cafel runzelte nachdenklich die Stirn und sagte schließlich: „In der Tat, er könnte sich an Cousin Anfri wenden!"

„Ein absoluter Scharlatan!" warf Armes ein.

„Was hältst du von Mali?"

„Sie ist verstorben", antwortete Armes. „Die L'Estranges sind mit Nachkommen leider nicht gerade gesegnet."

Robin überlegte, ob die Heirat von Stephen und Brighid dieses ändern würde, als Cafel plötzlich einen Einfall hatte. „Wie wäre es mit Vala?" fragte sie.

„Ach, die bedauernswerte Vala, sie war eine außerordentliche Schönheit und so begabt", seufzte Armes.

„Hat sie nicht einen walisischen Fürsten geheiratet?" erkundigte sich Cafel.

„Ja", erwiderte Armes. „Wie war sein Name?"

„Owain ap Ednyfed?“

„Ja, ich glaube, so hieß er“, bestätigte Armes. „Aber meines Wissens verstarb sie kurz nach der Hochzeit.“

„Tatsächlich? Ich war der Meinung, das sei nicht sicher, aber ausschließen möchte ich es nicht“, meinte Cafel. „Es gab dort in den letzten Jahren so viele Gefechte. Ein Fürst bekämpfte den anderen, und unter Führung des walisischen Fürsten Llewelyn wurde ein erbitterter Krieg gegen König Edward geführt. Wir waren froh hier in England, weit entfernt von dem Gemetzel, zu weilen.“ Sie zögerte. „Aber ich glaube, sie hatten eine Tochter.“

Armes überlegte. „Davon weiß ich nichts. Es ist lange her, und zu uns sind über die Verhältnisse nur Gerüchte gedrungen.“

„Vielleicht könnte sich Lord Robin an Ort und Stelle kundig machen!“ schlug Cafel vor. Sie näherte sich ihm und flüsterte ihm zu: „Vala war sehr talentiert.“

Robin schöpfte neue Hoffnung. „Wo könnte ich sie finden?“ fragte er.

„Wo? In Wales natürlich. Das ist die Region, in der die meisten aus dem Geschlecht L'Estrange beheimatet sind.“

Robin fiel auf, dass sich beide Damen zufrieden anlächelten, und bemühte sich, die Fassung zu wahren. Ihm war nicht recht wohl bei dieser Sache. Stephen und seine Braut waren, ständig bedroht durch die Kriegswirren, aus Wales geflohen. Die walisischen Fürsten hatten viel Land erobert und die Bevölkerung gegen König Edward aufgehetzt. Wollten diese beiden edlen Damen ihn in den Tod schicken? Da ihm nicht gerade danach zumute war, in ein Land zu reisen, in dem ein nicht enden wollender Krieg tobte, blickte er sie zweifelnd an.

Offensichtlich schien die große Gefahr, in die er sich begeben würde, für die Damen bedeutungslos zu sein, sie warteten gespannt auf seine Antwort. Er rang sich eine höfliche Danksagung ab und entschuldigte sich mit einer kleinen Verbeugung. Als er fortging, wurde Robin bewusst, dass damit die letzte Chance vertan war, den Fluch abzuwenden.

Es fiel ihm schwer, die Erfolglosigkeit seiner Bemühungen zu akzeptieren. Wenn er tatenlos ausharrte, würde er sich mit absoluter Sicherheit demnächst im Stand der Ehe befinden, ihm blieb nicht mehr viel Zeit.

1. KAPITEL

Als Robin seinem Gastgeber zusah, wie dieser mit erhobenem Becher einen Trinkspruch auf die de Burghs ausbrachte, stellte er zum wiederholten Male fest, welch ein Narr er war, durch ein Land zu reisen, das von solch heftigen Unruhen heimgesucht wurde. Er wusste nicht mehr, was ihn letztlich zu diesem Schritt veranlasst hatte. War es die bedrängende Sorge um seine Zukunft gewesen, hatte er zu viel Wein getrunken oder lediglich den vielen, scheinbar glücklichen Paaren auf Campion Castle entkommen wollen? Er hatte seine Heimat verlassen, um nach der mysteriösen Vala zu suchen, obwohl diese Entscheidung jeglicher Vernunft entbehrte.

Lord und Lady Marche hatten ihn herzlich aufgenommen und ihm zu Ehren sogar ein Bankett gegeben, obwohl er ohne vorherige Ankündigung eingetroffen war. Robin war dieser Aufwand etwas unangenehm, zumal er aufgrund gewisser Andeutungen der Gastgeber den Eindruck hatte, dass diese wegen seines unerwarteten Eintreffens, kurz nachdem Stephen hier gewesen war, glaubten, dass er und seine Brüder in geheimer Mission für den König tätig waren. Robin hätte über diesen Irrtum herzhaft lachen können, wäre nicht auch innerhalb der Burg die durch die Kriegswirren bedingte angespannte Atmosphäre als große Belastung zu spüren gewesen.

Erst spät am Abend, nachdem ihm ausführlich über die letzten Untaten von Llewelyn und dessen Bruder Dafydd berichtet worden war, hielt er es für angemessen, das Problem anzusprechen, das ihn veranlasst hatte, trotz der großen Gefahren von England nach Wales zu reisen. Er lehnte sich scheinbar entspannt zurück und klopfte beiläufig auf die Tischkante.

„Sagt mir, wisst Ihr irgendetwas über einen Fürsten namens Owain ap Ednyfed oder seine Gemahlin Vala?“ fragte er.

Lord und Lady Marche blickten sich kurz an. „Warum interessiert Ihr Euch für diese beiden?"

Robin lächelte. „Angehörige von Vala, die in England weilen, haben sich nach ihr erkundigt."

„Sie ist vor längerer Zeit verstorben", sagte Lord Marche mit finsterer Miene.

Die kurze, barsche Antwort stimmte Robin nachdenklich, und er schüttelte den Kopf, als ein Diener ihm mehr Wein anbot; er wollte bei klarem Verstand bleiben. „Hatten sie eine Tochter?" fragte er.

Wieder wechselten beide verstohlene Blicke, und Robin fühlte sich unwohl, als Lord Marche ihn mit stechendem Blick anschaute, als wolle er ihm ein Geheimnis entlocken. Es gab keinen Zweifel, sie dachten, dass er über Kenntnisse über einen Aufstand oder die Verhältnisse ihres Besitzes und ihrer Herrschaft verfügte. Woher sollten sie auch wissen, dass zwei schrullige Wahrsagerinnen ihn zu seinen Erkundigungen veranlasst hatten und er keine indiskreten Fragen über politische Angelegenheiten stellen wollte.

Da Robin vermutete, dass seine Fragen ihnen missfallen hatten, zog er sich mit einer freundlichen Bemerkung frühzeitig zurück. Im Gegensatz zu seinem Bruder Simon war er nicht auf Auseinandersetzungen erpicht und so beschloss er, sein Vorhaben fallen zu lassen und sich schnellstens wieder in sichere Gefilde zu begeben.

Auch wenn er nun keine Hilfe für die noch unvermählten de Burghs fand, er musste akzeptieren, dass er in einer Sackgasse gelandet, und der Weg seiner Suche hier beendet war. Robin dachte zögerlich darüber nach, ob er Lord Marche vielleicht nach einer weisen Frau, die mit den alten keltischen, spirituellen Gebräuchen vertraut war, fragen sollte. Jedoch verwarf er diesen Gedanken. Die Idee, jemanden zu finden, der diesen Fluch abwenden könnte, erschien ihm nun, da er weit weg von Campion Castle und den Damen L'Estrange war, außerordentlich absurd.

Er war manchmal wirklich zu leicht zu beeinflussen. Wie oft hatten ihn seine Brüder wegen dieser Schwäche ausgenutzt, besonders Stephen, der ihm in ihrer Jugendzeit vielerlei gefälschte Reliquien teuer verkauft hatte. Anscheinend war er mit zunehmendem Alter in dieser Hinsicht nicht gerade vernünftiger geworden. In der Hoffnung, dem Schicksal der erzwungenen Heirat entgehen zu können, war er auf das erstbeste Angebot hereingefallen, ohne zu bedenken, wie tollkühn der Plan war. Er wäre sicher besser beraten gewesen, wenn er sich auf solide Werte besonnen hätte.

Nur eine wahrhaftige, christliche Reliquie könnte den Fluch abwenden, besann sich Robin. Vielleicht sollte er sich an einen Geistlichen wenden, oder zu einer Weihestätte pilgern, er hatte aber keine Ahnung, zu welcher. Die heilige Agnes war die Schutzpatronin der Reinheit und Ehrlichkeit, aber eigentlich war es nicht direkt die Reinheit, deren er bedurfte. Robin verwarf diese Idee mit einem Seufzer.

Von den Mauern der Burg wurde sein Seufzer als Echo zurückgeworfen, in das sich ein weiteres Geräusch mischte. Robin verlangsamte daher seinen Schritt. Obwohl er voll des guten Weines und herrlicher Speisen war, waren seine Sinne geschärft, so wie es sich für einen de Burgh in fremder Umgebung gehörte. Als er den dunklen Gang zu der ihm bereitgestellten Kammer betrat, hatte er das Gefühl, dass sich dort jemand aufhielt.

Die politischen Unruhen im Hinterkopf, griff Robin nach dem am Gürtel hängenden Dolch. Dieser war breiter und schärfer als ein normales Messer und konnte im Zusammenspiel mit Robins kämpferischer Geschicklichkeit schnell und lautlos töten. Die Hand fest um den Griff des Dolches gelegt, drehte er sich vorsichtig um – in der Erwartung, dass eventuell jemand mit einer Keule hinter ihm stand. Er konnte nicht ausschließen, hier von jedem für einen Spitzel gehalten zu werden.

Jedoch stand kein Angreifer hinter ihm, sondern nur jener Diener, der beim Bankett zugegen gewesen war. Allerdings wirkte dieser Bursche irgendwie unheimlich. „Mylord", flüsterte der Diener und vergewisserte sich mit verstohlenen Blicken, dass sie alleine waren.

„Was gibt es?" fragte Robin, obwohl er nicht beabsichtigte, noch mehr in die Probleme der Marches hineingezogen zu werden.

„Sie ist nicht gestorben, sondern geflohen", sagte er.

„Wer? Vala?" erkundigte sich Robin.

Der Mann nickte zaghaft. „Und sie hatte eine Tochter, und sie lebte, obschon das nun von allen bestritten wird. Ich habe sie selbst gesehen!"

Robin näherte sich ihm neugierig. „Wo leben sie jetzt?"

Hinter ihnen im Gang waren Schritte zu hören. Robin bemerkte die vor Furcht weit aufgerissenen Augen des Mannes, und ehe er sich versah, war dieser eilig hinter ihm verschwunden.

„Warte!" rief er ihm nach.

„Sucht nach einem Zufluchtsort für Frauen in Eurem Land, Mylord, sucht einen Ort für Frauen, welche die Bürde großen Leides tragen!" rief er. Dann verschwand er in der Dunkelheit und ließ Robin mit all seinen Zweifeln alleine zurück. Gerade als er sicher war, dass der Weg hier zu Ende war, schien er sich in eine neue Richtung zu öffnen.

Aber sollte er diesen Weg wirklich gehen?

Robin ritt ohne Rast auf seinem Streitross und fragte sich, was in aller Welt ihn veranlasst hatte, nun vor den Mauern eines Nonnenklosters zu stehen, dem Konvent *Our Lady of All Sorrows*.

Es war eine lange Reise durch ihm unbekannte Gefilde gewesen. Nach den geheimnisvollen Hinweisen des Dieners, die ihm kaum nützlich sein konnten, hatte sich Robin von seinen Gastgebern höflich verabschiedet. Er war entschlossen, jene Frau, die einen walisischen Fürsten geheiratet hatte, zu vergessen. Doch als er die Landesgrenze hinter sich gelassen hatte, war er zu der nächst gelegenen Abtei geritten und hatte sich nach Klöstern erkundigt, die Frauen in Bedrängnis aufnahmen. Als er dort von einem Nonnenkloster mit dem Namen *Our Lady of all Sorrows* erfuhr, war er einer inneren Stimme gefolgt und hatte beschlossen, diesen Ort unbedingt aufzusuchen.

Robin redete sich ein, dass pure Neugierde und das Interesse an Valas Schicksal ihn zu diesem Schritt veranlasst hatten, zumal ihn das Aufdecken von Geheimnissen seit jeher faszinierte. Außerdem würde er der Familie von Stephens Braut einen Gefallen erweisen, wenn er ihnen die erfreuliche Botschaft überbringen könnte, dass ihre Angehörigen noch lebten. Vielleicht würde er dazu beitragen, dass sie sich wieder in die Arme schließen konnten.

Doch trotz seiner selbstgefälligen Überheblichkeit spürte Robin in seinem Inneren einen anderen, tieferen Grund, der ihn drängte, diesen Ort aufzusuchen. Er wusste nicht so recht, ob es wichtig für seine eigene Zukunft war oder ob ihn die simple Hoffnung trieb, die ganze Angelegenheit zu einem Ende zu bringen. Als er herausgefunden hatte, dass der Konvent nicht weit entfernt von Baddersly lag, hatte er sich umgehend zu der Burg seines Bruders begeben und seine Kämpen dort zurückgelassen. Er hatte das Gefühl, sich auf einer sehr ungewöhnlichen Reise zu befinden, und den letzten Abschnitt wollte er alleine bewältigen.

Und so befand er sich an diesem klaren Frühlingstag vor dem Torhaus eines kleinen Klosters, das von einem Ulmenhain umgeben war. Und als er nun dem Ziel seiner Reise unmittelbar gegenüberstand, schämte er sich etwas des Grundes, der ihn hierher geführt hatte. Sein selbstsüchtiges Verlangen, ein Mittel gegen eine drohende Vermählung zu finden, erschien ihm nun vor diesem heiligen Gebäude fast wie Gotteslästerung. Zumal die Eheschließung von der Kirche als heiliges Sakrament geachtet wurde.

Sicherlich war *Our Lady of All Sorrows* eine friedvolle Stätte, in der fromme Frauen lebten, rein an Körper und Seele, die ihr Leben dem Gottesdienst und der Stille geweiht hatten. Lange blieb Robin andächtig vor dem Torhaus stehen. Er zögerte, in das heilige Gebäude einzudringen und die Ruhe zu stören, die nur von dem sanften Gesang der Vögel in den Baumkronen über ihm unterbrochen wurde.

Während er noch überlegte, wie er sich verhalten sollte, vernahm er einen Schrei, der aus dem Kloster kam, und über die Mauern hinweg an seine Ohren drang, leise, schwach und verzweifelt. Anfangs meinte Robin, sich verhört zu haben, aber dann vernahm er die Töne laut und deutlich. Obwohl er sich niemals hätte vorstellen können, dass derartige Ausrufe aus einem heiligen Haus kämen, konnte er nicht länger ignorieren, dass sich hier offensichtlich jemand in einer lebensbedrohlichen Situation befand.

Als er deutlich die Worte „Hilfe! Mord!“ hörte, stürmte er in den Eingangsbereich des Torhauses.

2. KAPITEL

In großer Eile band Robin sein Pferd in der Nähe des Torhauses an und lief unverzüglich auf das massive Portal des Klosters zu. Im Konvent herrschte großes Durcheinander. Nonnen und Bedienstete rannten umher, sowohl in die Richtung, aus der die Schreie kamen, als auch in die entgegengesetzte Richtung. Die Hand fest um sein Schwert gelegt, drängte er durch die aufgebrachten Menschen und gelangte in einen Garten, der von einer hohen Mauer umgeben war. Er schaute sich um, um herauszufinden, was hier vor sich ging. Ihm fiel eine kleine Gruppe von Frauen auf, die um etwas herumstanden. An der einen Seite saß eine Nonne auf einer steinernen Bank. Sie atmete stockend, stöhnte und weinte. Robin erkannte an ihrer Stimme, dass sie es gewesen war, die um Hilfe gerufen hatte. Zwei andere Frauen versuchten, sie zu beruhigen. Der einzige Mann dort, wahrscheinlich ein Bediensteter, schien genauso schockiert zu sein wie die Frauen und würde ihn sicher nicht angreifen. Robin entspannte sich etwas, hielt aber dennoch weiterhin die Hand nahe bei seiner Waffe, als er auf die kleine Gruppe der Frauen zuschritt. Einige wichen vor ihm zurück, so dass er näher herantreten und sehen konnte, was der Grund für ihre Aufregung war. In der Mitte lag eine junge Frau lang ausgestreckt auf dem Gras, offensichtlich war sie tot.

Während Robin betroffen die Frau anblickte, wurden sich die Nonnen plötzlich seiner Anwesenheit bewusst. Diejenigen, die nahe bei ihm standen, schrien auf, sie zitterten vor Schreck, liefen eilends von ihm weg und drängten sich ängstlich aneinander. Lediglich zwei Nonnen blieben ohne das geringste Anzeichen von Furcht bei der Toten. Robin musterte jene Frau, die unmittelbar neben der Verstorbenen verharrte. Sie hatte eine charismatische Ausstrahlung, und in ihren Augen lagen äußerste Konzentration und große Besorgnis. Robin nahm an, dass sie die Äbtissin war, und wollte sich gerade vorstellen, als die andere Nonne ihn ansprach.

„Seid Ihr gekommen, um uns auch noch umzubringen?"

Robin stutzte. Wollte hier jemand allen Ernstes behaupten, dass er, ein de Burgh, ein kaltblütiger Mörder sein könnte? Er betrachtete diese Frau, die neben der Verstorbenen kauerte, und wollte sich rechtfertigen, den despektierlichen Vorwurf von sich weisen, aber je intensiver er sie anschaute, desto weniger war es ihm plötzlich möglich, sich zu äußern. Er fühlte sich seltsam hilflos; für eine gewisse Zeit war er zu nichts anderem mehr in der Lage, als sie wie gebannt anzustarren.

Wie die anderen Nonnen trug sie einen Schleier, daher konnte er nur einen Teil ihres Gesichtes erkennen, doch das, was er sah, beeindruckte ihn. Sie war eine außerordentliche Schönheit. Ihr Teint war sehr hell, die Stirn ebenmäßig und die feinen Augenbrauen waren anmutig geschwungen und von einem außergewöhnlichen rötlichen Farbton, wie der glühende Schein der Sonne im Sommer oder im frühen Herbst zur Erntezeit. Das ausdrucksvoll schimmernde Blau ihrer Augen faszinierte ihn. Wenn auch der Schleier einen Teil ihres Antlitzes und ihr Haar bedeckte, so war doch die ovale Form ihres Gesichtes deutlich zu erkennen. Ihm fiel das kleine, ausgeprägte Kinn auf, das, ebenso wie die Form der Lippen, auf eine gehörige Portion Hartnäckigkeit schließen ließ. Aber wie wunderschön waren diese Lippen! Sanft geschwungen und samtig rot, wie reife Beeren aus südlichen Ländern.

In diesem Moment überkam ihn ein Gefühl von verzweifeltem Begehren. Er konnte seinen Blick nicht von ihr lösen, die Welt schien aus den Angeln gehoben, und er befürchtete, in etwas hineingezogen zu werden, auf das er nicht vorbereitet war. Im allerletzten Moment fand er seine Selbstbeherrschung wieder und besann sich standhaft auf seine Lebenserfahrung. Das befähigte Robin letztlich, sie richtig einzuschätzen.

Sie war *die Frau*, vor der er sich in Acht nehmen sollte, die seine Existenz zerstören, ihn um den Verstand bringen, ihn bezirzen und ihm jegliche Lebensfreude rauben würde. Und genau das durfte absolut nicht passieren. Welche dunklen Mächte hier auch immer am Werk sind, ich werde diese Frau nicht heiraten. Niemals. Das ist unbedingt ausgeschlossen, dachte er, als ihm plötzlich schwindelig wurde.

Gütiger Gott, die verschwörerischen Mächte hatten eine *Nonne* auf ihn angesetzt.

„Wenn Ihr kein Blut sehen könnt, solltet Ihr Euch besser niedersetzen." Robin nahm deutlich den verächtlichen Unterton in ihrer Stimme wahr. Offensichtlich glaubte sie nun nicht mehr, dass er der Mörder war, jedoch schien sie ihn für jemanden zu halten, der beim bloßen Anblick einer Getöteten einen Schwächeanfall erlitt. Robin fragte sich, welche Unterstellung eine größere Beleidigung darstellte.

Er schaute sie wütend an. „Ich bin kein Mörder, aber ebenso wenig werde ich gleich schwach, wenn ich mal ein wenig Blut sehe", erwiderte er gehässig und wandte sich der Äbtissin zu. „Ich bin Robin de Burgh vom Gut Baddersly, das ich für meinen Bruder, den Baron of Wessex, verwalte", erklärte er mit seinem Stand gebührenden Selbstbewusstsein.

Auch wenn *sie* nicht die geringste Ahnung haben sollte, wer er war, der Äbtissin würde sein Name bekannt sein. Zumindest würde sie wissen, dass die Ländereien in der Nachbarschaft des Klosters zu dem großen Gut Baddersly gehörten. „Ich war zufällig in der Nähe des Konvents und hörte die Hilferufe, deshalb bin ich unverzüglich hergekommen", fügte Robin hinzu.

„Mylord", begrüßte ihn die Äbtissin und senkte huldvoll den

Kopf. „Ich bin hier die Oberin. Wir wissen die Ehre Eures Besuches zu schätzen, auch wenn Ihr uns gerade in einer problematischen Lage antrefft, weil eine unserer Schwestern einen Unfall oder ähnliches Übel erlitten hat."

„Das war kein Unfall", sagte *sie* und erregte wiederum seine Aufmerksamkeit. „Hier handelt es sich um hinterhältigen Mord."

„Ach, dann waren es Eure Schreie, die ich vernommen habe?" erkundigte sich Robin. Er vermutete zwar weiterhin, dass die andere Nonne, die immer noch verzweifelt weinend auf der steinernen Bank saß, geschrien hatte, doch drängte es ihn, als Vergeltung für ihre Beleidigung sie ebenfalls zu verspotten.

„Ich doch nicht!" Ihre Augen funkelten, und Robin lächelte befriedigt über den gelungenen Schlagabtausch.

„Es war Catherine, die um Hilfe gerufen hat, und wir waren froh, dass wir durch sie alarmiert wurden", mischte sich die Äbtissin ein, um eine weitere Auseinandersetzung zwischen Robin und der jungen Nonne, die ihn rebellisch ansah, zu unterbinden.

„Sie hat uns damit einen großen Dienst erwiesen, weil Ihr durch ihre Hilferufe auf uns aufmerksam wurdet", fuhr die Äbtissin fort, und Robin hatte kein Verlangen, ihr zu widersprechen. Nachdem er erfahren hatte, wie misstrauisch die Marches seine Nachforschungen bezüglich Valas aufgenommen hatten, hielt er es für ratsam, sich jetzt diskret zu verhalten. Dieser bedauerliche Todesfall war eine gute Gelegenheit, seine Anwesenheit im Kloster zu rechtfertigen und gelegentlich vorsichtig Nachforschungen anzustellen, ohne seine eigentlichen Absichten zu offenbaren.

„Wurde der Leichenbeschauer schon herbeigerufen?" fragte er.

„Nun, ich glaube, er ist gerade eingetroffen", erwiderte die Äbtissin. Als Robin sich umschaute, lächelte sie sanft. „Meiner Meinung nach müsste es Eure Aufgabe sein, die Todesursache zu klären. Dieses Amt hatte nämlich immer der Gutsherr von Baddersly inne. Dem Herrn sei Dank, dass er in diesen Angelegenheiten in den letzten Jahren nur selten tätig sein musste."

„Aber vielleicht war sein plötzliches Eintreffen hier doch kein Zufall", sagte *sie* und erhob sich. Robin war zwar empört über ihre erneute Unterstellung, aber weitaus mehr erstaunte ihn ihre Erscheinung, als sie jetzt vor ihm stand. Sie war größer, als er erwartet hatte, nur einen Kopf kleiner als er selbst, und ihre schlanke Gestalt war sehr wohlgeformt. Robin versuchte, sich ihre körperlichen Proportionen vorzustellen, besann sich dann aber eines Besseren, weil er es für höchst unschicklich hielt, zu spekulieren, wie eine Nonne nackt aussehen würde.

„Sybil", schalt die Äbtissin, „du hast kein Recht, in dieser Weise über Lord de Burgh zu sprechen, dessen Hilfe für uns ein Geschenk des Himmels ist."

Ihr Name lautete also Sybil. Dieser Name erinnerte an Mysterien aus alten Zeiten, an Seherinnen und außergewöhnliche Magien, die Gefahren für arglose Männer darstellen konnten. Glücklicherweise wäre er für so etwas nicht anfällig, weil er ihr gegenüber bereits ein angemessenes Misstrauen entwickelt hatte.

„Als Buße für deine Worte wirst du Lord de Burgh bei seinen Nachforschungen über die Hintergründe von Elisas Tod zur Seite stehen, welche Hilfestellung er auch immer benötigen mag", sagte die Äbtissin.

Entsetzt über ihre Anweisung wollte Robin protestieren, Sybil jedoch kam ihm zuvor. „Aber er könnte der Mörder sein!" rief sie.

Robin spürte, wie sein Blut in Wallung geriet. „Man könnte auch *sie* verdächtigen", entgegnete er. Wenn Sybil diejenige war, die ihn verführen sollte, warum hatte er dann jetzt das Bedürfnis, sie zu peinigen? Gewiss hatten seine Brüder nicht derartige Gefühlsregungen gegenüber ihren zukünftigen Gattinnen gehabt!

„Ich kann mir zwar nicht vorstellen, dass einer von euch unehrenhaft ist, aber ihr könnt euch ja gegenseitig im Auge behalten, wenn ihr beiderseits eure Seriosität anzweifelt", meinte die Äbtissin. „Vorausgesetzt, dass Ihr so gütig sein wollt, uns zu helfen, Mylord. Natürlich könnte ich auch ein Hilfegesuch an den Bischof senden, aber da Ihr nun ohnehin schon hier seid ..."

Robin dachte nicht weiter über Sybil nach und wandte sich der Äbtissin zu. Ihm war bewusst, dass diese soeben geschickt versucht hatte, ihn für ihre Zwecke einzuspannen, was ihn aber nicht weiter störte, weil er seine eigenen Gründe hatte, auf ihren Wunsch einzugehen.

„Selbstverständlich werde ich Euch in dieser Angelegenheit gewissenhaft beistehen, Ehrwürdige Mutter", antwortete Robin und ließ sich nicht durch Sybil irritieren, die mit einem wütenden Schnauben ihre Missbilligung kundtat. Sie ging dann aber zu der Toten zurück und forderte ihn mit einer Handbewegung auf, sich dem im Gras liegenden Körper zu widmen, möglicherweise in der Absicht, seine Standfestigkeit zu überprüfen. Glaubte sie immer noch, er würde beim Anblick der Leiche schwach werden? Fast hätte er lauthals gelacht, schließlich hatte er im Krieg gekämpft, und er war ein de Burgh.

„Wer hat sie gefunden?" fragte er und kniete neben der Verstorbenen nieder.

„Catherine und ich", erklärte Sybil mit aggressivem Tonfall, worauf Robin überlegte, was sie nur gegen ihn haben mochte. Vielleicht war sie eine dieser Nonnen, die eine grundlegende Abneigung gegen Männer hegten, oder sie verübelte ihm, in ihre klösterliche Gemeinschaft eingedrungen zu sein. Dennoch, er empfand sie als zu scharfzüngig für eine heilige Frau. Und sie war zu schön und unglaublich wohlgestaltet.

Robin blickte auf den Körper der toten Frau und bemühte sich, sein viel stärkeres Interesse für die lebendige Frau neben sich zu unterdrücken. „Hat sie jemand berührt?“

„Wir haben natürlich versucht, herauszufinden, ob sie noch lebt“, erwiderte Sybil, worauf die Nonne Catherine wieder in Wehklagen verfiel. Robin musterte Sybil eindringlich und fragte sich, ob sie mit ihren rebellischen Provokationen und ihrem forschen Auftreten ihre eigenen Ängste abwehren oder ihre eigene Schuld verdecken wollte.

Wunderbar, die dunklen Mächte hatten nicht nur eine Nonne auf ihn angesetzt, ein Gräuel an sich, sondern noch dazu eine mordende Nonne. Wenn das der Fall sein sollte, dann war sie sogar schrecklicher als Geoffreys Frau, die ihren ersten Ehemann aus Gründen der Selbstverteidigung umgebracht hatte, aber wenigstens keinem heiligen Orden angehörte. Robin überlegte und kam zu dem Schluss, dass diese Frau nicht auf ihn angesetzt sein konnte, auch wenn sie allein aufgrund ihrer Schönheit sehr wohl *diejenige* hätte sein können. Sie war eine Braut Christi, und er durfte das nicht vergessen.

Er schüttelte den Kopf und widmete sich wieder seiner Aufgabe. „Habt ihr sie bewegt, oder lag sie genauso wie jetzt, als ihr sie fandet?“ erkundigte er sich. Der Körper der Toten war verdreht, der Oberkörper befand sich in Rückenlage, Hüfte und Beine in Seitenlage. Aus einer Wunde an ihrem Hinterkopf war viel Blut geflossen, das aber schon geronnen war. Daraus schloss Robin, dass sie wahrscheinlich während der Nacht gestorben war, mit Sicherheit nicht in der letzten Stunde.

„Ich habe sie lediglich einmal vorsichtig umgedreht“, sagte Sybil noch immer mit feindseligem Unterton.

Robin ignorierte das und konzentrierte sich auf seine Untersuchung. In der Nähe lag ein großer blutbefleckter Stein, der offensichtlich mit der Verletzung der Verstorbenen in Verbindung stand.

Es war möglich, dass sie gefallen und mit dem Kopf aufgeschlagen war, allerdings wäre ein heftiger Sturz erforderlich gewesen, um eine derart gravierende Verletzung zu bewirken. Robin inspizierte die steinerne Mauer des Gartens und versuchte deren Höhe abzuschätzen. Wenn Elisa nachts versucht haben sollte, über die Mauer zu klettern, und dabei abgerutscht war, hätte sie dadurch mit dem Kopf aufschlagen können.

„Möglicherweise handelt es sich hier nicht um Mord, sondern um einen Unfall", meinte er. Da er wusste, dass sich manche Nonnen gelegentlich heimlich außerhalb des Klosters mit jemandem trafen und alles unternahmen, um zum vereinbarten Treffpunkt zu gelangen, hielt er es für möglich, dass Elisa versucht hatte, über die Mauer zu klettern.

„Unmöglich! Elisa wäre niemals auf diese Mauer gestiegen", warf Sybil ein, als wenn sie seine Gedanken erraten hätte. Sie hatte die Arme vor dem Körper verschränkt und wirkte in ihrem gesamten Habitus abweisend und aggressiv, und Robin wusste nicht so recht, ob er darüber lachen oder verärgert sein sollte. „Außerdem ist dieses alles zu perfekt", fügte sie hinzu. „Ich glaube eher, der Mörder hat es so arrangiert, dass man gleich an einen Unfall denken soll."

Robin wurde zornig, weil sie abermals seine Aussage anzweifelte. Er wollte sich aber nicht weiter mit ihr streiten und drehte daher den Kopf der Toten, um sorgfältig zu prüfen, welcher Zusammenhang zwischen der Wunde und dem blutbefleckten Stein bestand. Von seinem Vater und seinem Bruder Geoffrey hatte er die Kunst der Kontemplation gelernt, und so versuchte er, sich intensiv auf sein Anliegen zu konzentrieren und sich nicht von den lauten Rufen der Äbtissin ablenken zu lassen, welche die Nonnen aus dem Garten trieb.

Alle außer Sybil natürlich. Sie blieb und äußerte weiterhin verschiedene Einwände. Obwohl Robin ihre Worte nicht beachtete, fühlte er sich doch abgelenkt. Was in aller Welt hat sie veranlasst, eine Nonne zu werden? Dieser Orden scheint offensichtlich keine Schweigeexerzitien zu praktizieren, dachte Robin. Ihr ständiges Reden störte ihn dermaßen, dass er das Bedürfnis verspürte, ihren Mund zum Schweigen zu bringen, am liebsten mit seinem eigenen.

Er fluchte leise in der Hoffnung, damit bei einer gottesfürchtigen Frau Anstoß zu erregen oder sie wenigstens zum Schweigen zu veranlassen, und konzentrierte sich dann wieder auf die Verletzung der Toten. Bei seinen Studien in jüngeren Jahren hatte er sich auch für Medizin interessiert, daher beunruhigte ihn dieser Anblick nicht, und ihm wurde auch nicht schwindelig, wie es Sybil ihm unterstellt hatte. Schließlich fiel ihm etwas auf.

„Ihr hattet Recht“, sagte er plötzlich und gebot damit ihrem unablässigen Redefluss Einhalt. „Sie wurde ermordet“, fuhr er fort und war erleichtert, dass sie nun endlich ruhig war. Die Stille währte allerdings nur kurz.

„Woher wollt Ihr das wissen?“ fragte Sybil. Darauf drehte er vorsichtig Elisas Kopf auf die Seite.

„Schaut Euch das an“, forderte er sie auf. Als Sybil couragiert neben ihm niederkniete, versuchte Robin, sich nicht von ihrem angenehmen Geruch beeinflussen zu lassen. Ihre körperliche Nähe übte eine starke Anziehungskraft auf ihn aus, aber er musste standhaft bleiben. So biss er die Zähne zusammen und deutete auf einen Blutfleck am Hinterkopf der Verstorbenen. „Hier ist noch eine Verletzung.“

Als Sybil ihn daraufhin mit großen Augen anblickte, bemerkte er, dass ihre hellblaue Iris umrundet war von einem dunkleren Blau. Ihr Blick ging ihm unter die Haut, er schwankte sogar etwas, fing sich dann aber und widmete sich wieder der Toten.

„Sie wurde zweimal attackiert“, erklärte er mit angespannter

Stimme. „Die kleinere Verletzung war sicherlich nicht tödlich, so dass der Mörder nochmals zuschlagen musste. Wenn sie nur gestürzt wäre, dürfte sie nur eine Verletzung haben."

„Hab ich es doch geahnt", meinte Sybil neben ihm. In ihrer Stimme lag etwas, das ihn erregte, und leidenschaftliches Begehren überkam ihn. Vergeblich versuchte er, sich dagegen zu wehren. *Sie ist diejenige.* Er rang nach Luft und zwang sich, tief ein- und auszuatmen, um sich zu beruhigen. Und obwohl es ihm unter den Fingern brannte, sie zu berühren, wischte er sich diese am Gras ab und erhob sich, um, dankbar für die Ablenkung, die Äbtissin zu begrüßen.

„Ich habe eine unangenehme Nachricht, Ehrwürdige Mutter, leider waren die schlimmsten Befürchtungen berechtigt. Sie wurde ermordet", sagte Robin.

Die Äbtissin schüttelte traurig den Kopf und verweilte einige Zeit andächtig vor der Verstorbenen. Schließlich wandte sie sich wieder an Robin. „Dann möchte ich Euch bitten, herauszufinden, wer dieses üble Verbrechen begangen hat, zumal es ausgeschlossen ist, dass es eine von uns war."

„Euer Wunsch ist mir Befehl", entgegnete Robin. „Die Verletzungen habe ich bereits gründlich untersucht und würde mich nun gern hier im Garten umsehen", fügte er hinzu, obwohl ihm klar war, dass durch den Aufruhr der herumlaufenden Nonnen wichtige Spuren vernichtet worden waren. Er lief langsam um die Tote herum, kniete nieder und suchte im Gras mehrmals sorgfältig nach Spuren. Jedoch fand er nichts, was ihn hätte weiterbringen können. Wenn es eine Fährte gegeben hatte, so war diese längst niedergetrampelt durch all jene, die hier herumgelaufen waren. Zudem empfand er es nicht gerade als hilfreich, dass er sich bei seinen Nachforschungen von Sybils wundervollen blauen Augen beobachtet fühlte.

War sie sich bewusst, welche Anziehungskraft sie auf ihn ausübte, oder war eine Nonne für solche Dinge nicht empfänglich? Wahrscheinlich ist sie zu argwöhnisch, um derartiges zu bemerken, vermutete Robin. Und leider würde er ihre Begleitung während der ganzen Zeit seiner Anwesenheit hier in Kauf nehmen müssen! Er fragte sich, ob er in der Lage sein würde, den Mord aufzuklären und dabei ständig gewappnet zu sein gegen die Anziehungskraft, die von Sybil ausging, und zusätzlich noch seinem eigenen Anliegen nachzugehen, etwas über Vala L'Estrange herauszufinden. Das waren eigentlich zu viele Aufgaben gleichzeitig, aber Robin war ein de Burgh und als solcher zweifelte er nicht, dass ihm auch dieses gelingen würde. Er hatte nie voreilig kapituliert.

Da seine Spurensuche im Garten erfolglos war, beschloss er, außerhalb der Mauern die Nachforschungen fortzusetzen. Robin stand auf und wandte sich der Äbtissin zu. „Ich möchte das Gelände um das Kloster herum inspizieren und mit allen Nonnen sprechen“, meinte er.

„Wir werden für Euer Anliegen eine Anhörung im Tagesraum veranlassen“, versicherte ihm die Oberin. „Und natürlich werden wir Euch eine Kammer im Gästehaus zur Verfügung stellen. Sybil wird Euch helfen, einen geeigneten Raum zu finden.“

Robin befürchtete, dass, wenn er mit ihr alleine war, seine Gefühle und Triebe wieder heftig erregt würden, und blickte unwillkürlich auf Sybil, obwohl er es eigentlich vermeiden wollte. Allein sie anzusehen löste bei ihm begehrliche Gefühle aus. Er war immer Herr seiner Entscheidungen gewesen, aber nun fühlte er, wie ihm die Fähigkeit zur Selbstbeherrschung entglitt. War es auch seinen Brüdern so ergangen, als sie Opfer einer überwältigenden Macht wurden, die zu Kontrollverlust führte? Obwohl er erfüllt war von Begierde, war hier mehr im Spiel als der pure Trieb. Jedoch, wie konnte das sein, da er sie doch kaum kannte, und sie ihm mit ihren

Verhaltensweisen regelrecht unsympathisch war? Und trotzdem fühlte er sich zu ihr hingezogen und hatte das Verlangen, alles über sie zu erfahren, ihre Vergangenheit, die Fassetten ihrer Persönlichkeit, ihre Geheimnisse.

Robin schüttelte den Kopf und fühlte sich wieder standfest genug, um sich zu versichern, dass diese Frau keine Macht über ihn hatte. Dennoch schaute er sie weiterhin an, während sie bei der Verstorbenen verharrte. Vermutlich wartete sie auf die Ankunft der Nonne Theresa, die für die Pflege der Kranken und die Aufbahrung der Toten zuständig war, und der anderen Nonnen ... *Nonnen.* Die Tatsache, dass sie eine Nonne war, beruhigte Robin ein wenig. Egal, welch ungewöhnliche Anziehungskraft von ihr ausging, Sybil konnte nicht für ihn bestimmt sein.

Offenbar war hier etwas schief gelaufen. Während er alles unternahm, um der Verdammung zum Heiraten zu entkommen, war er unbeabsichtigt in einen Liebesrausch geraten, der mit dem Fluch nichts zu tun haben konnte. Mit dieser Erkenntnis fühlte sich Robin wieder sicher und lächelte selbstgefällig, als er beobachtete, wie Sybil die Verantwortung für den Transport der Verstorbenen übernahm und den anderen Nonnen Anweisungen gab, obwohl derartiges eigentlich Theresas Aufgabe war. Anscheinend kümmerte sie sich wenig um Rangordnungen und Vorschriften, auch wenn sie sich dadurch unbeliebt machte.

Robin hätte darüber lachen können, empfand derartiges Verhalten aber als sehr unangemessen. Er wandte sich an die Äbtissin, die gerade neben ihm stand. „Ist sie nicht etwas zu energisch für eine Nonne?" erkundigte er sich scheinbar sachlich, ohne jedoch seine ablehnende Haltung verbergen zu können.

Die Äbtissin runzelte die Stirn. „Oh, Sybil ist kein Mitglied unseres Ordens, obwohl sie schon seit langer Zeit bei uns weilt. Sie ist immer noch Novizin und hat bislang kein Gelübde abgelegt.

Manchmal befürchte ich, dass sie mehr für das weltliche Leben mit all seinem Leid bestimmt ist", erklärte sie, worauf Robins Sicherheitsgefühl wiederum ins Wanken geriet. Aber sie ist nicht für mein Leben bestimmt, dachte er, ohne jedoch seine aufkeimenden Ängste bezwingen zu können.

Die Äbtissin schien seine Verunsicherung zu bemerken und verließ ihn, um mit einer der Nonnen zu sprechen. Robin hatte das Gefühl, dass sein Waffenrock ihm den Hals einschnürte. Mit finsterem Blick starrte er Sybil an und war empört über das Doppelspiel, das sie seiner Meinung nach trieb. Doch auch wenn sie keine Nonne war, so musste dieses nicht zwangsläufig bedeuten, dass er sich von ihr bezirzen und in den Ehestand zwingen ließ. Sie kann mich nicht zwingen, empörte er sich, wie sollte sie das können? Mir ein Messer an die Kehle setzen? Mich in eine kompromittierende Situation verstricken? Robin lächelte amüsiert.

Genau genommen konnte sie ihm nichts anhaben, weil er auf alle eventuellen Intrigen vorbereitet war. Im Gegensatz zu seinen Brüdern wusste er, welch übles Spiel gespielt wurde. Und wegen dieser Überlegenheit fühlte sich Robin doch wieder sicher in seiner Haut. Nun denn, wer vorgewarnt war, konnte sich gut rüsten, und er war ein Meister in der Wahl der richtigen Waffen.

Als Sybil zusah, wie die Nonnen Elisa wegtrugen, presste sie die Hände zusammen. Der Leidensdruck, den sie vorübergehend hatte verdrängen können, überwältigte sie nun. Am liebsten hätte sie die Frauen aufgehalten – in der irrigen Hoffnung, kraft ihres unerbittlichen Willens das tragische Ereignis ungeschehen zu machen.

Sie steigerte sich immer mehr in dieses Gefühl hinein, und maßlose Wut überkam sie auf all jene Menschen, die keine Skrupel hatten, mit ihren Abscheulichkeiten auch das Leben frommer Menschen zu geißeln, und letztlich war sie auch wütend auf sich selbst.

Heftige Schuldgefühle nagten an ihr bis an die Grenze des Erträglichen. Die Worte *Hätte ich doch, hätte ich doch …* gingen ihr immer wieder unbarmherzig durch den Kopf.

Wäre sie doch gleich zur Äbtissin gegangen, als sie bemerkt hatte, dass Elisa einen unheilvollen Kontakt zu jemandem außerhalb des Klosters geknüpft hatte. Wenn sie doch nur ihre Freundin überredet hätte, diesen Kontakt abzubrechen. Allerdings hatte Elisa abgestritten, sich mit jemandem zu treffen, und da Sybil wusste, welche Strafe einer Nonne drohte, die ihr Gelübde gebrochen hatte, wollte sie ihre Freundin nicht verraten. Nun sah sie die Dinge allerdings anders, verbannt oder exkommuniziert zu werden wäre für Elisa besser gewesen als der Tod.

Wenn sie nur irgendetwas unternommen hätte! Andererseits hatte sie nicht damit rechnen können, dass Elisas Verstrickung zu diesem tragischen Ausgang führen würde. Wohl hatte sich diese in der letzen Zeit etwas merkwürdig verhalten, aber wer hätte daraus schließen sollen, dass diese unschuldige Frau innerhalb der Klostermauern gefährdet sein könnte? Oder dass ihr Verehrer, mit dem sie sich heimlich traf, eine Gefahr für sie darstellte? Angesichts der Erfahrung, trotz ihrer Tapferkeit und Willensstärke ohnmächtig zu sein gegenüber solch schrecklichen weltlichen Machenschaften, erschauderte Sybil.

All dieses rührte an einen alten Konflikt. Sybil lebte seit ihrer Kindheit im Konvent und kannte daher nur diese Lebensweise, obwohl sie ständig das Bedürfnis verspürte, das weltliche Leben kennen zu lernen. Dieses Interesse an dem Leben außerhalb der Klostermauern hatte sie bisher davon abgehalten, die Gelübde abzulegen, obgleich andere Nonnen ihr dazu mehrfach geraten hatten. Jene Nonnen, die das Leben außerhalb des Klosters kannten, hatten sowohl Elisa als auch sie selbst eindringlich vor den Gefahren des weltlichen Lebens gewarnt.

Hätte doch wenigstens Elisa jene Warnungen beherzigt. Sybil wurde abermals von Schuldgefühlen überwältigt und musste sich auch eingestehen, dass sie selbst unter einer inneren Unruhe litt, die sich hier im Konvent nicht bekämpfen ließ. Nach dem rauen, kalten Winter sehnte sie sich nach dem Frühling und einer erfreulichen Veränderung in ihrem eintönigen täglichen Einerlei. Dieses Gefühl, zu verkümmern und in der Entfaltung ihrer Vitalität eingeschränkt zu sein, kannte sie nur zu gut. Jedoch welche Möglichkeiten hatte sie, etwas zu verändern?

Sie besaß keine Angehörigen und kannte auch sonst niemanden, der sie hätte aufnehmen können. Wohin also hätte sie sich wenden können, falls sie sich tatsächlich entscheiden sollte, das Kloster zu verlassen? Der kirchlichen Obrigkeit war daran gelegen, jene, die sich einmal in eine klösterliche Gemeinschaft begeben hatten, dort auch zu halten. Jedoch empfand Sybil die Pflichten, die sie auf sich genommen, und die Versprechen, die sie bereits verstorbenen Nonnen gegeben hatte, als schwere Last. Sie bemühte sich aufrichtig, fromm und tugendhaft zu sein, aber in ihrem Inneren gab es einen ständigen Kampf zwischen ihrem agilen, aufsässigen Naturell und ihren guten Vorsätzen. In der Eintönigkeit ihres Daseins fühlte sie sich stark eingeengt, und sie befürchtete, dass sie eines Tages ihr Leben hier als Knechtschaft empfinden und das Gefühl haben würde zu ersticken.

Dann würde sie wieder nach Westen schauen und sich fragen, was jenseits der Obstplantage und der Felder und was hinter dem Dorf liegen mochte. Während sie darüber nachdachte, hatte sie plötzlich das Bedürfnis, sich umzusehen, aber anstelle des bekannten Ambientes bot sich ihr nun ein ungewohnter Anblick: Robin de Burgh.

Er wirkte absonderlich in dem kleinen Kräutergarten, obwohl hier gelegentlich auch Männer zu tun hatten, meist waren es Bedienstete. Jedoch war er irgendwie eine Ausnahmeerscheinung, größer und muskulöser. Mit seiner Robustheit und Männlichkeit wirkte er in dem kleinen Garten so deplaziert wie ein Stier zwischen zarten, frisch erblühten Veilchen. Nein, nicht wie ein Stier mit seiner wutschnaubenden Raserei und Schwerfälligkeit, aber etwas Kraftvolles, Animalisches ging von ihm aus, etwas, das ihr bislang nicht begegnet war.

Irritiert runzelte Sybil die Stirn. Sie hatte keine Skrupel, sich ihre Empörung einzugestehen. Wie konnte die Äbtissin sie beauftragen, mit diesem Menschen zusammenzuarbeiten? Er war nicht nur ein Mitglied der weltlichen Gesellschaft, sondern auch *ein Mann*. Eigentlich hatte er sich gar nicht in die Angelegenheiten der Nonnen einzumischen. Er war ein Eindringling in diesen geschützten Ort, und durch seine Anwesenheit gelangten weltliche Einflüsse in die Konventsgemeinschaft. Er war forsch, unabhängig und *unbekannt*.

Sybil war entrüstet. Bereits vom ersten Moment an, als er eigenmächtig, kraftvoll und selbstbewusst den Garten betreten hatte, war sie gegen ihn eingenommen gewesen. Seine Bekleidung wies ihn als jemanden von hohem Rang aus, und mit seiner getragenen Redeweise zeigte er deutlich seine Überheblichkeit. Er repräsentierte all das, was ihr nicht vertraut war, und Sybil war ehrlich genug, sich einzugestehen, dass sie ihm seine Macht und die Möglichkeiten, die er aufgrund seines Geschlechtes hatte, neidete. Es war aber nicht nur Missgunst, die sie härmte.

Was ihr am meisten an Robin de Burgh missfiel, waren die Gefühle, die er in ihr weckte, Empfindungen, die sie nie zuvor für jemanden verspürt hatte. Bereits als sie ihn erstmalig gesehen hatte, war sie von diesen Gefühlen erfasst worden. Sie hatte schockiert und fassungslos neben Elisa gekniet, die weinende Catherine neben sich, und hatte den Kopf gehoben und ihn erblickt. In seiner körperlichen Präsenz war er ihr größer und eindrucksvoller erschienen als alle Menschen, die ihr bislang begegnet waren. Er war nicht der erste Mann, mit dem sie Kontakt hatte. Im Konvent hatte sie auch mit Mönchen, kirchlichen Verwaltern und Arbeitern aus dem Dorf, die bei der klösterlichen Landwirtschaft halfen, zu tun. Jedoch war ihr nie jemand wie Robin begegnet.

Trotz des gestählten Brustkorbes, der breiten Schultern und der muskulösen Arme und Beine bewegte er sich mit einer Eleganz, die man bei seinem kräftigen Körper nicht vermutet hätte. Die Äbtissin hatte erwähnt, dass er ein Ritter war, das erklärte seine muskulöse Statur, aber nicht ihre eigene Reaktion auf diese. Sein Anblick war für Sybil wie ein einschneidendes Erlebnis gewesen, ihr Herzschlag war heftiger und sie war kurzatmig geworden. Und dann hatte sie ihm ins Gesicht geschaut ...

Er war faszinierend attraktiv.

Und als Sybil sich schließlich erhoben hatte, war sie irritiert, dass ein Mann so anziehend sein konnte: volles dunkles Haar, formvollendet geschwungene Augenbrauen, hohe Wangenknochen, braune, makellose Haut und Augen, die sie an dunklen Honig erinnerten, tiefgründig und betörend. Und als wenn das nicht verfänglich genug gewesen wäre, löste der Anblick seiner Mundpartie bei ihr ein Gefühl aus, als wenn ihr eigener Mund trocken würde und sie sich vor Verlangen verzehrte. Sie musste zugeben, dass sie sich sehr stark zu ihm hingezogen fühlte. Und da sie nicht zu jenen Menschen gehörte, die qualvolle Zustände duldsam hinnahmen, hatte sie sich ihm gegenüber abweisend und rebellisch verhalten – in der Hoffnung, ihn zornig zu stimmen und damit seinen Einfluss auf sie zu brechen.

Das aber war ihr nicht gelungen. Auch jetzt verspürte sie wieder diese eigenartige Sehnsucht nach ihm, nach diesem Mann und keinem anderen. Wegen dieses Gefühles ärgerte sie sich über seine

Anwesenheit hier im Kloster und empfand es als Zumutung, dass die Äbtissin ihr aufgetragen hatte, ihm zu assistieren. Dem werde ich schnellstens ein Ende bereiteten, gelobte sich Sybil. Zwar oblag ihm das Amt des Leichenbeschauers, jedoch würde sie auch alleine in der Lage sein, Elisas Mörder zu finden und sich dadurch Robin de Burgh schnellstens vom Hals schaffen und damit auch die verheerende Wirkung, die er auf sie hatte.

Auch jetzt, als sie an ihn dachte, spürte sie ihren beschleunigten Herzschlag und betrachtete Robin empört. Doch trotz ihres Zornes konnte sie ihre begehrlichen Anwandlungen nicht leugnen. Ihr Blick blieb am Muskelspiel seiner breiten Schultern hängen, als er sich anschickte, den Garten zu verlassen, und sie bebte vor Aufregung, als sie wie aus einem inneren Zwang heraus ihren Blick über seinen langen Rücken schweifen ließ und aufmerksam seine schmalen Hüften betrachtete, die von einem Kettenhemd bedeckt waren. Sybils Wangen glühten, und sie atmete bewusst tief ein und aus, um dem zwanghaften Interesse an diesem männlichen Körper ein Ende zu bereiten und es rasch in wütende Abwehr umzuwandeln.

„Wohin wollt Ihr?“ fragte sie und folgte ihm eilig.

Er war nicht geneigt, anzuhalten und sich ihr zuzuwenden, sondern antwortete nach vorne gewandt: „Nach draußen, ich möchte mich in der Umgebung umsehen.“

Sybil zögerte kurz, eigentlich war ihr nicht danach zumute, ihn zu begleiten, aber ihre Neugierde und Beharrlichkeit waren stärker. Wenn dieser Ritter jetzt einen wichtigen Hinweis finden sollte, würde ihr dieser entgehen. Außerdem hatte sie sich vorgenommen, ihn im Auge zu behalten, obwohl sie ihn mittlerweile nicht mehr für den Mörder hielt. Überdies war sie verpflichtet, die ihr von der Äbtissin aufgetragenen Aufgaben zu erfüllen. Und im Moment lautete ihre Aufgabe: Begleitet Robin de Burgh.

Und so folgte sie ihm. Er wartete nicht auf sie, und sie verfluchte seine langen Beine, als er zügig durch den Gang zur Großen Halle schritt. Die neugierigen Blicke der Nonnen ignorierend, ging er entschlossenen Schrittes durch das Portal. Draußen steuerte er zielbewusst auf die Mauer zu, die den Klostergarten von der Obstplantage trennte.

Dort fand sie ihn, als er entlang der Mauer aufmerksam nach Spuren des Mörders suchte. Hier und da blieb er stehen und kniete nieder, um den Boden intensiv zu untersuchen, während Sybil dort nichts Auffälliges bemerkte. Schließlich hob er den Kopf und blickte sie mit seinen wundervollen Augen an, so dass es Sybil beinahe die Sprache verschlug.

„Hier ist nichts zu finden“, sagte er enttäuscht.

Sie war lediglich in der Lage, ihn wie benommen anzustarren, und mühte sich, zu verbergen, dass ihre Hände plötzlich zitterten.

„Haben sich hier irgendwelche Fremden herumgetrieben?“ fragte er.

Sybil schüttelte den Kopf. Sie hatte ihm nicht richtig zugehört, weil sie mehr auf seine Mimik und Lippen geachtet hatte. Sie hatte sich gezwungen, nicht mehr seine Augen zu betrachten, und war dann mit ihrem Blick an seinen Lippen hängen geblieben. Hier draußen in der weiten Landschaft erschien er weniger fremdartig und deplatziert, und als ihr auffiel, wie sein Haar im Sonnenlicht glänzte, spürte sie ihren Herzschlag bis zum Hals.

Robin erkundigte sich nochmals: „Keine unbekannten Personen?“

Sybil bemerkte seine ernste Miene und kehrte in die Realität zurück. „Nein, nicht dass ich wüsste, nur die üblichen Kirchenleute, aber ich habe hauptsächlich mit Pensionsgästen und nicht mit Reisenden zu tun. Wir sollten uns mit dieser Frage an Elizabeth wenden, sie ist zuständig für die Unterbringung von Armen, Pilgern und anderen Menschen, die um Unterkunft für eine Nacht bitten. Und hauptsächlich hat die Ehrwürdige Mutter mit Besuchern zu tun."

„Wir sollten auch die Bediensteten über die hier tätigen Arbeiter und Hilfskräfte befragen", erwiderte Robin.

Als er sich mit einer geschmeidigen Bewegung erhob, stockte Sybil abermals der Atem. Doch sein Blick irritierte sie. Sie hatte das Gefühl, dass er ihr gegenüber eine feindselige Haltung einnahm, und fragte sich, was er gegen sie haben mochte. Wahrscheinlich war er nicht gern mit einer Frau zusammen.

„Wenn Ihr mir wirklich helfen wollt, dann lasst uns jetzt alle Menschen, die etwas wissen könnten, befragen, solange ihre Erinnerungen noch nicht verblasst sind", sagte er forsch.

Sybil sah sich in ihrer Annahme bestätigt. Nun gut, es soll nicht meine Sorge sein, wie wir miteinander auskommen, dachte sie und hob den Kopf. Allerdings hatte die Äbtissin angeordnet, dass sie zusammenarbeiten sollten, und dem würde sie gehorsam Folge leisten. Sie konnte nur hoffen, dass der Mörder bald gefunden würde. Sobald der Mord aufgeklärt war, würde Robin de Burgh abreisen.

Und darüber würde Sybil sehr froh sein.

3. KAPITEL

Obwohl Robin daran gelegen war, nicht mehr Zeit als unbedingt nötig mit Sybil zu verbringen, hatte er das Gefühl, dass sie nicht nur seine Assistentin, sondern auch seine einzige Ansprechpartnerin im Konvent war, außer er würde in Kauf nehmen, der Äbtissin dauernd nachzulaufen. Schnellen Schrittes verließ er die Obstplantage, jedoch musste er sein Tempo zügeln, damit Sybil ihm folgen konnte. Als sie ihn erreicht hatte, bat er sie, ihm einen Boten zur Verfügung zu stellen.

Er konnte hier nicht für unbestimmte Zeit bleiben, wenn niemand auf Baddersly seinen Aufenthaltsort kannte. Dem zuständigen Verwalter dort hatte er versprochen, dass er nicht unauffindbar wegbleiben würde, wie es früher sein Bruder Simon getan hatte, als er in eine Tändelei mit einer Frau verstrickt war. Außerdem benötigte er einige Kleidungsstücke und persönliche Gegenstände. Er hatte nur wenig dergleichen bei sich, zumal er nicht gewusst hatte, wie lange er hier bleiben würde.

Die Ungewissheit über die Dauer seines Aufenthaltes hier beunruhigte ihn. Zum Wohle derjenigen, die im Konvent lebten und zu seinem eigenen Seelenfrieden hoffte Robin, dass er bald den Mörder ausfindig machen, sich nach Vala erkundigen und dann weiterziehen konnte – weit weg von Sybil. Zunächst einmal musste er dafür sorgen, nicht die Beherrschung zu verlieren, wenn sie ihm eine Kammer im Gästehaus zuweisen würde. Schon jetzt, als er ihr in das Klostergebäude folgte, hatte er Mühe, seine Erregung zu bekämpfen.

Beim Anblick ihres grazilen Hüftschwunges biss Robin die Zähne zusammen. Er fragte sich, was sich die Äbtissin dabei gedacht hatte, einer Frau wie Sybil die Leitung des Gästehauses zu übertragen. Diese junge, hübsche Novizin sollte besser nicht für

Dienste im Zusammenhang mit Gästen eingesetzt werden, und auf keinen Fall sollte man sie alleine einen Gast zu seiner Kammer geleiten lassen.

Wenn er hier etwas zu bestimmen gehabt hätte, dann würde Sybil im Kloster von allen Aufgaben fern gehalten, bei denen es zu Kontakten mit Besuchern kommen konnte. Allein der Gedanke, dass ein wollüstiger alter Adliger Sybils Körper mit lüsternen Blicken taxieren könnte, falls es nicht noch ärger kommen sollte, beunruhigte ihn. Obwohl Robin eigentlich dazu neigte, die Dinge leicht zu nehmen, tobten in ihm nun Gefühle wie Beschützerinstinkt und Eifersucht.

Sybil sollte geschützt, anstatt den Blicken der Männer im Kloster ausgesetzt sein, seien es Gäste, Kleriker, Bedienstete oder wer auch immer. Zudem hatte Robin nicht das Gefühl, dass die Klostermauern sie wirklich von allem Bösen fern halten konnten. Es hätte ihn nicht gewundert, wenn sie diejenige gewesen wäre, die ermordet worden wäre, von einem eifersüchtigen Verehrer, einem zwielichtigen Gast, einem rachsüchtigen Diener oder einem abgewiesenen Freier. Bei diesen Gedanken stockte ihm der Atem, und es kostete ihn viel Überwindung, sie nicht auf der Stelle impulsiv an sich zu reißen, um sie zu beschützen.

Robin schüttelte den Kopf und bemühte sich, Vernunft anzunehmen. Wahrscheinlich würde sie schreien, wenn er nach ihr greifen würde, und dann wäre sie nicht die Einzige, die ihn als Mörder verdächtigte. Also übte er sich in Selbstbeherrschung, so schwer es ihm auch fiel.

Auch wenn er sich Sybil irgendwie auf unerklärliche Weise verbunden fühlte, musste er deshalb keineswegs für sie verantwortlich sein. Es sollte mich nicht sorgen, was ihr zustoßen könnte, wenn sie in verfängliche Situationen gerät, das ist nicht meine Aufgabe, redete sich Robin ein. Und dennoch, während sie ihn durch das

Gästehaus zu der Kammer führte, war er zerstreut, und es kostete ihn viel Kraft, seine Gefühle unter Kontrolle zu halten.

Schließlich besann er sich und sah sich um. Die Kammer war gut ausgestattet, besser als es Gästezimmer normalerweise waren. Robin nickte anerkennend, während er sein Gepäck auf einem Hocker deponierte. Das Bett war größer, als er erwartet hatte. Er verharrte eine Zeit lang mit starrem Blick vor dem Bett und musterte dann Sybil. Zwar war die Tür nur angelehnt, doch das Gefühl, dass sie alleine waren, erregte ihn bis in sämtliche Fasern seines Körpers.

Er begehrte diese Frau so sehr, dass es ihn fast schmerzte, und zugleich fühlte er eine unerklärliche Vertrautheit, als wenn er sie seit ewigen Zeiten kennen würde und sie beide, auch wenn sie eine Novizin und recht aufmüpfig war, für einander bestimmt wären. Für einen Moment hatte er sogar das Gefühl, dass er nur die Hand nach ihr auszustrecken brauchte, und sie ihm dann die ihre reichen würde zum Zeichen, dass auch sie sich ihm verbunden fühlte. Jedoch streckte er die Hand nicht nach ihr aus, sondern zerrte am Halsausschnitt seines Waffenrockes. Er wollte sich auch in dieser Situation nicht in Versuchung führen lassen, wusste er doch um die Gefahr, die Kontrolle zu verlieren und gar letztlich im Stand der Ehe zu landen. Robin seufzte besorgt und verließ die Kammer abrupt und zügig. Sybil eilte ihm hinterher.

Als sie wieder im Hauptgebäude eintrafen, wurden sie bereits von einer streng blickenden älteren Nonne mit derben Gesichtszügen erwartet. Sie begrüßte beide mit einem kurzen Nicken und geleitete sie schweigend zu einem Raum, den sie als Tagesraum der Novizinnen bezeichnete. Es war eine dürftige Kammer, in der lediglich ein schmaler Tisch und Bänke standen.

Die ungemütliche Atmosphäre und die spärliche Ausstattung machten Robin nachdenklich. Ihm war zuvor nicht bewusst gewesen, welch karges Leben die Novizinnen fristeten. Als ein de Burgh war er an ein Leben voller Reichtum und Privilegien gewöhnt. Aber welche Annehmlichkeiten hatte Sybil? Diese Gedanken betrübten ihn, und er sank irritiert auf eine der Bänke. Eigentlich sollte es nicht seine Sorge sein, wie sie lebte.

„Die Ordensschwestern haben sich in der Kapelle versammelt, um gemeinsam für die Verstorbene zu beten, so wie es sich gehört. Dennoch hat die Äbtissin angeordnet, dass jeweils eine Nonne die Andacht verlassen soll, um mit Euch zu sprechen“, sagte die alte Nonne voller Missbilligung.

„Das gilt auch für dich, Sybil“, zischelte sie wie eine giftige Natter und kam mit ihrem massigen Körper der grazilen Novizin so bedrohlich nahe, dass Robin beinahe von der Bank aufgesprungen wäre. „Es dürfte ja wohl kaum zu viel verlangt sein, wenn auch du dir ein wenig Zeit nimmst, um in der Kapelle zu erscheinen und für diejenige zu beten, von der du behauptest, sie sei deine beste Freundin gewesen.“

Sybil erblasste, und Robin erhob sich unverzüglich um seine … *seine?* … wie auch immer … vor diesem alten Drachen zu beschützen. Am liebsten hätte er der alten Nonne sofort einen kräftigen Faustschlag verpasst. Derartiges war aber nicht angemessen, also sann er nach einer anderen Strategie.

„Ich danke Euch für Eure gütige Unterstützung“, meinte er und setzte sein freundlichstes Lächeln auf. „Würdet Ihr bitte die Erste sein, die uns für ein Gespräch zur Verfügung steht?“

Die alte Frau blinzelte verunsichert, was Robin zeigte, dass sein Manöver nicht ohne Wirkung geblieben war. Jedoch fing sie sich und machte erneut ein finsteres Gesicht. „Genau das werde ich nicht tun! Ich habe andere Aufgaben, denen ich nachkommen muss, zum Beispiel die Überwachung der pflichtgemäßen Teilnahme an unseren heiligen Zeremonien, falls eine von uns sie vernachlässigen sollte“, erwiderte sie mit einem stechenden Blick auf Sybil.

„Dann später", sagte Robin mit einer höflichen kleinen Verbeugung. Als sie hinausgehen wollte, warf er ihr aber noch einen scharfen Blick zu, um ihr zu verdeutlichen, dass auch sie zu gegebener Zeit für ein Gespräch zur Verfügung stehen musste. Ihr abweisendes Verhalten mochte mit ihrer Persönlichkeit zu tun haben, Robin überlegte aber auch, ob sie vielleicht den Fragen ausweichen wollte, die er zur Aufklärung des Mordes stellen musste.

Als er Sybil ansah, war er erleichtert, dass die Blässe aus ihrem Gesicht gewichen war. „Was hat sie nur?" fragte er.

Sybil schüttelte den Kopf. „Ach, das ist Maud. Sie plustert sich öfter mal auf."

„Sie scheint Euch ja nicht besonders wohlgesonnen zu sein", meinte Robin.

Sybil reagierte mit einem Achselzucken. „Sie legt großen Wert darauf, wichtige Ämter inne zu haben und Befehle erteilen zu können und glaubt, in der Hierarchie direkt unter der Äbtissin zu stehen. Wahrscheinlich neidet sie mir den Auftrag, Euch behilflich zu sein."

„Ach so, sie hätte mir gern selbst assistiert", erwiderte Robin nachdenklich.

Sybil schürzte ihre bezaubernden Lippen. „Kein Grund, Euch jetzt geschmeichelt zu fühlen. Maud wird ihre eigenen Schlüsse ziehen, ohne irgendjemandem davon etwas mitzuteilen. Momentan ist sie wahrscheinlich konsterniert, weil sie befürchtet, dass ich in der Gunst der Ehrwürdigen Mutter stehe, zumal sie selbst sich ständig darum bemüht. Aber da irrt sie sich, weil mir diese Aufgabe schließlich als *Buße* auferlegt wurde", entgegnete Sybil und verdeutlichte damit, dass sie ihn nicht gerne begleitete.

Warum kann sie mich nicht leiden, fragte er sich und musterte aufmerksam ihr Gesicht. Sie aber wandte sich geschwind von ihm ab. Hatte sie etwas zu verbergen?

Ein schwaches Klopfen riss Robin aus seiner Grübelei. Als er die Tür öffnete, war ein leises Keuchen zu vernehmen, und eine schmächtige Nonne blickte ihn furchtsam an. Es war die verängstigte, weinerliche Catherine, daher besann er sich fürsorglich auf seine besten De-Burgh-Manieren.

„Bitte habt Verständnis, dass ich auch Euch befragen muss", sagte er. „Kommt herein." Ihm war daran gelegen, das Vertrauen dieser sensiblen Nonne zu erlangen, weil er alle Informationen benötigte, die sie ihm geben konnte. Robin vermutete, dass die Verstorbene ihren Mörder gekannt hatte und wohl nur ein Mann fähig war, jemanden mit einem solchen Schlag zu töten. Obwohl generell auch eine kräftige Frau wie Maud zu derartigem fähig gewesen wäre. Wenn sie sich ärgert, schlägt sie vielleicht auch abrupt zu, dachte Robin amüsiert.

Wahrscheinlicher aber war, dass Elisas Mörder ein Mann war, den sie recht gut gekannt hatte, eventuell ein Liebhaber. Bei den meisten Tötungsdelikten waren übermäßiger Alkoholgenuss oder ausschweifende Leidenschaften im Spiel, und da die Nonne Elisa mit Sicherheit nicht in einer Schänke verkehrt hatte, musste man an Letzteres denken. Robin hoffte, dass es jemanden im Kloster gab, der den Übeltäter kannte.

Catherine wusste offensichtlich nichts. Auf alle Fragen reagierte sie mit Stöhnen, Weinen, oder redete wirres Zeug über die Rache Gottes. Robin war sich ziemlich sicher, dass eine derart weltfremde Frau in dieser Angelegenheit nicht hilfreich sein konnte, und ließ sie gehen. Zwar hatte er Verständnis für ihre Bestürzung, ihr ewiges Gejammer mochte er aber nicht länger ertragen. Da nahm er lieber Sybils Verachtung in Kauf; diese schien ihm erträglicher als das weinerliche Lamentieren.

Merkwürdigerweise war Sybil im Moment jedoch ungewöhnlich still. Er blickte sie aus den Augenwinkeln heraus an und fragte sich, was wohl in ihrem hübschen kleinen Kopf vor sich gehen mochte. Sie machte ein abweisendes Gesicht. Anscheinend war es aussichtslos, mehr über sie erfahren zu wollen. Er konnte nur vermuten, dass sie jetzt nicht mit ihm sprechen wollte.

Wäre er nicht so intensiv auf seine Nachforschungen konzentriert gewesen, hätte ihn ihre ablehnende Haltung sicher belustigt. Es war ihm aber wichtiger, bei der Befragung der nächsten Nonne mehr Erfolg zu haben, sonst würde er hier unzumutbar lange bleiben müssen. Bei diesem Gedanken drängte es ihn, nochmals einen verstohlenen Blick auf Sybil zu werfen, dabei zerrte er am Halsausschnitt seines Waffenrockes.

„Habt Ihr ein Problem mit Eurer Kleidung?"

Robin war erstaunt, dass sie nun doch redete, so dass ihm ihr spöttischer Tonfall entging. Was hatte sie gefragt? Etwas wegen seiner Kleidung? Ihm wurde heiß, und er runzelte nachdenklich die Stirn.

Sie schaute ihn spitzbübisch an. „Ich habe den Eindruck, dass Euer Waffenrock zu eng ist, weil Ihr dauernd am Halsausschnitt herumzerrt. Oder habt Ihr einen juckenden Hautausschlag, dass Ihr Euch kratzen müsst?"

Erst war Robin verblüfft und sprachlos, dann warf er den Kopf zurück und musste lauthals lachen. Offensichtlich hatte ihre Lebensweise als Novizin nichts gegen ihren Humor und ihre Scharfzüngigkeit ausrichten können. Und Robin musste zugeben, dass er großen Gefallen daran fand. Er liebte es, einmal so richtig herzhaft lachen zu können, das hatte er schon immer als außerordentlich befreiend empfunden. Nach seiner Erfahrung gab es aber kaum Frauen, die das Talent zum Humor und zu Neckereien hatten. Ganz im Gegensatz zu Sybil. Ihr unverhohlenes Spötteln blieb nicht ohne jene Wirkung, die ihn ergötzte.

Robin hätte ihr erklären können, dass er zu viele Kleidungsstücke trug und ihm dabei nicht recht wohl war, jedoch wollte er nur ungern das spaßige Geplänkel abbrechen. Daher schritt er mit ernster Miene auf sie zu und genoss es, dass sie erstarrte und ihn misstrauisch anguckte.

„Ihr habt Recht, und ich wäre froh, wenn mir jemand behilflich sein könnte und mich an einer bestimmten Stelle, die besonders stark juckt, kratzen würde", sagte Robin wehleidig. Ihre Augen weiteten sich, und sie errötete, er aber gab sich unbeeindruckt und deutete auf seinen Rücken. „Da ist eine Stelle, die ich nicht erreichen kann. Wenn Ihr so gütig sein wollt …"

Robin vernahm, wie sie wütend schnaubte, und verkniff sich ein Grinsen. „Nun, habt Ihr nicht geschworen, Euch um die Kranken und Leidenden zu kümmern?" fragte er. „Ich versichere Euch, dass keine Ansteckungsgefahr besteht, zumindest vermute ich das, mit absoluter Sicherheit kann ich es nicht beteuern."

Er sah Sybil an, die nur leise zischte, und vermutete, dass sie ihm in diesem Schlagabtausch unterlegen war. Es war beinahe wie in seiner Jugendzeit, als er seine Brüder mit seinen Späßen geneckt hatte, nein, es war besser. Er stellte sich direkt vor sie. „Vielleicht ist es Euch angenehmer, an dieser Stelle zu kratzen?" fragte er. „Würdet Ihr mich freundlicherweise an meiner Brust reiben!" *Oder weiter unten …* Robin legte die Hand auf sein Herz, um seine Hilfsbedürftigkeit zu beschwören , jedoch verflog sein Interesse an weiterer Spöttelei, als sie ihn mit ihren großen blauen Augen anschaute und seinem Blick standhielt. Wie sie sich so tiefgründig ansahen, schien die Zeit stehen zu bleiben, und die unterschwellige Anziehungskraft zwischen ihnen war so zwingend, dass Robin kurz davor war, einen weiteren Schritt auf sie zuzugehen. Jedoch hörte er plötzlich ein knarrendes Geräusch und vermutete, dass die Tür geöffnet worden war.

Mit einer Mischung von Verärgerung und Erleichterung wandte er sich schnell herum. Die eintretende Nonne war schon älter, schüchtern, sanft und still, seiner Meinung nach genau die Art Frau, die berufen war, Nonne zu werden. Ein gutes Beispiel für Sybil, dem sie nacheifern sollte, dachte Robin. Zumal sie auch jetzt wieder recht renitent wirkte mit ihrem kritischen Gesichtsausdruck und dem leichten Zucken ihrer Mundwinkel.

Jedoch musste Robin zugeben, dass ihm ihre hartnäckige Ablehnung imponierte, zumal es kaum eine Frau gab, die einen de Burgh verschmähte. Sicher, als Novizin war es ihr untersagt, mit einem Mann anzubandeln. Auch wenn ihr Verhalten nicht immer dem einer Ordensfrau entsprach, schien sie sich Männern gegenüber ihrem Stand gemäß sittsam und keusch zu verhalten. Und genau das ist günstig für mich, befand Robin und konzentrierte sich auf die Frau, die soeben eingetreten war.

Diese ehrbare Nonne war allerdings sehr zurückhaltend und schweigsam. Alle seine Fragen beantwortete sie mit niedergeschlagenem Blick und einem Kopfschütteln. Robin war erstaunt, dass sie letztlich den Kopf hob und doch noch etwas sagte. „Elisa war unsere Schatzmeisterin, und ich bin die Sakristin, deswegen hatten wir keinen Grund, miteinander zu sprechen.“ Robin war erstaunt, dass es offensichtlich Frauen gab, die einen Grund brauchten, um miteinander zu schwatzen, und fragte sie nach den Aufgaben einer Sakristin.

„Ich bin zuständig für die kirchlichen Tücher und Gefäße“, erklärte sie mit gesenktem Haupt.

„Dann habt ihr kaum Kontakt zu fremden Hilfskräften oder Besuchern?“ fragte Robin.

Sie schüttelte den Kopf.

„Wie ist es mit den Ordensmitgliedern? Gab es Auseinandersetzungen?“

Erschrocken schaute sie ihn an, als wenn er etwas Gotteslästterliches geäußert hätte, und Robin musste zugeben, dass ihm Sybils direkte Redeweise angenehmer war als der Umgang mit dieser sensiblen Mimose.

Nach weiteren unergiebigen Fragen entließ er diese vorbildliche Nonne, lehnte sich zurück und dachte darüber nach, welches Leben diese Frauen hatten. Er hatte davon gehört, dass manche Orden ihre Mitglieder besonders zur Schweigsamkeit anhielten, aber davon nur zu hören war etwas anderes, als die Folgen selbst zu erleben. Diese Weltabgewandtheit besorgte ihn.

Mit religiösen Gebräuchen hatte er sich nie näher beschäftigt. Keiner der de Burghs hatte sich je berufen gefühlt, einem Orden beizutreten oder ein kirchliches Amt zu übernehmen. Sie hatten nicht das entsprechende Temperament. Aber auch Sybil war eigentlich nicht gerade dazu geschaffen, eine sittsame Nonne zu werden. Was hatte sie veranlasst, ins Konvent zu gehen? Klöster nahmen Frauen auf, die sich berufen fühlten, eine Braut Christi zu werden, waren ein Segen für jene, die nicht die erforderliche Mitgift oder anderweitig keine Aussicht auf eine Heirat hatten, und boten Frauen die Möglichkeit, Ansehen und Machtbefugnisse zu erlangen, die das weltliche Leben ihnen verwehrte. Aus welchem Grund lebte Sybil in diesem Kloster? Robin vermutete, dass letztere Aussichten sie dazu veranlasst hatten. Aber warum hatte sie dann noch nicht die Gelübde abgelegt?

Sie ist schwer zu durchschauen, dachte er, als er sie abermals betrachtete. Und obwohl er Rätsel liebte, schien ihm das Geheimnis, das sie umgab, kaum lösbar. Offensichtlich war Sybil nicht daran gelegen, seine Aufmerksamkeit auf sich zu ziehen, sie blickte ihn zornig und abweisend an, was allerdings sein Interesse steigerte. Robin fragte sich, wo ihre beständige Verachtung ihm gegenüber geblieben war, als sie einander tief in die Augen geschaut hatten. Da war nämlich nichts dergleichen zu bemerken gewesen.

Ihm blieb keine Zeit, weiter darüber nachzusinnen, weil die nächste Nonne eintrat. Zwar war sie nicht so schweigsam wie ihre Vorgängerin, schien aber noch ängstlicher zu sein als diese. Sie war älter als Sybil, jedoch blickte sie ständig furchtsam zu ihr hin, besonders wenn Robin Fragen über Elisas persönliches Leben und mögliche Auseinandersetzungen innerhalb des Ordens stellte. Hatte sie Hemmungen, vor Sybil zu sprechen?

„Sind Euch irgendwelche Fremden aufgefallen?“ erkundigte er sich. Die Nonne schien diese Frage stark zu ängstigen, so dass Robin beruhigend hinzufügte: „Ich danke für Euer Erscheinen und versichere Euch, dass ich persönlich dafür sorgen werde, dass niemandem hier ein Leid geschieht.“

Sie nickte so zögerlich und verängstigt, dass Robin den Eindruck hatte, dass sie sich weniger vor einem unbekannten Mörder fürchtete als vor ihm selbst. Diese Erkenntnis verblüffte ihn. Niemand hatte einen Grund, sich vor den de Burghs zu fürchten, außer ihren Feinden natürlich, und Frauen ... nun, Frauen waren immer entzückt, wenn einer der de Burghs anwesend war und dankbar für den Schutz, den sie ihnen gewährten.

Es behagte ihm nicht, jemandem grundlos Angst einzuflößen, und er dachte nach. Lag es daran, dass er ein Mann war innerhalb des weltabgewandten Nonnenklosters, oder gab es einen anderen Grund? Schließlich entließ er die Nonne, und als sie davonhuschte, fragte er sich, wie es ihm nur gelingen könnte, von diesen Frauen wichtige Hinweise zu erhalten.

„Sie haben keine Erfahrung mit ... Rittern“, erklärte Sybil und betonte dabei das letzte Wort, als wenn er ein Ungeheuer wäre. Er war versucht, sie zu fragen, ob er ihnen sympathischer wäre, wenn er nicht die Fähigkeit hätte, sich selbst und sie alle zu verteidigen, zog es aber vor, zu schweigen.

Ganz in Gedanken versunken beobachtete er, wie sich Sybil erhob, um die Frau zu empfangen, die vor der Tür stand. Diese Nonne war hoch betagt und schwerhörig, daher war Robin gezwungen, lautstark direkt in ihr Ohr zu sprechen. Er wiederholte seine Fragen mehrfach, bis Sybil sich entschloss, ihm mitzuteilen, dass die alte Frau eine eigene Kammer hatte, aus der sie sich nur noch selten herauswagte, und daher kaum Kontakt zu anderen hatte. Nach dieser Information begleitete Robin die greise Nonne hinaus und warf seiner Assistentin noch einen fragenden Blick zu. Ihm kam es so vor, als ob sich Sybil heimlich über die Unannehmlichkeiten, die er hatte, amüsierte.

Mit ernster Miene widmete sich Robin wieder der Nonne, die sich auf ihn stützte, und bat eine Bedienstete, die gerade durch den Flur ging, die betagte Nonne zurück zur Kapelle zu begleiten und ihm Papier und Feder zu bringen, weil er die Namen der Nonnen, die er bereits befragt hatte, notieren wollte.

Als er zurückkam, blickte ihn Sybil erstaunt an. „Ihr könnt schreiben?" fragte sie.

„Selbstverständlich kann ich schreiben", erwiderte Robin. „Mein Vater, der Earl of Campion, hat großen Wert auf eine gute Bildung gelegt. Könnt Ihr nicht schreiben?"

„Natürlich kann ich schreiben, ich wurde von den Nonnen seit meiner Kindheit unterrichtet", entgegnete sie.

„Schade, dass sie Euch nicht bessere Manieren gelehrt haben", sagte Robin trocken. Als ihm auffiel, dass sie sich rechtfertigen wollte, fuhr er fort: „Ich dachte, dass ihr frommen Frauen demütig seid." *Hatte sie nervöse Zuckungen auf der Wange?* Robin empfand es als weitaus angenehmer, sie zu necken als mit ihr zu streiten. „Ich spiele auf meine juckende Stelle an …", begann er, musste dann aber lauthals lachen und bemerkte gerade noch, dass sie etwas nach ihm warf.

Glücklicherweise verfügte er über schnelle Reflexe, und sie war nicht gerade treffsicher. Er duckte sich vorsichtshalber, obwohl ihr Geschoss sowieso über ihn hinwegfliegen würde. Als es zu Boden fiel, sah Robin, dass es nur ein hölzerner Becher war. Aufmerksam beobachtete er die Angreiferin in Erwartung einer weiteren Attacke, jedoch schloss er aus ihrem erschrockenen Gesichtsausdruck, dass keine weiteren Geschosse folgen würden, zumindest nicht sofort.

Anscheinend war sie selbst irritiert über ihren Gefühlsausbruch, zumal derartiges für eine Nonne nicht schicklich war. Jedoch hätte Robin ihr gern einen weiteren Becher gereicht und sie angespornt, sich keinen Zwang anzutun und ihren Bedürfnissen freien Lauf zu lassen. Robin vermutete, dass sich unter dem Nonnengewand eine leidenschaftliche Frau verbarg, umständehalber gezwungen, ihr Temperament zu zügeln. Und plötzlich hatte er den Wunsch, sie von der aufgezwungenen Zurückhaltung zu erlösen und ihr eine ganz andere, freiere Lebensart zu ermöglichen.

Mit einem Seufzer verdrängte Robin diesen Gedanken und zerrte am Halsausschnitt seines Waffenrockes, verzog das Gesicht und hatte sich dann wieder in der Gewalt. Er lief Gefahr, sich derjenigen, die sein Verhängnis sein könnte, allzu verbunden zu fühlen. Auf keinen Fall sollte er sich darum kümmern, welches Temperament sie hatte, welches Leben sie hier fristete oder was auch immer sonst sie betraf. Er war besser beraten, sie als Gegnerin zu betrachten, anstatt sich um sie zu sorgen oder gar seinen eigenen Gefühlen für sie freien Lauf zu lassen. Robin erblasste, jedoch bewahrte ihn das Eintreten der Bediensteten, die ihm Papier und Feder brachte, davor, in einen Zustand von Panik zu geraten.

Er murmelte einige Worte des Dankes und musterte die Nonne, die jetzt vor ihm saß. Sie schien die Vernehmung grundsätzlich zu missbilligen, äußerte ihre Ablehnung aber nicht, sondern antwortete ihm nur so kurz und spärlich wie möglich. Robin setzte sich schließlich und fuhr sich verdrossen mit den Fingern durchs Haar.

„Ich bin lediglich bemüht, Elisas Mörder zu finden und weiteres Blutvergießen zu verhindern", erklärte er, mit seiner Geduld fast am Ende.

„Nun, ich glaube kaum, dass irgendeine von uns so enden wird wie Elisa", entgegnete die Nonne. Robin betrachtete sie aufmerksam. Galt ihr Tadel ihm oder der Verstorbenen?

„Woher nehmt Ihr diese Gewissheit?" erkundigte er sich. „Gibt es einen Grund, dass ausgerechnet Elisa angegriffen wurde?" Mit dieser Frage wollte Robin einer eigenen Vermutung nachgehen, ohne den Eindruck zu erwecken, diese für zwingend zu halten. Unglücklicherweise reagierte Sybil darauf mit heftigem Protest, worauf die Nonne ihr einen kritischen Blick zuwarf. Robin fragte sich, ob Sybils Anwesenheit während der Untersuchung hilfreich oder hinderlich war. Zweifellos hinderlich, entschied er rasch, zumal die Nonne nun nichts mehr sagen wollte und sich umgehend verabschiedete. Als sie den Raum verlassen hatte, schloss Robin die Tür. „Was erlaubt Ihr Euch?" wies er sie verärgert zurecht.

„Wovon sprecht Ihr?" konterte sie, erhob sich und sah ihn furchtlos mit gespielter Ahnungslosigkeit an. Er bewunderte zwar ihren Mut, jedoch missfiel ihm ihre unkooperative Haltung. „Ihr wisst sehr gut, was ich meine", entgegnete Robin mit leicht drohendem Unterton. „Wenn Ihr meine Untersuchungen behindern wollt, muss ich Euch des Raumes verweisen."

„Das dürft Ihr nicht!" erwiderte sie. „Die Ehrwürdige Mutter hat mich beauftragt ..."

Robin unterbrach sie. „Die Äbtissin hat Euch beauftragt, mir zu helfen, nicht mich zu behindern!"

„Ich möchte nicht, dass Ihr schlecht über die Verstorbene redet!" antwortete sie, und nur die leichten Zuckungen ihrer Wange verrieten, dass sie nicht so gefasst war, wie sie vorgab. Robin fühlte seine Wut schwinden.

„Sybil“, sagte er sanft und ging langsam auf sie zu. Als er vor ihr stand, zuckte sie zusammen, als wenn sie vor ihm auf der Hut sein müsste – so wie er sich vor ihr vorsehen musste. Jedoch bezweifelte Robin, dass beide aus demselben Grund einander misstrauten. Ihr schien er suspekt zu sein, weil sie ihn für einen ungehobelten Ritter hielt, der ihr klösterliches Leben störte und ihre Freundin verleumdete. Mit einem Seufzer lief er zu seiner Bank zurück und fragte sich, wie er Elisas Mörder finden sollte, wenn es ihm verübelt wurde, bei dem Mordfall an eine Beziehungstat zu denken.

Robin hatte das Gefühl, dass die Ermittlungen immer komplizierter wurden, und widmete sich etwas frustriert der Nonne, die nun eintrat. Er geleitete sie höflich zu einer der Bänke und besann sich auf seinen berüchtigten de-Burgh-Charme, allerdings nicht ohne Sybil schnell noch einen warnenden Blick zuzuwerfen.

Tatsächlich unterließ sie es nun, seine Untersuchung zu behindern, jedoch waren auch seine weiteren Befragungen erfolglos. Die älteren Nonnen beriefen sich darauf, kaum mit Elisa verkehrt zu haben, und die jüngeren gaben vor, nichts über deren Privatangelegenheiten zu wissen. Er mochte nicht recht glauben, dass innerhalb dieser kleinen Gemeinschaft niemand etwas wusste. Sybil hatte ihm zwar mitgeteilt, dass der Bischof den Nonnen untersagt hatte, miteinander zu tratschen, dennoch konnte sich Robin nicht vorstellen, dass diese guten Frauen, mochten sie noch so züchtig sein, auf Klatsch und Tratsch gänzlich verzichteten.

Enttäuscht über das fruchtlose Ergebnis seiner Befragungen überlegte er, ob er alle Nonnen noch einmal verhören sollte, wenn Sybil nicht zugegen war. Offensichtlich war Sybil eine Freundin der Ermordeten, und er konnte nicht ausschließen, dass die anderen Nonnen wichtige Informationen zurückhielten, wenn sie dabei war. Mit gemischten Gefühlen erwog er, die Äbtissin zu bitten, Sybil von ihrem Auftrag zu entbinden. Auch für ihn selbst würde es besser sein, wenn er sie sich vom Halse schaffte. Allerdings bemerkte er, dass irgendetwas in seinem Körper sich dagegen sträubte. Er war geneigt, dieses Gefühl in seiner unteren Körperregion zu orten, musste aber feststellen, dass es höher lag, im Bereich der Brust, wo er sonst die Sehnsucht nach seinem verlorenen Familienleben verspürte.

Auch wenn es ihm nicht passte, er würde sie vermissen, trotz ihrer Scharfzüngigkeit und ihres aufsässigen Benehmens, wohl nicht sogleich, aber vielleicht würde er sein Leben lang diese Frau nicht vergessen können.

4. KAPITEL

Mit zwiespältigen Gefühlen erhob sich Robin; er wollte sofort die Äbtissin aufsuchen. Allerdings kam er nur bis zur Tür. Als er diese öffnete, erblickte er die schreckliche Maud, die bereits auf der Türschwelle stand. Hatte sie gelauscht oder anderweitig spioniert? Robin konnte sich nicht vorstellen, dass es möglich war, durch die dicken Klostermauern und die massiven Türen etwas zu hören, aber vielleicht hatten manche Nonnen dafür spezielle Methoden, zumal das eintönige Klosterleben ansonsten wenig Abwechslung bot.

Robin verwarf sein Vorhaben und begrüßte die Nonne mit aufgesetzter Freundlichkeit. Auch wenn er es nicht zugeben wollte, so war er doch sehr erleichtert, dass er Sybil erst einmal nicht fortschicken musste. Jetzt war es wichtig, sich auf Maud zu konzentrieren. Sie hatte offensichtlich keine Angst, ihre Meinung zu sagen oder gar üble Gerüchte auszuplaudern. Scheinbar hatte sie auch keine Probleme, sich andere Menschen zum Feind zu machen. Vielleicht legte sie sogar besonderen Wert darauf, gegen andere zu intrigieren. Er geleitete sie hinein und schenkte ihr sein charmantestes Lächeln, allerdings ohne damit bei ihr Eindruck zu machen.

Maud erklärte, dass sie nur gezwungenermaßen noch einmal zurückgekommen war. „Die Ehrwürdige Mutter hat darauf bestanden, dass auch ich Euch aufsuche, obwohl ich nichts in dieser Angelegenheit weiß“, meinte sie mit verhärmter Miene, worauf Robin zu hoffen wagte, dass sie vielleicht doch mehr wusste, als sie behauptete. „Zwar erachte ich es als meine Pflicht, alle Anweisungen der Oberin zu akzeptieren, doch frage ich mich, was *sie* hier zu suchen hat“, fuhr Maud fort und warf Sybil einen kritischen Blick zu. „Ich werde kaum unbefangen sprechen können, wenn ich das Gefühl haben muss, dass meine Worte falsch ausgelegt oder anderen gegenüber ausgeplaudert werden könnten. Könnte sie bitte den Raum verlassen?“ fragte Maud.

Obwohl Robin gerade zuvor denselben Gedanken gehabt hatte, hielt er es für günstiger, dass dieser Vorschlag von Maud kam. Zwar behagte es ihm nicht, ihre Missgunst zu unterstützen, doch verbeugte er sich vor dem alten Drachen. „Wenn Ihr Euch dann wohler fühlt ...“, begann er, wurde aber sogleich von Sybil unterbrochen.

„Die Äbtissin hat mich beauftragt, Lord Robin Beistand zu leisten“, sagte sie mit einer Entschlossenheit, die keinen Widerspruch duldete, und Robin kam nicht umhin, ihre Courage zu bewundern.

„Ach wirklich?“ entgegnete Maud und schaute Sybil drohend und arglistig an. Robin schäumte vor Wut, es drängte ihn, Sybil zu verteidigen, jedoch zwang er sich, gelassen zu bleiben.

„Ja, wirklich“, antwortete Sybil standhaft, ohne sich einschüchtern zu lassen.

Ob Maud seine Verärgerung gespürt oder vor Sybils Hartnäckigkeit kapituliert hatte oder ob sie sich nur hatte aufspielen wollen, blieb Robin unklar, sie gab schließlich verbissen nach.

„Nun gut, aber ich warne dich davor, mich zu unterbrechen und weiterzugeben, was ich zu berichten habe“, meinte sie mit schriller Stimme zu der Novizin.

Sybil senkte demütig den Kopf, und Robin fragte sich, ob Maud vielleicht nun absichtlich auf Gerüchte zu sprechen kommen würde, die Sybil oder ihre verstorbene Freundin herabwürdigten. Die alte Frau erinnerte ihn an eine fette Spinne, die intrigante Pläne ausheckte und ihre Netze um die arglosen Nonnen des Konvents spann. Doch was auch immer sie sagen würde, Robin musste sich auf Elisas Lebensumstände konzentrieren, ohne sich dabei um Sybil zu kümmern.

„Ich garantiere Euch, dass Ihr bedenkenlos frei sprechen könnt“, versicherte Robin und lächelte Maud freundlich an. „Auch solltet Ihr wissen, dass mir Eure Aussage sehr wichtig ist, weil die Angaben der anderen Nonnen mir bisher in keiner Weise hilfreich waren, Ihr aber …“, Robin verbeugte sich, „… Ihr scheint mir sehr wachsam zu sein und über fundierte Kenntnisse zu verfügen. Daher vermute ich, dass Ihr zur Lösung des Falles beitragen könnt.“

Robin warf dem alten Drachen einen aufmunternden Blick zu, worauf Maud ihn selbstgefällig anschaute. „Natürlich bin ich scharfsichtiger als diese Flittchen hier, die ihre Pflichten vernachlässigen“, erwiderte sie und ließ sich mit ihrem massigen Körper plump auf einer Bank nieder. „Eigentlich ist dieses nicht der mir gebührende Sitzplatz, zumal es um wichtige Mitteilungen geht.“

„Ich verstehe, aber mir wurde dieser Raum zugewiesen, und ohne Eure Befragung kann ich meine Untersuchung nicht abschließen“, erklärte Robin.

„Nun denn“, begann Maud und zögerte ihre weitere Aussage absichtlich hinaus. „Grundsätzlich enthalte ich mich jeglicher Kritik an den Zuteilungen der Ämter, aber meiner Meinung nach war Elisa wegen ihres jugendlichen Alters dem Amt der Schatzmeisterin nicht gewachsen“, verkündete sie voller Missgunst. „Durch dieses Amt hatte sie mehr Kontakt mit weltlichen Angelegenheiten, als für sie ratsam gewesen wäre. Sie hatte mit den Abrechnungen von Händlern, Bediensteten, Geistlichen und wer weiß von wem zu tun, ganz zu schweigen von dem vertraulichen Kontakt zum Verwalter.“ Maud schüttelte hochmütig den Kopf. „Daher wundert es mich nicht, dass ihr Leben in einer Tragödie endete.“

Nach diesen höhnischen Ausführungen musterte Robin kurz und aufmerksam Sybil und wandte sich dann wieder Maud zu. „Fahrt fort“, drängte er.

Mit deutlicher Schadenfreude, bei ihm Gehör gefunden und

ihre Rivalin kaltgestellt zu haben, nickte die ältere Frau. „Nun, der Grund allen Übels ist bekanntermaßen zu viel Umgang mit weltlichen Dingen und Außenstehenden zu haben“, sagte sie mit einem Blick auf Sybil, als ob sie diese anklagen wollte, sich diesbezüglich falsch benommen oder gar einen schlechten Einfluss auf Elisa gehabt zu haben.

Unverzüglich lenkte Robin das Gespräch wieder auf das Ausgangsthema. „Sind Euch irgendwelche Fremden aufgefallen oder jemand, der Elisa nicht wohlgesonnen war?“

Maud hob ihren Kopf in überlegener Pose. „Mir ist keine bestimmte Person aufgefallen, zumal ich kaum Kontakt mit Menschen habe, die nicht zur Konventsgemeinschaft gehören. Aber Elisa hatte mit diversen fragwürdigen Personen zu tun, von den Arbeitern, die bei unserer Landwirtschaft mithelfen, bis hin zum Verwalter. Ich hörte, sie habe sich für einen dieser Männer auf unschickliche Weise besonders interessiert. Jedoch bin ich nicht eingeweiht in ihre persönlichen Angelegenheiten, daher kann ich Euch nicht mehr darüber berichten. Vielleicht kann Sybil genauere Angaben machen“, stichelte Maud.

Robin erhob sich und stellte sich zwischen die beiden Frauen, um zu verhindern, dass Maud mit den Konsequenzen ihrer Verhöhnung konfrontiert wurde. „Seid meines Dankes gewiss“, sagte er, während Sybil hinter ihm undefinierbare Geräusche von sich gab. „Ihr habt mir sehr geholfen.“ Er geleitete die Nonne galant zur Tür und beteuerte, dass er sich an sie wenden werde, wenn er noch weitere Fragen haben sollte. Nachdem sie den Raum ebenso hochmütig verlassen wie sie ihn betreten hatte, schloss Robin die Tür und schaute Sybil an.

Als er ihren Gesichtsausdruck bemerkte, erkannte er, warum sie nie die Gelübde abgelegt hatte. Wenn sie sich auch redlich bemühte, das, was sie innerlich bewegte, zu verdrängen, so war sie doch zu impulsiv für ein Leben in demütiger Ergebenheit. Es war nicht zu übersehen, dass sie erfüllt war von Energie und Leidenschaft – und Wut, die sich nun auf ihn richtete.

„Warum habt Ihr mich nicht gewähren lassen?“ rief sie und stürzte sich mit geballten Fäusten auf Robin. „Es ist höchste Zeit, dass jemand dieser schrecklichen Person endlich einmal heimzahlt, was sie austeilt!“ Haltlos schlug sie mit den Fäusten auf seine kräftige Brust, und Robin ließ sie gewähren. Sie schlug und schimpfte dabei, hauptsächlich wegen der grässlichen Maud und der armen, verleumdeten Elisa. Schließlich umfasste er ihre Handgelenke und hielt sie fest. Schlagartig verwandelte sich ihre Wut in ein herzergreifendes Weinen, das Robin unangenehmer erschien als ihre Faustschläge.

Daher ließ er ihre Hände los, legte die Arme um sie und zog sie sanft an sich. Sie schmiegte ihr Gesicht an seinen Waffenrock, und er hielt sie fest und sicher, um sie zu trösten und zu beruhigen. Alle Gedanken an sein Amt als Leichenbeschauer oder ihre Stellung als Novizin oder dass sie sein Verhängnis sein könnte, waren für ihn bedeutungslos geworden, als sie sich nun gehen ließ und er ihrer Gefühle und ihres Leides gewahr wurde. In diesen Dingen weniger sprachgewandt als seine Brüder, konnte er ihr nicht den Trost einfühlsamer Worte geben, sondern nur die Kraft und Stütze seines Körpers. Und trotz seines anfänglichen Argwohns schien es ihm nun fast selbstverständlich zu sein, sie in den Armen zu halten.

Als jedoch ihr Schluchzen nachließ und ihr Körper sich entspannte, fiel Robin auf, dass ihr Körper perfekt zu seiner Statur passte. Wie sie so in seinen Armen verharrte, berührte ihr Kopf sein Kinn. Und Robin bemerkte nun eindringlich den sanften Druck ihrer weiblichen Formen auf seinem Körper, ihre zarten Brüste, die Rundung ihrer Hüften und ihre Wärme. Als er tief einatmete, fühlte er seine Mannbarkeit erstarken.

Sybil hob leicht erschrocken den Kopf und blickte ihn mit großen blauen, verweinten Augen an, und Robin verfluchte seine Zunge, die begierig darauf war, sich den Weg durch seine Lippen zu bahnen. Eine abspenstige Locke war unter ihrem Schleier hervorgerutscht, und er sah, dass sie von rötlichem Farbton war, einer lebhaften und kraftvollen Farbe, genau dem Temperament dieser Frau entsprechend. Fasziniert hob Robin die Hand, um die Locke an ihren Platz zurückzustecken. Dabei berührte er mit dem Daumen Sybils zarte Haut, und wie versonnen strich er sanft über die feine Wölbung ihrer Wange.

Er wollte mehr von ihr spüren. Leidenschaftliches Verlangen überkam ihn drängend, fast qualvoll, und ein Beben ging durch seinen Körper. Er wollte, er musste sie küssen, jetzt und hier. Er begehrte sie wie nichts zuvor in seinem Leben. Und Sybil verhielt sich nicht abweisend. Sie schaute ihn schweigend an, und ihre verführerischen Lippen schienen anzudeuten, dass sie genauso hingerissen und verlangend war wie er.

Seine Erregung wurde immer stärker und breitete sich pulsierend in seinem ganzen Körper aus. Robin versuchte unter großer Anstrengung, sich dagegen zu wehren. Er wollte nicht, durfte nicht unziemlich die Fassung verlieren. Jedoch waren seine Mühen letztlich vergeblich, er konnte nicht mehr an sich halten, und fast hätte er seinem Verlangen nachgegeben, wenn nicht ein Klopfen an der Tür ihn zur Räson und wieder auf den Boden der Tatsachen gebracht hätte. Plötzlich wurde sich Robin bewusst, dass er diejenige in den Armen hielt, die sein Verhängnis sein konnte; er erschrak und musste schlucken. Auch Sybil schien verwirrt und alarmiert, sie keuchte nervös. So lösten sie sich aus ihrer Umarmung und wichen auseinander, und als die Tür geöffnet wurde, hatten sie gerade einen gebührlichen Abstand zu einander eingenommen. Die Äbtissin betrat den Raum, und Robin starrte die gute Frau verlegen an. An seinen Waden spürte er hinter sich die Bank und setzte sich unbewusst, wobei ihm Schamesröte ins Gesicht stieg.

Glücklicherweise trat die Äbtissin mit gesenktem Kopf ein. Offensichtlich hatte sie von der verfänglichen Situation nichts bemerkt. Sicher war sie erfüllt von Trauer und musste sich ganz darauf konzentrieren, ihren Aufgaben nachzukommen. Robin fühlte sich plötzlich schuldig wegen seines schlechten Benehmens in ihrem heiligen Haus, obwohl er eigentlich nichts Schändliches getan hatte. Noch nicht.

„Sind alle Ordensschwestern hier gewesen?“ fragte die Äbtissin. Robin fiel auf, dass Sybil sehr angespannt wirkte. Sie hielt die gefalteten Hände schützend vor sich, und ihr blasses Gesicht sah verweint aus. Er fühlte sich niederträchtig, als wenn er sie schlecht behandelt hätte, obwohl er ihr Trost und Beistand gegeben hatte, so gut er es konnte. Was ihn wirklich beunruhigte, war das, was zuletzt beinahe passiert wäre, und es kam ihm merkwürdig vor, dass er sie heftig begehrte und zugleich wünschte, sie sich schnellstens vom Halse zu schaffen.

„Und habt Ihr etwas herausgefunden?“ erkundigte sich die Äbtissin weiter. Robin schaute sie benommen an, verwirrt von der Erinnerung an seinen Kampf zwischen Begehren und Selbstbeherrschung und an Sybils verweinte blaue Augen.

Diese schien sich schnell wieder gesammelt zu haben. „Ehrwürdige Mutter“, begann sie, und Robin war ihr dankbar, dass sie die Äbtissin von ihm ablenkte, „ist es nicht so, dass Maud immer der Meinung war, Eure engste Vertraute zu sein, vielleicht sogar Eure Favoritin?“

Angesichts dieser Frage war Robin rasch wieder bei der Sache, weil er ahnte, worauf Sybil hinauswollte. Wenn ihm auch die alte Maud äußerst unsympathisch war, so konnte er sich doch nicht vorstellen, dass sie ihre Rivalinnen umbringen würde, zumal sie genug andere Möglichkeiten hatte, diese zu peinigen.

Die Oberin lächelte mild. „Maud ist sehr ehrgeizig, aber ich kann keines meiner Schäfchen den anderen vorziehen."

Robin beeindruckte diese diplomatische Antwort, aber Sybil wirkte unbefriedigt. Offensichtlich bestand der Zwist zwischen ihr und Maud schon seit längerer Zeit. „Aber könnte es nicht sein, dass eine, die überzeugt ist, ihr gebühre eine höhere Position, und die voller Missgunst ist, so weit geht, dass sie diejenigen sabotiert oder vernichtet, die ihr im Weg stehen?"

Die Äbtissin dachte angestrengt nach. „Ihr nehmt doch nicht etwa an, eine unserer Mitschwestern könnte Elisa umgebracht haben?" meinte sie.

Robin erhob sich. „Wir versuchen lediglich, vorurteilsfrei alle Möglichkeiten zu überprüfen, Ehrwürdige Mutter", erklärte er. „Auch wenn wir es uns eigentlich nicht vorstellen können, so müssen wir doch in Erwägung ziehen, dass nicht alle Nonnen hier so fromm und ergeben sind wie Ihr es seid. Und wahrscheinlich ist auch kaum eine Nonne wirklich gänzlich frei von Gefühlen wie Neid, Eifersucht und Leidenschaft, wie sie jede Frau natürlicherweise hat", sagte er und musterte dabei kurz jene Novizin, von der er ahnte, dass sie mit Sicherheit nicht leidenschaftslos war.

Die Oberin runzelte die Stirn. Robins Erwägungen beunruhigten sie offensichtlich. Doch dieser fuhr fort: „Sinnt in aller Ruhe darüber nach, und falls Euch irgendwelche Auseinandersetzungen zwischen den Ordensschwestern einfallen oder Ihr einen bestimmten Verdacht habt, teilt es mir bitte mit."

„Ich werde darüber nachdenken", versprach die Äbtissin.

„Wir wissen Eure Hilfsbereitschaft zu schätzen", erwiderte Robin. „Ich wollte Euch jedoch auch noch fragen, ob Euch irgendwelche Fremden unangenehm aufgefallen sind, besonders solche, die mit Elisa Kontakt hatten?"

Die Oberin überlegte einen Moment, bevor sie antwortete. „Ich hatte mit den Geistlichen, die üblicherweise bei uns ein- und ausgehen, mit Männern aus der Umgebung und mit Reisenden zu tun." Frustriert schüttelte sie den Kopf. „Ich fürchte, dass wir in manchen Angelegenheiten die Zügel etwas zu locker gelassen haben. Die Nonnen werden oft beauftragt, ins Dorf zu gehen, um dort Besorgungen zu machen oder die Erzeugnisse unseres Klosters anzubieten. Und wie Ihr sicher bemerkt habt, sind wir nur eine kleine Ordensgemeinschaft. Bei der Bewirtschaftung unserer Felder sind wir auf die Unterstützung von Einwohnern der umliegenden Dörfer angewiesen."

„Gab es unter den Arbeitern jemanden, der vielleicht einen Groll gegen die Nonnen hegte, besonders gegen Elisa? Oder hatte sie zu irgendwem mehr Kontakt als üblich ist?" erkundigte sich Robin und kümmerte sich nicht darum, dass Sybil bei dieser Frage leise zischte. Die Äbtissin schüttelte jedoch lediglich den Kopf. Sie war erschüttert, dass ein Schäfchen ihrer Herde Opfer derartiger Gewalt geworden war.

Robin verbarg seine Enttäuschung. Er hatte sich von der Äbtissin einen Hinweis erhofft, der ihm bei den Ermittlungen helfen würde. So blieb es dabei, dass lediglich Maud aufgefallen war, dass Elisa eine Beziehung zu einem Mann gehabt hatte. Maud hatte ihn an Sybil verwiesen – für den Fall, dass er nähere Angaben brauchte.

Robin dachte angestrengt nach. Er hatte vermutet, dass Mauds missgünstige Aussage aus der Rivalität zwischen ihr, Elisa und Sybil resultierte, andererseits hatte er von verschiedenen Seiten erfahren, dass Sybil und Elisa eine enge Freundschaft verbunden hatte. Auch war ihm selbst aufgefallen, wie sehr Sybil um Elisa trauerte. Daher kam ihm auf einmal ein Verdacht. Die ganze Zeit hatte er zugelassen, dass sie seine Nachforschungen hemmte, weil sie das Ansehen ihrer verstorbenen Freundin in Ehren halten wollte, doch möglicherweise wusste sie mehr über den Mord als alle anderen.

Robin wandte sich wieder der Äbtissin zu. Zwar konnte sie offensichtlich nichts zur Aufklärung des Mordes beitragen, jedoch bat er sie abschließend um die Erlaubnis, die Bediensteten und Arbeiter, die bei der Bewirtschaftung der klösterlichen Ländereien halfen, zu befragen. Die Oberin gestattete ihm dieses, und Robin musste sich eingestehen, dass er heute nichts mehr erreichen würde. Er beschloss, die Außenstehenden so bald wie möglich zu verhören, jetzt jedoch eine bestimmte Novizin in die Mangel zu nehmen.

Als sich die Äbtissin erhob, hätte Sybil sie am liebsten gebeten zu bleiben. Als sie den Raum verließ, wollte sie ihr spontan folgen, egal wohin sie gehen mochte, Hauptsache, sie kam hier weg, weit weg von diesem Mann, der sie völlig durcheinander brachte. Sie spürte ihr Herz heftig schlagen, als sie an die letzten Stunden dachte. Zu ihrer Schande musste sie zugeben, dass ihre Erregung weniger mit Elisas Tod zu tun hatte als viel mehr mit Robin.

Er hatte ein Grübchen.

Wenn er lächelte, erschien auf seiner linken Wange ein Grübchen, und Sybil war wie verzaubert, wenn sie sich daran erinnerte. Und überhaupt: Wie er lachte! Nicht gekünstelt oder verhalten, sein Lachen war tiefgründig und voller Lebenslust und bewirkte in ihr eine Auflockerung und Erheiterung dort, wo sie sich verkrampft und unglücklich fühlte. Sybils Gesicht begann zu glühen, wenn sie daran dachte, was dieser Mann in ihr auslöste, nicht nur wenn er lachte.

Sie konnte nicht sagen, was ärger war: dass sie ihn hingebungsvoll angeblickt hatte, als er sie in den Armen gehalten hatte, oder dass sie hemmungslos geweint und damit all ihr Leid offenbart hatte. Im Nachhinein empfand Sybil Scham. Sie fühlte sich wie eine Närrin, zudem wusste sie, dass sie sich unschicklich verhalten hatte. In seinen Armen, an seinen großen, kräftigen Körper geschmiegt, hatte sie sich zum ersten Mal in ihrem Leben wirklich geborgen gefühlt, als wenn sie endlich dort angekommen sei, wo sie hingehörte. Und dann war da noch ein unbekanntes Verlangen gewesen ... Sybil atmete tief ein und schloss die Augen, um diese unkeuschen Gefühle abzuwehren, aber das, was in ihr erwacht war, schien stärker zu sein.

Er roch nach dem Rauch von Feuerstätten im Wald und Leder und nach etwas ganz Besonderem, das nur ihm eigen war. Ihr kam es wie der angenehmste Duft vor, den sie je wahrgenommen hatte. Was würde sie darum geben, noch einmal ihr Gesicht an seinen Waffenrock zu schmiegen und diesen Duft einatmen zu können! Dann würde sie aber nicht mehr weinen, sondern die Arme um seinen kräftigen Körper schlingen und ... was dann? Sybil schüttelte den Kopf. Über Männer wusste sie noch weniger als über Mordfälle, aber sie war lernwillig.

Sie hatte bereits erkannt, dass dieser Mann über Mitgefühl verfügte. Trotz all ihrer hitzigen Auseinandersetzungen hatte er sie einfühlsam in die Arme genommen, als sie die Fassung verloren hatte. Und mit seiner Entschlossenheit und rauen Zuwendung hatte er sie zum Weinen gebracht. Nie zuvor in ihrem Leben hatte sie geweint über all das, was sie als Novizin entbehren musste.

Auch von den Nonnen war sie gelegentlich tröstend und zärtlich in die Arme genommen worden, aber wer von ihnen hätte ihr in dieser Situation wirklich helfen können? Die Äbtissin und die meisten Nonnen wären sicher entsetzt gewesen angesichts ihres Gefühlsausbruches. Einige wären erschrocken, andere hätten sie verachtet oder versucht, ihr irgendwie zu helfen. Aber keine hätte ihr das bieten können, was ihr dieser starke Mann gegeben hatte: seine Arme, seine Kraft und seine Ruhe.

Anfangs hatte sich Sybil über die Gefühle geärgert, die Robin de Burgh in ihr auslöste, jetzt aber machten sie ihr regelrecht Angst. Zuvor hatte sie keine Ahnung gehabt, was genau sie in ihrem Leben vermisste, doch nun wusste sie es. Und sie begehrte mehr davon – mit einer Inbrunst, die sie erzittern ließ. Es schien ihr ein höchst gefährliches Verlangen, weil es nicht nur Trost war, was er ihr mit seinem Körper gegeben hatte. Etwas Unbekanntes war in ihr entflammt, als er sie in den Armen gehalten hatte, und dieses Gefühl ängstigte sie.

Mit seinen feurigen braunen Augen hatte er ihr wie gebannt und voller Leidenschaft tief in die Augen geblickt, und plötzlich hatte sie an ihrem Unterleib etwas Hartes gespürt. Sybil war aufgefallen, dass es sich um einen Teil seines Köpers handeln musste, und eine ihr bislang unbekannte Art von Erregung hatte sie ergriffen. Sie hatte die Hände auf seine kräftige Brust gelegt, und fast hätte sie sich auf die Zehenspitzen gestellt, um ihm irgendwie noch näher zu kommen …

„Würdet Ihr vielleicht so gütig sein, mir mitzuteilen, was Ihr über Elisas Verstrickungen wisst?“

Die tiefe, raue und männliche Stimme ließ sie fast aufspringen. „Wie bitte?“ fragte Sybil und wandte sich ihm überrascht zu. Wahrscheinlich hatte sie nicht richtig verstanden! Sollte er wirklich gesagt haben, was sie vernommen hatte?

Sein Gesichtsausdruck schien ihre Vermutung zu bestätigen. Hinter seiner strengen Miene suchte sie vergeblich nach seinen attraktiven Gesichtszügen und dem Grübchen, jedoch wirkte er auch jetzt ihr noch wohlgesonnen.

„Wer war der Mann, für den sich Elisa auf ungebührliche Weise interessiert hat?“ erkundigte er sich.

Sybil weigerte sich, zu akzeptieren, dass irgendjemand Elisa verleumdete, besonders wenn sie an Mauds widerliche Unterstellungen dachte! Bevor sie jedoch protestieren konnte, ging er auf sie zu und packte sie bei den Schultern.

„Was verbergt Ihr?" wollte er wissen, und Sybil hätte ihm in diesem Moment am liebsten ins Gesicht gespuckt. Jedoch spürte sie auf den Schultern die Hitze seiner Hände, und durch ihren Körper ging ein Lodern, das sie irgendwie ihres Willens beraubte. Ihre Verärgerung über seine verleumderische Frage war plötzlich wie ausgelöscht, und sie betrachtete fasziniert seine Lippen. Im Gegensatz zu seinen kräftigen männlichen Gesichtszügen waren diese weich geformt und von etwas hellerem Farbton als seine gebräunte Haut. Sie suchte nach der Stelle, wo das Grübchen sich bildete, wenn er lächelte, und musste sich beherrschen, um nicht ihrem Impuls zu folgen, diese Stelle jetzt und hier mit dem Finger oder dem Mund zu erkunden.

Mit einem tiefen Seufzer wandte sich Robin von ihr ab. „Habt auch Ihr diesen Mann getroffen und wollt deshalb nicht preisgeben, wer er ist?"

Er schien sehr verärgert, doch konnte Sybil ihn lediglich sprachlos anstarren. Er glaubte, dass sie sich mit einem Mann getroffen hatte? Sollte sie darüber lachen oder ihm empört eine Ohrfeige geben?

„Ich weiß wirklich nicht, wer dieser Mann war!" rief sie.

Robin schaute sie forsch an, worauf Sybil die Lippen zusammenpresste.

„Es gab also einen Mann", stellte er fest.

„Ich habe keine Ahnung", entgegnete sie. „Ich habe nur beobachtet, dass sich Elisa anders als sonst verhalten und irgendein Geheimnis gehabt hat." Sybil verschränkte die Arme vor dem Körper und wandte sich von ihm ab.

„Und warum sollte ein Mann die Ursache ihres veränderten Verhaltens gewesen sein?“ fragte Robin.

Sie lachte abweisend. „Wenn man im Nonnenkloster lebt, gibt es viele Gründe, etwas geheim zu halten. Kontakt mit einem Mann zu haben ist nur ein möglicher Grund. Elisa war eine hübsche junge Frau, die bereitwillig die Gelübde abgelegt hat. Eventuell hat sie diese Entscheidung etwas voreilig getroffen“, erklärte Sybil und musste dabei daran denken, dass sie Elisa darum beneidet hatte, dass diese sich ohne Wenn und Aber für die Gelübde hatte entscheiden können. Elisa hatte es als unabänderliche Tatsache angesehen, während Sybil immer noch zögerte, diesen Schritt zu tun.

Sie atmete tief ein. „In der letzten Zeit schien Elisa sehr unruhig und zerstreut zu sein, und ich hatte den Eindruck, dass sie irgendwelche Sorgen plagten, daher habe ich vermutet …“, sie verstummte, presste die Arme noch stärker an den Körper und blickte Robin unsicher an. „Vielleicht gab es gar keinen Mann. Vielleicht hat Maud sie umgebracht.“

Jetzt war es Robin, der verächtlich lachen musste. „Und wo sind die Leichen von all ihren anderen Rivalinnen? Ich kann verstehen, dass Ihr froh wäret, wenn wir Maud als Täterin überführen könnten, jedoch ist es nahezu ausgeschlossen, dass sie den Mord begangen hat.“

Sybil ärgerte sich, dass er ihren Verdacht so leichtfertig abwies und für Maud Partei ergriff. „Warum seid Ihr Euch so sicher, dass Ihr ihr trauen könnt?“ wandte sie ein.

Robin grinste. „Seid Ihr eifersüchtig, Schätzchen?“

Sybil lief rot an. „Ich bin *nicht* Euer Schätzchen“, entgegnete sie schnippisch.

Zu ihrer Überraschung schien Robin de Burgh nun etwas verunsichert zu sein. „Ich weiß nicht genau, *was* Ihr für mich seid“, murmelte er und fuhr sich mit den Fingern durchs Haar, „aber lasst uns zu unserer Aufgabe zurückkehren und einmal annehmen, dass sich Elisa mit einem Mann getroffen hat. Als Schatzmeisterin hatte sie mit vielen Männern zu tun. Für wen könnte sie sich intensiver interessiert haben, für diesen Verwalter, mit dem sie häufig geschäftlich verkehrte?"

Sybil blickte ihn mit großen Augen an. „Ganz sicher nicht! Farnfold ist ein dicker, fetter Schwachkopf!" empörte sie sich.

Sie bemerkte kurz wieder dieses Grübchen auf seiner Wange, war aber zu aufgebracht, um sich daran zu erfreuen. „Nun gut, aber vielleicht hat Elisa ihn mit anderen Augen gesehen", gab er zu bedenken.

„Sie hat ihn so eingeschätzt wie ich. Wie oft hat sie sich über ihn beklagt!" erwiderte Sybil.

Robin musterte sie eindringlich. „Über was hat sie sich beklagt? Hat er sie belästigt?"

Sybil schnaubte. „Nein, sie sagte, er sei faul und dumm und sie könne es nicht verstehen, dass ihm die Äbtissin ein so wichtiges Amt übertragen hat. Sie wollte versuchen, ihn des Amtes entheben zu lassen, bevor …", Sybil beendete diesen Satz nicht, sondern guckte Robin ängstlich an. „Glaubt Ihr, er hat herausgefunden, dass sie mit der Äbtissin sprechen wollte, und sie ermordet, um sie davon abzuhalten?"

„Darüber kann ich mir kein Urteil erlauben, aber ich möchte mich unbedingt mit dem Mann unterhalten", antwortete Robin.

Sybil neigte den Kopf. „Hört, die Glocke schlägt zur Messe. Gleich darauf folgt das Abendessen. Er speist im Gästehaus, weil er dort in einer Kammer logiert."

Robin schüttelte den Kopf. „Es ist recht spät. Ich halte es für besser, morgen so früh wie möglich mit ihm zu reden."

Der Aufschub behagte ihr nicht. „Ich glaube kaum, dass er um zwei Uhr aufstehen wird, um an der Morgenandacht teilzunehmen", sagte sie. Nachdem Robin es für möglich hielt, dass der Verwalter den Mord begangen hatte, wollte Sybil nun sofort der Sache nachgehen, und sie ärgerte sich, nicht selbst darauf gekommen zu sein. Bislang hatte sie den Verwalter lediglich für einen großen Dummkopf gehalten, aber möglicherweise hatte sie sich in ihm getäuscht, zumal Männer, die sich in die Enge getrieben fühlten, bekanntlich zu allem fähig waren.

„Dann sollten wir später, am frühen Morgen, mit ihm sprechen", schlug Robin vor. Sybil nickte abwesend und schien ihren eigenen Gedanken nachzuhängen. Wenn Robin vorhatte, bis zum nächsten Tag zu warten, sollte er es tun. Sie aber wollte unbedingt vermeiden, dass Farnfold Gelegenheit gegeben würde, eventuelles Beweismaterial zu vernichten.

„Ihr solltet jetzt den Speisesaal im Gästehaus aufsuchen, sonst entgeht Euch Euer Abendessen", drängte Sybil. „Benötigt Ihr meine Begleitung, oder findet Ihr selbst dorthin?" Robin betrachtete sie nachdenklich, und Sybil bemühte sich, ihre Ungeduld zu verbergen und ruhig und gelassen zu wirken.

„Ich finde selbst dorthin", erwiderte er und begab sich zur Tür. An der Türschwelle verharrte er kurz und blickte Sybil noch einmal in die Augen. Sie jedoch wandte sich ab, weil sie befürchtete, dass Robin de Burgh ihr auf die Schliche kommen könnte.

„Dann bis morgen?" fragte sie unsicher. Er nickte kurz und verließ sie dann.

Sybil fühlte sich plötzlich beklommen, weil er fortging, und beinahe hätte sie ihn zurückgerufen. Jedoch hielten ihre Hartnäckigkeit und ihr gesunder Menschenverstand sie davon ab. Robin de Burgh stellte eine Gefahr für sie dar, und je eher ihr Auftrag, ihm zu assistieren, beendet war, desto besser würde es für sie sein. Wenn das, was sie vorhatte, zu dem erhofften Ergebnis führte, würde er seine Aufgabe als Leichenbeschauer morgen beenden und hier endlich verschwinden können.

Diese Aussicht hätte sie eigentlich heiter stimmen sollen, jedoch war eher das Gegenteil der Fall, sie fühlte sich plötzlich so einsam wie nie zuvor in ihrem Leben.

5. KAPITEL

Robin war aufgefallen, dass Sybil wegen des Verdachtes, dass der Verwalter der Schuldige sein könnte, sehr beunruhigt war, er hatte sie aber nicht darauf ansprechen wollen. Der Verwalter trug die Verantwortung für die finanziellen Angelegenheiten des Klosters und führte die Aufsicht über die meisten geschäftlichen Belange. Er hatte den Mietzins der Pächter einzutreiben, die Bestellung der Landwirtschaft zu beaufsichtigen und den Verkauf klösterlicher Erzeugnisse sowie die Ausgaben für Anschaffungen zu verwalten. Sollte er zum Betrug neigen, hatte er zweifellos die Möglichkeit, Gelder zu seinen Gunsten zu veruntreuen.

Robin befürchtete nun, dass eventuell weitere Gefahr im Verzug sein könnte. Wenn Elisa nicht von einem Verehrer, sondern vom Verwalter ermordet worden war, weil er seine Fehler oder gar Unterschlagungen vertuschen wollte, dann waren auch andere Mitwisser in Gefahr, besonders Sybil.

Daher wäre es Robin jetzt lieber gewesen, wenn er selbst im Klostergebäude untergebracht worden wäre, möglichst in der Nähe des Schlafsaales der Novizinnen, anstatt im Gästehaus zu logieren. Sein starker Beschützerinstinkt ließ ihm keine Ruhe, er hatte das heftige Bedürfnis, sich sofort zurück ins Konvent zu begeben, um Sybil unverzüglich in Sicherheit zu bringen. Aber unter welchem Vorwand und wohin hätte er sie bringen können? Robin fluchte leise und zwang sich, nicht impulsiv zu handeln. Jedoch missfiel es ihm als echtem de Burgh, nicht sofort alles zu ihrem Schutz unternehmen zu können. Wenn er wenigstens vor ihrer Tür hätte nächtigen können oder in der Nähe ihrer Bettstatt *oder in ihrem Bett neben ihr*.

Er fuhr sich mit den Fingern durchs Haar und atmete bewusst

tief ein und aus. Derartige Gedanken sollte er tunlichst vermeiden. Dennoch war er sehr beunruhigt, nicht weil Sybil sein Verhängnis sein könnte, sondern wegen der Gefahr, in der sie möglicherweise schwebte. Schließlich entschied er, dass es zu ihrem Schutz am sinnvollsten war, möglichst schnell mehr über den Verwalter herauszufinden. Da Farnfold gerade im Speisesaal war, befand sich sicher keiner in seinem Zimmer …

Umgehend hatte Robin in Erfahrung gebracht, in welchem Raum der Verwalter logierte und dass dieser gewöhnlich nach dem Abendessen noch im Saal blieb, um in Ruhe Bier oder Wein zu trinken. Also schlich er sich nach Sonnenuntergang nach draußen. Er zählte die Fenster an der Westseite des Gästehauses, bis er jenes gefunden hatte, das zum Zimmer des Verwalters gehörte. Da weder das Kloster noch das Gästehaus wehrhaft gebaut waren, war es für ihn einfach, sich hineinzuschleichen.

In der Kammer des Verwalters fand er recht bald verdächtiges Material. Zusätzlich zu den offensichtlich korrekten Kassenbüchern, die auf einem kleinen Tisch lagen, fand er in einem Versteck ein weiteres Buch. In diesem waren Verkäufe von Schafen und Getreide aufgelistet, die in den anderen Büchern nicht eingetragen waren. Offensichtlich hatte dieser Mann die Konventsgemeinschaft bestohlen.

Robin behagte es gar nicht, dass damit sein Verdacht bestätigt wurde, weil er nun wieder die Befürchtung hatte, dass es eventuell zu einem weiteren Mord kommen könnte. Plötzlich vernahm er, dass sich jemand der Tür näherte. Das Fenster war zu weit entfernt, um dadurch zu verschwinden, und im Raum gab es keine größeren Möbelstücke, um sich zu verstecken. Also legte er sich neben das Bett und zog den Überwurf vorsichtig über sich, als die Tür geöffnet wurde.

Wenn er sicher gewesen wäre, dass es der Verwalter war, hätte er jetzt nur seinen Dolch ziehen müssen. Doch irgendwie zweifelte er daran, und bald wusste er auch, warum. Die Tür wurde zu zögerlich geöffnet, und die Fußtritte schienen zu leichtfüßig für einen Mann zu sein, besonders für einen, den Sybil als fetten Schwachkopf beschrieben hatte. Daher verharrte Robin regungslos in seinem Versteck und lauschte. Er vernahm aber lediglich das Rascheln eines Frauengewandes.

Eine Nonne? Hier? Robin behagte es nicht, im Liegen abwarten zu müssen, was nun geschehen würde, aber die Frau war zu weit entfernt von dem Bett. Sie ging direkt auf die Kassenbücher zu, und er fragte sich, ob sie eine Komplizin des Verwalters sein mochte oder gar selbst den Mord begangen hatte. Deshalb griff er nach seiner Waffe. Als er aber einen Hauch von einem ganz bestimmten, sehr angenehmen Geruch wahrnahm, wusste er sogleich, wer hier in der Dunkelheit im Zimmer des Verwalters herumschlich.

Sie hatte ihn in seinem Versteck nicht bemerkt, und als er den Bettüberwurf ein wenig hob, sah er eine schlanke Frauengestalt, auf die das schwache Licht der Abenddämmerung fiel. Jetzt war sie ihm so nahe, dass er sie beinahe mit ausgestrecktem Arm berühren konnte. Robin presste die Lippen zusammen, robbte vorsichtig ein Stück auf sie zu und ergriff ihr Fußgelenk. Glücklicherweise schrie sie nicht, jedoch nahm sie eines der schweren Kassenbücher und schlug damit nach ihm. Um ihren Schlägen zu entgehen, drehte er sich schnell um und zog sie dabei zu sich herunter.

Das Kassenbuch fiel polternd zu Boden, und Sybil stürzte auf seinen Körper. Sie wehrte sich tapfer gegen ihn und biss sogar in seine Hand. Zwar setzte sie sich weiter unerbittlich zur Wehr, doch konnte er sie mit seinem Körpergewicht niederdrücken.

„Ihr?“ rief sie, als sie ihn erkannte.

„Habt Ihr jemand anderen erwartet?“ fragte er.

„Was habt Ihr hier zu suchen?“ tadelte sie, als wenn sie befugt wäre, von ihm Rechenschaft zu verlangen, was Robin erzürnte.

„Dergleichen könnte ich Euch fragen. Wie könnt Ihr so leichtsinnig sein, Euch nachts im Gästehaus herumzutreiben? Seid Ihr Euch überhaupt der Gefahr bewusst, in die Ihr Euch begebt? Oder seid Ihr für ein Schäferstündchen hierher gekommen?“ erkundigte sich Robin ärgerlich, obwohl er vermutete, dass sie aus demselben Grund in Farnfolds Kammer eingedrungen war wie er.

Aber er konnte nicht klar denken. Er war zu aufgebracht, dass sie alleine hierher gekommen war, ohne ihn zu informieren, und entgegen der Anweisung der Äbtissin, mit ihm zusammenzuarbeiten. Dass er selbst hier eigenmächtig Nachforschungen anstellte, war etwas anderes. Schließlich war er der Leichenbeschauer und ein Mann, ein Ritter, der sich verteidigen konnte, während Sybil eine außerordentlich reizvolle und unschuldige Frau war, die sich unnötiger Weise in große Gefahr begeben hatte.

Robin hatte das Verlangen, sie zu bestrafen, ihr eine Lektion zu erteilen, die sie so schnell nicht vergessen würde. „Wenn es Eure Absicht war, meine Kammer aufzusuchen, seid Ihr hier am falschen Ort“, spöttelte er, jedoch war seine Stimme rau und heiser, weil er zugleich das Beben ihres schlanken Körpers unter sich wahrnahm.

Er spürte den sanften Druck ihres Busens an seiner Brust und ihre Schenkel unter seinen Lenden und verlor zunehmend an Selbstbeherrschung. Wie zuvor im Tagesraum der Novizinnen überkam ihn auch jetzt ein unerbittlich heftiges Begehren. Sie lagen aneinander geschmiegt im letzten Schein der Abenddämmerung und waren sich so nahe, dass er spüren konnte, wie sich mit jedem ihrer Atemzügen ihre Brust hob und senkte. Er wollte nun keinen Grund mehr gelten lassen, sie nicht berühren zu dürfen.

Fast benommen vor Verlangen betrachtete er ihr Antlitz. Auch sie schien erregt zu sein, wohl nicht in demselben Maße wie er –

eher erwartend –, und Robin ließ nun seine letzten Bedenken fallen. Er senkte den Kopf und liebkoste ihre Lippen.

Als Kind hatte er seine Brüder oft im Spiel mit Überraschungsangriffen zu Boden gestreckt. Als er Sybil küsste, spürte er eine ähnliche Faszination wie damals. Es war, als wenn sein ganzer Körper zu neuem Leben erwachte, jeder einzelne Nerv schien zu feuern, und Robins Erregung war so stark, dass er kaum an sich halten konnte.

Nie hätte er sich vorstellen können, dass eine Frau derartige Gefühle in ihm wecken könnte. Er hob den Kopf, um sie anzuschauen. Ihre Lippen waren weich, zart und köstlich. Er umschloss sie mit den seinen und nahm sich Zeit, sie ausgiebig zu erkunden, bis er mit der Zunge versuchte, durch den Spalt ihrer Lippen zu dringen. Er bemerkte, dass sie zwar überrascht war, sich ihre Erregung jedoch noch steigerte. Ihm schien, als hätte sie darauf gewartet – auf ihn, *nur auf ihn*.

„Lass mich ihn erkunden", flüsterte er. „Mach deinen Mund auf – für mich." Vielleicht öffnete sie ihn lediglich, um nach Luft zu schnappen, jedoch nutzte Robin die Chance und drang mit seiner Zunge in ihren feuchten, heißen Mund. Sein Herz schlug hart und schnell, alle seine Sinne waren höchst erregt, und eine Woge heftigen Begehrens durchflutete ihn, unerbittlich und beinahe qualvoll. Dergleichen hatte er nie zuvor erlebt, und er genoss diese Erfahrung.

Er saugte an ihrer Zunge, und als diese zurückwich, folgte er ihr mit der seinen und fand dort mehr als bloß das Innere eines Mundes. Und so hob er mit der Hand ihren Kopf näher zu sich heran, um den Kuss zu vertiefen. Mit dem Daumen streichelte er ihre zarte, weiche Wange, während er mit der anderen Hand ihren Körper noch näher an seinen drückte.

Dann rieb er sich an ihrem Busen, presste sich gegen ihre Oberschenkel und hielt weiterhin ihren Kopf, nicht ablassend von seinen Küssen. Jedoch, so nah sie sich auch waren, es kam ihm nicht nah genug vor. Er wollte sie nackt unter sich spüren, nackt und sich windend, und er wollte, dass sie ihrer aufgestauten Leidenschaft freien Lauf ließ. *Nur für ihn*. Sie wehrte sich nicht gegen ihn, doch erwiderte sie sein leidenschaftliches Begehren nicht mit der gleichen Inbrunst. Robin seufzte frustriert, er wollte sie, *alles von ihr*. Als er spürte, dass sie die Hand auf seinen Kopf legte und die Finger in seinem Haar vergrub, stöhnte er befriedigt auf. Jedoch zog sie plötzlich mit einem harten Ruck an seinem Haar.

Verblüfft löste er sich von ihr und blinzelte sie benommen an. Und er sah die Furcht in ihren Augen. „Robin! Halt!" sagte sie. „Wir müssen damit aufhören."

Er schüttelte den Kopf. Nie zuvor hatte er dermaßen die Kontrolle über sich selbst verloren. Er brauchte eine Weile, bis er erkannte, wie berechtigt ihr Einwand war. Sie befanden sich in der Kammer eines Mannes, der jeden Moment hereinkommen könnte, ein Mann, der zuvor möglicherweise jemanden ermordet hatte, und Robin lag hier und versuchte, eine Novizin zu verführen.

Robin ließ seinen Kopf auf ihre Stirn sinken. „Entschuldigt bitte, Ihr habt Recht. Ich weiß nicht, was da gerade über mich gekommen ist. Ich ..."

Sie ließ sein Haar los, und er nahm wie benommen ihre Hand und presste noch einen letzten heißen Kuss in diese, so heiß, als wenn er sie verbrennen wollte. Schließlich löste sich Robin von ihr und fuhr sich mit dem Arm über die Stirn. Eine Zeit lang blieb er schwer atmend auf dem Rücken liegen und bemühte sich, wieder klar denken zu können, bis er außer seinen heftigen Atemzügen ein weiteres Geräusch vernahm: Wieder waren Fußtritte im Gang vor der Tür zu hören.

Schnell sprang er auf und zog Sybil mit sich hoch. „Das Buch", flüsterte er, griff nach dem verfänglichen Kassenbuch und lief zum Fenster. Nachdem er das Buch hinausgeworfen hatte, sprang er aus dem Fenster und streckte instinktiv die Arme aus, weil er sie auf keinen Fall in der Kammer zurücklassen wollte. Wenn sie aber nun nicht sprang? Als er jedoch gerade erwog, die Mauer hinaufzuklettern, sah er ihr flatterndes Gewand und hielt sie gleich darauf sicher in seinen Armen, eine süße Last.

Sanft stellte er sie auf dem Boden ab, wobei sie an seinem Körper herabglitt. Robin durchfuhr ein Schauer. Er bemerkte ihre schweren Atemzüge, oder hatte sie gar geseufzt? Ihm blieb keine Zeit, dieser Frage nachzugehen. Eilig griff er nach dem Buch und nahm sie bei der Hand, um sie schnell vom Gästehaus wegzuführen. In sicherer Entfernung unter dem Schutz von Bäumen hatten sie Gelegenheit, sich über das Vorgefallene zu unterhalten.

„Wie konntet Ihr Euch unterstehen?“ fauchte Sybil ihn an, wobei sittsame Empörung in ihrer Stimme mitschwang. Zwar hatte sie bei ihrem Zweikampf keine faire Chance gehabt, aber die Leidenschaft, die zwischen ihnen aufgelodert war, konnte ihr doch nicht entgangen sein. Es sei denn, sie war kalt wie ein Eisblock.

„Wie konntet *Ihr* Euch unterstehen, unbefugt und schutzlos in seiner Kammer herumzuschleichen?“ entgegnete Robin. „Ihr könnt froh sein, dass er Euch nicht überrascht und zu seinem nächsten Opfer gemacht hat.“ Er war nicht gewillt, sich schuldig zu fühlen. Schließlich hatte er seine unschickliche Tändelei nur beginnen können, weil sie sich in unsichere Gefilde gewagt hatte. So besorgt er auch war, es ärgerte ihn, dass sie die Tatsachen verdrehte und nicht einsehen wollte, sich in große Gefahr begeben zu haben.

Allerdings schien Sybil ebenso verärgert zu sein wie er, seiner Meinung nach völlig zu Unrecht. Sie stand mit verschränkten Armen unter einer zerklüfteten Ulme. Ihr Schleier war verrutscht, und sie atmete hastig und stockend. Wenn sie ihn nicht so vorwurfsvoll angeblickt hätte, wäre Robin beinahe versucht gewesen, das fortzusetzen, was er im Zimmer des Verwalters begonnen hatte. So fühlte er sich gleichermaßen beschämt und erzürnt. Immerhin habe ich ihr nicht die Unschuld genommen, beruhigte er sich, und eine seltsame Erregung überkam ihn bei diesem Gedanken.

„Vielleicht mögt Ihr mir mal erklären, was Euch veranlasst hat, nachts in die Kammer eines Mannes einzudringen?“ fragte er und bemühte sich, seine lüsternen Gedanken zu verdrängen.

Sie hob den Kopf. „Diese Frage ist völlig überflüssig. Ihr wisst doch genau, was mein Anliegen war. Außerdem geht es Euch überhaupt nichts an, wo ich mich aufhalte!“

Ihre schnippische Antwort missfiel ihm. „Das geht mich sehr wohl etwas an, zumal die Äbtissin mich beauftragt hat, Euch zu beschützen!“

Sybil schnaubte wütend. „Sie hat Euch beauftragt, mit mir zusammenzuarbeiten, nicht, mich zu beschützen!“

„Solange der Mörder frei herumläuft, bleibt mir nichts anderes übrig.“ Robin hielt es für seine unbedingte Pflicht, ihr Schutz zu gewähren. Auch wenn sie vielleicht eines Tages sein Verhängnis sein sollte und er allen Grund hatte, sich über sie zu ärgern, er hätte sogar sein Leben aufs Spiel gesetzt, um sie zu beschützen, und niemand, nicht einmal Sybil selbst, hätte ihn davon abhalten können.

„Ich kann sehr gut selbst auf mich aufpassen. Das habe ich schon immer getan“, erwiderte sie, auf dem besten Wege, den Streit zwischen ihnen erneut zu entzünden. „Außerdem scheint Eure Aufgabe hier ja nun beendet zu sein. Es ist doch so, dass Farnfold Elisa ermordet hat?“

„Es scheint so zu sein“, sagte Robin, und es schmerzte ihn, dass sie ihm gegenüber so feindselig gesonnen war. „Ich habe ein separates Kassenbuch gefunden. Er hat den Konvent bestohlen und als Schatzmeisterin könnte Elisa ihm auf die Schliche gekommen sein.

Vielleicht haben die beiden auch erst zusammengearbeitet und sich später gestritten. Sie könnte sich zur Verschwiegenheit verpflichtet und dafür von ihm Geld aus seinen illegalen Geschäften bekommen haben. Oder beide waren sogar eng befreundet."

Ehe er sich versah, hatte Sybil die Hand zur Faust geballt und boxte ihm gegen den Arm. Sie schlug hart zu. „Was tut Ihr?" fragte Robin und spannte seine Muskeln an. Für eine schlanke Novizin schien sie erstaunlich stark zu sein, und es war nicht gerade üblich, dass fromme Frauen jemanden verprügelten.

„Elisa hätte niemals derartiges gemeinsam mit Farnfold getan!"

„Das kann man nicht mit Sicherheit ausschließen", entgegnete Robin.

„Ich *kann* das absolut ausschließen, weil Farnfold ein dicker, fetter, hässlicher, verschwitzter Mann ist!" protestierte Sybil.

Robin betrachtete sie aufmerksam, dann musste er lachen. Er hatte gedacht, dass Nonnen, wenn sie sich denn unkeuschen Gedanken hingaben, nicht gerade wählerisch waren, weil sie nur selten mit Männern zu tun hatten. „Manche Frauen nehmen diese Dinge in Kauf, wenn sie dafür Geld bekommen", erwiderte er.

Daraufhin schlug Sybil erneut auf ihn ein. „So etwas dürft Ihr nicht sagen", tadelte sie ihn. „Elisa war eine gute, sittsame Frau, und wenn sie etwas von den Veruntreuungen des Verwalters gewusst hat, dann hätte sie sich ganz sicher nicht mit ihm verbündet und sich auch nicht für ihr Schweigen bezahlen lassen. Sie hätte ihn zur Rede gestellt, und deswegen hat er sie wohl ermordet!"

Robin musste zugeben, dass sich das recht schlüssig anhörte. Der Verwalter war höchst verdächtig, dieses scheußliche Verbrechen begangen zu haben. „Ihr solltet unverzüglich die Äbtissin informieren", meinte er. „Wenn Farnfold bemerkt, dass sein illegales Kassenbuch fehlt, könnte er fliehen oder eine weitere Untat begehen. Ich werde Euch bis in den Saal begleiten."

Sybil nickte kurz und stürmte los. Diesmal war es Robin, der ihr nachlaufen musste. Dabei bemühte er sich redlich, nicht auf ihre körperlichen Proportionen zu achten, die sich unter ihrem Gewand sanft abzeichneten. Er wollte nicht mehr daran denken, dass dieser wundervolle Körper unter seinem gelegen hatte. Auch fielen ihm nun jene warnenden Worte ein, die er gegenüber Reynold geäußert hatte: *Sie scheinen glücklich zu sein, sonst hätten sie sich nicht darauf eingelassen.*

Wenn seine Brüder damals auch solch überwältigenden Gefühlen ausgesetzt gewesen waren, dann wunderte es ihn nun nicht mehr, dass sie sich als Ehemänner hatten einfangen lassen. Und obwohl ihm dieses jetzt unerbittlich bewusst wurde, spürte er gleichzeitig ein heftiges Verlangen. Nie war er ein Sklave seiner Begierden gewesen wie Stephen, aber das, was er mit Sybil erlebt hatte, beraubte ihn seines Verstandes.

Während Sybil die Äbtissin aufsuchte, wartete Robin frustriert in dem schwach beleuchteten Saal. Da der Mörder nun offensichtlich gefunden war, überlegte er, wie es ihm gelingen könnte, in der noch verbleibenden Zeit unverfänglich ein paar Nachforschungen über Vala anzustellen. Bei der Befragung der Nonnen hatte er keine Möglichkeit gehabt, das Gespräch auf sie zu bringen, weil Sybil ständig zugegen gewesen war. Und was er überhaupt nicht gebrauchen konnte, war, dass diejenige, die sein Verhängnis zu sein schien, etwas von seinem eigentlichen Anliegen erfuhr. Allerdings ist das jetzt auch egal, weil ich hier ja sowieso nicht mehr lange bleiben werde, dachte Robin, wobei ihm unbehaglich zumute wurde.

Gerade als er sich getrieben fühlte, Sybil zu suchen, kam diese zurück und berichtete, dass die Äbtissin beide in ihren privaten Räumen empfangen wolle, sobald sie sich angekleidet habe. Im Schein des Kerzenlichtes sah Robin, dass Sybils Wangen gerötet waren. Er fragte sich, ob es Schamesröte war wegen ihrer Liebelei oder ob die Äbtissin sie getadelt hatte, weil sie sich nachts ohne Erlaubnis außerhalb des Schlafsaales herumgetrieben hatte.

Zwar war auch er verärgert und besorgt wegen ihres Verhaltens, doch hätte er sie jetzt nötigenfalls sogar gegenüber der Äbtissin verteidigt. Lediglich ein letzter Rest von gesundem Menschenverstand hielt ihn davon ab, sich nach Sybils Befinden zu erkundigen. Verzweifelt fuhr er sich durchs Haar; er sollte sich jetzt besser auf Wesentlicheres konzentrieren.

„Ich werde den Verwalter holen", sagte er barsch und war froh, einen Grund zu haben, sich wie ein gestandener Mann verhalten zu können. Eilig begab er sich zum Gästehaus und traf Farnfold in seiner Kammer an, als dieser gerade zu Bett gehen wollte.

„Was hat das zu bedeuten?" fragte der Verwalter mit weit aufgerissenen Augen. Sybil hatte Recht, der Mann war sehr korpulent, verschwitzt und wirkte nicht gerade intelligent.

„Folgt mir, die Äbtissin möchte Euch sprechen", erwiderte Robin.

„Um diese Zeit? Das möchte ich doch stark bezweifeln. Und wer seid Ihr überhaupt?" erkundigte sich Farnfold.

„Ich bin Robin de Burgh, Lord of Baddersly in Vertretung meines Bruders und hier als Leichenbeschauer tätig. Die Ehrwürdige Mutter hat mich beauftragt, Elisas Mörder zu finden."

Farnfold erblasste. „Mörder", flüsterte er mit einer Fistelstimme, die mehr an eine Maus als an einen Mann erinnerte. Er schüttelte den Kopf, wobei seine schwammigen Wangen hin- und herschwabbelten. „Guter Mann, ich weiß nichts von einem Mord. Wie kommt Ihr darauf?" Da Robin schweigend verharrte, wurde Farnfold unsicher. „Wie kann ich sicher sein, dass Ihr derjenige seid, für den Ihr Euch ausgebt, und nicht ein Verbrecher, der es auf mein Geld abgesehen hat?"

„Auch wenn Ihr keine Ahnung habt, wer ich bin, so habt Ihr doch keine andere Wahl, als mir zu folgen“, erklärte Robin grimmig und zog seinen Dolch.

„Ah, ein Rohling seid Ihr also, sonst würdet Ihr wohl kaum einen unbewaffneten Mann mit einem Dolch bedrohen!“ rief der Verwalter mit erhobenen Händen.

„Wenn ich diesen Mann für einen Mörder halte, tue ich das sehr wohl“, antwortete Robin und trieb den Verwalter aus seiner Kammer ins Klostergebäude.

Zwar protestierte Farnfold die ganze Zeit und beteuerte, dass er nichts wisse und es zudem für unzumutbar halte, die Äbtissin um diese Zeit zu stören, jedoch wurde er recht kleinlaut und unterwürfig, als er seiner Vorgesetzten gegenüberstand. „Ehrwürdige Mutter, ich möchte darauf verweisen, dass ich schockiert bin, von diesem Flegel aus meiner wohl verdienten Ruhe gerissen zu werden“, meinte er lächelnd, als wenn es sich um ein Missverständnis handeln würde.

Jedoch gefror ihm das Lächeln, als er den strengen Gesichtsausdruck der Äbtissin bemerkte. „Ich danke Euch, Mylord de Burgh“, sagte die Oberin, ohne auf die Klage des Verwalters einzugehen, und wies mit der blassen, faltigen Hand auf das entwendete Kassenbuch.

Beklommen blickte Farnfold auf das Buch und räusperte sich. „Mutter Oberin, was auch immer dieser Bursche Euch erzählt hat, Ihr werdet doch wohl kaum einem Fremden glauben, der einen Mitarbeiter des Konvents verleumdet.“

Die Äbtissin schaute ihn weiterhin streng an. „Offensichtlich habt Ihr, Meister Farnfold, unser Vertrauen missbraucht, unser Geld gestohlen und …“

„Ich weiß überhaupt nicht, wovon Ihr sprecht“, unterbrach Farnfold sie.

„So wollt Ihr bestreiten, dass dieses Euer Buch ist?“ fragte die Oberin.

Der Verwalter stutzte und schien keine Ahnung zu haben, was er erwidern sollte.

„Die Aufzeichnungen in diesem Buch zeigen Eure Handschrift“, verkündete die Äbtissin.

„Nun ja, aber dieses Kassenbuch ist bedeutungslos, weil es lediglich Aufzeichnungen über Verkäufe enthält, die nicht zustande kamen“, antwortete er, während eine verräterische Röte über sein Gesicht zog.

Betrübt wandte sich die Äbtissin an Robin. „Der Bischof hat oft empfohlen, die Kassenbücher mindestens einmal, wenn möglich zweimal jährlich überprüfen zu lassen. Jedoch wollte ich nicht den Eindruck erwecken, dass ich an Elisas Fähigkeiten zweifelte. Ich hielt sie trotz ihrer Jugend ihrem Amt gewachsen. Zumal Meister Farnfold uns stets geraten hat, uns die Ausgaben für eine Überprüfung zu sparen, weil wir darauf vertrauen könnten, dass er selbst dafür sorgt, dass alles ordentlich abgewickelt wird.“ Die Oberin seufzte. „Leider habe ich mich täuschen lassen und muss zugeben, dass ich Mitschuld trage an den Veruntreuungen, die letztlich Elisa das Leben gekostet haben.“

Farnfold wirkte zunehmend verunsichert. Er erbleichte und zitterte am ganzen Körper, wobei seine Fettmassen wie Gelee schwabbelten. Verstohlen blickte er sich im Saal um, worauf Robin den Griff seines Schwertes umfasste, um bereit zu sein, falls der Verwalter im Affekt gewalttätig werden sollte.

Jedoch griff Farnfold niemanden an. Er weinte wie ein kleines Kind, kniete nieder und bat die Äbtissin um Vergebung. „Ich gebe zu, dass ich mich schändlich und habsüchtig verhalten habe, aber ich habe niemandem körperliches Leid zugefügt, schon gar nicht einer der Nonnen! Das müsst Ihr mir glauben, Ehrwürdige Mutter.

Ihr kennt mich doch! Ich habe lediglich einige Coins unterschlagen und werde das Geld gewissenhaft zurückzahlen. Bitte traut mir! Ich flehe Euch an! Aber Ihr dürft mich nicht des Mordes anklagen", brachte er stöhnend hervor und weinte darauf so bitterlich, dass Robin Zweifel kamen, ob dieser Mann wirklich der Mörder war.

Auch die Äbtissin schien nun verunsichert zu sein und schaute Robin fragend an. Er zuckte jedoch nur mit den Schultern. Zwar war der Verwalter eindeutig des Diebstahls überführt worden, daraus ließ sich aber nicht zwingend schließen, dass er auch den Mord begangen hatte.

„Wir sollten ihn während der Nacht im Konvent einschließen, danach werde ich mich an den Vogt wenden, damit er bis zur Gerichtsverhandlung im Kerker von Baddersly untergebracht werden kann", sagte Robin und schleppte mit der Hilfe eines männlichen Bediensteten den jammernden Verwalter aus dem Raum.

Während er Farnfold abführte, fragte Robin sich beunruhigt, wer der Mörder sein könnte, wenn der Verwalter unschuldig war.

6. KAPITEL

Sybil lag schlaflos in ihrer Kammer und starrte nachdenklich an die Decke. Viele Gedanken gingen ihr durch den Kopf, und als die Glocke zur ersten Messe läutete, schien es ihr viel zu früh zum Aufstehen. Sicher hätte die Äbtissin Verständnis gehabt, wenn sie nicht zur Andacht erschienen wäre, jedoch wollte sie sich nicht weiter undiszipliniert verhalten.

Ihre Zweifel an der Schuld des Verwalters ließen ihr keine Ruhe. Alles war viel zu schnell gegangen: Elisas Tod, die Befragungen während des Tages, der abrupte Verdacht gegenüber Farnfold und ihr eigenmächtiger Entschluss, sich in seiner Kammer umzusehen. Und letztlich die Beschlagnahmung des Kassenbuches, das die Vergehen des Verwalters bewies. Damit schien der Mord an Elisa aufgeklärt zu sein. Sie hatte aber das Gefühl, dass bei der ganzen Sache etwas nicht stimmte.

Zwar war sie nicht bereit, Farnfold allein aufgrund seines herzerweichenden Weinens und seines Zusammenbruches für unschuldig zu halten, jedoch kam ihr nun in der Abgeschiedenheit ihrer Kammer einiges nicht stimmig vor. Und je mehr sie darüber nachgrübelte, desto größer wurden ihre Zweifel. In der Absicht, den Verwalter möglichst schnell zu überführen, hatten sie verschiedene Umstände des Mordes nicht gründlich genug durchdacht. Besonders den Ort des Verbrechens hatten sie zu wenig berücksichtigt. Warum hat man sie im Garten umgebracht, fragte sich Sybil. Sie vermutete, wenn Farnfold den Mord begangen hätte, er dieses in seiner Kammer oder irgendwo innerhalb des Klosters getan hätte. Warum sollte er sie draußen töten, noch dazu mitten in der Nacht? Vielleicht hatte er den Anschein erwecken wollen, dass Elisa einen Verehrer getroffen hatte, jedoch traute Sybil dem Verwalter derartige Raffinessen nicht zu. Nicht einmal seine Unterschlagungen hatte er geschickt tarnen können. Und außerdem – selbst wenn er vorgehabt haben sollte, Elisa umzubringen, warum hätte diese sich darauf einlassen sollen, sich nachts mit ihm im Garten zu treffen?

All das ergab keinen Sinn. Wie oft hatte sich Elisa über den Verwalter beklagt! Wenn sie von seinen Unterschlagungen gewusst hätte, so hätte sie niemals mit ihm gemeinsame Sache gemacht oder sich für ihr Schweigen bezahlen lassen, egal, wie Robin de Burgh darüber denken mochte.

Je mehr sie darüber nachgrübelte, desto größer wurde ihre Gewissheit, dass Farnfold Elisa nicht getötet hatte. Also musste sich diese mit jemand anderem getroffen haben. Aber mit wem und aus welchem Grund? War ein Streit mit ihrem Verehrer eskaliert? Sybil kannte sich mit solchen Dingen nicht aus und konnte sich nicht recht vorstellen, wie tödlich Leidenschaft enden könnte.

Aber sie war bereit zu lernen.

Ihr fiel wieder ein, was auf dem Fußboden in der Kammer des Verwalters geschehen war, und sie erschauderte. Sie musste sich eingestehen, dass sie sich auch deswegen so intensiv über die fragliche Schuld des Verwalters den Kopf zerbrach, um nicht an das, was sich in dieser Nacht zwischen Robin und ihr abgespielt hatte, denken zu müssen. Aber die Erinnerung holte sie nun doch ein.

Robin de Burgh hatte sie geküsst.

Sybil drehte sich um und vergrub das Gesicht im Kopfkissen. Nie zuvor hatte ein Mann sie berührt. Keiner hatte gewagt, ihr so nahe zu kommen, *er* hatte es getan. Sicher gab es kaum etwas, was dieser Mann sich nicht trauen würde. Trotz ihrer Unschuld und Unerfahrenheit ahnte sie, dass die Küsse, die sie ausgetauscht hatten, unkeusch gewesen waren. Sie errötete, als ihr wieder einfiel, wie er auf ihr gelegen hatte. Sie erinnerte sich an den Druck seines Körpers, die erregende Kraft, die von ihm ausgegangen war, und an jene erstaunlichen Dinge, die er mit seinen Lippen und seiner Zunge getan hatte.

Und anstatt derartiges gleich zu unterbinden, hatte Sybil ihn gewähren lassen. Ausgerechnet sie, die immer große Mühe hatte, ihre Eigenwilligkeit im Zaum zu halten, hatte sich ihm hingegeben – ohne jegliche Gegenwehr. Selbst wenn man ihr leidenschaftliches Naturell als Entschuldigung gelten ließ, so konnte sich Sybil doch nicht verzeihen, kurz davor gewesen zu sein, die Arme um seinen Körper zu schlingen, um all das, was Robin mit ihr machte, zu erwidern. Glücklicherweise weiß Robin nichts davon, dachte sie. Und er wird es nie erfahren, schwor sie sich.

Morgen würde er Farnfold wegbringen, und dann würde sie ihn nie wiedersehen. Um die Gefühle abzuwehren, die bei diesem Gedanken in ihr aufstiegen, konzentrierte sich Sybil wieder auf den Mordfall. Sie war sich sicher: Die Schuld des Verwalters war höchst zweifelhaft.

Am frühen Morgen betrat Robin den kleinen Vorraum der privaten Gemächer der Äbtissin, in dem sie auch den Verwalter verhört hatten. Die ganze Nacht über hatten Robin Zweifel geplagt, deswegen hatte er der Oberin ausrichten lassen, dass er mit ihr sprechen wolle. Übernächtigt lief er in dem engen Raum hin und her, und als die Tür geöffnet wurde, blickte er sich erwartungsvoll um und stellte enttäuscht fest, dass die Äbtissin den Raum betrat, obwohl er eigentlich auf *sie* und keine andere wartete.

Sie begrüßte ihn höflich und forderte ihn auf, sich zu setzen. „Nun, Mylord de Burgh, ich vermute, dass Ihr um dieses Treffen gebeten habt, weil Ihr Abschied nehmen wollt, oder irre ich mich?" fragte sie. Etwas in ihren Augen ließ Robin vermuten, dass sie sehr wohl ahnte, dass er nicht vorhatte abzureisen. Wenn sie auch den Verwalter falsch eingeschätzt hatte, so verfügte diese gütige Frau doch offensichtlich über ein hohes Maß an Menschenkenntnis und Einfühlungsvermögen. In dieser Hinsicht erinnerte sie ihn an seinen Vater.

„Wenn Ihr gestattet, würde ich gern noch hier bleiben, Ehrwürdige Mutter", erwiderte Robin. Nervös trommelte er mit den Fingern auf der Armlehne des Holzstuhles und versuchte, sich zu sammeln. „Ich habe keine Erfahrung als Leichenbeschauer und möchte nicht dazu beitragen, dass eventuell das Blut eines unschuldigen Mannes vergossen wird. Wir haben den Verwalter eindeutig des Diebstahls überführen können, aber ist er deswegen auch der Mörder? Ich bin sicher, dass zur Aufklärung des Mordes eine umfassendere Untersuchung erforderlich ist."

Zu seiner Erleichterung schienen die Äbtissin seine Bedenken nicht zu überraschen. Und Robin war froh, dass sie nicht wie viele andere kirchliche Obrigkeiten darauf drängte, eine missliche Angelegenheit schnellstens abzuschließen, sondern ebenso wie er an der Wahrheitsfindung interessiert war. Gerne hätte Robin dazu die Hilfe seines Bruders Geoffrey in Anspruch genommen, jedoch war dieser zu weit weg und wegen familiärer Aufgaben unabkömmlich. Daher musste er akzeptieren, dass er sich mit dem Beistand einer Novizin begnügen musste, die ihn mit ihrer Neigung, eigenmächtig zu handeln, zusätzlich belastete.

„Auch Sybil hat mir gegenüber heute noch vor Tagesanbruch ähnliche Bedenken geäußert", sagte die Äbtissin.

Erschrocken musterte Robin die Oberin. Aus deren Gesichtsausdruck war aber nicht zu entnehmen, ob Sybil ihr erzählt hatte, was sich in der Kammer des Verwalters zwischen ihnen abgespielt hatte. „Wie bitte?" sagte Robin und zerrte am Halsausschnitt seines Waffenrockes, der ihn unerträglich beengte. Sie können mich nicht zwingen, Sybil zu heiraten, dachte er.

„Sybil ist der Meinung, Meister Farnfold habe sich zwar eindeutig des Diebstahls schuldig gemacht, sie traut ihm aber keinen Mord zu", erklärte die Äbtissin.

Robin brauchte eine Weile, um sich wieder halbwegs zu beruhigen. Zwar war er erleichtert, dass Sybil den verfänglichen Zwischenfall nicht preisgegeben hatte, jedoch besorgte ihn nach wie vor, dass es überhaupt dazu gekommen war. Auch wenn er seinen Kontrollverlust zum Teil darauf zurückführen konnte, dass er sich in der letzten Nacht in einer Ausnahmesituation befunden hatte, so wollte er doch unbedingt vermeiden, erneut in Versuchung geführt zu werden. Wusste er doch, wie sehr ihn Sybil erregte und wie unzureichend er in der Lage war, sein eigenes Verlangen im Zaum zu halten.

„Oh ja, Sybil", murmelte er. „Was unsere Zusammenarbeit betrifft ..."

Die Äbtissin unterbrach ihn. „Eure Zusammenarbeit hat sich als sehr fruchtbar erwiesen, nicht wahr? Und da ihr beide der Meinung seid, dass zur Aufklärung des Mordes weitere Nachforschungen erforderlich sind, wäre ich erfreut, wenn Ihr weiterhin zusammen mit Sybil der Sache nachgehen würdet."

Robin behagte dieser Vorschlag nicht. Er suchte nach einem Grund, die Zusammenarbeit zu beenden, ansonsten schwebte er in der Gefahr, ehe er sich versah, wieder auf seiner Assistentin zu liegen. Er räusperte sich ausgiebig.

„Ehrwürdige Mutter, da Sybil eine Novizin ist, halte ich es für falsch, dass sie so viel Zeit mit mir verbringt. Ich bin kein Mitglied des Ordens und ein Mann", antwortete er mit einem gewissen Unbehagen, weil es ihm eigentlich nicht angemessen schien, sich für sein Geschlecht zu entschuldigen.

Die Äbtissin runzelte die Stirn. „Ich dachte, die de Burghs wären bekannt für ihre Ehrenhaftigkeit. Wollt Ihr damit andeuten, dass man Euch nicht trauen kann?"

Robin bemerkte, wie ihm die Röte ins Gesicht stieg. „Natürlich nicht. Es ist nur so, dass …"

„Wunderbar", erwiderte die Äbtissin, ohne sich darum zu kümmern, was er noch hatte sagen wollen. „Zumal ich glaube, dass Sybil sich als Elisas beste Freundin und als klügstes Mitglied unseres Ordens als unersetzliche Hilfe erweisen wird."

In der Tat, sie war genau die Richtige für ihn, aber nicht in dem Sinne, wie es die Äbtissin meinte. Sie war die erste Frau in seinem Leben, die er wie von Sinnen begehrte. Sie ist diejenige, die mich in den Ehestand treiben könnte, jedoch werde ich das nicht zulassen, bläute sich Robin ein.

Die Äbtissin seufzte. „Ich muss zugeben, dass ich erschüttert bin, dass der Verwalter unser Vertrauen derartig missbraucht hat. Jedoch kann auch ich mir nicht vorstellen, dass er Elisa ermordet hat."

Robin nickte und konzentrierte sich wieder auf das Verbrechen. Seine Intuition sagte ihm, dass Farnfold nicht der Mörder war. Aber wer könnte dann den Mord begangen haben? Vielleicht könnte ihm die Äbtissin dazu doch noch wichtige Hinweise geben.

„Ich weiß, dass ich Euch schon einmal danach gefragt habe, aber gibt es jemanden, der vom Tod der Schatzmeisterin profitiert haben könnte?" Die Äbtissin schüttelte den Kopf. Robin musste sich nochmals räuspern. „Glaubt Ihr, dass sie ein Verhältnis hatte? Ich möchte keineswegs Elisas guten Ruf besudeln, muss aber erfahren, ob sie sich gelegentlich mit einem Mann getroffen hat." Mit Genugtuung stellte Robin fest, dass er ohne Rücksicht auf Sybil gewagt hatte, diese Frage zu stellen.

„Nicht, dass ich wüsste. Allerdings habe ich so viele Schäfchen in meiner Herde, und die Leitung des Konventes ist, nun …", die Äbtissin blickte ihn traurig an. „Es betrübt mich, dass es mir nicht möglich ist, mich um alle so zu kümmern, wie ich es eigentlich tun sollte. Wenn es einen Mann in Elisas Leben gegeben hat, dann wird Sybil sicherlich davon Kenntnis haben."

Schon wieder Sybil. *Warum wurde er immer wieder an Sybil verwiesen?* Am liebsten hätte Robin laut aufgeschrien, jedoch gab er sich gelassen. „Erzählt mir bitte etwas über Elisa. Wie ist sie hierher gekommen, und seit wann lebte sie hier?"

„Oh, sie ist eine Waise und wurde, soweit ich weiß, schon als kleines Kind in unsere Schule aufgenommen. Das war vor meiner Zeit. Nach dem Tod der guten Äbtissin Magdalena hat der Bischof mir die Leitung des Konvents übertragen. Daher stand sie nur die letzten fünf Jahre unter meiner Obhut. Was vor dieser Zeit war, kann ich nicht sagen."

Robin war sichtlich enttäuscht. Aus dem Alter der Äbtissin hatte er geschlossen, dass sie schon lange diesem Konvent angehörte. Auch hatte er gehofft, sie könnte ihm etwas über Vala berichten. „Elisa war siebzehn?" fragte er.

Die Äbtissin nickte.

„Dann lebte sie hier seit ungefähr zehn Jahren?"

Die Äbtissin runzelte nachdenklich die Stirn. „Ich vermute, sie ist schon länger hier."

Robin trommelte wieder unbewusst mit den Fingern auf der Armlehne. „Gibt es hier eine Nonne, die schon länger dem Orden angehört und vielleicht weiß, wann Elisa ins Kloster kam?"

„Ich bin mir nicht sicher, aber möglicherweise kann Goodeth Euch helfen, allerdings ist sie seit einiger Zeit etwas seltsam geworden und hat ihre Kammer nur noch selten verlassen. Außerdem könnt Ihr Catherine fragen, sie führt die Memoirenbücher und wird Euch sicher den exakten Ankunftstag nennen können", antwortete die Äbtissin.

Robin nickte. Bei dieser Gelegenheit könnte er gleich in den Büchern nach Vala suchen. Es sprach aber auch nichts dagegen, erst einmal die Äbtissin zu fragen. „Übrigens, hat im Konvent irgendwann einmal eine Nonne namens Vala gelebt?“ erkundigte er sich.

Die Äbtissin dachte angestrengt nach und schüttelte dann den Kopf. „Mir ist niemand dieses Namens bekannt. Aber wie ich schon erwähnte, ich verfüge über keine Kenntnisse über frühere Zeiten.“

„Wahrscheinlich hatte sie ein Kind bei sich“, fügte Robin hinzu.

„Das wäre sehr ungewöhnlich“, erwiderte die Äbtissin. „Zwar haben wir Kinder in unserer Schule, jedoch kann ich Euch versichern, dass keines von ihnen das Kind einer unserer Nonnen ist.“ Sie sah Robin streng an, und dieser schaute scheinbar schuldbewusst zu Boden, obgleich er wusste, dass sich auch heilige Männer und Frauen nicht immer wirklich keusch verhielten.

„Vielleicht gehörte das Kind zu Valas Verwandtschaft“, gab er zu bedenken.

„Wohl kaum, weil wir eigentlich keine Familien aufnehmen. Die Frauen in unserem Gästehaus sind vorrangig Witwen, weil der Bischof angeordnet hat, dass wir uns um diese Frauen der weltlichen Gesellschaft kümmern sollen.“

Robin war froh, dass sie nicht wissen wollte, warum er nach Vala gefragt hatte, denn er hätte ihr kaum glaubhaft versichern können, dass seine Frage mit dem Mord zu tun hatte. Auch war er allmählich recht zuversichtlich, letztendlich der Verdammung zum Heiraten entkommen zu können. Zudem erschien ihm nun angesichts der Ermordung der Nonne seine Suche nach Vala beinahe belanglos. Und da er sein Verhängnis, jene Sybil, bereits gefunden hatte, würde er sicher auch noch eine Möglichkeit finden, den Bann zu brechen. Das Wichtigste war ohnehin, dass er nicht die Beherrschung verlor.

„Wenn Ihr keine weiteren Fragen habt, bitte ich Euch, mich zu entschuldigen“, sagte die Äbtissin und riss damit Robin aus seinen Gedanken. „Ich habe noch viel zu tun, weil heute die Beerdigung stattfindet, daher möchte ich Euch jetzt zu Sybil bringen.“

Fast hätte er gestöhnt.

Jedoch wartete Sybil nicht auf ihn vor der kleinen Kammer, worauf Robin nun nicht mehr mit Enttäuschung, sondern Erleichterung reagierte. Er konnte nicht abstreiten, dass die Novizin einen starken Einfluss auf sein Leben nahm, außerhalb ihrer Reichweite verspürte er diesen Einfluss aber nicht mehr. Je mehr Zeit er ohne sie verbrachte, desto besser würde es für ihn sein. Und ohne sie konnte er auch besser seinem eigenen Anliegen nachgehen. Er lächelte zufrieden und bat einen Bediensteten, ihn zu Goodeths Kammer zu bringen.

Trotz ihres hohen Alters und ihrer Gebrechlichkeit begrüßte Goodeth ihn freundlich und aufgeschlossen und bat den Bediensteten, ihre Kammer zu verlassen. Robin bemerkte, dass sie jene schwerhörige Nonne war, die er am Vortag befragt hatte.

„Fein, fein, was führt dich zu mir, Junge?“ Zwar hatte Robin erwartet, mit Mylord angeredet zu werden, doch maß er dem keinerlei Bedeutung bei. Die Augen der alten Frau funkelten, als sie ihn ausgiebig von Kopf bis Fuß musterte. Sie schien sich sehr für ihn zu interessieren, und Robin vermutete, dass die arme Frau nur selten Besuch bekam.

Als wenn sie seine Gedanken erraten hätte, lachte sie krächzend. „Was willst du, Junge? Ich kann zwar nicht mehr gut hören, aber ich kann sehr gut sehen, und du bist eine Augenweide für betrübte Augen“, verkündete sie kichernd.

Robin war nicht gerade begeistert.

„Da du offensichtlich einer der Jungs von Campion bist, wirst du das sicher wissen. Fast zu schön für diese Welt, möchte ich meinen. Oh, die Tatsache, dass ich die Gelübde abgelegt habe, bedeutet noch lange nicht, dass mir ein gut aussehender Mann nicht auffällt. Ja, du versprühst hier überall deinen Charme, nicht wahr?“ Sie schaute ihn durchdringend an. „Wo ist deine kleine Novizin?“

Robin bemerkte, dass er rot anlief. „Sybil hat heute Morgen anderweitig zu tun“, murmelte er.

„Äh, was sagst du?“

„Ich weiß nicht, wo sie ist“, erwiderte Robin lautstark.

„So, so, sie ist nicht hier, Junge! Du solltest sie besser suchen, sonst verlierst du sie noch“, antwortete Goodeth.

Unglaublich! War hier jeder bestrebt, ihn mit Sybil zusammenzubringen, noch dazu in einem Kloster? Robin blickte die alte Frau skeptisch an. „Ich bin wegen des Mordes hier“, erklärte er.

„Ist mir egal, was du da sagst“, kicherte die alte Nonne.

Jedoch wollte Robin nicht über Sybil reden. „Könnt Ihr Euch daran entsinnen, wie Elisa in dieses Kloster kam?“ fragte er.

„Natürlich kann ich mich daran erinnern. Sie kam mit Vala.“

Robin stockte der Atem. „Vala?“ wiederholte er mit belegter Stimme.

„Ja, so war es. Ich war immer der Meinung, sie sei Valas Tochter“, entgegnete Goodeth ernst.

Glücklicherweise schien Goodeth leicht schwachsinnig zu sein, oder hatte sie seine Reaktion bemerkt? Robin fühlte sich, als hätte ihn der Schlag getroffen, und bemühte sich, ruhig zu bleiben, als Goodeth ihre Erzählung fortsetzte.

„Sie war ein Säugling. Eigentlich nehmen wir ja keine Mütter mit Kindern auf, zumal sie noch ein zweites Kind bei sich hatte. Dieses hatte mehr Ähnlichkeit mit Vala, aber, na ja, sie gehörten irgendwie zusammen, von Anfang an.“

„Wann war das?“ erkundigte er sich ungeduldig.

Goodeth fixierte ihn. „Nun, ich glaube, es ist ungefähr siebzehn Jahre her. Du solltest Sybil danach fragen ...“

„Was ist mit Vala geschehen?“ fiel ihr Robin ins Wort. Er hatte keine Lust mehr, ständig an seine Assistentin verwiesen zu werden, gerade jetzt, wo er der Antwort auf seine Fragen so nahe war.

„Du brauchst mich nicht anzuschreien, Junge“, tadelte ihn Goodeth. „Vala ist vor mehreren Jahren verstorben. Sie war schwermütig und kränklich. Viel Leid hat sie in ihrem Leben erfahren müssen und konnte sich nicht so recht davon erholen. Leider fühlte sie sich auch hier im Kloster nicht wohl, obwohl sie sich entschlossen hatte, dem Orden beizutreten. Weißt du, manche sind für dieses Leben nicht geschaffen. Es ist schon ein Unterschied zum weltlichen Leben. In mancher Hinsicht ist es hart, aber dafür segensreich, weil man Gott näher ist.“

Robin hörte ihr kaum noch zu. *Vala war tot*. Er war tief getroffen. Hatte er nicht immer geahnt, dass seine Suche nach Vala absolut sinnlos war? Jedoch überkam ihn nicht nur Enttäuschung wegen seines eigenen Anliegens, sondern auch Erschütterung, weil nun beide verstorben waren, Mutter und Tochter. Sie hatten dem weltlichen Leben entsagt, um hier aufgenommen zu werden, und waren im Kloster Opfer weltlicher Grausamkeiten geworden, obwohl sie dort eigentlich hätten geschützt sein sollen.

Robin sammelte sich und widmete seine Aufmerksamkeit wieder der greisen Nonne. „Ich danke Euch“, sagte er beklommen. „Eure Angaben haben mir weitergeholfen.“

„Willst du schon wieder gehen?“ fragte Goodeth. „Nun ja, du solltest dich besser darum kümmern, wo sich deine Novizin herumtreibt, damit ihr kein Unheil geschieht. Es gibt hier nämlich einen Mörder, weißt du?“

„Ja, das ist mir bekannt“, entgegnete Robin freundlich, und plötzlich wurde ihm unbehaglich zumute. Vielleicht sollte er wirklich besser umgehend Sybil suchen. Hatte er sich nicht erst gestern geschworen, sie um jeden Preis zu beschützen? Er hatte sie im Stich gelassen, nur um seinem eigenen, selbstsüchtigen Anliegen nachzugehen. Robin seufzte. Er hätte sich ohrfeigen können.

Der alten Nonne nickte er kurz zu und verließ eilig die Kammer. Er hoffte, Sybil möglichst schnell im Kloster zu finden, jedoch sah er nur eine stattliche Nonne, die den Flur vor Goodeths Kammer entlangging. Wahrscheinlich hatte sie etwas zu erledigen. Robin stutzte, als ihm ihre korpulente Figur auffiel.

Schon wieder Maud? Er dachte kurz nach und folgte ihr dann unverzüglich. „Ach Maud, genau Euch suche ich“, sprach er sie an und lächelte galant.

Sie blieb stehen und schaute ihn verhärmt an. Robin fragte sich, ob sie zufällig hier war oder ihm nachspioniert hatte.

„Ich habe gerade mit Goodeth geredet“, berichtete er und musterte sie eindringlich. Ihre Gesichtszüge blieben aber hart und abweisend.

„Goodeth“, schnaubte sie verächtlich und rümpfte die Nase. „Es wundert mich, dass Ihr mit dieser Frau ein Gespräch führen konntet. In den letzten Tagen schien sie recht geistesabwesend zu sein.“ Sie guckte ihn durchdringend an, als wenn sie herausfinden wollte, was er von der greisen Nonne erfahren hatte. „Ich hatte angenommen, Ihr würdet uns nun verlassen, weil die Äbtissin uns mitteilte, dass Meister Farnfold festgenommen worden sei.“

„Er wurde des Diebstahls überführt, nicht des Mordes“, erklärte Robin und schenkte ihr ein Lächeln. „Daher ist meine Aufgabe noch nicht beendet.“

„Nun ja, Ihr seid Euch doch aber hoffentlich klar darüber, dass Eure Anwesenheit hier einer religiösen Atmosphäre nicht gerade dienlich ist.“

„Das bedauere ich aufrichtig“, entgegnete Robin höflich.

„Wenn ich hier zu bestimmen hätte, dann wäre die Klärung diese Falles längst pflichtgemäß dem Bischof übergeben worden, da könnt Ihr sicher sein", fuhr Maud hochmütig fort.

Der würde bestimmt dafür sorgen, dass man die ganze Sache vertuschte, dachte Robin. Auch war er der Meinung, dass es um die Ordensmitglieder allgemein schlecht bestellt wäre, wenn Maud hier zu bestimmen hätte.

„Nun ja, in dieser Angelegenheit habe ich Euch gesucht", sagte Robin und gab sich sehr geheimnisvoll. Er sah sich nach allen Seiten um und neigte sich ihr zu. „Ich hatte das Gefühl, dass Ihr bei der Vernehmung doch nicht ganz offen sprechen konntet, deshalb möchte ich noch einmal mit Euch alleine reden", flüsterte er und entschuldigte sich im Stillen bei Sybil.

Maud genoss ihren Erfolg. „Ihr habt Recht. Ich bin der Meinung, dass einer Novizin ein so wichtiges Amt nicht hätte übertragen werden sollen", erwiderte sie gebieterisch. „Diese weltlichen Angelegenheiten sind nichts für junge Frauen. Sie bringen sie nur vom rechten Weg ab."

Robin bemühte sich, nicht an seinen eigenen Umgang mit Sybil zu denken. „Aus welchem Grund glaubt Ihr, dass Elisa eine unschickliche Beziehung hatte?" fragte er.

Maud schaute ihn zweifelnd an. „Wenn ich auch eine Nonne bin, so bin ich deshalb noch lange nicht naiv. Ich bin schon recht lange in diesem Kloster und habe so einiges erlebt in all den Jahren, daher fallen mir verdächtige Dinge sofort auf."

Robin runzelte die Stirn, und Maud fuhr mit ernster Mine fort: „Sie achtete mehr auf ihre Kleidung und schmückte sich, obwohl das hier verboten ist, und sie trug den Schleier nur noch gerade mal bis zur Stirn. Auch blieb sie mehrfach den Andachten fern und trieb sich öfter außerhalb der Klostermauern herum, als es für die Erfüllung ihrer Pflichten erforderlich war."

Mauds Gesichtszüge verhärteten sich. „Die Ehrwürdige Mutter

ist meiner Meinung nach zu nachlässig, und Elisa hatte ihre besondere Gunst, obwohl sich jetzt herausgestellt hat, dass sie nicht fähig war, das Amt der Schatzmeisterin korrekt auszuführen." Sie plusterte sich auf wie eine Henne, und Robin nahm an, dass sie die einzige Nonne war, die erfahren hatte, dass die Kassenbücher nicht in Ordnung waren.

„Sagt mir, wohin ging Elisa, wenn sie den Konvent verließ?" fragte Robin.

Maud sah ihn verbittert an, als wenn sie ihm auf diese Frage eine Antwort schuldig bleiben wolle. Robin ließ jedoch nicht locker. Ihm war die Beantwortung der Frage sehr wichtig, weil er hoffte, auf diese Weise auch Sybil zu finden.

„Zur Obstplantage ist sie geschlichen, an ihrem Gewand waren Spuren von Schlamm aus dem Gebiet dort, und ihr Umhang hatte Grasflecken, wenn sie zurückkam", zischelte sie boshaft. „Das war ja nicht anders zu erwarten, wenn man einem Waisenkind mit unbekannter Herkunft besonders wohlgesonnen ist. Beide, Elisa und Sybil, haben sich oft wie vulgäre Frauen schlechter Herkunft verhalten!" Offensichtlich kostete es Maud Überwindung weiterzusprechen. „Sucht auf den Feldern oder im Wald nach Elisas Liebhaber", riet sie.

Robin blickte ihr streng in die Augen. Sie wusste mehr, und er wollte herausfinden, was es war. „Nennt mir einen Namen", drängte er zornig.

Erst schien sie nichts sagen zu wollen, dann grinste sie ihn höhnisch an. „Tobias soll er heißen, habe ich gehört, ein einfacher Arbeiter, der nichts weiter als eine erbärmliche kleine Hütte besitzt! Mehr weiß ich wirklich nicht."

Wusste sie tatsächlich nicht mehr? Und woher hatte sie all diese Kenntnisse? Zweimal hatte Robin das Gefühl gehabt, dass sie ihm nachspionierte. Offensichtlich hatte sie es sich zur Aufgabe gemacht, alles in Erfahrung zu bringen, was sich im Kloster abspielte. Oder hatte sie andere, heimtückische Gründe?

„Ich befürchte, dass die Äbtissin Elisas Verhalten verabscheuen wird“, stellte Maud voller Genugtuung fest. Wahrscheinlich hat Sybil Recht, Maud ist eine boshafte, missgünstige Person, befand Robin. Vielleicht ärgerte sie sich darüber, dass man nach dem Tod der Äbtissin Magdalena nicht ihr die Leitung des Konvents übertragen hatte. Und es war nicht auszuschließen, dass sie gegen die Äbtissin intrigieren oder zumindest ihre eigenen Fähigkeiten groß herausstellen wollte. Der Verstorbenen war sie alles andere als wohlgesonnen. Aber war ihr Neid auf Elisas Stellung so groß, dass sie auch vor einem Mord nicht zurückschreckte? Konnte es sein, dass sie ihn mit ihrer Geschichte über einen gewissen Tobias in die Irre führen wollte?

Robin fröstelte. Es behagte ihm nicht, darüber nachzudenken, ob eine Nonne, egal, wie unausstehlich sie war, ein Verbrechen begangen haben könnte. Andererseits hatte er inzwischen mehrfach feststellen müssen, dass in diesem Kloster nicht nur fromme Frauen lebten. Hier waren alle möglichen Charaktere anzutreffen, einschließlich einer solchen Frau, die in ihrer Machtgier keine Skrupel zu kennen schien.

Vielleicht sollte er Sybil bitten, ihm mehr über Maud zu erzählen. Bei diesem Gedanken wurde ihm schlagartig bewusst, dass er seine Assistentin umgehend suchen musste. Er musterte Maud kritisch. Ihm war klar, dass sie auch für Sybil keine freundlichen Gefühle hegte, und wenn diese von Mauds intriganten Machenschaften wissen sollte …

Robin verbeugte sich kurz, blickte Maud dann aber streng an. „Ich danke Euch für Eure Hilfe und weiß Eure Offenheit sehr zu schätzen, deshalb will auch ich Euch gegenüber offen sein. Ich werde nicht ruhen, bis der Mörder gefasst ist, und sowohl die Ordensmitglieder als auch alle Menschen hier im Land sollten darauf vorbereitet sein, dass ich mich nicht so einfach aus dem Weg räumen lasse wie eine junge Nonne“, warnte Robin sie. „Außerdem könnt Ihr gewiss sein, dass die Novizin Sybil ab jetzt unter meinem besonderen Schutz steht. Sollte ihr irgendetwas zustoßen, werden die de Burghs sie rächen. Und ich garantiere Euch, Maud, was Ihr dann erleben werdet, wird ärger sein, als Ihr es Euch je vorstellen könnt, und Ihr werdet wünschen, dergleichen nie erlebt zu haben.“

Anscheinend hatte er mit seiner Drohung Maud in ihrer hochmütigen Haltung erschüttert. In ihrem Gesicht zeichnete sich nun weniger Strenge als vielmehr Furcht ab, wie Robin mit Genugtuung feststellte. In diesem Zustand verließ er die verhärmte alte Frau.

Wenn er auch nicht zwingend glaubte, dass sie es wagen würde, gegen ihn zu intrigieren, so war es ihm doch wichtig, ihr unmissverständlich klar zu machen, dass er keine weitere Gewalttätigkeit duldete, besonders nicht gegenüber Sybil. Auch war ihm bewusst, dass er diese nun unbedingt finden musste, nicht weil er ihrer Assistenz bedurfte, sondern weil er sie nicht ohne Schutz lassen durfte. Er war verantwortlich für ihre Sicherheit. *Besonders jetzt.*

7. KAPITEL

Bald hatte Robin herausgefunden, dass Sybil das Kloster verlassen hatte und in Richtung der Felder gezogen war. Er fühlte sich innerlich hin- und hergerissen. Einerseits war er wegen ihres eigenmächtigen Handelns wütend, andererseits hatte er regelrecht Angst, sie zu verlieren. Ein Gefühl, das er in dieser Intensität nie zuvor empfunden hatte und das ihm überhaupt nicht behagte. Im Gegensatz zu seinem früheren sorglosen Lebensstil war er nun aus vielerlei Gründen gereizt und besorgt. Und all das war die Schuld von Sybil.

Ihm war nicht wohl, als er sie schließlich entdeckte. Sie redete gerade mit einer kleinen Gruppe von Arbeitern. Zwar freute es ihn, dass sie am Leben und wohlauf war, jedoch hatte er das Bedürfnis, sie zurechtzuweisen. Was bildete sich diese Frau ein, ganz alleine Kontakt mit fremden Rohlingen aufzunehmen, unter denen vielleicht sogar der Mörder war?

Als er auf sie zuging, fiel ihm auf, wie der Wind mit einer Haarsträhne, die unter ihrem Schleier hervorgesprungen war, spielte. Robin musste daran denken, wie er zuvor eine ihrer Locken berührt hatte. Plötzlich spürte er nicht mehr Verärgerung und Sorge, sondern etwas ganz anderes. Er wünschte sich, ihr den Schleier abzunehmen, um ihr Haar zu sehen. Außerdem hätte er ihr gern ihre schlichte Novizinnentracht abgestreift, um sich an ihrer Schönheit erfreuen zu können.

Robin erschrak über diese Fantasien und konzentrierte sich darauf, festen Schrittes auf die Gruppe zuzugehen. Sybil weckte bei ihm Leidenschaften, die seine Selbstbeherrschung auf eine harte Probe stellten. Er zwang sich, tief einzuatmen, und presste die Hände auf die Oberschenkel in der Hoffnung, dadurch sein Verlangen zu unterdrücken. Eigentlich bin ich kein primitiver Kerl wie mein Bruder Dunstan, für den es völlig normal ist, seine Gemahlin mal eben über die Schulter zu legen und sie wegzuschleppen, ermahnte sich Robin. Aber genau das hätte er jetzt gerne mit Sybil getan.

Sie hatte ihn inzwischen bemerkt, und die Männer, die zuvor Sybil freundlich zugewandt waren, blickten ihn argwöhnisch an. Robin überlegte, ob sie Geheimnisse vor ihm haben mochten oder befürchteten, man könne ihnen vorwerfen, dass sie eine Novizin belästigten.

Zwar hatte Robin geahnt, dass Sybil bestimmt nicht erfreut sein würde, wenn er sich einmischte, jedoch war er jetzt überrascht, dass sie ihm offensichtlich seine Fürsorglichkeit verübelte. Diese Frau schien unberechenbar zu sein. Sie schaute ihn mit funkelnden Augen an. „Was habt ihr hier zu suchen?“ herrschte sie ihn an.

„Das möchte ich auch Euch fragen, Assistentin“, entgegnete er. „Ich war der Meinung, dass wir zusammenarbeiten.“

„Ach ja? Habe ich vielleicht heute Morgen eine private Audienz bei der Äbtissin gehabt?“ erwiderte sie.

Robin guckte sie verdrossen an. „Das ist noch lange kein Grund, dass Ihr Euch alleine in fremden Gefilden herumtreibt und in ungeahnte Gefahren begebt!“ Er konnte sich nicht erinnern, jemals eine Frau gezüchtigt zu haben, aber diese hätte es verdient.

Leider zeigte Sybil keine Einsicht, sondern lachte schallend. Ihr Lachen hatte etwas Mitreißendes, und es machte Robin sprachlos, als er es vernahm: Es klang leicht, beschwingt und reizvoll. Es erschütterte ihn wie der Schall heller Glocken. Glocken, die meine Verdammung zur Heirat einläuten sollen, dachte er.

„Seid Ihr von allen guten Geistern verlassen?“ meinte Sybil. „Ich lebe hier seit meiner Kindheit und bin schon oft in dieser Gegend gewesen, bevor Ihr hier aufgetaucht seid. Und ich habe absolut nicht vor, mich in einer Kammer zu verkriechen, bis sich mal ein tapferer Ritter erbarmt, mir sein Geleit anzubieten."

Ihr unverhohlener Spott brachte Robin so in Rage, dass er fast die Fassung verloren und ihr eine Tracht Prügel verpasst hätte. Jedoch besann er sich und blieb ruhig.

„Ihr lacht darüber?" fragte er zornig. „Wollt Ihr es Elisa gleichtun und Euer Leben aufs Spiel setzen? Oder seid Ihr so naiv zu glauben, dass Ihr diesen Männern trauen könnt?" Als er sich zu den Arbeitern herumdrehte, stoben diese auseinander und gingen zurück zu den Ochsen auf der Weide. Und Sybil blickte ihn zornig an.

„Seht, was Ihr getan habt!" schimpfte sie und zeigte auf die sich entfernenden Arbeiter. „Das sind einfache Menschen, die seit vielen Jahren die klösterlichen Güter bestellen, so wie es schon ihre Väter getan haben. Nicht gerade ein Menschenschlag, den ich als gefährlich bezeichnen würde. Jetzt wird es mir wohl kaum mehr gelingen, ihr Vertrauen zu erlangen!"

Sie hatte es gewusst. War es ihr die ganze Zeit klar gewesen? „Ihr wusstet es", flüsterte Robin. Er verspürte einen stechenden Schmerz in der Brust, als er erkannte, dass sie ihn offensichtlich getäuscht hatte. „Ihr wusstet, dass Elisa einen Liebhaber hatte, und habt mich glauben lassen, der Verwalter sei der Mörder." Er schimpfte nicht mehr, seine Stimme klang ungewöhnlich leise.

Sybil betrachtete ihn mit weit aufgerissenen Augen, verwirrt und besorgt. „Wovon sprecht Ihr?"

„Immer wenn ich versucht habe herauszufinden, ob Elisa einen Verehrer hatte, habt Ihr Euch gegen eine solche Unterstellung verwahrt. Und jetzt seid Ihr hier, um ihren Liebhaber zu suchen." Robin fühlte ein schmerzhaftes Ziehen in der Magengrube, als ein weiterer Verdacht in ihm aufkeimte. „Ist er auch Euer Liebhaber?" Er konnte sich nun nicht mehr beherrschen und packte sie bei den

Schultern, getrieben von blanker Wut, von Schmerz und Argwohn. „Seid ihr hier, um ihn zu warnen?"

„Nein!" protestierte Sybil. „Robin, nein." Genauso wie gestern Abend brachten ihn diese einfachen Worte zur Vernunft. Er fluchte, ließ sie los und fuhr sich hastig mit den Fingern durchs Haar. Er war zu weit gegangen. Normalerweise neigte er nicht zu unkontrollierten Gewaltausbrüchen. *Was war mit ihm geschehen*?

„Ich hätte niemals die Kammer des Verwalters aufgesucht, wenn ich diesen nicht für schuldig gehalten hätte", sagte Sybil leise. „Und ich hätte es begrüßt, wenn wir ihn eindeutig hätten überführen können, damit diese Angelegenheit endlich beendet ist. Aber je mehr ich darüber nachgedacht habe, desto größer wurden meine Zweifel. Ich habe heute Morgen die Äbtissin davon unterrichtet und hätte auch Euch davon erzählt, aber ich war zu Eurem Treffen mit ihr nicht eingeladen. Allerdings muss ich zugeben, dass ich nicht glauben wollte, dass Elisa irgendetwas Unrechtes getan haben könnte", fügte Sybil hinzu. „Und es tut mir Leid, wenn ich dadurch Eure Untersuchung behindert habe, aber heute Morgen ...", sie zögerte, „heute Morgen habe ich in ihren Sachen gestöbert und etwas gefunden. Eine Kirschblüte. Sie war noch ganz frisch und lag sorgfältig gepresst zwischen den Seiten ihres Psalters." Robin starrte Sybil eine Weile benommen an, dann fing er sich wieder. „Ein Liebespfand?" fragte er.

Sybil zuckte mit den Achseln. „Das weiß ich nicht. Jedoch habe ich mich gewundert, weil Elisa eigentlich nichts auf der Obstplantage zu tun hatte." Sie hob den Kopf und fuhr fort: „Deshalb habe ich jene Männer gefragt, ob sie Elisa dort mit jemandem gesehen haben, gerade als Ihr hier wie ein wütender Stier angetobt kamt!"

„Ihr hättet Euch besser danach erkundigen sollen, wer für die Pflege der Obstbäume zuständig ist", wandte Robin ein.

Erneut sah ihn Sybil mit großen Augen an, was Robin rührte. Er durfte jetzt aber nicht die Fassung verlieren, sondern musste unbedingt sachlich bleiben. „Ich habe inzwischen in Erfahrung gebracht, mit wem sie sich getroffen hat. Es war ein Arbeiter namens Tobias", murmelte er.

Sybil schien verblüfft, dass er dieses wusste, und wirkte auch erschrocken. Aus welchem Grund, blieb Robin unklar. „Wann habt ihr das herausgefunden?" erkundigte sie sich.

„Kurz bevor ich mich auf die Suche nach Euch gemacht habe", antwortete er wahrheitsgemäß, obwohl er sie eigentlich nicht gesucht hatte, um ihr seine neue Erkenntnis mitzuteilen. Aber wie auch immer, es war nicht das erste Mal, dass sie beide unabhängig voneinander die gleiche Spur verfolgten. „Offensichtlich verdächtigen wir nun beide jemand anderen."

Um seine Kooperationsbereitschaft zu demonstrieren, hatte er bewusst das Wort *wir* gebraucht. Für ihn selbst war aber ein gemeinschaftliches Vorgehen in erster Linie deswegen wichtig, weil er Sybil zu ihrem Schutz immer in seiner Nähe wissen wollte. Sie ging nicht weiter auf seine Aussage ein, sondern schaute aufmerksam in Richtung der Obstplantage. Robin folgte ihrem Blick und entdeckte dort einen Mann, der im Unterholz etwas aushob. Er legte die Hand um sein Schwert, und sie liefen gemeinsam die sanfte Erhebung zur Obstplantage hinauf.

„Ich kenne Tobias", sagte Sybil. „Er ist eher ein sanfter, schüchterner junger Bursche, sicher kein Mörder."

„In leidenschaftlicher Hitzigkeit ist alles möglich", wandte Robin ein und spürte, wie ihm die Röte ins Gesicht stieg, weil er an seinen eigenen Kontrollverlust denken musste. Er räusperte sich. „Wenn wir ihn verhört haben, werden wir mehr wissen."

Es war aber nicht Tobias, der dort arbeitete, sondern ein ausgezehrter alter Mann, der Erde auf die Wurzeln junger Setzlinge schaufelte. Als er seine Arbeit unterbrach, sprach Sybil ihn an. „Wir suchen Tobias."

„Der ist nicht hier", erwiderte er und grub weiter.

„Wisst Ihr, wo er ist?" fragte Robin.

„Nein."

„Habt Ihr ihn gesehen?" erkundigte sich Sybil.

„Nein."

Robin wurde ungeduldig und versuchte es mit einer weiteren Frage. „Wann genau habt Ihr ihn zuletzt gesehen?"

Der Mann unterbrach seine Arbeit und stützte sich auf den Spaten. „Lasst mich nachdenken", antwortete er. „Vorgestern." Ohne weitere Erläuterungen setzte er seine Arbeit fort. Sybil betrachtete Robin, und ihm war bewusst, dass beide denselben Gedanken hatten: *am Tag vor dem Mord.*

„Wo wohnt er?" fragte Robin. Wortkarg wie zuvor beantwortete der alte Mann die Frage, und die beiden machten sich unverzüglich auf den kurzen Weg zu einer kleinen Hütte.

Robin legte die Hand um den Griff seines Schwertes und betrat die Hütte als Erster. Er hoffte, den Burschen dort anzutreffen, jedoch war die Hütte leer. Außer einem zerlumpten Strohsack ließen sich keine persönlichen Gegenstände entdecken. Es hatte den Anschein, als wenn hier niemand wohnte.

Sybil schaute Robin an. „Glaubt Ihr, dass auch ihm etwas zugestoßen ist?"

Robin schüttelte den Kopf. „Ich vermute eher, dass er geflohen ist", erwiderte er. Sie verließen die Hütte, und Robin schaute zur Sonne hoch, die jetzt mittags schon gleißend hell und warm schien. „Lasst uns ins Dorf gehen, mich dürstet nach dem Bier, das hier gebraut wird", sagte er und machte sich schnurstracks auf den Weg, ohne Sybils Verblüffung zu beachten, war er sich doch sicher, dass sie ihm umgehend folgen würde.

„Ihr wollt doch *jetzt* nicht Bier trinken?" fragte sie erschrocken, und Robin amüsierte sich insgeheim über ihre Reaktion.

„Doch, und Ihr werdet mit mir trinken", entgegnete er und weidete sich an ihrer Verunsicherung.

Er ahnte, dass Sybil Einwände gegen sein Vorhaben erheben würde. So war es denn auch. Ihrer Meinung nach gab es Wichtigeres zu tun. Jedoch ließ sich Robin nicht beirren, sondern setzte seinen Weg entschlossen fort. Befriedigt stellte er fest, dass sie ihm trotzdem folgte. Ob es ihr nun passte oder nicht, er würde sie beschützen, zumindest bis seine Aufgabe hier beendet war.

Sybil nahm an, dass Robin noch andere Gründe hatte, das Dorf aufzusuchen. Und obwohl es sie grämte, dass er sie nicht einweihte, begleitete sie ihn folgsam, nur um herauszufinden, was er vorhatte. Sie war eigentlich davon ausgegangen, selbstständig die Hintergründe von Elisas Ermordung aufdecken zu können, aber dieser widerliche, überhebliche Ritter hatte tatsächlich mehr herausfinden können als sie. Das missfiel ihr, und sie wollte vermeiden, dass er ohne ihr Beisein zu weiteren Erkenntnissen gelangte.

So lief sie neben ihm her, vermied weiteren Protest und genoss das herrliche, warme Frühlingswetter. Sybil stellte nach einer Weile überrascht fest, wie angenehm es war, eine Wanderung zu machen. Meist waren ihr nur kleine Botengänge in der näheren Umgebung des Klosters aufgetragen worden, daher schätzte sie es sehr, mal etwas mehr von der Landschaft zu sehen. Lässig schlenderte sie den Weg entlang und fühlte sich faszinierend frei. Für eine Novizin war dieses Gefühl sicher nicht schicklich, jedoch fand sie Geschmack daran.

Sie hatte sogar plötzlich das Bedürfnis, die Arme auszustrecken und herumzutänzeln, so glücklich war sie, den Klostermauern entronnen zu sein. Wie schön wäre es, wenn sie jederzeit kommen und gehen könnte, ohne dazu einer besonderen Erlaubnis zu bedürfen oder einen Dienst verrichten zu müssen. Diese Vorstellung war verführerisch, jedoch wusste Sybil, dass sie trotz der Glücksgefühle, die sie empfand, immer noch eine Novizin war, die das Kloster repräsentierte. Daran wollte sie jedoch jetzt nicht denken, zumal sie sich auch deswegen so unbeschwert fühlte, weil sie keine Gefahren zu fürchten hatte. Zweifellos würde der Mann neben ihr jeden möglichen Angreifer abwehren können.

Sie betrachtete seine Waffen: ein scharfes Kampfmesser und ein langes Schwert. Allerdings schienen ihr die Waffen allein kaum ein beeindruckendes Abschreckungsmittel zu sein, sie erhielten ihre Wirkung erst durch die Kraft und das Selbstbewusstsein, die Robin ausstrahlte. Nicht nur ein Unhold wird Robin de Burgh genau taxieren, sicherlich zieht er auch die Blicke der Frauen an, überlegte Sybil und spürte bei diesem Gedanken ihr Herz schneller schlagen.

Auch zuvor hatte sie ihn mehrfach aus dem Augenwinkel gemustert, und jedes Mal hatte sie etwas Neues entdeckt, das sie faszinierte: das dunkle Haar, die langen Wimpern, die vollen Lippen und die männlichen Gesichtszüge. Sogar der Hauch seines Atems beeindruckte sie, besonders wenn sie an den heißen Kuss dachte, den er in des Verwalters Kammer in ihre Hand gepresst hatte.

Sybil verdrängte diesen Gedanken. Sie musste diese Tändelei aus ihrem Bewusstsein verbannen, weil es wichtiger war, sich auf Elisas Mörder zu konzentrieren. Merkwürdigerweise war sie nicht mehr wütend auf Robin, weil er mit der Äbtissin geredet und die Arbeiter vertrieben hatte. Jetzt, da liebliche Frühlingsdüfte sie umgaben und sie sich sicher fühlte, weil Robin sie bestimmt beschützen würde, schwand ihr Zorn. Sie verstand auf einmal gar nicht, warum sie gestern seinen Küssen Einhalt geboten hatte.

Sybil atmete tief ein und gab sich nun doch der Erinnerung an die angenehmen und erregenden Erfahrungen mit Robin hin, obschon sie wusste, dass derartige Empfindungen für eine Novizin nicht schicklich waren. Sie war von bisher unbekannten Gefühlen überwältigt worden, die sie sehr verwirrten. Eigentlich hätte man doch annehmen müssen, dass es qualvoll sein würde, unter dem Körper eines so schweren und starken Mannes zu liegen, jedoch hatte sie es als höchst angenehm und sehr betörend empfunden.

Auch hatte es sie heftig erregt, als er sie mit Händen, Mund und Zunge liebkost hatte – ebenso wie sein Haar auf ihrer Haut und den kräftigen Herzschlag zu spüren, der sein leidenschaftliches Begehren offenbarte. All das war wie ein Rausch gewesen, und sie hatte sich mitreißen lassen. So war es wohl auch Elisa ergangen. Und lediglich der Gedanke an deren Unglück hatte ihr die Kraft verliehen, sich nicht gänzlich hinzugeben, sondern Vernunft anzunehmen und auch Robin klar zu machen, dass sie sofort damit aufhören mussten.

Oh, sie war sich sicher, dass Robin de Burgh ihr keine Gewalt antun würde. Zwar hatte sie ihn auch schon wütend und ungehalten erlebt, jedoch war er mit Sicherheit kein Mörder. Daher brauchte sie nicht zu befürchten, durch Leidenschaft zu Tode zu kommen. Wenn sie sich aber ihrem Verlangen hingegeben hätte, hätte sie in Ungnade fallen und exkommuniziert werden können. Sybil hatte nicht damit gerechnet, dass sie einmal solch einer Versuchung ausgesetzt sein könnte. Jedoch konnte die Anziehungskraft zwischen Mann und Frau stärker sein, als sie es je für möglich gehalten hatte.

Sie war noch nie jemandem wie Robin de Burgh begegnet. Er war Lord, Ritter, Leichenbeschauer und Anführer der Kämpen von Baddersly, das er zudem noch stellvertretend für seinen Bruder verwaltete, und er wirkte in seinem ganzen Habitus sehr männlich. Er war stark, stattlich, mutig und außerordentlich attraktiv. Sybil hatte weiterhin bemerkt, dass er auch sehr freundlich und galant, einfühlsam und gar humorvoll sein konnte. Sie war sogar auf ihn hereingefallen, als er ihr eine angeblich juckende Hauterkrankung vorgegaukelt hatte. Hatte sie je zuvor jemand derartig zum Narren halten können? Mit Sicherheit niemand, der aussah wie Robin. Und wenn er ihr auch anfangs höchst unsympathisch gewesen war, so musste sie doch zugeben, dass sie ein Herz aus Stein haben müsste, um keinen Gefallen an ihm zu finden.

Jedoch war es ein Unterschied, ob man sich bestimmte Gefühle nur eingestand oder diese auch auslebte. Es war ihm zuzuschreiben, dass sie sich mehrfach unschicklich verhalten hatte, von Wutanfällen, die er bei ihr ausgelöst, bis hin zu unzüchtigem Begehren, das er in ihr erweckt hatte. Sybil wusste, dass sie diesen unkeuschen Verführungen widerstehen musste. Sogar die unverfängliche Situation, in der sie sich jetzt befanden, stellte eine Versuchung dar – sowohl wegen seiner körperlichen Anziehungskraft als auch wegen ihrer Sehnsucht nach Freiheit, die seit seiner Ankunft hier beständig stärker wurde.

Als sie das Dorf erreichten, stellte Sybil erfreut fest, dass die Menschen nicht nur Robin, sondern auch ihr mit großem Respekt begegneten. Sie ahnte, dass es falsch war, sich an solch weltlichen Dingen zu ergötzen, jedoch fand sie großen Gefallen daran. Außerdem freute sie sich, wenn andere Frauen ihn begehrlich betrachteten, weil sie stolz auf Robin war. Doch wurde sie eifersüchtig, wenn eine Frau ihn zu intensiv anschaute. Nein, Sybil war sicher, dass diese Gefühle alles andere als tugendsam waren.

Auch wenn Sybil genau wusste, dass sie lediglich eine einfache Novizin war, die einen Auftrag zu erfüllen hatte, so gestattete sie sich doch an diesem Nachmittag, sich an Dingen zu erfreuen, die sie sich eigentlich hätte versagen müssen, und gegen ihre auferlegten Verhaltensregeln zu verstoßen. Als sie schließlich die Mitte des

Dorfes Wotten erreichten, hoffte Sybil, dass ihr nun ein großes Abenteuer bevorstehen würde.

„Wo gedenkt Ihr, Euer Bier zu trinken?“ fragte sie.

„Keine Ahnung. Ich muss mich erst noch umsehen. Sicher brauen hier doch zahlreiche Einwohner Bier“, antwortete er und musterte die Häuser und Hütten.

Sybil nickte. Ihr war bekannt, dass manche Dörfler oft eine größere Menge Bier brauten und ein Schild heraushängten, um das Bier dann zum Preis von einem Penny für drei Gallonen auszuschenken, bis der Vorrat aufgebraucht war. Und sie wusste auch, dass sich sowohl Männer als auch Frauen dann zu einem abendlichen Saufgelage im Haus des Nachbarn trafen. Leider wurde gelegentlich aus dem fröhlichen Beisammensein ein Drama, weil es zu Streitereien und Gewalttätigkeiten zwischen denen kam, die zu viel getrunken hatten.

Allerdings hatte Sybil nur davon gehört, da es sich für die Ordensfrauen selbstverständlich nicht schickte, eines dieser Häuser aufzusuchen, *bis jetzt*. Es war nicht tugendsam, jedoch erregte es Sybil, etwas eigentlich Verbotenes zu tun.

„Könnt Ihr mir sagen, ob in der letzten Zeit in den gleichen Häusern Bier ausgeschenkt wurde wie heute?“ fragte Robin.

Sybil betrachtete die stümperhaften Hinweise, die an einigen Türen angebracht waren, und schüttelte den Kopf. „Ich habe keine Ahnung.“

„Dann lasst es uns herausfinden“, erwiderte Robin, und sie fand es aufregend, diesen Mann begleiten zu dürfen, besonders wenn er sie wie seinesgleichen behandelte. Fast hätte sie vor Freude gelächelt, jedoch beherrschte sie sich leidlich und beeilte sich, ihm in einen dunklen Eingang zu folgen.

Ein unangenehmer Geruch durchzog das kleine Haus. Sie setzten sich auf eine Bank, die vor einer schmutzigen Wand stand, und warteten, bis eine grobschlächtige Frau, bekleidet mit einer dreckigen Schürze, ihnen das Bier in zwei Bechern brachte, die alles andere als sauber waren. Vorsichtig nippte Sybil an einem und stutzte. Dieses saure Gebräu war in keiner Weise zu vergleichen mit dem Bier, das den Gästen im Kloster angeboten wurde.

„Eigentlich müsste diese Frau dafür bestraft werden, dass sie es wagt, solch ein schlechtes, verdorbenes Bier zu verkaufen“, befand Sybil.

Robin bedeutete ihr jedoch zu schweigen. Er beschwerte sich nicht bei der dicken, finster blickenden Frau, sondern versuchte, sich bei ihr einzuschmeicheln. Dergleichen hatte Sybil bereits bei ihm beobachtet, als er mit der intriganten Maud geredet hatte. Es blieb ihr jetzt aber nichts anderes übrig, als still zuzusehen, wie er diese ungehobelte und hässliche Frau umgarnte und ihr sogar ein Kichern entlockte. Sicher verfolgte Robin damit eine bestimmte Absicht. Und tatsächlich, während sie das fürchterliche Bier trank, hatte er der nun sehr auskunftsfreudigen Frau alle wichtigen Fragen gestellt.

Seit wann schenkte sie hier Bier aus? In welchen anderen Häusern wurde auch Bier angeboten? War sie vielen Reisenden begegnet? Waren hier kürzlich Fremde aufgekreuzt? Kannte sie die Bediensteten im Konvent? Den Verwalter? Die Nonnen? Die Gärtner?

Nachdem ihm die Frau brav geantwortet hatte, gab Robin ihr einen Coin, erhob sich und verließ das Haus. Sybil folgte ihm unverzüglich.

In allen Häusern, die sie aufsuchten, wiederholte sich diese Prozedur. In den meisten war es dunkel, karg und feuchtkalt. Zudem stank es. Mit der Zeit gewöhnte sich Sybil leidlich an diesen Geruch. In einem der besseren Häuser konnte Robin den Besitzer überreden, ihnen etwas Brot und Käse zu bringen, ansonsten beließen sie es beim Trinken. Robin stellte überall die gleichen Fragen, allerdings erhielt er nirgends aufschlussreiche Hinweise.

Doch in einem Haus, in dem auch einige Arbeiter des Klosters eingekehrt waren, gelang es Robin, etwas über Tobias zu erfahren. Offensichtlich hatte dieser einen Onkel, der in einem ungefähr eine Tagesreise entfernten Dorf wohnte.

Leicht beschwipst von dem Bier war Sybil lediglich in der Lage, Robin zu beobachten und sein Verhandlungsgeschick zu bewundern. Wie hatte sie ihn nur für unfähig, arrogant und anmaßend halten können? Jetzt war sie sehr beeindruckt von seiner Redegewandtheit und seinem Scharfsinn. Eigentlich gefiel ihr alles an ihm, von seinem dunklen Haarschopf bis hin zu seinen Stiefeln.

Endlich erreichten sie den letzten Ausschank. Sybil war nun mehr als nur leicht beschwipst und hatte Mühe, sich auf Robins Befragungen zu konzentrieren. Jedoch horchte sie auf, als der Hausherr, ein grauhaariger alter Mann, berichtete, dass ihn vor drei Tagen zwei Fremde angesprochen hätten, die aufgrund ihrer vermutlich langen Reise sehr verschmutzt gewesen seien und sich irgendwie seltsam verhalten hätten. Um besser zuhören zu können, erhob sich Sybil und wäre beinahe hingefallen, wenn Robin sie nicht schnell gestützt hätte.

„Die beiden haben noch mehr Fragen gestellt als Ihr, Mylord“, meinte der alte Mann. „Jedoch drehten sich ihre Fragen alle um das Kloster und die Nonnen. Ich sagte ihnen, dass wir hier nur mit wenigen Ordensfrauen zu tun haben, worauf sie ein wenig unwirsch reagierten. Irgendwie kamen sie mir verdächtig vor. Obwohl ich ihnen kaum Auskunft geben konnte, ließen sie mit ihrer Fragerei nicht locker. Deshalb habe ich sie an eine Nonne verwiesen, die gerade draußen über die Straße ging, an die alte Maud. Ich fand, dass sich die beiden ruhig an ihr die Zähne ausbeißen sollten“, erzählte er kichernd.

Sybil blinzelte erschrocken. Maud! Hatte diese nicht – wie auch alle anderen Nonnen – behauptet, dass ihr in der letzten Woche keine Fremden begegnet seien? Sybil gab ein Glucksen von sich, worauf Robin sie kritisch anschaute, sich rasch von dem alten Mann verabschiedete und sie hinter sich her nach draußen zog. Robin war ein großer Mann, der große Schritte machte, deshalb stolperte Sybil eine Zeit lang hinter ihm her und konnte ihm nur mit Mühe folgen. Als sie das Dorf schließlich hinter sich gelassen hatten, war sie daher völlig außer Atem. Robin blieb stehen und betrachtete sie.

„Was ist mit Euch los?“ fragte er.

Sybil starrte ihn sprachlos an. Sie war nicht in der Lage, auch nur einen einzigen vernünftigen Gedanken zu fassen. Eine dunkle Haarsträhne war ihm in die Stirn gerutscht, und sie hatte das unwiderstehliche Verlangen, diese zurückzustreichen oder sie zu küssen. Oder ihn zu küssen, dachte sie und blickte verträumt auf seine wundervollen Lippen. Sie schwankte auf ihn zu.

„Ihr seid betrunken!“ rief er.

Sybil schaute ihn mit weit aufgerissenen Augen an.

„Ihr hättet nicht trinken sollen!“ schimpfte er.

„Aber Ihr habt das Bier für mich bestellt!“ verteidigte sie sich.

„Ihr habt mich begleitet, deshalb musste ich für uns beide etwas ordern! Ich habe darauf vertraut, dass Ihr wisst, wie viel ihr vertragt und ab wann Ihr besser die Finger vom Alkohol lasst“, entgegnete Robin. Verärgert wandte er sich ab und murmelte etwas vor sich hin.

Irgendwie hatte Sybil das Gefühl, ihn beleidigt zu haben. „Ich bin nicht betrunken“, nuschelte sie und hob herausfordernd den Kopf. „Das war doch nur Bier, was soll's.“

„Genug, um ein Schiff zu versenken“, erwiderte Robin. Er schaute ihr in die Augen und fluchte. „In diesem Zustand kann ich

Euch unmöglich zurück ins Kloster bringen", entschied er mit finsterer Miene.

Sybil jedoch verspürte lediglich den Wunsch, seine Lippen zu berühren, um seine angespannte Mundpartie in ein Lächeln umzuformen. Sie kicherte, und er fluchte erneut.

„Lasst uns zum Bach gehen", sagte er und fuhr sich mit den Fingern durchs Haar. Sybil vermutete, dass er das nur vorschlug, um ihren Kopf unter Wasser tauchen zu können. Sie kreischte und taumelte zurück Richtung Wotten. Jedoch hinderte Robin sie am Weitergehen.

„Ihr könnt Euch dort das Gesicht waschen", beruhigte er sie und musterte sie besorgt. „Vorausgesetzt, Ihr könnt überhaupt noch gehen."

„Natürlich kann ich das", versicherte Sybil und versuchte, sich gerade aufzurichten, bekam aber gleich wieder Schlagseite. „Ich habe es ja schließlich auch bis hierher geschafft, nicht wahr? Und mein Gesicht ist nicht schmutzig!"

Robin seufzte, umfasste sie mit dem rechten Arm, und bevor sie sich versah, hatte er sie hochgehoben und über seine Schulter gelegt. Sybil schrie auf, weil sich alles um sie herum zu drehen begann, nun, wo sie keinen Boden unter den Füßen mehr hatte. Sie schloss die Augen, nahm Robins Duft wahr und spürte seine Hände auf ihrem Körper. Dann wurde es kurze Zeit schwarz um sie herum.

Bald kam sie wieder leidlich zu sich und räkelte sich auf seiner Schulter. Robin hielt sie mit der Hand fest, jedoch zog er diese rasch zurück. Sybil wusste nicht, ob sie darüber froh oder enttäuscht sein sollte, hatte doch seine Hand auf ihrem Gesäß sie merkwürdig erregt.

Als er anhielt, öffnete Sybil die Augen und stellte fest, dass sie bei dem Bach im Wald angelangt waren. Das Sonnenlicht, das durch die Äste der Bäume fiel, spiegelte sich im klaren Wasser. Sybil atmete tief ein und erfreute sich an dem Geruch der jungen Blätter und des frischen Grases. Kann es etwas Schöneres geben, fragte sie sich immer noch recht benommen.

Als Robin sie an seinem Körper hinabgleiten ließ und sie wieder Boden unter den Füßen hatte, spürte sie ein diffuses Verlangen – nach ihm. Sie seufzte, weil er ihre Taille noch umschlungen hielt und sie für einen Moment näher zu sich zog.

„Nicht, tut das nicht", flüsterte er heiser.

„Was denn?" fragte Sybil und sah ihn an.

„Bewegt Euch nicht", sagte er angespannt. „Macht nicht solch ein Geräusch, und – vor allem – schaut mich nicht so an."

„Wie sehe ich Euch denn an?" erkundigte sich Sybil und senkte den Blick. Er redete mit ihr, daher hielt sie es für normal, ihn anzusehen. Allerdings war sie nicht so recht in der Lage, sich zu rechtfertigen. Also blickte sie ihn wieder direkt an und betrachtete fasziniert seine Augen, die verführerisch und tiefgründig wie dunkler Bernstein waren.

Robin musterte sie schweigend. Als sie seinen Gesichtsausdruck bemerkte, stockte ihr der Atem. Ein Prickeln ging durch ihren Körper, und sie fühlte eine seltsame Spannung in den Brüsten, während ihr Herz immer heftiger schlug. Plötzlich wurde ihr klar, dass sie als Frau nicht unerheblichen Einfluss auf ihn hatte. Er war ein souveräner Mann, ein Lord und kampferprobter Ritter, jedoch konnte er ihrer Anziehungskraft offensichtlich nicht widerstehen. Seine Selbstbeherrschung schien ins Wanken zu geraten, und Sybil war erstaunt, dass sie offensichtlich eine gewisse Macht über diesen Mann hatte. Das verlieh ihr den Mut, ihm die Hände auf die Brust zu legen, obwohl er sie ja gebeten hatte, sich nicht zu bewegen.

Eine ganze Weile standen sie regungslos da. Sybils Hände zitterten, als sie seine straffen Muskeln unter ihren Fingern spürte. Sie starrte auf ihre Hände und war erstaunt, dass sie es gewagt hatte, ihrem Impuls zu folgen und ihn einfach anzufassen. Obwohl er einen Waffenrock trug, fühlte sie seine Körperwärme und seinen beschleunigten Herzschlag. Sie konnte nicht anders, als ihn anzuschauen. Jedoch erwiderte er ihren Blick nur kurz, denn Robin neigte den Kopf und küsste sie.

Darauf presste er sie an sich, und sie schlang die Hände um seinen Nacken, als wolle sie ihn nie mehr loslassen. Seine Lippen waren noch betörender, als sie es in Erinnerung hatte, fest und dennoch anschmiegsam. Und jetzt öffnete sie begierig den Mund, als seine Zunge sich daranmachte, sich Einlass zu verschaffen, und erwiderte seine Küsse voller Inbrunst.

Als sie mit der Zunge die seine berührte und sein tiefes Stöhnen vernahm, entflammte bisher ungeahnte Leidenschaft in ihr. Sybil wollte mehr, immer mehr von ihm. Es erregte sie, von ihm so heftig begehrt zu werden, und zugleich hatte sie das Gefühl, mit ihm zu verschmelzen, mit seiner Seele und seiner Energie.

Robin streichelte ihren Rücken und küsste sie inbrünstig, als wenn er ihr den Atem rauben wollte. Jedoch gab er ihr mit seiner leidenschaftlichen Lebenskraft mehr, als er nahm. Versonnen spielte sie mit den Fingern in seinem vollen Haar. Es fühlte sich wundervoll an, und sie hatte das Gefühl, jenseits von Zeit und Raum zu schweben. Robin hob sie hoch und legte sie sanft auf das junge Gras, das den Bach säumte. Mit seinen Lippen liebkoste er erst ihr Kinn und dann ihren Hals. Lange verharrte er dort, wo das heftige Pulsieren ihres Blutes deutlich zu spüren war, und Sybil erschauerte, als er mit den Händen ihre Brüste berührte.

Erregt warf sie den Kopf zurück und seufzte. Unerfahren wie sie war, hatte sie das Gefühl, instinktiv richtig reagiert zu haben, weil Robin nun vor Erregung leicht zitterte. Stöhnend legte er sich auf sie und spreizte mit seinem Oberschenkel ihre Beine. Sie spürte die Hitze und das Gewicht seines Körpers, und er küsste sie abermals wild und leidenschaftlich und hob ihren Kopf, um seinen Kuss zu vertiefen. Offensichtlich wollte er mit der Hand in ihrem Haar versinken, jedoch ertastete er den Schleier der Novizin und erstarrte abrupt.

Robin erschrak, hob den Kopf und schaute sie an, wandte sich dann aber schnell ab, als wenn ihr Anblick ihm unerträglich wäre. Er wirkte nun eher verhärmt als erregt. „Es ist nicht in Ordnung, was wir tun", stellte er fest.

„Doch", flüsterte Sybil. Nichts in ihrem Leben schien ihr wichtiger und aufrichtiger zu sein. Sie vergrub die Hand in seinem Haar und zog seinen Kopf zu sich herunter. Sie wollte nicht auf die Gefühle verzichten, die sie durchströmten, wenn sich ihre Lippen berührten. So küssten sie sich nochmals heiß und leidenschaftlich, jedoch war der Kuss nur kurz, weil Robin sich gleich wieder zurückzog.

„Es darf nicht sein", sagte er harsch und bestimmt. „Ihr seid betrunken."

„Nein", erwiderte Sybil, zumal sie sicher war, dass ihre Benommenheit nichts mehr mit dem übermäßigem Biergenuss zu tun hatte, sondern mit etwas anderem, das tief in ihr erwacht war.

Robin ließ sich nicht beirren. Er löste sich von ihr und stand auf. „Was wir getan haben, ist nicht nur falsch, es ist auch gefährlich", murmelte er und zog sie hoch. Sybil wollte ihn nochmals umarmen; er jedoch wehrte sie ab, als wenn sie ihm zuwider wäre.

„Lasst uns gehen", verkündete er und schritt von dannen, ohne Sybil weiter zu beachten. Ihr blieb nichts anderes übrig, als ihm verwirrt zu folgen, und sie fragte sich, was der Grund für seinen abrupten Sinneswandel sein mochte. Hatte sie etwas getan, das ihn verärgert hatte? Hielt er sie für zu unerfahren oder zu tölpelhaft?

Als sie Robin eingeholt hatte, zupfte sie an ihrem Schleier und hatte plötzlich das Verlangen, den Schleier gänzlich abzulegen. Zwar schämte sie sich dieses Impulses, doch spürte sie innerlich ein heftiges Aufbegehren, das sie nicht unterdrücken konnte. Sie hatte nie die Gelübde abgelegt und jetzt wusste sie, warum sie es instinktiv nicht getan hatte. Nach dem, was gerade passiert war, fand sie es nicht mehr angemessen, dem Orden beizutreten.

An diesem Nachmittag hatte sie sich von einer Seite erlebt, die sie vorher nicht gekannt hatte. Ihr kam es so vor, als sei sie aus einem langen dumpfen Dämmerzustand erwacht. Und es schien ihr nun nicht mehr möglich, ihr lethargisches Leben im Konvent fortzusetzen, geschweige denn, eine duldsame, keusche Nonne zu werden.

Sie dachte sehr ernsthaft über alles nach, ihr Leben, ihr Umfeld und ihre Zukunft. Je näher sie dem Konvent kamen, desto mehr wuchs ihre Abneigung gegen ihr bisheriges Dasein, und als sie die Klostermauern erblickte, schreckte sie zurück. Sie ahnte, dass sie bald die Entscheidung treffen würde, den Orden zu verlassen.

8. KAPITEL

Erleichtert, Sybil wieder ins Kloster zurückgebracht zu haben, war Robin nicht länger um ihre Sicherheit besorgt, sondern begab sich umgehend in seine Kammer. Zwar freute es ihn, dass er Sybils verhängnisvollem Einfluss gerade noch entkommen war, jedoch wälzte er sich die ganze Nacht unruhig in seinem Bett hin und her. Teils im Traum, teils im Wachzustand hatte er die Vision, dass ein Verbrecher in den Schlafraum der Novizinnen eindrang und sie alle ermordete.

Schweißgebadet wachte er schließlich auf und hatte den merkwürdigen Wunsch, ständig bei Sybil zu sein. Am liebsten wäre ihm gewesen, wenn sie jetzt neben ihm gelegen hätte, damit er sie beschützen konnte. Robin war dermaßen beunruhigt, dass er keine Ruhe fand und überlegte, unter welchem Vorwand er im Schlafsaal der Novizinnen Wache halten könnte. Schließlich verwarf er diesen unschicklichen Gedanken und bemühte sich vergeblich, noch ein wenig Schlaf zu finden.

Müde und gereizt erhob er sich bei der ersten Morgendämmerung und beauftragte einen Bediensteten, umgehend einen Boten nach Baddersly zu schicken – mit der Anweisung, einige seiner Kämpen hierher zu beordern. Da er damit rechnen musste, dass sich Elisas Mörder noch hier herumtrieb, hielt er es für erforderlich, für mehr Sicherheit zu sorgen. Er konnte nicht überall zur gleichen Zeit sein und wollte das Kloster nicht ohne Schutzposten zurücklassen, wenn er sich auf die Suche nach Tobias machte.

Wenn der Mord vom Liebhaber Elisas begangen worden war, bestand keine Gefahr für die anderen Nonnen. Doch irgendetwas beunruhigte Robin noch immer. Daher schien es ihm sinnvoll, Sybil mit auf die Reise zu Tobias' Onkel zu nehmen. Allerdings wäre sie gefährdet, wenn es unterwegs zu einem Überfall kommen sollte. Allerdings musste er sich eingestehen, dass er selbst der Einzige gewesen war, der Sybil gestern in Gefahr gebracht hatte. Er beschloss daher, einige seiner Kämpen mitzunehmen. Sie würden ihm bei der Verteidigung gegen mögliche Angreifer hilfreich sein können, und er würde nicht allein mit Sybil unterwegs sein müssen. Er hatte sich zwar geschworen, sich immer in ihrer Nähe aufzuhalten, um sie zu beschützen, doch konnte er es in der Zwischenzeit nicht mehr verantworten, mit ihr allein zu sein. Ihn hatte schon immer erschüttert, dass ihn ihre Anwesenheit erregte und er auf ihre streitlustige Art und Spötteleien viel zu heftig reagierte, doch das gestrige Vorkommen hatte ihn nun vollkommen aus der Fassung gebracht. Er musste daran denken, wie sie in dem frischen Gras gelegen hatten. In diesem Moment hatte Robin endgültig den Verstand verloren. Und wahrscheinlich sogar noch mehr: sein Herz.

Letzteres wollte Robin allerdings nicht wahrhaben.

Er redete sich ein, dass ihn lediglich körperliches Verlangen getrieben hatte, zumal er inzwischen wusste, dass er seine Wollust nicht zügeln konnte, sobald er sie nur berührte. Indes, wenn körperliche Begierde das einzige Problem war, warum hatte er dann nicht nur nach ihrem Körper, sondern auch nach ihrem ganzen Wesen ein schier unbeschreibliches Verlangen? Ihm kam es allmählich so vor, als ob sie füreinander geschaffen wären. Robin wurde unbehaglich zumute, denn ihn überkam der Wunsch, sie zur Frau zu nehmen.

Er würde sie aber nicht heiraten, egal, ob hier nun ein Fluch im Spiel war oder nicht. Zwar konnte ihm Vala nicht mehr helfen, jedoch hatte er nun das Gefühl, auch ohne magische Hilfe Herr seines Schicksals zu sein. Ich bin ein de Burgh, und niemand kann mich dazu bringen, etwas gegen meinen eigenen Willen zu tun, dachte Robin selbstbewusst. Es war ihm gelungen, Vala und Elisa ausfindig zu machen, und nach der Aufklärung des Mordes würde er abreisen und Sybil nie wiedersehen.

Zwar empfand er bei der Vorstellung, auf ihre Spötteleien und ihre Küsse für immer verzichten zu müssen, einen diffusen Schmerz tief in der Magengrube, aber er würde stark genug sein, das zu ertragen. Er würde nicht daran zerbrechen, eine Begleiterin verloren zu haben, die ihn mehr verwirrte, als es gut für ihn war. Genau, je früher ich hier wegkomme, desto besser, befand Robin.

Allerdings schien die Aufklärung von Elisas Ermordung komplizierter zu sein, als er angenommen hatte. Robin zog Bilanz: War es der Verwalter, der Gelder veruntreut hatte, die machtgierige Nonne oder der Arbeiter, der offensichtlich ihr Liebhaber war? Er hoffte inständig, dass es keine weiteren Verdächtigen gab, ansonsten würde es ewig dauern, bis der Fall gelöst war. Bedauerlicherweise hatte ihn sein Bruder nicht davon in Kenntnis gesetzt, welch vielfältige Aufgaben ein Leichenbeschauer hatte.

Da Robin zur Aufklärung des Mordes weitere Informationen benötigte, verbrachte er den Tag damit, die Bediensteten des Klosters im Tagesraum der Novizinnen zu verhören. Zwar konnte er nicht verhindern, dass Sybil als seine Assistentin der Befragung beiwohnte, jedoch achtete er darauf, einen gebührlichen Abstand zu ihr einzuhalten und sie nicht mehr als unbedingt nötig zu beachten. Glücklicherweise war Sybil offensichtlich ebenso viel wie ihm daran gelegen, den gestrigen Vorfall zu vergessen. Sie schien tief in Gedanken versunken und besorgt zu sein und redete nur mit ihm, wenn es aufgrund ihrer Aufgabe unvermeidlich war.

Leider erhielten sie von den Bediensteten keine hilfreichen Auskünfte. Die meisten weiblichen und männlichen Hilfskräfte waren recht verschlossen und wirkten gehemmt. Vielleicht wollten sie sich den Nonnen gegenüber loyal verhalten, oder sie befürchteten, bei der Äbtissin durch unbedarfte Äußerungen in Ungnade zu fallen. Oder halten sie bewusst Informationen zurück, um eine bestimmte Person zu schützen, überlegte Robin, schüttelte aber den Kopf. Der Fall war kompliziert genug, und er wollte erst einmal die dringlichsten Fragen klären.

Als die Männer von Baddersly eintrafen, war Robin bester Stimmung. Endlich konnte er wieder mit Leuten aus seinem vertrauten Umfeld zusammen sein, einem ganz anderen Menschenschlag als jenem, der hier in dem abgeschiedenen Nonnenkloster lebte. Es wäre ihm allerdings lieber gewesen, wenn außer seinen Mannen und Trossbegleitern auch noch einer seiner Brüder mitgekommen wäre, mit dem er seine Sorgen hätte besprechen können. Aber nur Reynold und Nicholas, sein jüngster Bruder, waren noch Junggesellen, und Reynold hatte ihm ja unmissverständlich zu verstehen gegeben, dass er nicht daran glaubte, dass es ein Fluch war, der sie zum Heiraten zwang. So musste Robin nun seine Sorgen alleine tragen.

Obwohl er den ganzen Abend mit den Männern von Baddersly trank und würfelte, amüsierte er sich nicht so wie sonst. Irgendwie war er bedrückt und nicht ganz bei der Sache. Er hatte das Gefühl, eigentlich irgendwo anders sein zu sollen. Er vermutete, dass der magische Fluch dafür verantwortlich war, und begann verbissen noch mehr zu trinken und zu spielen. Jedoch brachte es ihm nichts ein, außer dass er sich am nächsten Morgen nicht wohl fühlte.

Zu den Sorgen, die ihn ohnehin quälten, kamen nun noch Kopfschmerzen und die Nachwirkungen einer unruhigen Nacht. Robin, einst von unbeschwertem Gemüt, hatte das Gefühl, dass er mit der Zeit ebenso cholerisch wurde wie sein Bruder Simon. Schlecht gelaunt und widerwillig sattelte er sein Streitross für den Ritt nach Ryewater.

Auch Sybil, die ihm zuschaute und überflüssige Fragen stellte, war ihm lästig. „Seid Ihr sicher, dass der Mann vom Bierausschank sagte, dass Tobias' Verwandte in Ryewater leben?" erkundigte sie sich und zwang ihn damit, sich ihr zuzuwenden. Ohne dass er Einfluss darauf hätte nehmen können, schlug sein Herz schneller und Begehren übermannte ihn. Warum ist sie nur so schön, überlegte er, als er sie betrachtete. Einer hässlichen Kreatur wie Geoffreys Frau hätte er leichter widerstehen können.

„Seid Ihr Euch nun sicher?" wiederholte sie und blickte ihn unwirsch an.

„Ja", antwortete Robin und trieb sein Pferd an, um das weitere Gespräch mit ihr zu vermeiden. Er bereute, dass er ihr gestattet hatte, ihn zu begleiten. Ihretwegen würde sich die Reise verzögern. Er wusste nicht, wie lange sie bis Ryewater brauchen würden, und er wollte die Strecke möglichst innerhalb eines Tages zurücklegen. Zuvor hatte er angeordnet, dass eine Bedienstete Sybil begleitete, jedoch schien Sybil dies für überflüssig zu halten.

Eigentlich imponierte es ihm, dass sie eine Frau war, die für sich selbst sorgen konnte. Außer seinen Schwägerinnen, die auch recht patent waren, hatte er nur edle Damen kennen gelernt, die verwöhnt und wenig belastbar waren. Selbst wenn es lediglich um die Bereitstellung eines Nachtlagers ging, verlangten sie besonderes Bettzeug und wurden mürrisch, wenn ihre extravaganten Ansprüche nicht erfüllt wurden. Derartige Ansprüche hatte Sybil nie gestellt, und er hatte plötzlich den widersprüchlichen Wunsch, sie mit all den luxuriösen Annehmlichkeiten zu verwöhnen, auf die sie bislang hatte verzichten müssen. Sie hat etwas Besseres verdient, dachte er, besann sich dann aber und verdrängte derartige Gedanken.

Mit ernstem Gesichtsausdruck ritt er voran und achtete darauf, neben seinen Kämpen zu bleiben, möglichst weit entfernt von Sybil, allerdings nicht zu weit weg. Er wollte noch immer ihre Nähe meiden, traute gleichzeitig aber niemand anderem zu, sie so zu beschützen wie er selbst. Robin versuchte, sich auf den Weg nach Ryewater und das Auffinden von Tobias zu konzentrieren.

Sybil ritt am Ende des Trosses, doch als das kleine Dorf in Sicht kam, schloss sie zu Robin auf. Dieser begann, an seinem Ausschnitt zu zerren, weil er ihn beengte.

„Plagt Euch Euer Ausschlag wieder?" fragte sie mit einem verschmitzten Lächeln.

„Ja", erwiderte Robin. „Mögt Ihr mich mal ordentlich kratzen?" erkundigte er sich.

Sybil schaute ihn zornig an, doch er bemerkte ein leichtes Zucken um ihre Mundwinkel. „Wenn du mich reibst, will ich auch dich gerne reiben", säuselte er.

„Wie Ihr meint", antwortete sie mit gesenktem Kopf.

Hatte er richtig gehört? Er musterte sie kurz. Offensichtlich war sie nicht verärgert, dass er gestern am Bach ihre verfängliche Tändelei abgebrochen hatte. Er dachte nach und wurde misstrauisch. Es war nicht auszuschließen, dass sie sich am Bach lediglich aus Berechnung so leidenschaftlich gegeben hatte, weil sie ihn zum Heiraten bewegen wollte – vor allem, wenn man bedachte, dass sie sich sonst ihm gegenüber eher aufsässig und abweisend verhielt.

„Sind Euch auch Eure Beinlinge zu eng?" fragte Sybil und blickte ihn schelmisch an.

„Wie bitte?" rief er.

„Ihr wirkt insgesamt recht zugeschnürt und bedrückt. Ständig runzelt Ihr die Stirn oder stöhnt", stellte sie fest.

Robin war verblüfft. Ihre Bemerkung war durchaus zutreffend, jedoch wollte er sich keine Blöße geben. „Ihr scheint ja ein außerordentliches Interesse für meine Bekleidung aufzubringen", entgegnete er bissig und stieg vom Pferd. „Findet Ihr nicht, dass Euer Interesse etwas indiskret ist?"

Seine kleine Novizin schien nicht zu ahnen, wie oft ihn in den letzten Tagen seine Beinkleider beengt hatten. Ganz zu schweigen von der Tatsache, dass Sybil oft die Ursache dieser Beengung gewesen war. Bei diesem Gedanken überkam ihn wieder ein so drängendes Begehren. Diese verdammte Frau! Vielleicht sollte er ihr jetzt sofort zeigen, was seine Beinlinge vermehrt ausfüllte, und sich Erleichterung verschaffen.

Heute ist sie leider nicht betrunken, dachte Robin. Dabei war es gestern so nett gewesen, als sie voller Begierde seinen Kopf zu sich gezogen hatte, um ihn so leidenschaftlich zu küssen, als wolle sie nie mehr von ihm lassen. Er stöhnte leise und ging auf einen Dorfbewohner zu, der gerade ihren Weg kreuzte.

„Ihr bleibt hier!“ rief er ihr über die Schulter zu. „Und bemüht Euch, meiner Anweisung wenigstens einmal Folge zu leisten.“

Ohne Sybils Unmutsäußerung Beachtung zu schenken, schritt er voran, um nach Tobias zu fragen. Da Ryewater eine sehr kleine Ortschaft war, wusste dieser Mann gleich, wen er suchte. Umgehend kehrte Robin zum Tross zurück und gab Anweisungen, ihm zu dem Feld zu folgen, auf dem der Bursche tätig sein sollte.

Nach einem Ritt durch einen kleinen Wald erreichten sie den Acker. Robin stutzte, als er sah, dass dort zwei Männer arbeiteten. Er stieg vom Pferd und befahl der Truppe, hier zu warten. Sybil machte jedoch keinerlei Anstalten, seiner Anweisung Folge zu leisten. Er war nur ein paar Schritte gegangen, da hatte sie ihn schon eingeholt.

„Offensichtlich ist Euch entfallen, dass ich die Einzige bin, die Tobias kennt“, sagte sie und hatte wieder dieses rebellische Funkeln in den Augen. Robin nickte, weil er ahnte, dass jeder Widerspruch zwecklos war. Die beiden Männer unterbrachen ihre Arbeit und blickten zu ihnen herüber. Sybil griff nach Robins Arm. „Das ist er“, flüsterte sie.

Robin legte die Hand um den Griff seines Schwertes, um gewappnet zu sein, falls einer von ihnen fliehen sollte. Doch die beiden verhielten sich ruhig und beobachteten die Ankömmlinge misstrauisch. Als sie die Arbeiter erreicht hatten, stellte sich Robin schützend vor Sybil.

„Seid Ihr Tobias?“ fragte er, worauf der größere der beiden Männer furchtsam nickte. Als er Sybils Novizinnengewand entdeckte, schien er noch stärker verunsichert zu sein. Er atmete stockend, was Robin als Beweis seiner Schuld deutete.

Der ältere Mann ging jedoch gefasst auf Robin zu. „Wer seid Ihr, Sire, und was wollt Ihr?“

„Ich heiße Robin de Burgh und bin der Lord of Baddersly in Vertretung meines Bruders. Ich gehe meiner Aufgabe als Leichenbeschauer nach. Man hat mir die Ermittlungen in einem Mordfall übertragen. Eine Nonne aus dem Kloster *Our Lady of All Sorrows* ist umgebracht worden. Deshalb möchte ich mich mit Eurem Neffen unterhalten.“

Der ältere Mann schien eingeschüchtert. Er nickte kurz und zog sich zurück. Robin wandte sich an Tobias, einen jungen, großen und dünnen Mann mit klaren Gesichtszügen.

Anscheinend hatte sich die Nachricht, dass der Verwalter festgenommen worden war, noch nicht bis Ryewater herumgesprochen, weil Tobias keinen Versuch unternahm, sich zu verteidigen oder jemand anderen zu beschuldigen. Er starrte die Neuankömmlinge lediglich mit versteinertem Gesichtsausdruck an, was Robin verunsicherte. Der Bursche, gerade dem Knabenalter entwachsen, wirkte absolut nicht wie ein Mörder.

Aber der äußere Eindruck konnte täuschen. Also blickte Robin ihn streng an. „Ihr habt für den Konvent gearbeitet?“ fragte er.

Tobias nickte.

„Und warum seid Ihr plötzlich geflohen?“

„Mein Bruder ...“, antwortete Tobias und musste schlucken,

„... mein Bruder riet mir, wegzugehen. Er wusste von ... von Elisa und mir und befürchtete, dass sie mich aufhängen würden, ohne mich vorher angehört zu haben."

„Was habt Ihr denn zu erzählen?" wollte Sybil wissen, die nun neben Robin stand.

„Ich habe sie nicht ermordet!" rief Tobias. „Ja, ich habe mich mit ihr versündigt, aber ich habe sie geliebt. Ich wollte sie unbedingt heiraten, aber sie sagte, dass der Bischof und alle anderen sie niemals freigeben und uns verfolgen würden, wohin auch immer wir fliehen würden." Er atmete stockend und schwankte, daher stützte Robin ihn.

Robin hielt Elisas Befürchtungen für berechtigt. Er wusste, dass eine abtrünnige Nonne, die die Gelübde gebrochen hatte, mit unbarmherziger Verfolgung und härteren Strafen rechnen musste als eine Ehebrecherin. Die kirchlichen und weltlichen Herrscher waren sich einig, dass alle, die aus einer Ordensgemeinschaft geflohen waren, um jeden Preis dorthin zurückgebracht werden sollten. Einige wurden sogar gegen ihren Willen dort zur Strafe lebenslang gefangen gehalten. Ein hoher Preis für das Glück, eine kurze Zeit in Freiheit leben zu können.

„Elisa wollte nie Nonne werden. Die alte Äbtissin hat sie genötigt, die Gelübde abzulegen. Deshalb war ich der Meinung, dass sie kein Recht hatten, sie zu zwingen, im Kloster zu bleiben. Ich war die ewige Geheimniskrämerei und die heimlichen Treffen leid, daher freute ich mich, als diese seltsamen Männer auftauchten und sich nach ihr erkundigten", berichtete Tobias mit gequältem Gesichtsausdruck.

Robin runzelte die Stirn. „Welche seltsamen Männer?"

Tobias schüttelte den Kopf. „Sie kamen zu mir, als ich auf den Obstwiesen arbeitete. Ich nahm an, dass Elisa ihnen geschrieben oder sie anderweitig über mich informiert hatte und dass sie sich deswegen gezielt an mich wandten. Sie behaupteten, Verwandte von ihr zu sein, und ich dachte …“, schluchzend brach er zusammen. „Ich dachte, sie würden ihr dabei helfen, den Konvent zu verlassen, indem sie vielleicht ihren Einfluss geltend machten oder sie freikauften.“

Er hob den Kopf, blickte sie an und wirkte so verzweifelt, dass Robin gerührt war.

„Nie habe ich vermutet, dass sie Elisa töten könnten, niemals, ich schwöre es!“ stieß Tobias hervor. „Wenn ich geahnt hätte, dass sie planten, sie zu ermorden, hätte ich sie sofort von ihren edlen Rössern heruntergerissen, selbst wenn man mich dafür in den Kerker geworfen hätte!“

„Woher nehmt Ihr die Gewissheit, dass diese Männer den Mord begangen haben? Und warum glaubt Ihr, dass sie es getan haben?“ erkundigte Robin, obwohl er befürchtete, dass Tobias mit seiner Vermutung richtig lag.

Tobias wirkte verbittert. „Als wir uns in dieser Nacht trafen, erfuhr ich von Elisa, dass sie keine Verwandten hatte und auch sonst keine Beziehungen zu Menschen außerhalb des Klosters unterhielt. Außerdem hatten die Männer gelogen, als sie behaupteten, sie hätten das Kloster aufgesucht. Niemand hatte sich im Konvent nach Elisa erkundigt. Und es waren auch keine neuen Gäste im Kloster aufgenommen worden. Sybil hätte Elisa mitgeteilt, wenn neue Gäste einquartiert worden wären.“

Robin hatte instinktiv das Bedürfnis, den Arm um Sybil zu legen. Er hob ihn an, ließ ihn aber gleich wieder sinken.

Tobias schüttelte den Kopf. „Irgendetwas stimmte nicht. Warum hätten sich diese Männer so ausgiebig nach ihr erkundigen und sich dann aus dem Staub machen sollen? Ich habe versucht, Elisa zu überreden, mit mir zu fliehen, aber sie traute sich nicht. Ich habe noch beobachtet, wie sie über die Mauer zurück ins Kloster kletterte. Nie hätte ich gedacht, dass dort der Tod auf sie lauerte. Ich hätte sie nicht gehen lassen dürfen!"

„Ihr vermutet also, dass diese Männer Euch folgten, weil sie wussten, dass Ihr Euch mit Elisa treffen würdet, und ihr dann auflauerten, als sie zurück ins Kloster kam?"

Tobias nickte unglücklich.

„Wie viele Männer waren es? Könnt Ihr sie beschreiben?" fragte Robin.

„Es waren zwei Männer mit durchschnittlichem Aussehen. Beide hatten schwarzes Haar, und sie schienen Brüder zu sein. Deshalb habe ich ihnen auch die Sache mit der Verwandtschaft abgenommen", meinte er und schüttelte den Kopf. „Sie trugen edle Gewänder und ritten große schwarze Streitrösser, das waren keine Arbeitspferde."

Robin nickte besorgt. Tobias' Beschreibung entsprach dem, was der Mann vom Bierausschank ihm über die beiden Fremden berichtet hatte, die sich nach dem Kloster erkundigt und anschließend mit Maud geredet hatten. Und plötzlich ahnte er, wer die beiden Männer waren.

„Hätte ich doch bloß nicht mit ihnen geredet! Ich hätte Elisa nicht gehen lassen dürfen, sondern sofort mit ihr fliehen sollen. Zwar hätte uns der Bischof gejagt wie räudige Hunde, aber wir hätten für kurze Zeit vereint unser Glück genießen können, und sie wäre jetzt noch am Leben!" Er verbarg das Gesicht in den Händen und schluchzte.

„Haben diese Männer irgendetwas über ihre Herkunft verlauten lassen?" fragte Robin mit einem üblen Verdacht im Hinterkopf.

Tobias schaute ihn an. „Sie kamen aus Wales", sagte er und sank dann überwältigt von seinem Schmerz zu Boden.

Sein Onkel eilte zu ihm, und Robin kehrte unverzüglich zu seinem Tross zurück. Sybil folgte ihm eilig. Er war tief in Gedanken versunken, was Sybil allerdings nicht davon abhielt, seinen Arm zu ergreifen. Robin wollte jetzt in Ruhe nachdenken und nicht belästigt werden. Jedoch war es ihm nicht möglich, sie zurechtzuweisen, als er ihren ernsten Gesichtsausdruck bemerkte.

„Um was geht es hier?“ wollte sie wissen.

Robin zögerte und warf einen Blick auf Tobias. „Wir können hier nicht darüber reden“, erwiderte er. „Ich werde Euch später alles erklären.“

„Nein, ich möchte, dass Ihr es mir sofort mitteilt“, forderte sie. Sie schaute sich um und zerrte ihn in einen kleinen Erlenwald. Robin wusste nicht, ob er lachen oder schimpfen sollte. Eine schlanke Novizin schrieb ihm vor, was er zu tun hatte. Allerdings wollte er sie nicht abschütteln, weil ihre Berührung ihn mit Wärme erfüllte, die sein Herz rührte.

Leider ließ sie ihn gleich wieder los, als sie den Wald erreicht hatten, und sah ihn fragend an. Doch was sollte er ihr sagen? Er hatte zwar einen Verdacht, doch diesen mochte er noch nicht äußern. Zudem quälte ihn eine bestimmte Angst. So fuhr er sich mit den Fingern durchs Haar, schritt voran und setzte sich auf einen Stein. Das Atmen fiel ihm schwer. Er war bedrückt und machte sich heftige Vorwürfe.

„Ich habe den Eindruck, Ihr schenkt Tobias Glauben. Auch ich finde seine Geschichte glaubwürdiger als die des Verwalters, aber was macht Euch so sicher? Meint Ihr, dass es sich um die beiden selben Fremden handelt, die auch im Dorf aufgetaucht sind?“ fragte sie.

Robin nickte stumm.

Doch damit wollte Sybil sich nicht zufrieden geben. „Wenn nun tatsächlich weder der Verwalter noch Tobias Elisa ermordet hat, ist dann Maud verantwortlich für den Mord? Sie könnte die beiden Fremden beauftragt haben, Elisa zu töten.“

Robin betrachtete seine Stiefel. „Ich glaube, ich weiß, wer Elisa ermordet hat. Es war weder der Verwalter noch ihr Liebhaber und auch nicht jene missgünstige Nonne", erwiderte er mit schleppender Stimme.

„Wer war es dann?" erkundigte sich Sybil.

„Keine Ahnung", murmelte Robin.

„Aber gerade habt Ihr gesagt ...", drängte Sybil missgestimmt.

Robin hob den Kopf und schaute sie an. „Es ist alles meine Schuld."

„Was soll das bedeuten?" fragte Sybil.

„Ich habe mich auf die Suche nach Vala L'Estrange gemacht", begann Robin, als würde diese Äußerung alles erklären. Ihm selbst war seine Suche nach Vala ursprünglich zwar etwas ungewöhnlich, aber unverfänglich vorgekommen, jetzt jedoch ... Er holte tief Luft. „Ich habe mich nach ihr und ihrer Tochter bei den Marches erkundigt, weil sie einen walisischen Fürsten geheiratet hatte. Und ich glaube ... ich befürchte, dass andere durch meine Suche auf sie aufmerksam geworden sind und daraufhin ebenfalls versucht haben, sie ausfindig zu machen, und mir zuvorgekommen sind."

„Vala soll eine walisische Fürstin gewesen sein?" wunderte sich Sybil.

„Sie hatte einen Fürsten geheiratet", verbesserte Robin. „Doch ist sie aus Wales geflohen, aus welchem Grund, kann ich nicht sagen. Vielleicht befürchtete sie, dass ihre Tochter zum Spielball von politischen Auseinandersetzungen zwischen England und Wales werden könnte. Ich weiß nicht, was sie zur Flucht veranlasst hat, aber nachdem ich herausgefunden hatte, wohin sie geflohen ist, haben sich wohl auch noch andere auf die Suche nach ihr begeben – und zwar mit der Absicht, sie umzubringen. Und als sie erfuhren, dass sie verstorben ist, haben sie ihre Tochter getötet."

„Ich verstehe das alles nicht. Vala soll eine Tochter gehabt haben? Wen meint ihr?“

„Elisa“, antwortete Robin betrübt. „Vala hat sie zu ihrem Schutz hierher ins Kloster gebracht, und meinetwegen ist sie nun tot.“ Er rechnete damit, dass Sybil, Elisas beste Freundin, ihm nun bittere Vorwürfe machen würde, doch sie tat es nicht. Er hatte das Gefühl, für den Mord verantwortlich zu sein. Zwar fand er nichts dabei, einen feindlichen Kämpen im Kampf zu erschlagen, doch schien es ihm unverzeihlich, durch sein selbstsüchtiges, irrwitziges Anliegen den Mord an der unschuldigen Nonne heraufbeschworen zu haben.

„Entschuldigt, aber all das kann ich nicht so recht glauben“, meinte Sybil. „Vala soll eine walisische Fürstin gewesen sein und Elisa ihre Tochter?“ Sie schüttelte den Kopf, als wenn sie das für völlig ausgeschlossen hielt.

Er runzelte die Stirn. „In den Büchern heißt es, dass Vala zusammen mit Elisa im Kloster aufgenommen worden ist. Beide lebten unbehelligt im Konvent, bis ich durch meine Nachforschungen bei ihren Widersachern die Erinnerung an sie wachgerufen habe. Ich weiß nicht, ob es Engländer oder Waliser sind, irgendjemand ist gezielt hierher gekommen, um die Letzte dieses Geschlechts zu eliminieren!“ Robin stockte der Atem. „Damit habe ich ihren Tod verschuldet“, murmelte er und blickte zu Boden.

„So dürft Ihr nicht denken!“ rief Sybil. „Wales wird nach wie vor von politischen Unruhen geschüttelt, und Valas und Elisas Feinde hätten sie ohnehin früher oder später aufgespürt. Elisa wurde das Opfer weltlicher Machenschaften, unabhängig von Eurer Einmischung.“

Zärtlich und mitfühlend strich sie ihm übers Haar, und er war überrascht, als sie seinen Kopf zu sich hochhob. Mit dieser einfachen Geste half sie Robin, sich aus seiner melancholischen Stimmung zu lösen. Er schaute Sybil an. Durch die Baumkronen fiel Licht auf ihr Antlitz, und sie kam ihm nun wie ein Engel vor. In ihren Augen lag liebvolle Anteilnahme, und mit ihrem Verhalten offenbarte sie ihr Mitgefühl.

Diese Frau war in der Lage, eine so innige Beziehung zu ihm herzustellen, wie es Robin nie zuvor erlebt hatte. Und das war es, was sie zu derjenigen machte, die sein Verhängnis sein sollte. Allein bei ihrem Anblick überkam ihn jetzt eine Gefühlswallung, gegen die er machtlos war. Und wie immer wurde er erbarmungslos von Begehren übermannt.

Robin hatte im Moment weder die Kraft noch den Willen, sich dagegen zu wehren. Er küsste sie stürmisch, leidenschaftlich und besitzergreifend. Sie war für ihn bestimmt, und er wollte sie haben. So umarmte er sie und zog sie auf seinen Schoß. Doch war sie ihm auch jetzt noch nicht nah genug. Er streichelte ihren Rücken und fuhr mit den Händen über ihre Hüften. Dann umfasste er ihr Gesäß, hob sie etwas in die Höhe, und es war beider Werk, dass sie nun rittlings auf ihm saß. Ihr Gewand hatte sich dabei nach oben geschoben, und sie presste ihre entblößten Oberschenkel um seinen muskulösen Körper.

„Ja“, flüsterte Robin. Selig küsste er sie noch leidenschaftlicher, als wenn nichts auf der Welt von Bedeutung wäre außer dieser Frau, die unabdingbar die seine war. Er wollte, er musste sie haben, in sie eindringen. Nur so könnte er sich wieder heil und ganz fühlen.

Und Sybil war alles andere als spröde. Sie erwiderte seine Küsse leidenschaftlich, vergrub die Finger in seinem Haar und legte die Arme um ihn, um sich noch stärker an ihn zu drücken. Dabei spürte Robin den Druck ihres Busens auf seiner Brust. Er seufzte, griff nach ihrem Schleier und zog ihn herunter. Der Anblick, der sich ihm nun bot, raubte ihm fast den Atem: Eine Flut rotgoldener Locken ergoss sich über seine Hand.

„Wunderschön“, staunte er. „Ihr habt wundervolles Haar.“ Fast hätte er vor Entzücken laut gelacht. Diese Frau war die seine, seine Lady, und sie war unglaublich schön und liebreizend. Er schmiegte das Gesicht in ihr Haar und genoss dessen wunderbaren Duft. Dann vergrub er die Hände in ihrer Lockenpracht und küsste Sybil erneut.

Unerbittlich packte ihn die Wollust, und nun kämpfte er nicht mehr dagegen an. Sein Verlangen war zu groß. Er wollte und konnte jetzt nicht mehr vernünftig sein. Er wollte sie, sofort, hier und jetzt. Fast hatte er das Gefühl, sterben zu müssen, wenn er mit ihr nicht verschmelzen könnte. So umfasste er ihre Hüften, presste sie noch stärker an sich und stöhnte auf, weil es in seinem Unterleib zu prickeln begann. Er konnte nicht anders: Mit reibenden Stößen bewegte er sich an ihrem Körper auf und ab. „Ja, oh ja!“ rief er und warf, von ekstatischem Begehren überwältigt, den Kopf zurück.

Wie beiläufig nahm er den blauen Himmel zwischen den Blättern der Baumkronen wahr. Jedoch schien ihm alles Irdische bedeutungslos. Er hatte das Gefühl, mit Sybil im siebten Himmel zu schweben. Allerdings stutzte er, als es plötzlich im Unterholz raschelte. Heiser und erregt flüsterte Sybil seinen Namen und entflammte damit seine Leidenschaft erneut.

Robin biss die Zähne zusammen, so fest, dass es ihn fast schmerzte, obgleich er wusste, dass auf diesem hohen Erregungsniveau jeder Versuch der Selbstbeherrschung zwecklos war. Daher tastete er mit der Hand unter Sybils Gewand nach dem Ort seines Begehrens. Und Sybil stieß einen rauen Schrei aus, als er mit dem Finger jene Stelle berührte, in der sie ein drängendes Pulsieren verspürte. Ein Lustschauer jagte durch seinen Körper.

Doch war wieder ein Rascheln zu hören, jetzt allerdings erheblich lauter als zuvor, so dass Robin es nicht mehr ignorieren konnte. Erschrocken befürchtete er, sie könnten angegriffen werden. Er verfluchte sich selbst, weil er so leichtsinnig gewesen war, mitten im Wald fernab seines Trosses sich auf eine Tändelei mit Sybil einzulassen. Hier und in dieser verfänglichen Situation waren sie leichte Beute für Strauchdiebe oder andere Unholde. Daher griff er unverzüglich nach seinem Schwert und sprang auf, wobei Sybil von seinem Schoß herab auf den Waldboden fiel.

Entschlossen ging Robin mit erhobenem Schwert in jene Richtung, aus der das Geräusch kam. Plötzlich erblickte er einen kräftigen Rehbock, der durch das Unterholz streifte und unverzüglich die Flucht ergriff, als er Robin bemerkte. Dieser schaute ihm irritiert nach und schämte sich etwas für seine übertriebene Reaktion. Hinter sich vernahm er ein Geräusch, das dem hellen Klang von Glocken ähnelte. *Glocken*? Er drehte sich um und stellte fest, dass Sybil lauthals lachte. Sie saß auf dem Boden, und auf ihrem Gesicht spiegelten sich sowohl Verwirrung als auch Belustigung wider, Mit der prächtigen Haarfülle, die sich über Schultern und Rücken ergoss, wirkte sie ausgesprochen liebreizend.

Zwar drohte ihnen keine Gefahr durch einen Überfall, jedoch erkannte Robin, dass sie in einer viel heimtückischeren Gefahr geschwebt hatten. Er atmete tief ein und schien allmählich wieder klar denken zu können. Er hatte sich und Sybil in eine äußerst verfängliche Situation gebracht, und diese Erkenntnis ließ den letzten Rest von Leidenschaft in ihm erkalten.

Schockiert vergegenwärtigte sich Robin, dass er Sybil fast die Unschuld geraubt hätte, einer Novizin und noch dazu der Frau, von der er wusste, dass sie ihn zur Heirat verleiten könnte. Er betrachtete sie und war sich sicher, dass sie dieses Techtelmechtel bewusst inszeniert hatte, um ihn einzufangen. Aber das sollte ihr niemals gelingen. Er war entschlossen, weder sie noch eine andere Frau zu ehelichen. Niemals würde er seine Freiheit und Selbstbestimmung aufgeben für einen kurzen Moment leidenschaftlicher Glückseligkeit. Zwar hatte er es nicht geschafft, den Bann zu brechen, doch sollte er verflucht sein, wenn er auch dem Fluch erläge, der alle de Burghs zum Heiraten zwang.

Robin verzog das Gesicht und versuchte, sich zu beruhigen. Sybil hatte inzwischen aufgehört, zu lachen, und als er sie ansah, bemerkte er, dass sie traurig und verletzt wirkte. Das rührte sein Herz, und er erwog, dass sie eventuell unschuldig und genau wie er selbst ein Opfer der magischen Verschwörung sein könnte. Er war sich nicht schlüssig, was er glauben sollte, und fuhr sich verzweifelt mit den Fingern durchs Haar.

„Lasst uns gehen“, sagte er und schritt, entschlossen, sich keiner weiteren verführerischen Situation auszusetzen, zum Waldrand. Sybil folgte ihm, und als sie den Hain verlassen hatten, erblickte er seine Mannen, die geduldig warteten, und fluchte leise. Eigentlich hatte er seine Kämpen auch deswegen mitgenommen, damit er nicht mit Sybil alleine war und in verfängliche Situationen mit ihr geraten konnte. Doch nun musste er befürchten, dass sie sich überlegten und vielleicht sogar darüber tratschten, was er und die hübsche Novizin wohl so lange miteinander getrieben hatten.

Robin war verärgert und schwor sich, dass es seine Mannen den Kopf kosten würde, wenn irgendjemandem im Konvent auch nur ein einziges Wort über diesen Zwischenfall zu Ohren kommen sollte.

9. KAPITEL

In Ryewater angekommen, fanden sie Unterkunft in einer Herberge. Sybil und der jungen Bediensteten, die zu ihrer Begleitung mitgekommen war, wurde eine kleine Kammer zur Verfügung gestellt, während Robin und seine Mannen gemeinsam in einem großen Schlafsaal logierten. Sybil war nie zuvor in einer Herberge gewesen. Sie war bestürzt über das ungepflegte, schlecht ausgestattete Quartier, auch wenn ihr der muffige Geruch und die schäbige Einrichtung belanglos erschienen in Anbetracht der Tatsache, dass es ihr zum ersten Mal in ihrem Leben vergönnt war, außerhalb des Klosters zu übernachten.

Sie fühlte sich unendlich frei und genoss diese Empfindung.

Zu Beginn ihrer Reise war Sybil lediglich daran gelegen gewesen, Tobias zu finden, doch jetzt, in der Dunkelheit ihrer Kammer, spürte sie eine prickelnde Erregung bei dem Gedanken, frei und unabhängig zu sein. Wenn sie wollte, konnte sie die Herberge verlassen, ohne dass sie jemand daran hindern würde. Eine verführerische Vorstellung, die ihr fast den Atem raubte.

Zwar war es nicht das erste Mal, dass sie erwog, den Konvent zu verlassen, doch hatte sie den Eindruck, dass seit Elisas Tod diese Vorstellung in ihr mächtiger und drängender geworden war. Oder war das seit Robins Ankunft im Kloster der Fall?

Was auch immer letztlich den Ausschlag gegeben hatte, nach all den Jahren, die sie aufgrund ihrer persönlichen Umstände im Kloster gelebt hatte, war es jetzt an der Zeit, sich zu entscheiden, ob sie dieses Leben weiterführen wollte. Lange hatte sie ihre Lehrzeit als Novizin ausgedehnt, doch war sie nie in der Lage gewesen, den längst fälligen Schritt zu tun und die Gelübde abzulegen, die sie für alle Zeiten an die Konventsgemeinschaft binden würden. Allerdings war ihr bewusst gewesen, dass sie innerhalb des Klosters einen Schutz und einen Zusammenhalt genoss, den sie in der weltlichen Gemeinschaft wahrscheinlich nicht so ohne weiteres finden würde. Trotzdem hatte sie sich insgeheim immer nach einem Leben außerhalb der Klostermauern gesehnt.

Jetzt aber erkannte sie, dass Angst sie dazu getrieben hatte, im Kloster auszuharren: Angst vor Veränderung, vor dem Unbekannten, vor ihrer eigenen Unabhängigkeit. Sie schämte sich ihrer Kleinmütigkeit und musste sich zugleich eingestehen, dass sie nun nicht mehr so weiterleben konnte. Sie könnte nicht mehr den Gästen im Kloster zu Diensten sein, wenn sie keine Möglichkeit hatte, Teil von deren Welt zu sein. Auch hatte sie in den letzten Nächten oft wach gelegen und über ihre Zukunft nachgedacht. Die Entscheidung war längst überfällig: Sie konnte nicht Nonne werden.

Dieser Entschluss hatte sicherlich auch damit zu tun, dass sie hatte miterleben müssen, welch kurzes, unglückliches Leben Elisa gefristet hatte, und dass sie in den Genuss gekommen war, mit Robin außerhalb des Klosters unterwegs zu sein. Auch war die Tatsache, dass sie sich durch die Tändelei mit Robin zum ersten Mal wirklich lebendig gefühlt hatte, sicherlich für ihre Entscheidung mit verantwortlich. Der eigentliche Grund lag jedoch weder in ihrer erotischen Verstrickung mit Robin noch in dem fraglichen Vergnügen, sich in einem Bierausschank einen Rausch angetrunken zu haben. Wonach sie sich wirklich sehnte, war der wundervolle Anblick der Felder im gleißenden Licht der Mittagssonne. Und wie schön der Bach aussah, wenn sich in dessen Fluten die rotgoldene Glut der Abendsonne spiegelte. Das Wissen, dass diese einfachen und doch so großartigen Genüsse für alle Menschen der weltlichen Gemeinschaft jederzeit zu haben waren, hatte letztendlich den Ausschlag für ihre Entscheidung gegeben.

Auch konnte Sybil ihre leidenschaftlichen Gefühle nicht verleugnen, als Robin sie im Erlenwald geküsst hatte. Sie hatte jeden

Widerstand aufgegeben und sich dem Ritter hingegeben. Seine Liebkosungen hatte sie begierig erwidert und ihm gestattet, Dinge zu tun, von denen sie bislang nicht die geringste Ahnung gehabt hatte. Und sie hatte all das sehr genossen. Doch als er plötzlich aufgesprungen war, hatte sie sich regelrecht abgelehnt gefühlt. Er hatte in ihr ein bislang unbekanntes, heftiges Verlangen geweckt und sie dann ohne Erfüllung allein zurückgelassen.

Sie fröstelte. Eigentlich sollte sie ihm dankbar sein. Zwar wusste sie nicht viel darüber, was sich zwischen Mann und Frau abspielte, wenn Leidenschaft im Spiel war, doch wusste sie genug, um anzuerkennen, dass Robin richtig gehandelt hatte, als er sie von sich gestoßen hatte, bevor es zu spät gewesen war. Es hätte ihr Ruin sein können! Sybil erschauderte. Sie durfte nicht vergessen, dass es unwichtig war, ob sie sich in seinen Armen geborgen fühlte oder nicht. Robin de Burgh war ein Lord und sie eine Novizin. Auch hatte er ihr nichts versprochen oder gar von Liebe geredet. In seinem Gesicht hatte sie wildes und leidenschaftliches Begehren wahrgenommen, keine zärtliche Verliebtheit oder huldvolle Verehrung.

Diese Erkenntnis schmerzte sie. Sie musste sich damit abfinden, dass sie ihm nichts bedeutete. Jedoch verfügte sie über genügend Selbstbewusstsein, um auf seine Anerkennung und Liebe verzichten zu können. Ihr ganzes bisheriges Leben hatte sie anderen Menschen gehorchen und nach deren Regeln leben müssen. Warum sollte sie sich dann an einen neuen Herren binden, nur weil sie ihn attraktiv und reizvoll fand? Sie wollte keines Mannes Frau werden, und erst recht nicht die Frau von Robin de Burgh, dem mit seinen ständig wechselnden Launen es wohl keine Frau recht machen konnte.

Er soll seinen Weg gehen und ich den meinen, dachte Sybil, die auf einmal wusste, was sie zu tun hatte.

Sobald der Mord an Elisa aufgeklärt sein würde, wollte sie Pläne für ihr eigenes Leben schmieden und sich nicht mehr davon einschüchtern lassen, weder Geld noch andere Güter zu besitzen. Auch wollte sie nicht mehr auf irgendeine Fügung des Schicksals warten, die sie aus ihrem Elend erlöste, sondern ihr Leben selbst in die Hand nehmen. Da sie das Gästehaus leitete, würde es ihr bestimmt nicht schwer fallen, Kontakt zu Menschen zu knüpfen, die ihr helfen konnten, weil sie über Besitz und Einfluss in der weltlichen Gesellschaft verfügten.

Und wie sie so in fremder Umgebung auf dem dürftigen Strohsack lag, schwor sie sich, dass sie diese Beziehungen nutzen würde, um letztlich außerhalb des Klosters in Freiheit leben zu können.

Sie verließen die Herberge in der Morgendämmerung, und Robin sehnte nichts mehr herbei, als Sybil endlich wieder im Kloster abliefern zu können. Er hatte eine unruhige Nacht verbracht und viel nachgedacht. Einerseits hatte er über das Schicksal von Vala und Elisa gegrübelt, andererseits seinen Leichtsinn verflucht, weil er Sybil fast die Unschuld geraubt hätte. So wäre er fast in die Lage gekommen, sich verpflichten zu müssen, sie zu heiraten. Er hoffte, im Kloster weniger anfällig zu sein und sich nicht ständig nach Sybil zu verzehren.

Im Konvent angekommen, änderte sich seine Gefühlslage jedoch nicht. Kaum hatte er Sybil verlassen, um die Äbtissin aufzusuchen, vermisste er sie bereits. Er war machtlos gegen diese Sehnsucht und das leidenschaftliche Begehren und biss die Zähne zusammen, als er seine Erregung bemerkte. Er musste dagegen ankämpfen, doch ihm fiel sofort wieder Sybil ein, die seinen Kopf gestern zärtlich und mitfühlend in die Hände genommen hatte.

Diese Geste hatte ihn tief berührt, und er musste sich eingestehen, dass hinter seiner Sehnsucht mehr als nur leidenschaftliches

Begehren steckte. Wie lange war es her, dass sich eine Frau so liebevoll um ihn gekümmert hatte? Seine Mutter war bei Nicholas' Geburt verstorben, daher war Robin, von weiblichen Bediensteten einmal abgesehen, in einem frauenlosen Haushalt aufgewachsen. Und bei den wenigen Tändeleien, auf die er sich eingelassen hatte, hatten Zärtlichkeit und Liebe keine Rolle gespielt. Ihm schien, dass Sybil durch ihr Verhalten eine alte, tief verborgene Sehnsucht in ihm geweckt hatte, deren er sich bislang nicht bewusst gewesen war.

Grimmig verwarf er den Gedanken, in seinem bisherigen Leben unter einem Mangel an Zärtlichkeit gelitten zu haben und sich deswegen so unerbittlich zu Sybil hingezogen zu fühlen. Ihm vermittelte die Gemeinschaft seiner Brüder und deren raue Zuwendung Geborgenheit. So war das! Ohne diese Gemeinschaft würde er tatsächlich einsam sein, und keine Frau könnte ihm je das geben, was diese innige Verbindung zu seinen Brüdern ihm seit seiner Kindheit bedeutete.

Dennoch musste er zugeben, dass nicht nur leidenschaftliches Begehren dafür verantwortlich war, dass Sybil solche Faszination auf ihn ausübte. Er war auch beeindruckt von ihrem Scharfsinn, ihrer Empfindsamkeit und ihrer Aufgeschlossenheit. Irgendwie hatte ihn ihre zärtliche Zuwendung berührt und eine unbekannte Art der Sehnsucht in ihm ausgelöst. So hatte er noch für keine Frau empfunden! Robin blieb kurz stehen. Wahrscheinlich waren es solche Gefühle gewesen, die seine Brüder zum Heiraten verleitet hatten. Was ihn bewegte und bedrängte, hatte mit der magischen Verschwörung zu tun.

Dabei fiel Robin ein, dass er eigentlich hierher gekommen war, um den Fluch mit Valas Hilfe abzuwenden, und er dadurch Elisas Ermordung heraufbeschworen hatte. Voller Scham überlegte er, was er der Oberin berichten sollte. Der Verwalter konnte dem Bischof übergeben werden, weil er die Ordensgemeinschaft bestohlen hatte. Seine Aufgabe als Leichenbeschauer würde aber erst beendet sein, wenn er herausgefunden hatte, wer die Fremden waren, die, dessen war er sich jetzt sicher, Elisa ermordet hatten. Dieses schien ihm aber sehr schwierig zu sein, weil er nicht wusste, ob sie wirklich Waliser oder doch Engländer waren. Das musste er noch herausfinden, wenn er seine Nachforschungen fortsetzte.

Jemand rief Robins Namen, was den jungen Mann aus seinen Gedanken riss. Er drehte sich im Gang um und bemerkte Catherine, die in einer kleinen Kammer saß und sich mit den dicken Büchern, die vor ihr auf dem Tisch lagen, beschäftigte.

„Oh, Mylord", sagte sie und winkte ihm mit zitternder Hand auffordernd zu. Zwar war Robin heute überhaupt nicht geneigt, sich von irgendjemandem ablenken zu lassen, doch blieb er an der Türschwelle stehen. „Die Ehrwürdige Mutter teilte mir mit, dass Ihr Euch nach Elisas Aufnahme erkundigt habt", erklärte Catherine. Da sie in das Memoirenbuch vertieft war, fiel ihr Robins abweisender Gesichtsausdruck nicht auf. Dennoch betrat er den Raum und blickte sie mit gespieltem Interesse an.

„Ja, das habe ich", erwiderte er, obwohl ihm die Beantwortung dieser Frage jetzt überflüssig erschien.

„Hier sind die Aufzeichnungen", verkündete Catherine voller Stolz, weil sie hoffte, ihm behilflich sein zu können. „Elisa kam im Herbst 1265 zu uns, zur gleichen Zeit wie noch ein anderes Findelkind. Sie waren beide noch Säuglinge. Noch so jung!" meinte sie betroffen.

„Ist das nicht ungewöhnlich?" erkundigte sich Robin.

„Oh ja, meines Wissens haben wir sonst nie Kinder hier aufgenommen, aber anscheinend hat Vala, die zur selben Zeit hier ankam, dafür gesorgt, dass beide Kinder in der Obhut des Klosters bleiben konnten. Ich muss gestehen, dass mich das alles erstaunt.

Allerdings verstehe ich jetzt, warum Elisa und Sybil eine so tiefe Freundschaft verband." Sie lächelte Robin verhalten an.

Robin starrte sie wie versteinert an. *Sybil*? Diese Information ließ die ganze Angelegenheit in einem neuen Licht erscheinen. Robin schwirrte der Kopf, wenn er nur daran dachte, welche Spekulationen sich daraus ableiten ließen. *Sybil und Elisa waren gleichen Alters, als sie hier zur selben Zeit aufgenommen worden waren. Und die Aufnahme von beiden hatte Vala veranlasst.* Irgendetwas an diesem Sachverhalt schien ihm höchst brisant, und er musste sich richtiggehend beherrschen, um in seiner Anspannung nicht laut aufzuschreien.

Catherines Lächeln schwand, als sie seinen verwirrten Gesichtsausdruck bemerkte. Robin versuchte, sich zu sammeln, und fuhr sich mit den Fingern durchs Haar. „Dann hat Vala Elisa und Sybil hierher ins Kloster gebracht?"

Catherine widmete sich wieder den Aufzeichnungen. „Nein, genau genommen kam Sybil einen Tag nach Elisas Aufnahme zu uns. Man hat sie im Dorf gefunden, wo sie ausgesetzt worden war. Sie war noch ein Säugling, und Vala setzte sich dafür ein, dass sich das Kloster ihrer annahm."

„Und wer hat sie ins Konvent gebracht?" fragte Robin.

Catherine konzentrierte sich auf die Niederschrift. „Hier steht, dass es eine Frau aus dem Dorf war, namens G…Gw …., oje, ich weiß nicht, wie man das ausspricht, ich glaube Gwerful."

Robin erkannte sogleich, dass es sich um einen walisischen Namen handelte. Jemand, der so heißt, soll in diesem Dorf wohnen, wunderte er sich. Dieser Sache musste er nachgehen. Also bedankte er sich höflich und verließ unverzüglich die Kammer.

Anstatt die Äbtissin aufzusuchen, begab er sich eilends zum Stall neben dem Gästehaus, in dem sein Ross untergebracht war. Mit diesem würde er schneller sein als zu Fuß, und er wollte so schnell wie möglich ins Dorf kommen, um all das aufzuklären, was ihm durch den Kopf ging.

Mit atemberaubendem Tempo ritt Robin durch das Tor, wild entschlossen, alles über die Vergangenheit von Vala, Elisa und Sybil zu erfahren.

Im Dorf angekommen, begab sich Robin in jenen Bierausschank, dessen Eigentümer ihm bereits zuvor wichtige Informationen geliefert hatte. Auch jetzt war der alte Mann durchaus auskunftsfreudig, obschon er darauf beharrte, kaum etwas darüber zu wissen, was sich im Kloster abspielte. Als Robin sich nach einem Kind aus dem Dorf erkundigte, das im Kloster aufgewachsen war, schüttelte der Mann verächtlich den Kopf.

„Dort wird keiner von uns aufgenommen“, erwiderte er. „Alle Mitglieder des Konvents haben reiche Angehörige. Man hat sie loswerden wollen, deshalb haben ihre Familienmitglieder sie hierher geschickt. Es ist nicht so, dass jeder Mensch in diesem Kloster akzeptiert wird. Man muss bezahlen, um da reinzukommen.“

Robin runzelte die Stirn. „Das wundert mich, weil ich gerade erfahren habe, dass die Novizin Sybil als Findelkind von einer Dorfbewohnerin ins Kloster gebracht worden ist“, sagte er.

Der alte Mann verzog das faltige Gesicht. „Sybil, ja, die kenne ich, aber sie ist mit niemandem aus dem Dorf verwandt, und sie wurde hier auch nicht ausgesetzt. Das kann ich beschwören.“

Robin überlegte kurz. Die ganze Angelegenheit schien immer komplizierter zu werden. „Kennt Ihr eine Frau namens Gwerful?“

Der Mann schüttelte den Kopf. „Hier hat nie eine Frau dieses Namens gelebt.“

„Es ist schon recht lange her“, begann Robin, wurde aber von einem Schnauben des alten Mannes unterbrochen.

„Das tut nichts zur Sache. Ich kenne hier jeden und habe noch nie von ihr gehört“, beharrte er mit unerschütterlicher Gewissheit. Verwirrt gab ihm Robin einen Coin und ging hinaus. Er hielt es für ratsam, ins Kloster zurückzukehren, um in Ruhe nachzudenken. Sybil war also gleich nach Vala im Konvent angekommen. Das konnte ein Zufall sein, jedoch sagte ihm seine innere Stimme, dass mehr dahinter steckte. Und da er stets gut beraten war, auf seine Intuition zu hören, bewegte er sein Pferd in die andere Richtung, weg vom Kloster in Richtung Baddersly.

In dem Dorf, das in unmittelbarer Nähe der Burg lag, gab es, wie er herausfand, tatsächlich eine Frau namens Gwerful. Sie war die Ehefrau eines Kaufmannes und genoss einen guten Ruf als geschickte Näherin und Färberin der Gewänder, die ihr Mann verkaufte. Die Eheleute lebten in einem kleinen Haus, in dem sie auch ihr Handwerk ausübten. Da Robin fast den ganzen Tag unterwegs gewesen war, fühlte er sich recht erschöpft, als er nach dem langen Ritt die Hütte betrat. Eine kleine, schlanke Frau begrüßte ihn. Trotz ihres weißen Haares wirkte sie noch recht jugendlich.

„Seid Ihr Gwerful?“ fragte Robin ohne große Umschweife.

Die Frau nickte. „Benötigt Ihr neue Bekleidung, Mylord?“ wollte sie wissen und begann schon, an einer Nahtstelle seines Waffenrockes Maß zu nehmen.

„Nein, ich möchte lediglich mit Euch sprechen“, erwiderte Robin. „Ich bin Robin de Burgh, Lord of Baddersly in Vertretung meines Bruders.“ Sie nickte, offensichtlich kannte sie seinen Namen. Irgendwie schien Robin aber durch sein Erscheinen ihr Misstrauen geweckt zu haben.

„Vor vielen Jahren habt Ihr ein Kind in die Obhut der Nonnen des Klosters *Our Lady of All Sorrows* geben. Woher kam dieses Kind?“ erkundigte sich Robin.

Als er das Kloster erwähnte, zuckte die Frau zusammen. Sie

schüttelte den Kopf und sah sich nach allen Seiten um, als wenn sie nach einer Fluchtmöglichkeit suchte.

„Habt keine Angst, ich beabsichtige nicht, Euch etwas anzutun“, versicherte er ihr und versuchte, ruhig und gelassen zu wirken. Doch es fiel ihm schwer, weil er innerlich sehr angespannt war, da er das Gefühl hatte, hier die Antwort auf seine Fragen zu finden.

„Ich habe einen triftigen Grund, diese Frage zu stellen“, meinte er. „Als Lord of Baddersly obliegt mir das Amt des Leichenbeschauers, und momentan betreibe ich Nachforschungen wegen eines Mordfalles im Konvent. Eine junge Nonne namens Elisa wurde kürzlich ermordet.“

Auf dem Gesicht der Frau spiegelte sich große Furcht, als sie Elisas Namen vernahm. Sie schien tief betroffen zu sein.

„Habt Ihr sie gekannt?“ fragte Robin.

Gwerful schüttelte den Kopf.

„Dann war sie nicht das Kind, das Ihr den Nonnen übergeben habt?“ erkundigte er sich. „War Sybil das Kind, das ihr ins Kloster gebracht habt?“

Er vermutete, dass sie es abstreiten würde, jedoch nickte sie bedächtig.

„Und wie seid Ihr zu diesem Kind gekommen? War sie Eure Tochter?“ wollte Robin wissen.

Gwerful bewegte die Lippen, ohne einen Ton von sich zu geben. Dann räusperte sie sich und senkte den Blick. „Ich habe sie hier im Dorf gefunden. Jemand hatte sie ausgesetzt.“

„Warum habt Ihr sie dann ins Kloster gebracht und nicht nach Baddersly?“ meinte er.

Sie befeuchtete die Lippen und zögerte. „Damals war es so, dass der Lord sich nicht um seine Untertanen kümmerte“, erklärte sie schließlich. „Im Kloster war die Chance größer, dass man sich ihrer aus christlicher Nächstenliebe annehmen würde.“

„Warum wart Ihr Euch dessen so sicher? Schließlich betreibt der Konvent kein Waisenhaus?“ wandte Robin ein. Die Frau wirkte nun sichtlich aufgeregt und verunsichert. Robin vermutete, dass an ihrer Geschichte etwas nicht stimmte.

„Aber sie hatten eine Schule dort, und wir dachten ...“ Gwerful schwieg plötzlich. Jedoch schaute Robin sie eindringlich und erwartungsvoll an. „Ich wollte sagen, ich dachte, dass sie deswegen das Kind aufnehmen würden“, verbesserte sie sich.

„Und wie seid Ihr mit dem Kind von hier bis zum Kloster gekommen?“ fragte er.

„Wir sind geritten“, antwortete Gwerful und schien verblüfft, dass er sich danach erkundigte.

„Ihr habt ein Pferd? Wenn Ihr so wohlhabend seid und ein eigenes Pferd besitzt, warum habt Ihr dann das Kind nicht selbst behalten?“ insistierte Robin.

„Das konnte ich nicht, ich hatte Vala versprochen ...“, erschrocken hielt Gwerful die Hand vor den Mund.

Nun hatte sich die gute Frau doch verhaspelt, und Robin war erregt, weil er jetzt den erhofften Hinweis erhalten hatte. Doch welchen Sinn ergab all das? Er spürte seinen Herzschlag bis zum Hals und hatte nun keine Lust mehr, weiter um den heißen Brei herumzureden.

„Vala ist tot, sie starb vor vielen Jahren“, erklärte er ohne große Umschweife.

Betroffen seufzte Gwerful und verbarg das Gesicht in den Händen.

„Ihr wart ihre Dienerin in Wales, nicht wahr?“ fragte er ungeduldig.

Gwerful nickte. „Wir mussten fliehen. Vala hatte Angst um ihr eigenes und das Leben ihres Kindes. Ihr Ehemann war von seinen eigenen Angehörigen gefangen genommen worden, und sie wollte den Intrigen dort entkommen. Daher floh sie unverzüglich und nahm nur das Kind und mich mit.“ Als wenn ein Damm gebrochen wäre, wurde die zuvor eher verschlossene Frau nun regelrecht redselig. „Sie suchte nach einem Kloster mit einer Schule, in der Hoffnung, dass sie dort mit ihrem Kind aufgenommen würde. Jedoch befürchtete sie, von ihren Angehörigen ausfindig gemacht zu werden. Sie meinte, dass ihre Tochter in großer Gefahr schwebte. Daher versuchten wir, ein Kind gleichen Alters zu finden. Als wir hier ankamen, fanden wir eine verarmte, kinderreiche Familie mit einer Tochter in Sybils Alter. Ich habe ihnen das Kind abgekauft, und wir haben die Säuglinge vertauscht. Das Kind der armen Leute haben wir Elisa genannt, so wie Valas Tochter hieß. Damit wollten wir verhindern, dass Valas Feinde die wahre Tochter fanden, falls sie beabsichtigten, dieser etwas anzutun.“ Als sie Robins entsetzten Gesichtsausdruck bemerkte, fuhr sie stotternd fort. „Wir hielten das für verantwortbar, weil wir damit den armen Säugling wahrscheinlich vor einem frühen Tod bewahrt und ihm ein besseres Leben ermöglicht haben.“

Robin fühlte sich zum Bersten angespannt. „Dann hat also Vala dieses Kind mit sich genommen und ihre eigene Tochter bei Euch gelassen?“ fragte er.

Gwerful nickte. „Ich sollte einige Tage abwarten, um keinen Verdacht zu erregen, aber ich war so ängstlich! Ich befürchtete, dass der Prinzessin in meiner Obhut etwas zustoßen könnte. Deshalb habe ich bereits am nächsten Tag das Kloster aufgesucht. Den Nonnen erzählte ich, das Kind hätte ich in Ryewater gefunden, und Vala bezahlte für die Aufnahme des Säuglings.“

Obwohl Robin bereits nach dem Gespräch mit Catherine den Verdacht gehegt hatte, dass hinter Sybils und Elisas Aufnahme irgendein Geheimnis steckte, fühlte er sich nach Gwerfuls Beichte doch recht verwirrt. Ihm war immer noch unklar, welche Intrigen diesen komplizierten Kindestausch letztendlich erforderlich gemacht hatten.

Benommen starrte er sie an. „Vala hat also ihre eigene Tochter umbenannt und ihr den Namen Sybil gegeben. Ein Name, der an Seherinnen aus alten keltischen Zeiten erinnert und recht passend für eine Frau aus dem Geschlecht der L'Estranges ist", murmelte er.

So war also jene Novizin, die ihn ständig mit ihrer Scharfzüngigkeit, Eigenwilligkeit und körperlichen Anziehungskraft auf Trab hielt, in Wirklichkeit Valas Tochter. Fast hätte Robin über diese zwiespältige Fügung des Schicksals gelacht. Er war hierher gekommen, um jene Frau aus dem Geschlecht der L'Estranges zu finden, die ihm helfen könnte, die Verdammung zum Heiraten abzuwenden. Und als er diese Frau nun gefunden hatte, musste er feststellen, dass ausgerechnet sie diejenige war, die ihm zum Verhängnis werden und ihn in den Ehestand zwingen könnte. Zugleich wurde ihm aber auch schlagartig bewusst, dass Sybil als Valas wahre Tochter in großer Gefahr schwebte.

Robin atmete stockend und fühlte sich in höchstem Maße getrieben, umgehend für Sybils Sicherheit zu sorgen. Zwar lebte Valas Tochter noch, doch wenn er es geschafft hatte, ihre wahre Identität aufzudecken, so konnte das wahrscheinlich auch anderen gelingen, und dann stand ihr Leben auf dem Spiel. Dem musste er entgegenwirken, indem er dafür sorgte, dass Gwerful nicht so leicht auffindbar war.

„Kommt mit mir nach Baddersly", bedrängte er sie, obwohl er eigentlich sanft und diplomatisch vorgehen wollte. Die gute Frau wich einige Schritte zurück und sah ihn misstrauisch an.

Fast hätte Robin geflucht, jedoch beherrschte er sich. Jetzt, da er um die große Gefahr wusste, in der Sybil schwebte, war er wütend auf sich selbst, weil er sie alleine zurückgelassen hatte. Warum hatte er sie nicht mitgenommen? Auch mit dem schnellsten Pferd würde er bis zum Kloster mehrere Stunden brauchen. Er fühlte sich gehetzt und hatte jetzt weder die Zeit noch die Geduld, mit Schmeichelei und Überredungskunst Gwerful dazu zu bewegen, mit ihm zu kommen.

„Ich bin nur besorgt um Eure Sicherheit", erklärte Robin und versuchte, charmant zu wirken.

„Ich habe einen Ehemann, der mich beschützt", entgegnete sie.

„Ihr seid beide als meine Gäste herzlich willkommen", erwiderte Robin, aber Gwerful schüttelte abermals den Kopf.

„Bitte, versucht, mich zu verstehen", drängte er. „Elisa wurde ermordet, weil man sie für Valas Tochter hielt. Und wenn ich es geschafft habe, Euch als Valas Dienerin ausfindig zu machen, so kann das auch den Mördern jederzeit gelingen." Hartnäckig schüttelte Gwerful den Kopf. Sie schien nicht begreifen zu wollen, dass auch sie nun in Gefahr war.

„Dann lasst mich mit Eurem Mann sprechen", bat Robin.

„Er ist Kaufmann und zur Zeit geschäftlich unterwegs", meinte Gwerful.

Robin seufzte. Zwar hätte er sie zwangsweise nach Baddersly mitnehmen können, jedoch war ihm nicht wohl bei dem Gedanken, eine alte Frau mit Gewalt abzuführen. So konnte er nur hoffen, dass Elisas Mörder längst das Weite gesucht hatten, weil sie annahmen, ihre Aufgabe erledigt zu haben.

Da er jedoch nicht wusste, ob sie sich nicht vielleicht doch noch in der Umgebung aufhielten, sorgte er sich sehr um Sybils Sicherheit. Er war der Meinung, dass niemand außer ihm selbst sie gewissenhaft beschützen konnte. Auch ertrug er es nicht, sie jetzt völlig schutzlos zu wissen. Daher ermahnte er Gwerful noch kurz, auf sich Acht zu geben, und rannte eilig nach draußen zu seinem Ross. Es war bereits Abend und dämmerte schon, was den Rückweg ins Kloster erschwerte.

Robin sandte ein Stoßgebet zum Himmel, ahnte er doch, dass es ihm kaum möglich sein würde, im Dunkeln zum Konvent zurückzufinden, wenn nicht der Mond die Nacht ausreichend erhellte. Unablässig trieb er sein Pferd an, um schnellstmöglich zur Burg zu kommen. Dort beauftragte er einige Kämpen, ihn zu begleiten, und sie ritten sofort weiter.

Als sie durch die Nacht galoppierten, war Robin froh, dass er es geschafft hatte, Florian, dem stets übermäßig wissbegierigen Verwalter der Burg, aus dem Weg zu gehen. Dieser hätte ihn sicher mit unendlich vielen Fragen belästigt, die Robin ohnehin nicht hinreichend hätte beantworten können. Alles, was er wusste, war, dass irgendwelche Zwistigkeiten innerhalb der Familie von Sybils Vater der Grund für den Mord an Elisa gewesen waren. Nie zuvor war Robin so verunsichert gewesen. Ihn plagten Zweifel und Sorgen.

Es hielt es für normal und angemessen, dass er sich für Sybils Schutz verantwortlich fühlte, weil er ihre Gefährdung durch seine Nachforschungen heraufbeschworen hatte. Das erklärte aber nicht, dass er übermäßig aufgeregt und besorgt war, in Gedanken immer wieder ihren Namen rief und verzweifelt wünschte, endlich wieder bei ihr zu sein, um mit eigenen Augen sehen zu können, dass sie wohlauf war und er sie nicht verloren hatte. Robin stutzte und ermahnte sich, dass es darum ging, sie zu beschützen, nicht sie zu besitzen.

Er war der Meinung, versagt zu haben. Zwar hatte er sich oft gewünscht, sie sich vom Hals zu schaffen, doch hatten sich die Umstände geändert. Durch sein selbstsüchtiges Anliegen hatte er sie in große Gefahr gebracht und war deswegen nun mehr als je zuvor dafür verantwortlich, dass ihr kein Leid geschah.

Auch fragte er sich, ob es ihm möglich sein würde, sie im Konvent ausreichend zu beschützen. Elisa hatten die Klostermauern nicht schützen können. Selbst wenn er seine Mannen rund um das

Kloster postieren würde, musste er in Kauf nehmen, dass dort ständig verschiedene Menschen ein- und ausgingen, Bedienstete, Arbeiter und Boten. Es gab keine Garantie, dass unter ihnen kein Übeltäter war. Und auch Priester und Nonnen waren bestechlich und nicht immer wirklich fromm und demütig.

Zudem würde Sybil sicher nicht damit einverstanden sein, sich nur noch in einer bestimmten Kammer aufzuhalten. Er kannte sie gut genug, um zu wissen, dass sie es niemals akzeptieren würde, in einem Raum eingesperrt zu sein. Anscheinend empfand sie es schon als unliebsame Beengung, innerhalb der Klostermauern leben zu müssen. Sicherlich würde sie es nicht ertragen, räumlich noch stärker eingeschränkt zu werden. Robin hielt es auch nicht für sinnvoll, sich an die kirchliche Obrigkeit zu wenden. Der zuständige Bischof würde sie wahrscheinlich in ein anderes Kloster bringen lassen. Dort könnte er sich dann nicht mehr um sie kümmern, und die Kirchenleute würden bestimmt nur für ihre Sicherheit beten, anstatt anderweitig tätig zu werden. Außerdem könnte man sie in einem anderen Konvent zwingen, nun endlich die Gelübde abzulegen. Bei diesem Gedanken überkam Robin ein Gefühl, als wenn ihn der Schlag getroffen hätte.

Er besann sich und machte sich klar, dass nicht ihr Status, sondern ihre Sicherheit wichtig war. Doch wie konnte er diese gewährleisten? Ihre Feinde waren schlau und skrupellos. Und Robin wusste, dass sie alles unternehmen würden, um Sybil zu töten, falls sie herausfinden sollten, dass Elisa gar nicht Valas wirkliche Tochter war. Die Waliser konnten unnachgiebige Kämpfer sein, und wenn ein Günstling des Königs darauf bestehen sollte, Sybil zu ihrem Schutz in seine Obhut zu nehmen, hätte Robin das akzeptieren müssen.

Während des ganzen Rittes plagten ihn diese Sorgen, und als er sich endlich dem Kloster näherte, fiel ihm schlagartig eine Lösung ein. Eigentlich ging ihn Sybils Sicherheit offiziell gar nichts an, doch es gab eine Möglichkeit, wie er sie Tag und Nacht begleiten und beschützen konnte, ohne damit gegen die Etikette zu verstoßen. Unglücklicherweise war dazu etwas erforderlich, das er um jeden Preis hatte verhindern wollen: *Er musste Sybil heiraten!*

Robin war erstaunt, dass ihn dieser Gedanke keineswegs in Panik versetzte. Unter diesen Bedingungen war es ihm möglich, eine Vermählung zu akzeptieren, weil sie nichts mit dem Fluch zu tun hatte. Er war nicht gezwungen, sich lebenslang zu binden, noch bestand die Notwendigkeit, sich ganz und gar auf Sybil einzulassen. Ihm schwebte eine Scheinehe mit zeitlicher Begrenzung vor, die lediglich dem Zweck diente, Sybil als seine Frau und Angehörige der de Burghs ständig unter seinen Schutz zu stellen.

Ihm schien dies die einzige Möglichkeit zu sein, die Novizin in Sicherheit zu bringen. Robin wollte sich nicht weiter damit auseinander setzen, welche Konsequenzen dieser Schritt für ihn haben könnte, waren doch sein Verantwortungsgefühl und sein Beschützerinstinkt erheblich stärker als seine Abneigung gegen die Ehe, zumal ein de Burgh sich niemals vor seiner Verantwortung drückte.

Desgleichen hatte auch sein ältester Bruder Dunstan getan, als er Marion geheiratet hatte, um sie vor der Bedrohung durch ihren Vormund zu schützen. Zwar waren Dunstan und seine Frau noch immer verheiratet und hatten die Ehe auch vollzogen, doch hielt es Robin für möglich, eine Eheschließung als reine Formsache durchzuführen. Er war in einer anderen Situation als sein Bruder, da dieser seine Frau wirklich geliebt und begehrt hatte. Für Robin waren die widrigen Umstände der einzige Grund, die Novizin zu heiraten. Er ging davon aus, dass Sybils Widersacher irgendwann ausfindig gemacht und gefangen genommen werden würden. Dann könnten sie ihre Ehe annullieren lassen. Sie könnten behaupten, Blutsverwandte zu sein, oder andere Gründe geltend machen.

Vorerst würden sie auf Baddersly leben, einer starken Festung, die nicht so leicht einzunehmen war. Zwar wäre Campion der sicherste Ort für Sybil, doch widerstrebte ihm der Gedanke, seinem Vater, einem notorischen Romantiker, eine Braut zu präsentieren, die er nicht aus Liebe, sondern aus Vernunftgründen heiraten wollte. Doch je mehr er darüber nachdachte, desto sinnvoller erschien es ihm, dass keiner von dieser zweckgebundenen Heirat erfuhr.

Als Robin ins Kloster ritt, fühlte er sich erheblich besser als all die Stunden, ja, sogar all die Tage zuvor, hatte er doch endlich eine praktikable und sichere Lösung gefunden. Trotzdem spürte er bei der Vorstellung, gleich seine zukünftige Braut zu sehen, ein seltsames Prickeln. Er führte dieses Gefühl darauf zurück, dass er nun endlich seinen Pflichten nachkommen konnte, selbstverständlich nicht den ehelichen, sondern der Pflicht, sie zu beschützen.

Zudem musste es einer Novizin wie Sybil doch schmeicheln, eine Lady de Burgh zu werden. Selbstgefällig stellte Robin fest, dass er Sybil damit eine große Ehre erwies, auch wenn es nur eine Ehe auf Zeit sein würde. Er lächelte sogar, weil er hoffte, dass die widerspenstige Sybil ihm dann endlich einmal wirklich freundschaftlich zugeneigt sein würde.

10. KAPITEL

Sybil war sehr verärgert, weil Robin sich wie ein Flegel benommen hatte. Auf dem Rückweg von Ryewater hatte er kaum mit ihr gesprochen, und als sie im Kloster angelangt waren, hatte er sich sofort aus dem Staub gemacht, obwohl sie eigentlich zusammenarbeiten sollten. Und nun konnte sie ihn nirgends finden.

Sie vermutete, dass er sich auf die Suche nach den beiden fremden Männern begeben hatte, ohne sie mitzunehmen. Das machte sie außerordentlich wütend. Die Anweisung der Äbtissin missachtend, handelte Robin stets eigenmächtig, ohne etwas mit ihr abzusprechen. Daher meinte Sybil, es ihm gleichtun zu können. Es drängte sie, Maud damit zu konfrontieren, dass sie Kontakt zu den beiden Fremden gehabt hatte. Das könnte diese allerdings zur Flucht verleiten, wenn sie, in welcher Art auch immer, schuldig war.

Obwohl sie Maud schon seit längerer Zeit verdächtigte, bekam Sybil eine Gänsehaut bei dem Gedanken, dass ihr Verdacht möglicherweise berechtigt war. Sie fragte sich, ob Maud die fremden Männer zufällig getroffen und ihnen unbewusst alle Informationen gegeben hatte, die die beiden benötigt hatten, um Elisa zu ermorden, oder ob sie die Männer bereits gekannt und gezielt hierher bestellt hatte.

Sybil erwog, sich in dieser Angelegenheit umgehend an die Äbtissin zu wenden, ohne erst auf Robin zu warten. Doch was war, wenn Tobias gelogen hatte? Und was hatte es mit Robins Andeutung auf sich, es gäbe da irgendwelche politischen Intrigen? Sie schüttelte den Kopf und konnte sich nicht vorstellen, dass ihre beste Freundin Elisa ihr die ganze Zeit wichtige Dinge verheimlicht hatte. All das verwirrte und beunruhigte sie sehr.

Sie war wütend, weil Robin sie mit seinen abstrusen Theorien hier alleine zurückgelassen hatte. So konnte sie ihn nicht einmal nach Einzelheiten fragen. Und sie fühlte sich auch verletzt, weil er sich überhaupt nicht mehr um sie kümmerte, trotz all dem, was zwischen ihnen vorgefallen war. Schenkte er ihr vielleicht gerade deswegen keine Beachtung mehr?

Eigentlich hatte sie ihn nur trösten wollen, als er so niedergeschlagen gewesen war und sich vorgeworfen hatte, den Mord verursacht zu haben. Als sie ihn dann aber mitfühlend berührt hatte, war zwischen ihnen ein leidenschaftliches Begehren entflammt, das sich nicht mehr hatte zügeln lassen. Was sie getrieben hatten, war schändlich und unschicklich. Doch hatte sie alles sehr erregend gefunden. Nichts, was sie je zuvor erlebt hatte, ließ sich mit dieser Erfahrung vergleichen.

Sybil schloss die Augen und zwang sich, sich auf etwas anderes zu konzentrieren. Sie durfte jetzt nicht sentimental werden. All die Jahre hatte sie wie eine Gefangene im Kloster gelebt und sich damit abgefunden, dass sie keine Angehörigen hatte, die ihr in Liebe zugetan waren, dass manche Nonnen sie schlecht behandelten und dass sie von anderen, die sie gern hatte, Abschied nehmen musste, weil diese das Kloster verließen oder verstarben.

Sie seufzte leise und erschrak etwas, als sie die Tränen auf ihren Wangen spürte. Früher hatte sie nie geweint, sondern sich immer beherrscht, wenn sie einmal traurig gewesen war. Widerwillig wischte sie die Tränen mit dem Handrücken weg. Sie war immer sehr stolz auf ihre Standfestigkeit gewesen. Wie konnte sie es da zulassen, dass ein paar heimliche Küsse ihr dermaßen zu Herzen gingen? Offensichtlich hat unsere Liebelei Robin nicht so stark berührt wie mich selbst, stellte sie betrübt fest. Zwar war er anfangs heißblütig und voller Leidenschaft gewesen, doch dann hatte sich sein Verhalten abrupt gewandelt.

Als es im Wald geraschelt hatte, weil der Rehbock durch das Unterholz gestreift war, hatte Robin sie einfach zu Boden gestoßen. Und letztlich hatte er sie voller Abscheu angestarrt. Sybil konnte das nicht verstehen. Hatte er so reagiert, weil sie über ihn gelacht hatte? Oder war er empört über ihre Freizügigkeit? Nun flossen ihr noch mehr Tränen über die Wangen. Vielleicht hielt er sie für kaum besser als eine Hure!

Was wusste sie schon von diesen Dingen oder den Launen der Männer? Während des langen Rittes zum Kloster hatte er sie gemieden, am Halsausschnitt seines Waffenrockes gezerrt und finster dreingeblickt. Allerdings war sie sich auch bewusst, dass er mit seinem abweisenden Verhalten dafür gesorgt hatte, dass sie nicht ihre Unschuld verloren hatte. Hätte er anders reagiert, könnte sie nun ruiniert oder schwanger sein. Diese Vorstellung hätte sie eigentlich erschrecken müssen, doch das war nicht der Fall. Stattdessen flossen ihre Tränen nur noch heftiger. Sie fühlte sich einsam und verlassen. Schließlich riss sie sich zusammen und wischte die Tränen weg.

Was war nur mit ihr los? Sie fühlte sich innerlich völlig aufgewühlt, als wenn sie bedauerte, dass im Wald nicht mehr zwischen ihnen geschehen war, anstatt beschämt zu sein über das, was sich ereignet hatte. Sie sollte und wollte ihren weiteren Lebensweg planen, ohne dabei einen einzigen Gedanken an Robin zu verschwenden, und doch hatte es ihr einen Stich versetzt, dass er einfach fortgegangen war, ohne ihr Bescheid zu geben.

Sybil erstarrte, als ihr ein Verdacht kam. *Sollte er das Kloster endgültig verlassen haben*? Vielleicht betrachtete er seine Aufgabe als beendet, weil der Mord zwei unbekannten Fremdlingen angelastet werden konnte. Es wäre typisch für ihn gewesen, wenn er ohne ihr Beisein die Äbtissin davon in Kenntnis gesetzt hätte. Die Vorstellung, dass er fortgegangen sein könnte, ohne sich von ihr zu verabschieden, verletzte sie tief. Und plötzlich wollte sie sofort wissen, woran sie war.

Aufgeregt rannte sie zum Gästehaus und öffnete die Tür zu seiner Kammer, ohne anzuklopfen. Völlig außer Atem sah sie sich hastig im Raum um und beruhigte sich etwas, als sie einen ledernen Sack und einige Kleidungsstücke, die verstreut auf einer Truhe lagen, erblickte. Auch ein reicher Mann wie Robin de Burgh hätte niemals derartige Dinge zurückgelassen. Zwar war sie erleichtert, bekam nun aber weiche Knie und musste sich an einer Wand abstützen.

Sie brauchte also nicht betrübt zu sein. Robin war noch nicht abgereist, doch plagte sie jetzt eine ganz andere Sorge. Es war nicht gut, dass sie die Aussicht, ihn zu verlieren, dermaßen erschütterte, wie es offensichtlich der Fall war. Zwar war er jetzt noch nicht fort, doch irgendwann würde er für immer gehen, und dann durfte ihr das nicht das Herz brechen.

Sybil richtete sich auf, zitterte aber noch leicht und redete sich ein, dass lediglich die Befürchtung, er könnte abgereist sein, ohne sich von ihr verabschiedet zu haben, sie so mitgenommen hatte. Nach allem, was wir miteinander erlebt haben, kann er sich nicht einfach so davonschleichen, dachte sie. Wenn er mir angemessen Lebewohl sagt, werde ich seinen Weggang bestimmt akzeptieren und mich anschließend wieder auf meine Belange konzentrieren können.

Trotz dieser vernünftigen Einstellung lief sie unruhig in seiner Kammer umher. Alles, was ihm gehörte, betrachtete und berührte sie, als wenn es sich um ganz außergewöhnliche Dinge handelte. Besonders ein abgelegter Waffenrock hatte es ihr angetan. Sie strich mit den Fingern über den edlen Stoff und fragte sich, warum Robin so oft an dessen Halsausschnitt gezerrt hatte. Ihr fiel ein, dass er ihr im Scherz angeboten hatte, sie dort zu reiben, wo es sie juckte. Eine merkwürdige Erregung bemächtigte sich ihrer, und Sybil zog die Hand zurück.

Sie trat an sein Bett. Ihre Wangen röteten sich, als sie sich vorstellte, wie Robin hier nackt auf der Decke lag. Sie erschrak, als sie den Wunsch verspürte, seinen Körper zu sehen, ihn zu berühren, leidenschaftlich, zärtlich oder freundschaftlich, alles wäre ihr willkommen. Sie nahm sein Kopfkissen und roch daran. Eine Spur von Robins Duft stieg ihr in die Nase, was sie erregte.

„Sybil, du verhältst dich wie eine Närrin", flüsterte sie und presste dennoch das Kissen fest an sich. „Du kannst diesen Mann doch eigentlich überhaupt nicht leiden."

Eigentlich ... Wenn sie auch anfangs gegen ihn eingenommen gewesen war, so musste sie doch zugeben, dass sie ihn sehr wohl leiden konnte und sogar in mancherlei Hinsicht bewunderte. Er war sowohl scharfsinnig, empfindsam und gebildet als auch stark und mutig. Obwohl er es wohl nicht darauf angelegt hatte, war es ihm gelungen, ihr die heftigsten Empfindungen und Reaktionen zu entlocken, von Wut bis Leidenschaft. Sie hatte Seiten an sich entdeckt, die sie zuvor nicht gekannt hatte.

Verwirrt setzte sie sich auf sein Bett und spürte, dass eine Woge von Hitze und leidenschaftlicher Sehnsucht ihren Körper durchflutete. Nie zuvor hatte sie dergleichen erlebt. War es da verwunderlich, dass sie sich zu jenem Mann hingezogen fühlte, der diese Gefühle in ihr auslöste? Da sie sich bislang nicht für Männer interessiert hatte, schien es ihr verzeihlich, dass sie der erste Mann, der diese Leidenschaft in ihr entfachte, dermaßen faszinierte. Jedoch hatte sie das Gefühl, dass sie nicht nur aus Wollust sein Kissen wie zwanghaft an sich presste.

Aber was auch immer sie für ihn empfand, sie hatte nichts zu erwarten. Sie fröstelte und schlang die Arme um ihren Körper. Auf der Suche nach ein wenig Wärme kuschelte sie sich in seine zerwühlten Laken. So fühlte sie sich etwas wohler, wurde dadurch aber zugleich wieder an ihn erinnert. Und schlagartig überkam sie große Müdigkeit. Sie war es leid, innerlich dauernd zwischen Disziplin und Lebenslust hin- und hergerissen zu sein, wie es sich seit einiger Zeit verhielt. Außerdem strengte es sie sehr an, sich ständig über Elisas Tod Gedanken machen zu müssen. Darüber hinaus plagte sie sich ja auch noch ständig mit den Sorgen um ihre eigene Zukunft herum.

Erschöpft und still legte sie sich auf sein Bett. Sie wollte nur für einen kurzen Moment die Augen schließen und entspannen, fiel aber in einen tiefen Schlaf.

Robin quartierte seine Kämpen im Stall des Klosters ein und machte sich dann unverzüglich auf die Suche nach Sybil. Ein verschlafener Bediensteter teilte ihm mit, dass alle Nonnen längst zu Bett gegangen seien und er unmöglich in den Schlafraum der Novizinnen eindringen könne. Zwar wollte Robin Sybil unbedingt sehen, um sich zu vergewissern, dass es ihr gut ging, doch er musste sich gedulden. Es war schon sehr spät, und bis zum Tagesanbruch würde es noch eine Weile dauern. Im Konvent schliefen alle. Es wäre nicht angemessen gewesen, Sybil wecken zu lassen, zumal auch sie ihren Schlaf brauchte.

Dennoch sehnte er sich nach ihr. Gegen dieses Begehren war er machtlos, jedoch besann er sich eines Besseren. Er brauchte niemanden, außer gelegentlich seine Brüder. Die waren aber leider abtrünnig geworden und lebten nicht mehr wie früher mit ihm zusammen. Betrübt ging er zum Gästehaus und betrat seine Kammer, um sich etwas auszuruhen. Die Sonne wird bald aufgehen, und dann kann ich Sybil aufsuchen und ihr einen Heiratsantrag machen, dachte er mit gemischten Gefühlen, als er die Tür öffnete, und entschied sich, ihr gegenüber deutlich von einem *Arrangement* zu sprechen, da er auf keinen Fall eine Ehe im eigentlichen Sinne eingehen wollte.

In seiner kleinen Kammer war es stockfinster. Lediglich ein schmaler Streifen Mondlicht fiel durch das kleine Fenster. Robin verzichtete darauf, eine Kerze anzuzünden, zog sich im Dunkeln aus und begab sich zu seinem Bett. Dort setzte er sich auf die Matratze und griff nach dem Betttuch. Doch zögerte er, als er eine nicht unerhebliche Erhebung unter der Bettdecke bemerkte. Da er in seiner Jugendzeit seinen Brüdern oft merkwürdige Dinge ins Bett gelegt hatte, hob er die Decke jetzt vorsichtig hoch und erstarrte ob des Anblickes, der sich ihm bot.

Sybil lag in seinem Bett.

Sie lag auf der Seite. Ihr Kopf ruhte auf ihrer rechten Hand. Im Schlaf wirkte Sybils hübsches Gesicht so lieblich, dass es ihm fast den Atem raubte. Ihr Schleier war verrutscht, und ein Teil ihrer Lockenpracht ergoss sich über Wange und Hals. Robin erinnerte sich an die leuchtend rotgoldene Farbe ihres Haares, und wie sehr dieser Farbton Sybils oft recht feurigem Temperament entsprach. Eine Haarsträhne war ihr auf die Brust gerutscht. Ihm fiel wieder ein, wie er ihren Busen berührt hatte, und Robin wurde von so heftigem Begehren übermannt, dass sein ganzer Körper bebte. Sie lag hier in seinem Bett, und bald würde sie seine Frau sein …

Doch entsann er sich rechtzeitig, dass er sie nur formal zu ihrem Schutz heiraten wollte. Dieser Gedanke ermöglichte es ihm, trotz seiner lüsternen Gefühle vernünftig zu bleiben. Jedoch war er dermaßen überwältigt und benommen, dass ihm der Atem stockte. Auch musste er feststellen, dass er nicht in der Lage war, sich so zu beherrschen, wie er es wünschte. Seine körperliche Erregung hatte sich an einer bestimmten Stelle zwischen seinen Lenden zentriert, wo er nun zunehmend ein schier übermäßiges Drängen verspürte.

Robin seufzte und biss die Zähne zusammen. Es gab zwei Möglichkeiten: Er konnte sie aufwecken oder neben ihr im selben Bett schlafen. Er entschied sich für Letzteres und zwang sich, das drängende Pulsieren in seinem Unterleib zu ignorieren. Wenn er sie aufweckte, würde sie sich sicher in den Schlafsaal begeben, dort konnte er ihr keine Sicherheit garantieren. Wenn sie hier blieb, hatte er sie die ganze Nacht in seiner Nähe. Robin lief ein Schauer über den Rücken, als ihm etwas auffiel, das ihn sowohl tief berührte als auch verwirrte. *Er hatte sich nach ihr gesehnt und sie war hier, bei ihm.*

Er wunderte sich über die Launen des Schicksals und überlegte, ob es ihm möglich sein würde, unverfänglich neben Sybil zu schlafen. Das musste ihm gelingen, schließlich war er kein Sklave seiner körperlichen Regungen wie sein wollüstiger Bruder Stephen. Er war ein de Burgh, ein erfolgreicher Kämpfer und sein eigener Herr. Vorsichtig schlüpfte er unter die Bettdecke. Jedoch lag er lange wach, erregt und aufgewühlt, und fragte sich nun, ob es wirklich eine gute Idee war, Sybil zu ihrem Schutz zu ehelichen.

Wärme. Sybil spürte wundervolle, herrliche Wärme um sich herum. Sie konnte sich nicht erinnern, sich je so warm und geborgen gefühlt zu haben. Im Kloster war es ewig kalt, besonders im Schlafsaal. Immer wieder hatte sie sich bemüht, mehr Decken und einen Umhang aus dickerem Stoff zu bekommen. Doch jetzt war ihr wohlig warm, und irgendetwas roch sehr angenehm. Sie räkelte sich und bemerkte, dass ihr Bett weicher und bequemer war als sonst. Das kam ihr dann doch merkwürdig vor, und schlagartig wurde sie wach.

Das fahle Licht der Morgendämmerung fiel ihr in die Augen. Es war kurz vor Tagesanbruch, und sie lag nicht in ihrem Bett im Schlafsaal bei den anderen Novizinnen. Wo mochte sie sein? Sie erinnerte sich, dass sie Robin gesucht hatte und dann … Ihr stockte der Atem, als ihr klar wurde, dass sie in Robins Bett genächtigt hatte. Entsetzt warf sie die Bettdecke zurück und wollte aufstehen, doch hinderte sie etwas daran. Sie erstarrte, als sie sah, dass ein kräftiger Arm ihren Körper unterhalb der Brust umschlang und ein noch kräftigeres Bein zwischen ihren Beinen lag.

Robin de Burgh lag neben ihr, und sein Körper strahlte die angenehme Wärme aus, die sie verspürte. Er lag auf der Seite und hatte das Gesicht an ihr Haar geschmiegt. Sybil war dermaßen verblüfft, dass sie nicht wusste, ob sie nun lachen oder schreien sollte. Sie seufzte. Da Robin weiterhin gleichmäßig und tief atmete, konnte sie sicher sein, dass er noch schlief.

Ihr fiel wieder ein, dass sie sich kurz auf Robins Bett gelegt hatte, offensichtlich war sie dann gegen ihren Willen eingeschlafen. Aber wann war Robin zurückgekehrt, und warum hatte er sie nicht bemerkt? Erleichtert stellte Sybil fest, dass sie gänzlich bekleidet war, nur die Schuhe hatte sie wohl während der Nacht abgestreift. Und Robin? Ihr Herz schlug heftig, als sie sich ihm beklommen zuwandte.

Ein kurzer Blick bestätigte ihre schlimmste Befürchtung. *Robin war völlig nackt!* Reflexartig schloss Sybil sofort die Augen und kniff sie ganz fest zusammen, doch drängte es sie, die Augen wieder zu öffnen. Hatte sie sich nicht erst gestern Abend gefragt, wie er wohl aussehen würde, wenn er hier nackt auf seinem Bett lag? Vorsichtig öffnete sie die Augen einen kleinen Spalt und betrachtete fasziniert seinen samtig gebräunten Brustkasten.

Der Anblick seiner Brust erregte sie, und sie ließ ihren Blick nach oben zu seiner unglaublich muskulösen Schulter schweifen. Unbekleidet wirkte er noch kräftiger. Und er war ihr so nah.

Sybil unterdrückte einen Seufzer, als sie an ihre unzüchtigen Tändeleien dachte, und wurde dabei von hitziger Erregung ergriffen. Sie bemerkte eine Spannung in den Brüsten und hätte sich am liebsten an seinen Körper geschmiegt oder ihn wenigstens berührt.

Sie schluckte und wagte schließlich, auf seine untere Körperhälfte zu schauen, diese war jedoch vom Betttuch bedeckt. Zwar hätte sie erleichtert sein sollen, dass sie nun nicht in Versuchung geführt wurde, doch war die Verlockung zu groß, seinen prächtigen Körper zu entblößen.

Das geziemt sich nicht, ermahnte sich Sybil. Auch wenn sie ursprünglich nichts Unschickliches im Sinn gehabt hatte, befand sie sich doch in einer verfänglichen Situation. Sie war eine Novizin, die mit einem nackten Mann im Bett lag. Vorsichtig versuchte sie, sich aus seiner Umarmung zu lösen, worauf Robin mit der Hand ihre Taille umfasste und sie noch näher an sich heranzog.

Er murmelte irgendetwas und kuschelte sich an sie. Ein Schauer lief Sybil über die Haut. Sie bemerkte, dass er allmählich wach wurde. Sie wollte etwas sagen, doch stockte ihr der Atem beim Anblick seines herrlichen Gesichts. Das dunkle Haar war zerzaust, und auf dem Kinn sprießten ein paar Bartstoppeln. Als er die Augen öffnete und sie schlaftrunken anblickte, war sie wie verzaubert.

Robin schien weder schockiert noch überrascht zu sein, dass sie in seinem Bett lag, sondern schaute sie freundlich und sehnsuchtsvoll an, als wenn es völlig normal wäre, dass sie hier nebeneinander lagen. Und als sie ihn verwirrt und sprachlos anstarrte, lächelte er sanft. „Sybil“, flüsterte er heiser, und da war es um sie geschehen.

Er küsste sie, und sie ließ ihn gewähren. Dann befreite er sie von ihrem Schleier, schlug die Bettdecke zurück und legte sich, nackt, wie er war, auf sie. Sie fand großen Gefallen daran und genoss es, seine Haut berühren zu können, fuhr über die muskulösen Schultern und den breiten Rücken. Robin stöhnte und presste sich gegen ihren Körper.

Doch zögerte er plötzlich und murmelte irgendetwas. Er kämpfte mit Sybils Gewand und schob es Stück für Stück nach oben. Sybil wusste genau, dass sie das eigentlich nicht zulassen durfte, jedoch war sie wie gebannt, als er ihr die Novizinnentracht letztlich über Kopf und Arme zog. Nun war sie bis auf die Strümpfe gänzlich unbekleidet, und sie errötete. Nicht, weil sie sich schämte, sondern weil sie so erregt war. Und als sie bemerkte, mit welcher Faszination Robin sie betrachtete, fühlte sie sich schön und begehrenswert.

„Sybil“, hauchte er hingerissen, und sie erwiderte sein Lächeln, als wenn es selbstverständlich wäre, dass sie hier so beisammen lagen. Er strich über ihren Hals, und ein Beben ging durch ihren Körper, als er zärtlich mit der Hand ihre Brust streichelte. Ihre Erregung steigerte sich, als sie den Druck seiner Finger auf der Brust spürte, und sie stöhnte lustvoll, worauf Robin ihre aufgerichteten Knospen mit den Lippen liebkoste. Dann saugte er an ihrem Busen, und Sybil stieß einen ekstatischen Schrei aus und wand sich rastlos hin und her, als wenn sie nach einer Erfüllung begehrte, von der sie nicht wusste, wie sie zu erreichen wäre.

Sie war so überwältigt, dass sie ihm nicht Einhalt gebieten konnte, und sich ihm völlig hingab. So ließ sie es zu, dass er sich mit seinem kräftigen, erhitzten Körper wieder auf sie legte. Doch als er die Hand auf ihren Schenkel legte und ihre Beine spreizte, protestierte sie. Robin gab ihr keine Chance, ihn abzuwehren. Mit einem leidenschaftlichen Kuss brachte er sie zum Schweigen und erregte sie erneut.

Sie fühlte die Grenzen zwischen ihnen schwinden und wünschte, dass dieser Kuss nie enden möge, und sie für immer zusammen sein könnten. Als sie jedoch seine starke Erregung zwischen ihren Schenkeln spürte, wurde sie plötzlich misstrauisch. Sie hörte auf, Robin zu küssen, und zwang sich, Vernunft anzunehmen. „Robin, bitte, das dürfen wir nicht tun“, flüsterte sie und wiederholte die Worte, die er einst zu ihr gesagt hatte: „Es ist nicht in Ordnung.“

Zu ihrem Erstaunen wurde er nicht ärgerlich, sondern erstarrte, als wenn er sich bemühte, einen klaren Gedanken zu fassen. Unruhig atmend blickte er sie benommen und verzweifelt an, und Sybil wurde erneut von Leidenschaft ergriffen, als sie seiner heftigen Erregung gewahr wurde. Auch spürte sie, dass er sie so sehr begehrte, dass ein leichtes Zittern durch seinen Körper ging. Es beeindruckte und erregte sie außerordentlich, dass er die Beherrschung verloren zu haben schien. Doch sie verspürte auch etwas Mitleid mit ihm. Und so hätte sie sich fast der Lust überlassen, von der beide so zügellos erfüllt waren.

Sie wusste, dass sie ihm nicht widerstehen könnte, wenn er sie jetzt weiter bedrängte, daher hielt sie sich zurück und blickte ihn erwartungsvoll an. Er sollte entscheiden. Robin verharrte regungslos auf ihr und schien sich in seiner Leidenschaft verloren zu haben. Sybil überlegte, ob sie zu willfährig gewesen war, ob ihn jetzt noch irgendetwas bremsen könnte. Ihr Herz raste, als er sie mit dunklen, feurigen Augen wild und verlangend ansah.

„Wenn ich dir verspreche, dass ich dir nicht die Unschuld nehme, würdest du mich dann gewähren lassen ... willst du mir vertrauen?“ fragte er und wirkte so verzweifelt, dass sie ihren Herzschlag bis zum Hals spürte. Sie war weder in der Lage, ihm zu widersprechen, noch überhaupt ein einziges Wort hervorzubringen, und so nickte sie lediglich.

Wollüstig schaute er sie an, stützte sich auf und drückte mit seinen nun gespreizten Beinen ihre Schenkel zusammen. Sybil spürte seine Männlichkeit zwischen ihren Schenkeln und erschrak, als etwas ihre intimste Zone berührte.

„Oh! Aber ...“, begann Sybil, doch wurden ihre Bedenken hinweggeschwemmt, als Robin lustvoll stöhnte.

„Genau so, meine Liebste“, stieß er voller Leidenschaft hervor und umfasste ihre Hüften, worauf Sybil von einer lustvollen Woge durchflutet wurde. Sie spürte ein sanftes Gleiten und Reiben dort, wo er zuvor hatte eindringen wollen.

„Press deine Schenkel fester zusammen", drängte Robin und stöhnte erneut, als sie seinem Verlangen nachkam. „Oh, Sybil, ja!"

Seine leidenschaftliche Hitzigkeit führte dazu, dass sie alle Bedenken fallen ließ und sich ihm ganz und gar hingab. Sein Körper auf dem ihren, sein Geruch, die samtene, glatte Haut unter ihren Fingern, seine heißen, begierigen Küsse, all das versetzte sie in einen Sinnesrausch. Sie konnte nicht länger reglos verharren und bewegte sich etwas unbeholfen seinen Stößen entgegen. Doch hatten sich beide rasch rhythmisch aufeinander eingestellt, und Sybil krallte sich in seine Schultern, als ein scharfer Lustschauer sie durchfuhr.

„Da, genau da!" stieß sie unwillkürlich hervor, und Robin kam ihrem Verlangen nach, indem er etwas weiter nach oben rutschte und sich mit seinen starken Armen abstützte.

„Hier?" fragte er mit rauchiger, wollüstiger Stimme.

„Oh ja, ja, oh ja", erwiderte Sybil flehentlich und warf den Kopf hin und her. Sie wand sich unter ihm, und es drängte sie, die Beine zu spreizen, doch hielt Robin diese unerbittlich fest zusammen. Sie war ihm vollkommen ausgeliefert. Ausgerechnet sie, die in ihrer Eigenwilligkeit sich nie wirklich jemandem ergeben oder untergeordnet hatte, unterwarf sich ihm bedingungslos. Er stöhnte lustvoll. Seine Stöße wurden schneller, und Sybils Erregung steigerte sich mehr und mehr, beinahe qualvoll, fast hatte sie das Gefühl, die Besinnung zu verlieren.

Ihr Körper wurde kurz starr, und dann entlud sich ihre Erregung explosionsartig. Eine ekstatische Woge durchflutete sie, und sie schrie. Robin erstickte ihren Schrei mit einem Kuss. Darauf spürte sie seine immer heftiger werdenden Stöße zwischen ihren Schenkeln. Sein ganzer Körper bebte vor Anspannung, und auf dem Höhepunkt seiner Erregung entfuhr ihm ein rauer, heiserer Lustschrei. Sein Körper erschlaffte, und zwischen ihren Schenkeln wurde es feucht.

Erschöpft ließ er sich auf sie sinken. Sybil war zwar verwirrt, dass sie das alles zugelassen hatte, doch sie schlang die Arme um seinen Körper. Sie genoss es, Robins Hitze zu spüren, und fühlte sich seltsam entspannt, wohlig und beglückt. Sie war dermaßen beeindruckt, dass sie ihn noch fester an sich presste. Niemals würde sie ihn gehen lassen, weder jetzt noch zu einem späteren Zeitpunkt.

So etwas sollte ich nicht denken und auch nicht wünschen, ermahnte sie sich. Jedoch fühlte sie sich so warm und sicher und auf eine ihr bis dahin unbekannte Art befriedigt, dass sie sich ihren Gefühlen für Robin trotzdem hingab.

11. KAPITEL

So entspannt, zufrieden und geborgen wäre sie fast eingeschlafen, wenn sich Robin nicht umgedreht und sie an sich herangezogen hätte. Zärtlich strich er ihr Haar beiseite und küsste ihren Hals. Zwar war es ein sanfter Kuss, doch spürte sie die leidenschaftliche Hitze, die auch in diesem Kuss noch mitschwang und das Feuer zwischen ihnen neu zu entfachen schien.

Das ist nicht gut, dachte Sybil. Ihr Körper gab ihr allerdings ganz andere Signale. Voller Inbrunst fühlte sie sich zu Robin de Burgh hingezogen, und vielleicht hatte sie auch ihr Herz an ihn verloren.

Doch gerade als sie ihr wollüstiges Treiben fortsetzen wollten, war ein Klopfen an der Tür zu vernehmen. Robin fuhr zusammen, und Sybil hätte fast vor Schreck aufgeschrien. Noch bevor sie das Betttuch über sich ziehen konnte, hatte er sich bereits erhoben und war zur Tür geeilt. Sie war erstaunt, dass er so schnell reagiert hatte, und sah sich hastig nach ihrem Gewand um. Robin öffnete aber nicht die Tür, sondern fragte lediglich: „Ja, was ist los?“

„Hier ist Abel, Mylord. Ihr habt mich gebeten, Euch bei Tagesanbruch zu wecken.“

„Ja, vielen Dank, mein Junge. Begib dich zurück zu den Kämpen und richte ihnen aus, dass wir noch heute weiterziehen werden“, erwiderte Robin.

Sybil kleidete sich gerade an, als es ihr durch Mark und Bein fuhr: *Robin wollte heute abreisen? Jetzt, nach allem, was zwischen ihnen vorgefallen war?* Sie rang nach Luft und musste schlucken, doch versuchte sie, die Sache nüchtern zu betrachten. Was hast du erwartet, dass er dir in Liebe zugetan ist und um deine Hand anhält, fragte sie sich. Obwohl Sybil hätte schwören können, dass sie nichts von diesem Mann wollte, ja, sogar von überhaupt keinem

Mann etwas erwartete, war sie erschüttert, ausgerechnet jetzt, nachdem sie sich so nahe gewesen waren, zu erfahren, dass er gedachte, unverzüglich abzureisen. Das verletzte sie tief.

Auch damit hätte ich rechnen müssen, sagte sie sich. Wenn jemand Schuld hatte, dass sie sich verletzt fühlte, dann nur sie selbst. Sie war es gewesen, die ihren Gefühlen freien Lauf gelassen hatte, viel zu schnell und unbedacht. Zwar war sie noch nicht gänzlich bekleidet, doch richtete sie sich abrupt auf, als sich Robin ihr näherte. Sie wollte weg von hier, weg von ihm, so schnell wie möglich. Unbekleidet wirkte er so kräftig und groß, dass sie ihn bestürzt anstarrte. Auch entging ihr nicht, dass ein bestimmter Teil seines Körpers sich wieder begann aufzurichten. Schützend legte sie die Arme um ihren Körper und wandte sich ab, befürchtete sie doch, erneut von Leidenschaft erfasst zu werden, wenn sie noch einen einzigen Blick auf ihn werfen würde.

Indes wurde ihr schnell klar, dass sie sich umsonst gesorgt hatte. Robin suchte hastig seine Kleidungsstücke zusammen und zog sich eilig an, ohne sie weiter zu beachten. Erst als er auch noch seine Stiefel übergestreift hatte, wagte er, sie anzuschauen. Dabei stieg ihm eine leichte Röte ins Gesicht. Er vermied es, ihr in die Augen zu sehen, und fuhr sich mit den Fingern durchs Haar. Dann räusperte er sich, brachte aber keinen weiteren Ton hervor. Wenn er jetzt auch noch am Halsausschnitt seines Waffenrockes zerren sollte, dann werde ich ihm mal den Halsausschnitt so zusammenziehen, dass ihm Hören und Sehen vergeht, schwor sich Sybil.

Doch nichts dergleichen geschah. Schweigend standen sie sich gegenüber, und Sybils anfängliche Verlegenheit verwandelte sich allmählich in Verärgerung. Zwar wusste sie nicht, wie man sich in einer solchen Situation schicklich verhielt, doch war er es gewesen, der gestern einfach fortgezogen war und dann plötzlich heute Morgen neben ihr gelegen hatte. *Er* hatte sie verführt, und *er würde sie heute noch verlassen.*

Robin blickte sie reumütig an und war dann doch noch in der Lage, etwas zu äußern. „Ich, äh, ich bitte Euch um Verzeihung“, stammelte er und deutete auf das Bett.

Er bat sie um Verzeihung? Auch wenn Sybil berücksichtigte, dass sie aufgrund ihres Klosterlebens etwas weltfremd sein mochte, so war sie sich doch sicher, dass dies keine Worte der Liebe oder Verehrung waren. *Ich bitte Euch um Verzeihung* hätte er sagen können, wenn er versehentlich auf ihr Gewand getreten wäre, nicht wenn er sie ihres Gewandes entledigt hatte. *Ich bitte um Verzeihung* hätte er sagen können, wenn er sie entjungfert hätte, nicht wenn er rücksichtsvoll dies vermieden hatte.

„Ihr bittet mich um Entschuldigung?“ wiederholte Sybil und betrachtete mit verschränkten Armen diesen Mann, der ihr nun überhaupt nicht mehr begehrenswert erschien.

„Nun, ja, ich ... ich bin einfach fortgegangen und habe Euch dann in meinem Bett vorgefunden. Aber all das spielt keine Rolle mehr, weil ich einen Plan habe.“

„Es spielt keine Rolle mehr?“ äffte Sybil ihn mit schriller Stimme nach. Ihr waren einige unschickliche Begebenheiten aus dem Leben der weltlichen Gesellschaft zu Ohren gekommen, doch solch dreiste, plumpe Worte aus dem Munde eines Lords und Ritters hielt sie für den Gipfel der Unverschämtheit. Offensichtlich scherten ihn weder ihre Gefühle noch ihr Ansehen. Wie sonst war es ihm möglich, einfach über ihre leidenschaftliche Verstrickung hinwegzusehen und jegliche Verantwortung von sich zu weisen?

Sybil war außer sich vor Wut, sie konnte und wollte sich jetzt nicht mehr beherrschen, sie musste handeln. Reflexartig griff sie nach dem erstbesten Gegenstand, der ihr geeignet schien, um diesen hartherzigen, dickschädeligen Mann schlagkräftig zur Räson zu bringen. Mit Genugtuung warf sie einen leeren Becher nach ihm.

„Wie könnt Ihr es wagen, mich zu verführen und hinterher zu behaupten, es spiele keine Rolle?“ entrüstete sie sich.

Er duckte sich schnell, und das hölzerne Gefäß schlug gegen die Wand. „Sybil! Beruhigt Euch! Was denkt Ihr nur …? Ihr habt mich falsch verstanden!“ rief er und konnte gerade noch dem ledernen Wasserbehälter ausweichen, den sie ihm ins Gesicht schleuderte.

„Ach, wie soll ich Euch denn verstehen? Was soll ich davon halten, dass ihr mit mir ins Bett steigt und hinterher kein einziges Wort darüber verlieren wollt?“ entgegnete Sybil und schlug mit einem Waffenrock auf ihn ein. Da sich in der Kammer anscheinend keine weiteren geeigneten Wurfgeschosse befanden, hatte sie zwangsläufig zu seinen Kleidungsstücken greifen müssen. Mit Genugtuung sah sie, dass dieser kräftige Ritter die Hände schützend vor das Gesicht hielt, was ihren Zorn etwas abkühlen ließ.

„Und wo seid Ihr denn gestern gewesen? Warum habt Ihr eigenmächtig gehandelt? Ist Euch vielleicht entfallen, dass die Äbtissin uns beauftragt hat zusammenzuarbeiten?“ fragte Sybil vorwurfsvoll, nahm ein Kissen vom zerwühlten Bett und schlug damit auf seine Brust ein. Zwar war das Kissen zu weich, um ihm wehtun zu können, doch fühlte sie sich besser, wenn sie ihrer Wut auf diese Weise Ausdruck verlieh. Schließlich entriss Robin ihr das Kissen und warf es beiseite.

Er fluchte leise, packte sie bei den Handgelenken, zog sie gegen die Wand und presste seinen Körper gegen den ihren. Dort standen sie nun, atemlos und verwirrt. Sybil bemerkte, dass er ihre Lippen anstarrte, was sie erregte. Unverzüglich trat sie ihm kraftvoll auf den Fuß.

„Au!“ jammerte er und ließ fluchend von ihr ab. „Wollt Ihr

mich jetzt bitte anhören?“ rief er. „Oder beabsichtigt Ihr, die gesamte Klostergemeinschaft auf uns aufmerksam zu machen?“

Sybil schien kaum beeindruckt. Irgendwie war ihr der Konvent jetzt gleichgültig, weil sie ohnehin das Kloster verlassen wollte. Doch behagte ihr der Gedanke nicht, verstoßen zu werden. Schließlich wollte sie freiwillig gehen, daher entsprach sie seiner Bitte. „Nun gut, ich höre“, sagte sie und verschränkte die Arme.

Robin betrachtete sie misstrauisch und fuhr sich mit den Fingern durchs Haar. „Ich sehe ein, dass ich Euch hätte fragen sollen, ob Ihr mich begleiten wollt, als ich gestern fortging“, murmelte er und setzte sich mürrisch auf eine Truhe. „Jedoch war ich zu diesem Zeitpunkt so verwirrt und hatte auch nicht damit gerechnet, dass sich mein schlimmster Verdacht bewahrheiten könnte.“ Er hob den Kopf und schaute sie besorgt an. „Habt Ihr Euch nie darüber gewundert, dass Ihr und Elisa als Säuglinge ins Kloster kamt, obwohl Kinder dieses Alters normalerweise nicht aufgenommen werden?“

Sybil zuckte mit den Achseln. Sie hatte keine Lust, sich damit zu befassen, dass ihre Eltern sie als Säugling ausgesetzt hatten. Hier im Kloster hatte sie ein Zuhause gefunden. Hier gab es einige Nonnen, die ihr zugetan waren. Das reichte ihr. Sie hatte schon vor langer Zeit aufgegeben, sich mit ihrer Vergangenheit zu beschäftigen.

„Ich fand diese Tatsache merkwürdig. Also bin ich ins Dorf geritten, um mehr über die Umstände Eurer Aufnahme hier zu erfahren“, erklärte Robin.

Sybil wurde abermals wütend. „Wie bitte? Ihr habt es gewagt, Euch in Angelegenheiten einzumischen, die Euch überhaupt nichts angehen?“

Robin musterte sie mit seinen dunklen Augen. „Nun, aufgrund meiner letzten Erkenntnisse gehörte das sehr wohl zu meinem Aufgabengebiet“, erwiderte er sanft.

Sie beruhigte sich etwas. Was mochte er herausgefunden haben?

Am liebsten hätte sie sich die Ohren zugehalten. Sie hatte sich oft heimlich vorgestellt, dass sie die Tochter wundervoller, vermögender Eltern war, die auf einer Reise in dieses Land plötzlich verstorben waren. Nun befürchtete sie, dass es sich bei ihren Eltern in Wirklichkeit um arme Leute handelte, die sie ausgesetzt und in Todesgefahr gebracht hatten, weil es ihnen nicht möglich gewesen war, ein weiteres Kind zu ernähren.

Doch da Robin sie zuversichtlich anschaute, fasste sie Mut und hörte ihm weiter zu. Allerdings schloss sie die Augen, so sehr fürchtete sie seine Enthüllung. Indes war sie überrascht, als sie seine weiteren Worte vernahm.

„Ihr wurdet nicht ausgesetzt", erklärte er mitfühlend, als wenn er ihre Sorge kannte.

„Was?" Sybil war erst erschrocken, dann erleichtert und schließlich doch erfreut, nach all den Jahren etwas über ihre Eltern zu erfahren. Ihr wurde sogar etwas schwindelig, und Robin schien auch jetzt zu ahnen, was in ihr vorging. Er stand auf und geleitete sie zu einer Truhe, damit sie sich setzen konnte. Eigentlich hätte Sybil derartige Fürsorglichkeit gerade von ihm nun vehement ablehnen sollen, doch war sie froh, sitzen zu können.

„Vala war *Eure* Mutter", sagte Robin. „Ihre Dienerin kaufte einer verarmten Familie aus dem Dorf einen Säugling ab, den die Eltern kaum ernähren konnten. Und dann haben sie euch vertauscht, für den Fall, dass jemand eines Tages versuchen sollte, Euch ausfindig zu machen. Dem armen Kind haben sie damit zu einem besseren Leben verholfen. Doch Ihr seid die eigentliche Elisa. Eure Mutter hat Euch einen anderen Namen gegeben und Sybil genannt. Ein Name, der an die besonderen Fähigkeiten der L'Estranges erinnert."

Sybil atmete tief ein, sie war ganz durcheinander. Sie sollte Valas Tochter sein? „Ich bin doch keine walisische Prinzessin", wehrte sie ab und hätte beinahe lauthals gelacht. Wollte er sie zum Narren halten? Sicher, jedes Waisenkind träumte davon, fürstlicher Abstammung zu sein und eines Tages von seiner Familie wieder liebevoll aufgenommen und verwöhnt zu werden. Sybil hob abrupt den Kopf. „Ich habe eine Familie?"

„Eine Familie, die Euch offensichtlich aus dem Weg räumen möchte", erwiderte er.

Fast hätte Sybil abermals gelacht, obwohl ihr eigentlich eher zum Weinen zumute war. All das schien ihr absonderlich, und sie sah sich Halt suchend im Raum um. Das konnte nicht wahr sein. Vielleicht war alles, von jenem Augenblick an, als sie in Robins Bett erwacht war, ein einziger langer Albtraum. Vielleicht sollte ich mich mal kneifen oder vielleicht besser Robin, dachte sie aufgebracht.

Die Vorstellung, dass Vala ihre Mutter war und sie kaltblütig unter dem Vorwand, sie sei ein Findelkind, den Nonnen übergeben hatte, war zu absurd, zu schrecklich. So etwas konnte sich Sybil bei bestem Willen nicht vorstellen. Auch schien es ihr unfassbar, dass sie Angehörige haben sollte, die sie töten wollten.

„Sybil", sagte Robin und riss sie damit aus ihren Gedanken. Sie öffnete die Augen und sah, dass er vor ihr kniete. Dann umfasste er ihre Hände, und sie hatte das Gefühl, allmählich wieder zu sich zu kommen. Auch löste sich ihre innere Anspannung etwas. Sie fragte sich, ob er der Retter war, nach dem sie sich heimlich sehnte, oder ob er sie ins Verderben stürzen würde.

„Es handelt sich um gesicherte Tatsachen", fuhr er fort. „Diese Männer, seien sie nun Waliser oder Engländer, haben Elisa ermordet, weil sie annahmen, dass sie Valas Tochter wäre. Zwar hoffe ich, dass sie das auch weiterhin glauben, doch da ich die Wahrheit herausgefunden habe, könnte das auch anderen gelingen. Und dann würdet Ihr in sehr großer Gefahr schweben."

Sybil starrte ihn fassungslos an. Sie empfand nicht einmal Furcht, so bizarr erschien ihr die Vorstellung, dass jemand aus politischen Gründen Mörder auf sie angesetzt hatte, die ihre wahre Identität entdecken könnten. Auch bewegte es sie innerlich weitaus mehr, dass Vala ihr verheimlicht hatte, dass sie ihre Mutter war, und möglicherweise auch die Nonnen sie belogen hatten, falls sie davon gewusst haben sollten.

Doch am meisten quälte sie, dass Robin ihr ganzes Leben durcheinander gebracht hatte. Durch seine Nachforschungen hatte er ihre Mutter gefunden und sie ihr gleich wieder genommen und damit auch ihre geheimen Hoffungen auf eine Familie zunichte gemacht. Verärgert entzog sie ihm die Hände und blickte ihn zornig an. Auch fragte sie sich, welche Bedeutung all diese Neuigkeiten letztendlich für sie haben würden.

Robin richtete sich auf und atmete tief ein, als wenn er ihr noch mehr schlechte Nachrichten überbringen wollte, und verschränkte dann die Hände hinter dem Rücken. So wirkte er wie ein Bischof, der jemandem eine Strafpredigt halten wollte. „Da ich es war, der Euch in solche Gefahr gebracht hat, halte ich es für meine Pflicht, dafür zu sorgen, dass Euch kein Leid geschieht", meinte er und fuhr mit monotoner Stimme fort, als wenn er vom Weltuntergang redete: „Nach reiflicher Überlegung habe ich eine Entscheidung getroffen."

Sybil war sprachlos.

Als sich Robin räusperte, rechnete sie damit, dass er nun gleich an seinem Waffenrock zerren würde. Doch er schlug lediglich die Augen nieder. „Wir sollten heiraten", murmelte er.

Sybil fiel die Kinnlade herunter. *„Wir sollten was?"* fragte sie und glaubte, sich verhört zu haben.

„Heiraten." Robin sprach dieses Wort aus, als wenn es sich um etwas ganz Abscheuliches handeln würde. Er räusperte sich abermals und nickte, als wenn er sich selbst ermutigen müsste. „Das ist die einzige Möglichkeit, jenen Übeltätern, die Euch im Visier haben, zu entgehen und die beste Lösung für unsere Probleme."

Diese Äußerung verschlug Sybil nun vollends die Sprache. Sie war erschüttert. Robin machte ihr einen Heiratsantrag – aber nicht, weil er sie liebte, sondern um ihrer beider *Probleme* zu lösen? Sie schwankte zwischen Lachen und Weinen, blieb aber stumm und erwartete seine weiteren Erläuterungen.

„Selbstverständlich werden wir nur eine Scheinehe eingehen", erklärte er, und Sybil spürte, wie ihr die Röte ins Gesicht stieg. „Es ist zu Eurer Sicherheit, damit niemand legal über Euch verfügen oder Euch anderweitig aus dem Weg räumen kann. Wir werden auf Baddersly leben. Dort kann ich für Eure Sicherheit garantieren", fügte er hinzu.

Das schien alles sehr vernünftig und zugleich so ernüchternd und eiskalt berechnend zu sein, dass Sybil die Arme vor dem Körper verschränkte. Robin de Burgh behauptete, nur aus Verantwortungsgefühl zu handeln, nach allem, was zwischen ihnen vorgefallen war. Die Leidenschaft, die zwischen ihnen entbrannt war, schien ihm nichts zu bedeuten.

Er wirkte sehr streng und gefühllos, als er über das, was er als Arrangement bezeichnete, redete: „Ihr braucht Euch keine Sorgen zu machen. Ich habe keine echte eheliche Verbindung im Sinn", sagte er und hatte offensichtlich überhaupt kein Gefühl dafür, wie grausam diese Worte klangen.

Sybil fragte sich, was für eine Ehe er denn führen wollte.

Und wie zuvor hatte er auch auf diese unausgesprochene Frage gleich eine Antwort parat. „Es geht lediglich darum, dass Ihr meinen Namen annehmt und damit unter dem Schutz der de Burghs steht. Sollte dann irgendeiner Eurer Verwandten oder Feinde einen

Anspruch auf Euch erheben, so hat er keine rechtlichen Möglichkeiten mehr dazu, weil ihr an mich gebunden seid."

„Ihr könntet dann aber Ansprüche an mich stellen", entgegnete Sybil mit schwacher Stimme.

Robin räusperte sich. „Die Ehe soll nur formell bestehen. Seid versichert, dass ich von Euch nichts, äh, fordern werde. Ich möchte lediglich, dass Ihr in Sicherheit seid, bis ich die Mörder gefasst habe."

Sybil fragte sich erneut, ob ihr heißblütiges Liebesspiel lediglich in einem ihrer Träume stattgefunden hatte. Seine leidenschaftlichen Küsse, seine starken Rückenmuskeln unter ihren Händen und die Schwere seines nackten Körpers auf dem ihren, all das hatte sie mit Glückseligkeit und Leidenschaft erfüllt. Offensichtlich war er von ihrer Liebelei wenig beeindruckt, sonst würde er hier nicht so steif stehen, ihrem Blick ausweichen und kein einziges Wort über Gefühle verlieren.

„Selbstverständlich werden wir, wenn keine Gefahr mehr für Euch besteht, sofort die Ehe annullieren lassen. Wir werden behaupten, dass wir Verwandte sind. Das machen heutzutage viele Ehepaare", fuhr Robin fort. Sybil mochte nicht so recht glauben, dass man ihnen verwandtschaftliche Bande so ohne weiteres abnehmen würde, besonders falls Robin zuvor jene Angehörigen ihrer Familie, die ihr nach dem Leben trachteten, niedergestreckt haben sollte. Fast hätte sie lauthals gelacht, doch war sie froh, dass sie nun nicht mehr Trauer fühlte, sondern Wut. Wut auf seinen erbärmlichen Vorschlag, sein eiskalt berechnendes Gebaren und darauf, dass es ihm hauptsächlich darum zu gehen schien, sein schlechtes Gewissen zu beruhigen.

Sybil musterte ihn abschätzig, wie er dort breitbeinig und selbstgefällig stand, als wenn sie ihm für sein großzügiges Angebot zu ewiger Dankbarkeit verpflichtet wäre. Immer wieder hatte sie neue Facetten seiner Persönlichkeit entdeckt und mehrmals ihre Meinung über ihn geändert, doch nun sah sie ihn in einem ganz anderen Licht, vor ihr stand ein großer, dummer Junge.

„Habt Ihr Geschwister?“ fragte sie.

Robin wirkte erstaunt über ihre Frage, antwortete aber unverzüglich: „Ja, sechs Brüder.“

„Eure Brüder sind sicher älter als Ihr?“ vermutete Sybil.

„Nein“, entgegnete Robin kopfschüttelnd und schien verblüfft. „Zwei meiner Brüder sind jünger als ich. Warum wollt Ihr das wissen?“

„Ich habe angenommen, dass Ihr der Jüngste seid“, erwiderte Sybil unwirsch. Vielleicht liegt es schlichtweg in der Natur des Mannes, so egoistisch zu sein, dachte Sybil, zumal sie sich mit Männern nicht so recht auskannte.

Im Gegensatz zu anderen jungen Mädchen hatte sie nie von einer Ehe geträumt, weil sie als Novizin keine Aussicht auf eine Heirat hatte. Doch jetzt, da sie ohnehin beabsichtigte, das Kloster zu verlassen, wäre eine Vermählung möglich, obgleich sie nicht damit gerechnet hatte, letztendlich aufgrund einer Romanze in der weltlichen Gesellschaft Fuß zu fassen. Warum jedoch sollte sie auf die Unabhängigkeit, nach der sie sich schon so lange sehnte, verzichten? Dieser selbstgefällige Mann bot ihr lediglich seinen Schutz an. Sybil war allerdings nicht der Meinung, so unselbstständig zu sein, dass sie darauf eingehen musste.

„Nun, was haltet Ihr davon?“ erkundigte er sich und schien immer noch von der Großzügigkeit seines Angebotes überzeugt zu sein.

Sybil zwang sich, ihm mit der gleichen Kaltschnäuzigkeit zu begegnen. „Falls Ihr es genau wissen wollt, meine Antwort lautet Nein“, sagte sie und ging schnurstracks an ihm vorbei zur Tür. „Ich habe andere Pläne.“

„Andere Pläne? Was für andere Pläne?“ bedrängte er sie, griff nach ihrem Arm und hielt sie fest. Nun zeigte er doch noch Gefühle, doch leider nicht die von ihr erhofften, sondern Verärgerung und überhebliche Anmaßung.

„Ich glaube kaum, dass Euch das irgendetwas angeht“, entgegnete Sybil und starrte eindringlich auf seine Hand, mit der er immer noch ihren Arm festhielt. Obwohl selbst diese dürftige Berührung sie wieder leicht erregte, unterdrückte sie das Gefühl und gab sich gefasst und unbeeindruckt.

Fluchend, als wenn er ihr nicht traute, ließ Robin sie los. „Und ob mich das etwas angeht! Ich versuche, Euer Leben zu schützen, und Ihr verhaltet Euch wie eine hirnlose Närrin! Möchtet Ihr unbedingt sterben?“

Sybil betrachtete ihn ernst. „Nein, ich habe den Wunsch, zu leben, endlich wirklich zu leben! Mein ganzes bisheriges Leben habe ich hinter diesen Klostermauern verbringen müssen, und ich beabsichtige keineswegs, ein Gefängnis gegen ein anderes einzutauschen.“

„Gefängnis? Was für ein Gefängnis? Wollt Ihr damit andeuten, mit mir verheiratet zu sein, käme einer Internierung gleich?“ grollte er in seinem verletzten Stolz.

Sybil nahm seine Empörung mit Genugtuung zur Kenntnis. Der verwöhnte Adelsspross bekam seinen Willen nicht. Sie selbst hatte so oft in ihrem Leben auf die Erfüllung selbst ihrer bescheidensten Wünsche verzichten müssen, dass sie kein Mitleid mit ihm empfand. Erhobenen Hauptes schritt sie zu Tür.

„Und was habt Ihr vor?“ wollte Robin wissen. Sybil befürchtete, dass er gleich wieder nach ihr greifen würde, doch schien er sich beherrschen zu können und fuhr sich lediglich mit den Fingern durchs Haar. „Falls Ihr die schwachsinnige Absicht haben solltet, nach Wales zu reisen, kann ich Euch nur dringend davon abraten.

Selbst wenn es Euch gelingen sollte, unterwegs Euren Widersachern zu entgehen, ist Wales wegen der Kriegswirren eine höchst gefährliche Region!“

Sybil blinzelte ihn an. Nichts dergleichen hatte sie vor. Sie war keineswegs so dumm oder voller Sehnsucht nach familiären Banden, dass sie ein Kriegsgebiet aufsuchen würde.

Ihr Schweigen schien Robin etwas zu ermutigen, und sie konnte förmlich sehen, wie er sich über ihre Absichten den Kopf zerbrach. „Wenn Ihr Euch nach Angehörigen sehnt, kann ich Euch eine sehr große Familie bieten!“ verkündete er. „Einige sind sogar mit Euch verwandt! Mein Bruder Stephen hat eine L'Estrange, also eine Frau aus der Familie Eurer Mutter, geheiratet. Und diese Brighid und ihre Tanten leben hier in England. Sie waren es auch, die mich veranlasst haben, nach Euch zu suchen ... nach derjenigen, die ...“, verbesserte er sich und wirkte plötzlich verunsichert. „Ihr solltet Eure Verwandten kennen lernen!“ fügte er rasch hinzu. „Die Ehe wird kein Gefängnis für Euch sein, sondern nur eine kurze, unumgängliche Formsache. Danach könnt Ihr dann tun und lassen, was Ihr wollt. Die Damen L'Estrange haben ein eigenes Landgut, und ich bin sicher, dass wir es so arrangieren können, dass Ihr später dort, oder wo immer es Euch beliebt, leben könnt.“

Sein ewiges Gerede über Arrangements machte Sybil so wütend, dass sie ihn fast angeschrien hätte. Robin jedoch blickte sie zuversichtlich an, als wenn er ihr einen wunderbaren Plan präsentiert hätte. Und im Grunde konnte Sybil ihm seinen Mangel an Einfühlungsvermögen nicht gänzlich verübeln. Er war ein Mann, der es gewohnt war, seine Vorhaben ohne große Widerstände durchzusetzen. Er hielt sich aber auch nur an jene Pläne, von denen er überzeugt war, dass sie gut und sinnvoll waren. Ihm war nicht bewusst, wie hartherzig und gefühllos seine Planung auf andere wirkte. Das hatte sie am meisten verletzt.

„Nein. Ich will nicht“, sagte sie ohne jeden weiteren Kommentar und verließ seine Kammer.

Robin schaute ihr nach und war so verblüfft, dass er nicht einmal mehr fähig war, sie aufzuhalten. Benommen und erschöpft setzte er sich wieder auf die Truhe.

Er schüttelte den Kopf. Stets hatte er sich geschworen, niemals zu heiraten, doch jetzt, da er umständehalber dazu bereit war, wurde sein Heiratsantrag abgelehnt. Noch dazu hatte er nicht irgendeiner Frau einen Antrag gemacht, sondern sich überwunden, ausgerechnet der Frau, von der er annahm, dass sie mit dem Fluch zu tun hatte, eine Heirat angeboten. Wahrscheinlich unterstellte er ihr dies zu Unrecht, doch spürte er mit Leib und Seele, dass sie beide irgendwie auf magische Weise zusammengehörten. Wie konnte sie ihn da zurückweisen?

Er war außer sich vor Wut und fühlte sich auch verletzt. Alle Frauen wollten, so wusste er, unbedingt heiraten, und fast jede Frau wäre über alle Maßen glücklich gewesen, einen der de Burghs ehelichen zu können. Dieser Name stand für Reichtum, Macht, Sicherheit, Luxus und, nun ja, wirkliche Manneskraft. Und gerade diese Novizin hätte allen Grund gehabt, auf sein Angebot einzugehen, weil sie für das Klosterleben überhaupt nicht geschaffen war. Er hatte ihr durch sein Angebot die Möglichkeit eröffnet, der Konventsgemeinschaft zu entkommen, doch Sybil hatte ihn kaltherzig abgewiesen.

Robin seufzte laut. Er konnte sich des Gefühls nicht erwehren, dass sie irgendwie zu ihm gehörte. Am liebsten hätte er sie jetzt gepackt und über die Schulter geworfen, ohne sich um ihren Protest zu scheren. Der Gedanke, sie zu beherrschen, reizte ihn, jedoch verwarf er diese Vorstellung reuig. Beklommen blickte er auf das Bett. Das Bettzeug war zerwühlt und eines der Kissen noch zerdrückt, weil Sybil mit dem Kopf darauf gelegen hatte. Ein schmerzhaftes Ziehen ging durch seinen Körper.

Er stöhnte und dachte nach. Auf was hatte er sich da eingelassen? Die Antwort fiel ihm nicht schwer: Er hatte unüberlegt und fahrlässig gehandelt. Als er morgens aufgewacht war und sie in seinen Armen vorgefunden und ihren wundervollen Duft eingeatmet hatte, war es um ihn geschehen gewesen. Er hatte getan, was wohl jeder andere Mann in dieser Situation getan hätte. Er hatte alle Anstandsregeln und guten Vorsätze vergessen, erfüllt von Begehren, dem übermächtigen Verlangen, Sybil zu berühren, zu küssen, mit ihr zu verschmelzen.

Die Erinnerung daran erregte ihn auch jetzt noch, doch ahnte er, dass nun alles noch viel komplizierter war. Leider kam diese Einsicht nun zu spät. Zwar hatte er sich bemüht, kein Wort über ihr leidenschaftliches Liebesspiel zu verlieren, doch war das möglicherweise keine kluge Entscheidung gewesen. Sybil hatte sich darüber offensichtlich sehr aufgeregt, und es war ihm nicht gelungen, sie davon zu überzeugen, dass er keineswegs beabsichtigte, derartiges während ihrer Ehe fortzusetzen oder gar einzufordern. Aus Erfahrung wusste er, dass er über nicht unerhebliche Überzeugungskraft verfügte, bei ihr hatte er damit jedoch nichts ereichen können.

Sie hatte ihn abgewiesen.

Und anstatt sich damit abzufinden, war es ihm nun noch wichtiger als zuvor, die Heirat durchzusetzen. Nicht, weil er nicht mehr fürchtete, dass sie sein Verhängnis war, und auch nicht, weil er sich unterbewusst danach sehnte, sie wieder nackt in den Armen zu halten, nein, er war der Meinung, dass es seine unabänderliche Pflicht war, sie zu beschützen.

Nachdem sie ihr bisheriges Leben gezwungenermaßen im Kloster hatte verbringen und die Sehnsucht nach einem anderen Leben hatte verdrängen müssen, war jetzt wahrscheinlich ihre

Duldsamkeit am Ende. Die Tatsache, dass er keine Ahnung hatte, was sie im Moment plante, quälte ihn maßlos. Sie war so eigenwillig und unerfahren, dass man nicht ausschließen konnte, dass sie sich auf den Weg nach Wales machte, mitten in ein Kriegsgebiet, nur weil sie den dringenden Wunsch verspürte, ihre Angehörigen zu finden. Dabei übersah sie, dass diese ihr nach dem Leben trachteten. Wenn sie sich tatsächlich auf den Weg machen sollte, wäre es seine Pflicht gewesen, ihr nachzureisen, was eine sehr gefährliche und mühevolle Aufgabe war.

Diese Vorstellung stimmte ihn ärgerlich. Auch ärgerte er sich, weil er so unbedacht gewesen war, die Tanten zu erwähnen. Vielleicht beabsichtigte Sybil nun, mit den beiden schrulligen Damen zusammenzuleben. Zu ihnen gehörte Sybil seiner Meinung nach nun wahrlich nicht, zumal Stephens Frau offensichtlich sehr froh gewesen war, durch ihre Heirat den ungewöhnlichen Gepflogenheiten dort zu entkommen. Wenn Robin an all den spirituellen Unsinn dachte, den die beiden Tanten betrieben, schauderte ihm. Er mochte Sybil so, wie sie war, und wollte nicht, dass sie eine Art Hexe oder Zauberin würde.

Allerdings könnte sie dort die Fähigkeit erlernen, den Bann zu brechen … Robin schüttelte den Kopf, er lief Gefahr, genauso schrullige Überlegungen anzustellen wie die beiden Tanten. Auch wäre es besser, wenn Sybil niemals erfuhr, warum er sich auf die Suche nach ihrer Mutter gemacht hatte. Zu den Tanten sollte sie am besten gar keinen Kontakt aufnehmen, weil diese sicher alles ausplaudern würden. Sie könnte ihn dann für einen Dummkopf oder selbstgefälligen Egoisten halten, und dann käme für sie eine Heirat auf gar keinen Fall mehr infrage.

Robin zwang sich, nicht erneut in Panik zu geraten. Er sollte endlich den Gedanken an eine magische Verschwörung aufgeben und vielleicht einfach einmal in Erwägung ziehen, dass die gehäuft aufgetretenen Eheschließungen damit zu tun hatten, dass die de Burgs schlicht und einfach ihren Pflichten nachkommen, ihre Würde wahren und für den Schutz von Schwachen sorgen wollten. Schwache? Nun, Sybil konnte man keineswegs als schwach bezeichnen, doch als Frau war sie gegenüber Männern, die ihr skrupellos nach dem Leben trachteten, absolut wehrlos. Robin stand auf und schwor sich inbrünstig, dass ihr kein Leid geschehen sollte, weder jetzt noch in Zukunft. Leider ignorierte sie jedoch die Bedrohung, in der sie schwebte.

Er musste sie unbedingt vom Gegenteil überzeugen.

12. KAPITEL

Sybil wunderte sich nicht, dass Robin erneut bei ihr aufkreuzte. Er konnte ein hartnäckiger Kerl sein, wenn er sich etwas in den Kopf gesetzt hatte. Sybil hatte damit gerechnet, dass er seinen Plan nicht so ohne weiteres aufgeben würde. Offensichtlich fühlte er sich für sie verantwortlich, und es war ihr nicht entgangen, dass er seine Verpflichtungen sehr ernst nahm. Obwohl Sybil sein Angebot unmissverständlich abgelehnt hatte, wusste sie, dass sie ihn damit noch keineswegs überzeugt hatte. Trotz ihres Unmutes freute sie sich, dass er hier war.

Um sich keine Blöße zu geben, redete sie mit einer Bediensteten, die allerdings sofort das Weite suchte, als sie den großen Ritter erblickte. Sybil war nicht so leicht einzuschüchtern. Sie wandte ihm den Rücken zu, als er nach ihr rief.

„Ich habe Euch nichts weiter zu sagen. Es sei denn, Ihr möchtet in Eurer Eigenschaft als Leichenbeschauer mit mir über Elisas Ermordung reden“, verkündete sie und schüttelte ihr Bett auf.

„Sybil, Ihr dürft nicht Euer Leben leichtfertig aufs Spiel setzen. Was immer Ihr von mir haltet oder was Ihr für mich, äh, empfindet, Ihr müsst akzeptieren, dass Ihr in Gefahr schwebt“, ermahnte Robin sie.

Sybil gab sich unbeeindruckt und zog das Laken glatt. „Entschuldigt bitte, dass ich Euer Gerede nicht ernst nehmen kann“, entgegnete sie.

„Sybil.“ Ein Schauer lief ihr über die Haut, als sie ihren Namen aus seinem Mund vernahm, und etwas in seiner Stimme bewegte sie dann doch dazu, sich ihm zuzuwenden. Er blickte sie ernst an, und eine leichte Röte überzog sein Gesicht. „Ein de Burgh lügt nicht“, erwiderte er sanft. „Ihr habt mein Wort als ein de Burgh, als Ritter und Ehrenmann, dass ich Euch nicht belüge.“

Zweifel stiegen in Sybil auf. Ihr Herz raste und ihr wurde heiß, als er so ernst, entschlossen und unglücklich vor ihr stand.

„Außerdem gibt es eine Person, die meine Angaben bezeugen kann. Wirklich, ich war gestern bei ihr. Ich habe Gwerful, jene Frau, die Euch ins Kloster gebracht hat, besucht. Zu Pferde könnten wir in ein paar Stunden in dem Dorf sein, in dem sie wohnt. Wollt Ihr mit mir kommen? Wollt Ihr hören, was sie zu berichten hat?"

Sybil überlegte kurz und erklärte sich dann mit dem Vorschlag einverstanden. Sie redete sich ein, dass sie lediglich etwas über ihre angebliche Herkunft erfahren wollte und sich keineswegs von Robin hatte überreden lassen. Außerdem hatte die Aussicht, einen Tag außerhalb des Klosters verbringen zu können, etwas durchaus Reizvolles.

Robin war erleichtert, dass sie zugestimmt hatte, und verhielt sich ihr gegenüber sehr galant. Zwar ahnte Sybil, dass er versuchte, sie zu bezirzen, doch tat es ihr gut, so zuvorkommend behandelt zu werden. Im Gegensatz zu seinem ignoranten Verhalten auf der Reise nach Ryewater ritt er nun beständig neben ihr und gab sich äußerst charmant, und sie genoss seine Zuwendung. Zwar wusste sie, dass es ihm nur darum ging, seinen Plan in die Tat umzusetzen, doch verschaffte es ihr Genugtuung, dass er sich dermaßen ins Zeug legte. Das war Balsam für ihren nicht unerheblich verletzten Stolz.

Und als wenn er sie mit der Aussicht auf Angehörige ködern wollte, erzählte Robin von seiner Familie. Sybil konnte sich rasch vorstellen, wie es bei ihm zu Hause zuging. Sein Vater, der Earl of Campion, war ein kluger, strenger, aber auch liebevoller Vater, dem seine sieben Söhne in Achtung und Liebe zugetan waren. Als Robin jedoch von des Vaters zweiter Heirat sprach, meinte sie in seiner Stimme Missfallen zu vernehmen. Offensichtlich mochte er

Joy, die zweite Frau seines Vaters, doch schien er etwas gegen diese Eheschließung zu haben.

Sybil wunderte sich darüber, wollte aber nicht nachfragen, sondern ihm weiter zuhören, als er über seine Brüder und die unterschiedlichen Gefühle, die er für jeden von ihnen hegte, erzählte. Und als sie erfuhr, was er alles in seiner Kinder- und Jugendzeit in diesem Männerhaushalt erlebt hatte, beneidete sie ihn etwas darum und fand Gefallen an diesem Jungen, der seinen Brüdern heimlich diverse Gegenstände ins Bett gelegt, ihre Haare mit dem Schwert gekürzt und die ganze Familie mit seinen Streichen auf Trab gehalten hatte.

Sie konnte sich gut vorstellen, wie Robin als Kind gewesen war, fröhlich, aufgeweckt und immer zu einem Scherz aufgelegt. Sie wünschte sich, dass er sich auch jetzt mehr von dieser Seite zeigen möge. In ihrem bisherigen Leben hatte sie kaum Anlass zum Lachen gehabt und sehnte sich danach ebenso wie nach Robins sorglosem Lebensstil, wenn er sich nicht gerade auf seine beschwerliche Rolle als Leichenbeschauer versteifte. In dieser Rolle gebärdete er sich sehr ernst, angepasst und trübsinnig, wenn auch Sybil nicht entgangen war, dass sich hinter dieser Fassade ein ganz anderer Mensch verbarg.

Obwohl Robin so begeistert über seine Angehörigen sprach, hatte Sybil das Gefühl, dass er irgendetwas verheimlichte. Und obschon es sie drängte, alles über diesen Mann zu erfahren, zwang sie sich, ihn nicht danach zu fragen. Es war nicht gut für sie, sich allzu sehr mit Robin de Burgh zu beschäftigen.

Beide empfanden die Reise als angenehm. Ihr Umgang miteinander hatte sonst nie über eine solche Leichtigkeit verfügt. Jetzt gab es weder Streitgespräche noch Peinlichkeiten oder gar heißblütige Leidenschaft zwischen ihnen, außer der Anziehungskraft, die ständig unterschwellig schwelte. Sybil freute sich, dass sie endlich wieder ausgeglichen und vernünftig zu sein schien. Aber vielleicht lag es auch nur daran, dass sie ihre Kräfte nicht mehr auf Auseinandersetzungen mit Robin verschwenden wollte, weil sie sich so sehr an ihrer Freiheit und jedem kleinen neuen Landstrich, den sie kennen lernte, erfreute. Auch dass Robin sich von seiner besten Seite zeigte, aus Angst, dass sie sonst umkehren und ins Kloster zurückreiten würde, trug sicherlich zu ihrem Wohlbefinden bei. Sybil genoss es, dass sie ihn jetzt in gewisser Weise in der Hand hatte, er gezwungen war, stets neben ihr zu reiten, und sie wegen seiner Mannen, die hinter ihnen ritten, die Garantie hatte, dass er ihr nicht zu nahe kam.

Doch als sie ihr Ziel erreichten, wurde Sybil allmählich unbehaglich zumute. Auch wenn sie Robins Geschichte für reine Spekulation hielt, musste sie doch zugeben, dass seine Worte durchaus aufrichtig gewirkt hatten. Robin schien von seinen Erkenntnissen absolut überzeugt zu sein. Ihr war jedoch eigentlich gar nicht daran gelegen, eine Frau kennen zu lernen, die seine Angaben bestätigte. Dann würde sie ihm glauben und sich damit auseinander setzen müssen, dass ihre Vergangenheit ganz anders war, als sie immer gedacht hatte.

Es ist ganz normal, solche Vorbehalte zu haben, redete sich Sybil ein. Trotzdem stieg eine merkwürdige Furcht in ihr auf, gegen die sie sich nicht wehren konnte. Es war ihr aber wichtig, ihre Angst vor Robin zu verbergen, und so folgte sie ihm angespannt in das kleine Haus.

„Gwerful?“ rief Robin, doch niemand antwortete ihm. Sybil bemerkte, dass ihr der Geruch in diesem Haus bekannt vorkam und zugleich unangenehm erschien. Sie stöhnte. Robin reagierte sofort und sorgte dafür, dass sie sich hinter ihm hielt, als er langsam um den großen, mit Stoffen überhäuften Tisch ging. Plötzlich blieb er stehen.

Als Sybil beiseite trat und einen verstohlenen Blick wagte, sah sie, was ihn aufgehalten hatte. Eine Frau lag der Länge nach auf den Fliesen, ermordet – ebenso wie Elisa. Allerdings war sie offensichtlich mit einem Messer oder Schwert getötet worden. Sybil konnte nicht sagen, ob es sich um Gwerful handelte. Sicher war nur, dass diese Frau niemandem mehr Auskunft geben konnte. Sie wandte sich ab und presste das Gesicht an Robins Oberarm. Auch wenn sie eigentlich nicht besonders empfindlich war, konnte sie diesen Anblick kaum ertragen, zumal es der zweite Mordfall innerhalb weniger Tage war, mit dem sie konfrontiert wurde.

Immerhin beruhigte es sie etwas, sich an Robins kräftigen Körper lehnen zu können und seinen angenehmen Geruch einzuatmen, der ihr jetzt ein Gefühl von Vertrauen und Sicherheit verschaffte. Und als Sybil leise seufzte, hob er den Arm und presste sie an seinen Oberkörper.

Fast hatte sie befürchtet, dass er sie wegen ihres sentimentalen Anfluges verspotten würde, doch hielt er sie lediglich fest, und sein kräftiger Körper schien ihr wie eine sichere Zuflucht vor allen Übeln dieser Welt. Auch wenn es ihr töricht vorkam, so hatte sie doch das Gefühl, ihm auf ewig verbunden zu sein, zumal sie ein Verlangen verspürte, das nichts mit leidenschaftlichem Begehren zu tun hatte. Es war eine tiefe, herzergreifende Sehnsucht, als wenn durch diese Nähe zu ihm Gefühle von Einsamkeit und Verlorenheit, deren sie sich nie so recht bewusst gewesen war, geheilt würden.

Sybil atmete tief ein und bemerkte, dass Robin ihren rechten Arm ergriff und sich bei ihr einhakte. „Es ist besser, wenn ihr Euch in meiner Nähe aufhaltet, die Mörder könnten noch im Haus sein", sagte er. So begleitete sie ihn durch das kleine Haus. Dort war jedoch niemand mehr, und als sie zu der Leiche zurückkehrten, fragte sich Sybil, was der Grund für den Mord gewesen sein mochte.

„Ist das die Frau, mit der ich mich unterhalten sollte?" erkundigte sie sich.

„Ja, leider, das ist Gwerful. Irgendjemand scheint hinter uns her zu sein", erwiderte Robin. Er senkte den Kopf und fluchte leise. „Ich hätte Euch nicht hierher bringen dürfen." Er atmete aus, stellte sich vor Sybil, griff nach ihren Händen und zog sie näher an sich heran. „Ihr müsst mich heiraten", drängte er und schien besorgter als je zuvor.

Trotzdem wollte Sybil seinen Antrag keinesfalls annehmen. Abgesehen von seinem zuvorkommenden Verhalten heute, hatte sich nichts zwischen ihnen geändert. Er hielt lediglich aufgrund seines Verantwortungsgefühles um ihre Hand an, und sie zog es vor, in Freiheit zu leben, als sich auf sein berechnendes und herzloses Arrangement einzulassen. Zwar war ihr bereits damals, als sie die ermordete Elisa gefunden hatte, kurz durch den Kopf geschossen, dass die Mörder es vielleicht auch auf sie selbst abgesehen haben könnten, doch war das für sie nicht Grund genug, jemanden zu heiraten, nur um in Sicherheit zu sein.

Aber als sie ihn anschaute, bemerkte sie, dass Robin nicht nur absolut überzeugt, sondern auch sehr verzweifelt war. Sie wurde plötzlich unsicher und wusste nicht mehr, was sie ihm antworten sollte. Dieser Mann, den sie erst seit ein paar Tagen kannte und der sie in dieser Zeit mehr beeindruckt hatte als irgendjemand sonst in ihrem gesamten Leben, stand nun, groß und stattlich wie er war, vor ihr, blickte ihr tief in die Augen und bat sie eindringlich, ihn zu heiraten. Er hielt sie bei den Händen, und sie war wie benommen von seinem angenehmen Geruch und der Wärme, die von ihm ausging.

Sybil, in ihrer Hartnäckigkeit geschwächt, war nun nicht mehr in der Lage, ihm zu widersprechen und willigte in eine Eheschließung ein. „Ja", sagte sie schlicht.

Robin ließ einen seiner Mannen im Haus von Gwerful zurück und wies die anderen Kämpen an, bis zur nahe gelegenen Burg Baddersly schützend neben Sybil und ihm herzureiten. Er wollte sie so schnell wie möglich sicher in der Festung unterbringen. So besorgt und beängstigt war er noch nie zuvor gewesen, aber er fühlte sich auch sehr erleichtert, dass sie sein Angebot letztendlich doch akzeptiert hatte.

Endlich schien sie begriffen zu haben, dass sie in großer Gefahr schwebte, und Robin war froh, dass sie eingesehen hatte, dass sie ihn heiraten musste, wenn ihr etwas an ihrer Sicherheit lag. Irgendwie war er jedoch tief in seinem Innern enttäuscht. Wahrscheinlich, weil es ihn so viel Aufwand gekostet hatte, sie zu überreden, und sie nur gezwungenermaßen eingewilligt hatte. Als Mann war es ihm nicht unwichtig, auf eine Frau anziehend zu wirken, besonders dann nicht, wenn diese Dame *seine Frau* werden sollte.

Leider hatte sich Sybil ihm gegenüber recht abweisend verhalten. Nichts deutete darauf hin, dass sie ihn mochte. Nur wenn sie einander geküsst hatten, war das anders gewesen. Doch daran mochte er jetzt nicht denken. Küsse waren in dem Arrangement, das ihm vorschwebte, nicht vorgesehen. Robin schwankte etwas auf seinem Sattel und biss die Zähne zusammen, als ihn plötzlich wieder leidenschaftliches Verlangen überkam. Er zwang sich, gegen dieses Gefühl anzukämpfen und intensiv darüber nachzusinnen, wie er die Mörder zur Strecke bringen könnte.

Kaum hatte er Sybil geholfen, vom Pferd abzusteigen, da kam ihnen auch schon Florian entgegengelaufen, um sie zu begrüßen. Der Verwalter von Baddersly war sehr tüchtig, aber auch etwas affektiert. Simon hatte er mit seinem manierierten Gehabe und seiner Neigung, sich in alles einzumischen, oft wütend gemacht, doch Robin hatte an ihm bislang nichts auszusetzen gehabt, außer jetzt. Er war unsicher, wie er Sybil am besten vorstellen sollte.

„Da seid Ihr ja wieder, Mylord! Wir haben uns schon um Euch gesorgt“, sagte der Verwalter. Robin unterdrückte den Anflug eines Lächelns. Solche Gefühlsduselei war er nicht gewohnt, und obwohl ihn Florians Verhalten nicht sonderlich störte, ahnte er doch, dass derartiges Gehabe Simon zur Raserei brachte.

„Nun ja, Euch obliegt das Amt des Leichenbeschauers! Aber musstet ausgerechnet Ihr, Mylord, Euch die Hände schmutzig machen mit der Aufklärung dieses Mordes? Das wäre doch eigentlich Aufgabe der Kirche gewesen. Ich kann nicht verstehen, dass Ihr derartiges auf Euch nehmt. Aber wahrscheinlich sind diese fetten Bischöfe zu faul, sich damit zu beschäftigen“, empörte sich Florian. „Aber nun kommt. Habt Ihr schon gegessen? Und wen habt Ihr da mitgebracht? Haben wir Gäste, Mylord?“ fragte er mit einem Blick auf Sybil.

Robin wurde ein bisschen mulmig, weil er sich jetzt entscheiden musste, wie er Sybil vorstellen wollte.

„Florian, das ist meine Verlobte“, erwiderte er schnell. Es wunderte ihn, wie leicht ihm diese Worte plötzlich über die Lippen kamen, wo er doch bisher alles, was in Richtung Ehe ging, vehement abgelehnt hatte. „Würdet Ihr bitte den Priester hierher bestellen? Wir haben beschlossen, mit der Hochzeit nicht länger zu warten.“

Robin betrachtete seinen Verwalter abwartend, doch war dieser ausnahmsweise zunächst einmal sprachlos. „Eure *Verlobte*“, wiederholte er dermaßen verblüfft, dass er vergaß, seinen Mund wieder zu schließen. Er musterte Sybil und schnappte nach Luft. „Ihr wollt *eine Nonne* heiraten?“

„Sie ist keine Nonne. Sie war Novizin und hat sich entschlossen, meine Frau zu werden. Würdet Ihr jetzt bitte den Priester holen!“ sagte Robin energisch. Er wollte so schnell wie möglich klare und rechtlich einwandfreie Verhältnisse schaffen, um zu vermeiden, dass es später zu Zweifeln oder üblen Gerüchten kam. Ferner hielt er eine sofortige Heirat für zwingend, weil nicht auszuschließen war, dass die aufsässige und eigenwillige Sybil doch noch ihre Meinung ändern könnte. Außerdem musste sich Robin eingestehen, dass er nun, da er sie endlich zur Heirat überredet hatte, sehr ungeduldig war.

Er wollte sie heiraten, *sofort*.

Florian schaute ihn erschrocken an und machte keine Anstalten, Robins Befehl auszuführen, sondern wandte sich an Sybil. „Ich bedauere, dass es mir nicht vergönnt war, Euch schon vorher kennen zu lernen, so wie es sich gehört hätte“, meinte er mit einem tadelnden Blick auf Robin.

„Ihr solltet sie mit *Lady de Burgh* ansprechen“, wies ihn Robin zurecht, zumal es ihm wichtig war, dass ihre eigentliche Herkunft nicht weiter zur Sprache kam. Da sich Florian immer noch nicht vom Fleck rührte, geleitete Robin Sybil durch den breiten Eingang und ließ den Verwalter, der ihnen völlig perplex nachstarrte, stehen.

Robin war erleichtert, nun endlich auf der Burg, seinem Zuhause, zu sein. Er befahl seinen Mannen, das Burgtor zu schließen, damit niemand eindringen konnte, und beauftragte einen Kämpen, der Äbtissin eine Mitteilung zu überbringen. Dabei hielt er Sybil die ganze Zeit eingehakt, nahe bei sich. Sybil schien das nicht gerade zu behagen, doch Robin hielt es auch jetzt noch für erforderlich, dicht neben ihr herzulaufen, selbst wenn sie widerwillig schimpfen oder auf die Idee kommen sollte, ihn mit irgendwelchen Gegenständen zu attackieren.

Sie würde seine Frau werden. *Endlich*.

Der Gedanke daran erhitzte ihn wie eine Feuersbrunst, und obwohl er sich in Erinnerung rief, dass es sich lediglich um eine Scheinehe handelte, gelang es ihm nicht, gegen dieses überschwängliche Gefühl anzukämpfen. Für ihn spielte es jetzt keine Rolle mehr, aus welchem Grund sie heiraten würden oder wie sehr er sich dagegen gewehrt hatte, die Ehe mit Sybil zu schließen. Er war stolz, seinen Plan erfolgreich in die Tat umgesetzt zu haben und fühlte sich als Sieger.

Robin beugte sich zu ihr hinunter und war erfreut, das jetzt völlig unverfänglich tun zu können. „Wenn Ihr mögt, könnt Ihr nun Euren Schleier ablegen“, schlug er vor und hätte ihn ihr am liebsten selbst abgestreift.

„Oh ja, natürlich“, erwiderte sie und entledigte sich vorsichtig des Tuches. Als sie es abgelegt hatte, ergoss sich ihre füllige und feurige Lockenpracht über ihre Schultern. Robin war abermals wie benommen vor Bewunderung. Wie gerne hätte er seine Hände in ihr rotgoldenes Haar gewühlt! Er seufzte unbewusst, worauf Sybil ihn anschaute. In seinen Augen lag ein wildes, fast animalisches Begehren, das jede Frau in Angst und Schrecken versetzt hätte, doch nicht so Sybil. Sie ließ sich davon nicht einschüchtern und hielt mit ihren blauen Augen seinem beinahe irrsinnigen Blick stand. Die Luft zwischen ihnen schien zu vibrieren, und es hätte ein kleiner Funke gereicht, um das Feuer zwischen ihnen wieder zu entfachen.

Robin wollte gerade lauthals nach dem Priester rufen, als dieser zusammen mit Florian hereinkam. Der Geistliche wirkte verblüfft. „Diese Heirat kommt etwas plötzlich“, meinte er.

Während Florian nickte, schüttelte Robin den Kopf. „Nein, wir sind schon seit längerer Zeit verlobt.“

„Ja, äh, so ist es“, stimmte Florian zu. „Wir haben stets damit gerechnet, dass die beiden heiraten werden.“

„Unsere Familien haben das bereits vor langer Zeit so geplant“, fügte Robin hinzu, und nicht nur Florian, sondern auch er selbst war verblüfft über diese Behauptung.

„Ich verstehe, sehr schön“, sagte der Priester und erklärte sich bereit, Sybil und Robin zu trauen. Er räusperte sich ausgiebig und wandte sich an Robin. „Wollt Ihr diese Frau zu Eurem angetrauten Weibe nehmen?“

Obwohl Robin an einer unverzüglichen Eheschließung gelegen war, schockierte ihn diese Frage zunächst einmal, hatte er das Heiraten doch immer vehement abgelehnt. Irritiert zerrte er am Halsausschnitt seines Waffenrockes. Wie benommen bemerkte er, dass um ihn herum alle angespannt auf seine Antwort warteten. Doch er konnte den Geistlichen lediglich anstarren, seine Zunge schien wie gelähmt. Ein leises Geräusch neben ihm brachte ihn schließlich zur Besinnung. Er wandte den Kopf und musterte Sybil, die ihn gelassen anschaute. Sie wirkte absolut nicht wie eine Frau, die ihre eigenen Interessen durchsetzen wollte, und ebenso wenig wie eine verliebte Braut. Ihm war bewusst, dass er sie verlieren würde, wenn er jetzt nicht endlich antwortete.

„Ja, Sir“, sagte er in einem Tonfall, der keinen Zweifel an seinem Entschluss zuließ. Er sah sie freundlich an. In seinem Lächeln lagen Zuversicht, das Wissen um ein gemeinsames Geheimnis und vielleicht noch etwas anderes.

„Wollt Ihr sie lieben und ehren und keine andere Frau neben ihr haben bis ans Ende Eurer Tage?“ fragte der Priester.

„Ja, Sir“, erwiderte Robin. Vergessen war sein Plan, die Ehe annullieren zu lassen, sobald die Mörder gefasst waren, als er in die strahlend blauen Augen seiner Braut blickte. Eine Zukunft voller Leidenschaft und Freude schien vor ihm zu liegen.

„Dann nehmt Eure Braut nun bei den Händen und sprecht mir nach“, wies ihn der Geistliche sodann an. „Ich, Robin de Burgh, nehme Euch, Sybil, im Namen der christlichen Kirche zu meiner angetrauten Ehefrau in Gesundheit und Krankheit, in Wohlstand und Armut, in guten und in schlechten Zeiten, bis dass der Tod uns scheidet, und gelobe, mich an dieses Versprechen allzeit zu halten.“

Robin wiederholte diese Worte standhaft, und erstaunlicherweise schien nicht einmal seine innere Stimme Einspruch zu erheben. Sybil war nun endlich seine Frau, und er mochte nicht an Vergangenes denken, weil er sich als triumphierender Sieger fühlte, von Ruin oder Verderben konnte hier keine Rede sein. Am liebsten hätte er sie sofort über die Schulter geworfen und in die große Schlafkammer gebracht.

Doch noch bevor er diesen irrwitzigen Gedanken verwerfen konnte, waren sie bereits umringt von all jenen, die auf Baddersly lebten, und ihnen nun zur Hochzeit gratulierten. Florian erteilte dem Küchenpersonal Anweisungen, ein Fest auszurichten, und Robin genoss es, dass die eilig zusammengestellten Tische gedeckt und Trinksprüche auf seine Ehe ausgebracht wurden, als sich die Tische unter der Last zahlreicher Speisen bogen.

In der Zwischenzeit schien auch Sybil ihre Widerspenstigkeit abgelegt zu haben und sich an dem opulenten Mahl und der festlichen Atmosphäre zu erfreuen. Robin hatte den Eindruck, dass auch sie in diesem Moment verdrängte, dass es sich lediglich um eine Scheinehe handelte. Auch er selbst wollte sich jetzt nicht die Freude an diesem Tag verderben lassen, zumal er nicht abstreiten konnte, von heftigem Verlangen nach Sybil erfüllt zu sein. Sie war nun seine Frau, und von allem anderen wollte er nichts wissen.

Als gegen Abend Bewohner der umliegenden Dörfer eintrafen, wurde gespielt und getanzt, was Robin von seinem heftigen Begehren ablenkte, weil er Sybil die Tänze und die Spiele lehrte.

Als es dunkel wurde, konnte Robin nicht anders: Er musste an die Hochzeitsnacht denken. Er spürte seinen Herzschlag bis zum Hals. Zwar waren sie nur eine Scheinehe eingegangen, doch wurde von ihnen erwartet, dass sie die Nacht gemeinsam in ihrem ehelichen Schlafzimmer verbrachten. Diese verfängliche Vorstellung führte zu einem unerbittlichen Drängen in seiner unteren Körperregion, und er umklammerte die Armlehnen seines Stuhles so fest, dass es ihn fast schmerzte.

Robin wagte nicht, Sybil anzuschauen. Ahnte sie, was sie erwartete? Würde sie ihm bereitwillig folgen oder sich sträuben? Sein Herz schlug wie panisch. Wie sollte er sie beschützen, wenn sie nachts nicht bei ihm wäre? Sie mussten auch deshalb zusammen in einer Kammer schlafen, um keinen Zweifel an der Ehe aufkommen zu lassen. Er mochte gar nicht daran denken, welche Gerüchte entstehen könnten, wenn sie getrennte Schlafzimmer hätten. Wir müssen gemeinsam in einer Kammer schlafen, nicht nur heute Nacht, sondern auch in der folgenden Zeit, überlegte er, und sein Herz schlug hart und schnell, als er auf die Treppe blickte, die zu der großen Schlafkammer über ihnen führte.

Was dort geschehen würde, hing von Sybil ab.

Sybil fühlte sich beschwipst, obwohl sie nicht viel vom Wein getrunken hatte. Ihre neuen erfreulichen Lebensumstände hatten sie in euphorische Stimmung versetzt. Hier fühlte sie sich viel wohler als innerhalb der Klostermauern. Die Warmherzigkeit der Menschen auf Baddersly, das wundervolle Bankett, die Eleganz und die Freiheit, spielen und tanzen zu dürfen, erfüllten sie mit Glücksgefühlen. Doch noch mehr erfreute sie sich an Robin de Burgh.

An ihrem Ehemann.

Obschon tief in ihrem Innern eine leise Stimme sie warnend daran erinnerte, dass es sich nur um eine Scheinehe handelte, war sie nicht geneigt, darüber nachzudenken, was genau Robin ihr versprochen hatte. Zumal er sie jetzt aufs Beste unterhielt, sie zum Lachen brachte oder galant ihre Hände hielt, wenn sie mit den anderen Gästen tanzten, und ihr kleine Leckerbissen von seinem Teller reichte.

Sie war erstaunt über die reichhaltige Auswahl der vielen Speisen, die vor ihr standen, und es wurde immer mehr aufgetischt. Sie hatte das Gefühl, heute so viel gegessen zu haben wie im Kloster an mehreren Tagen. Obwohl sie hätte schwören können, keinen einzigen Bissen mehr herunterzubekommen, verführte Robin sie mit einer weiteren Leckerei. Es schien ihr eine kandierte Mandel zu sein, eine Delikatesse, die sie nie zuvor gekostet hatte. Sein letztes Angebot war ein kleiner Kuchen. Robin brach ein Stück ab und reichte es ihr mit einem Lächeln. Sie war gerührt und konnte nicht widerstehen.

Der Kuchen triefte vor Honig, so dass Sybil mit der Zunge die hinunterlaufenden Tropfen ablecken musste. Robin beobachtete sie mit glänzenden Augen und hob die Hand, zögerte dann aber. Feurig blickte er ihr in die Augen, und Sybil fühlte eine hitzige Erregung in ihrem Körper aufsteigen. Langsam und bedächtig berührte Robin mit dem Finger ihre Lippen und hielt ihr ihn auffordernd hin. Ihr Herz hämmerte, und sie errötete sichtlich verlegen, doch schließlich überwand sie sich und schleckte den Honig von seinem Finger ab.

Sie bemühte sich, wieder genauso heiter und gelassen zu wirken wie vorher, doch es gelang ihr nicht. Sie fühlte sich auf eine seltsame, fast beängstigende Art erregt. Auch Robin schien irritiert, erhob sich und wandte sich an die Gäste. „Es ist Zeit, zu Bett zu gehen“, sagte er mit heiserer Stimme.

Um sie herum wurde gelacht und manch anzügliche Bemerkung gemacht. Sybil jedoch hatte das Gefühl, dass all das an ihr vorbeirauschte. Sie war nicht nur mit den Augen, sondern mit all ihren Sinnen nur auf einen fixiert: auf Robin de Burgh.

Er reichte ihr die Hand, und Sybil zitterte leicht, als er mit seinen langen, kräftigen Fingern ihre zarten Finger umschloss. Und als sie seine Wärme spürte, wurde ihr heiß, von den Fingerspitzen bis zu den Zehen, sie bekam sogar weiche Knie. Zwar meinte sie, kaum gehen zu können, doch schritt sie neben ihm und sah ihn dabei unablässig an. Sybil hatte das Gefühl, ihm nicht mehr widerstehen zu können. Traumwandlerisch ging sie neben ihm her, als er sie über eine Wendeltreppe hinauf zu einer großen, luxuriösen Kammer geleitete. Im Kamin brannte ein Feuer, und Fußboden und Wände waren reichhaltig mit orientalischen Teppichen und Wandbehängen ausgestattet. Obgleich sie sich wie in einem Traum fühlte, registrierte sie all diese Dinge sehr genau. Sie fühlte sich so lebendig wie nie zuvor in ihrem Leben und erwartete mit Spannung, was nun geschehen würde. Doch als er die Tür verschlossen hatte, nahm sie das prächtige Ambiente nur noch verschwommen wahr und starrte den Mann an, der sie nun in die Arme nahm.

Lüstern drängte er sie gegen die Tür und presste sich an Sybil. Diese fühlte sich keineswegs belästigt, sondern zunehmend erregt. Sie schlang die Arme um seinen Hals, vergrub die Finger in seinem Haar und zog seinen Kopf zu sich herunter. Und als sie sich küssten, schien der Boden unter ihnen zu schwanken.

Stürmisch eroberte er ihren Mund. Sie umschlang mit ihrer Zunge die seine und erkundete seinen Mund so intensiv, dass Robin ins Wanken geriet. Benommen vor Verlangen hob er sie hoch, trug sie durch den Raum und legte sie auf das breite Bett. Ihr blieb kaum Zeit, zu verschnaufen, da hatte er sich schon auf sie gestürzt. Während er seine Stiefel abstreifte und ihr die Schuhe auszog, küsste er sie heiß und innig und nestelte voller Ungeduld an ihrem Gewand.

Begierig schob Sybil die Hände unter seinen Waffenrock und seufzte befriedigt, als sie endlich seine nackte Brust berühren konnte. Robin kniete sich auf das Bett und entledigte sich hastig seines Rockes. Sybil hatte nicht die Geduld, zu warten, sondern richtete sich auf, um seine breite, goldbraun schimmernde Brust zu küssen. Sie fand großen Gefallen daran, doch erregte sie ihn damit unzumutbar heftig, so dass er sie wie besessen wieder auf das Bett drückte und sie unverzüglich entkleidete. Fluchend zog er dann auch seine Beinkleider und Strümpfe aus, es konnte ihm nicht schnell genug gehen.

Sybil beobachtete ihn schmunzelnd, aber als er sich auf sie legte und sie seinen nackten Körper auf dem ihren spürte, stockte ihr der Atem vor Faszination. Als er sich jedoch abermals hinkniete und ihre Beine spreizte, wurde sie misstrauisch. Auf seinem Gesicht lag der Ausdruck von wildem und zügellosem Begehren. Sie ahnte, was er vorhatte, wehrte ihn ab und sprang zitternd aus dem Bett.

„Das ist Wahnsinn“, sagte sie und entfernte sich schwankend ein paar Schritte, drehte sich aber gleich wieder um und betrachtete Robin. Sie fühlte sich hilflos und hatte große Mühe, ihre eigene Begierde im Zaum zu halten, doch wollte sie sich auf nichts einlassen, was ihr Verderben sein könnte.

Er lag auf dem Rücken, und seine Leidenschaft schien etwas abzuebben. „Was?“ murmelte er unwirsch.

„Du hältst dich nicht an dein eigenes Arrangement!“ tadelte Sybil und schnappte nach Luft. „Du hast gesagt, dass es sich um eine Scheinehe handelt, und versprochen, dass du auch in der Hochzeitsnacht nicht auf deine ehelichen Rechte pochen wirst.“

„Oh!“ Robin schaute sie so verwirrt an, dass sie fast gelacht hätte. Sie war ihm trotz seiner Zügellosigkeit immer noch zugetan, obwohl sie wusste, wie gefährlich das war.

„Ach, warum habe ich das alles zugelassen? Eigentlich wolltest du mich doch überhaupt nicht heiraten! Du willst mich doch gar nicht!“ rief Sybil aufgeregt und verzweifelt.

Auf seinem Gesicht zeigten sich Unmut und Reue. „Sybil, ich schwöre dir bei meiner Ehre, dass ich nichts und niemanden in meinem Leben mehr begehrt habe als dich“, flüsterte er verkrampft, als wenn es ihn schmerzte, diese Worte auszusprechen.

„Ich habe mich redlich bemüht, zu unserer beider Sicherheit, dich nicht zu berühren, aber ich konnte dir nicht widerstehen."

Er bedeckte das Gesicht mit dem rechten Arm, und Sybil machte einen Schritt auf das Bett zu. Es fiel ihr sehr schwer, klar und vernünftig zu denken, weil sie sich eigentlich so inbrünstig nach ihm sehnte. Sie befürchtete, dass sie sterben würde, wenn sie nicht in seine Arme zurückkehren durfte und das zuließ, was sie beide wollten.

„Was ist mit deinem Versprechen, mir nicht die Unschuld zu nehmen?" flüsterte sie mit letzter Kraft. „Ich möchte kein Kind in einer Ehe zur Welt bringen, die zeitlich begrenzt ist."

Robin überlegte kurz. „Es gibt andere Möglichkeiten", nuschelte er.

„Welche?" fragte Sybil ungeduldig.

„Es gibt Wege, unsere Leidenschaft auszuleben, die dich unversehrt lassen", sagte er.

„Dann habt Ihr wohl viel Erfahrung in diesen Dingen, nicht wahr?" entrüstete sie sich. Sie fragte sich, wie viele Frauen Robins Charme wohl im Laufe der Jahre willenlos erlegen waren.

„Nein, aber mein Bruder Stephen hat darin bis zu seiner Heirat viele Erfahrungen gesammelt. Und er, äh, hat uns oft von diesen Praktiken erzählt." Robin hob den Arm und blickte sie an, wobei ihm Schamesröte ins Gesicht stieg.

Sybil fühlte sich dadurch besänftigt. „Und … was für Möglichkeiten sind das?" erkundigte sie sich etwas atemlos.

„Komm, Sybil, ich werde es dir zeigen", drängte Robin und lächelte sie an. Sybil verschwendete keinen weiteren Gedanken darauf, was nun richtig oder falsch war, und ging zu dem breiten Bett, zu dem Mann, der sie irgendwie ihres Willens beraubt hatte. Vielleicht hatte sie sogar ihr Herz an ihn verloren. Doch wollte sie jetzt nicht darüber nachdenken, als er so vor ihr lag, sein kräftiger Körper im Schein des Feuers golden schimmerte und er den Arm nach ihr ausstreckte. Sie war seine Frau, wenn auch nur der Form halber.

Und so legte sie sich zu ihm und spürte ein Prickeln in sämtlichen Fasern ihres Körpers. Und sie sollte nicht enttäuscht werden. Robin eroberte erst ihren Mund und fuhr dann mit seinen großen Händen über ihren Körper. Er streichelte ihre samtige Haut, versank mit der Hand in ihrem Haar und liebkoste sie mit zahlreichen Küssen, wo er sie zuvor berührt hatte. Er nahm sich Zeit, das Feuer in ihr erneut zu entfachen. Jedoch ahnte Sybil, wie sehr es ihn drängte, weil sie unter den Händen das Beben seines Körpers spürte und seinen stockenden Atem vernahm.

Als er an einer ihrer Brustspitzen saugte, stieß sie einen ekstatischen Schrei aus und reckte in verzweifeltem Begehren die Hüften nach oben. Er aber legte sich jetzt keineswegs auf sie. Stattdessen fuhr er mit der Hand zwischen ihre Schenkel, streichelte und rieb sie dort, wo sie ein heftiges Prickeln verspürte. Er ließ nicht ab von seiner Liebkosung. Sybil krümmte sich aufs Heftigste und warf wollüstig den Kopf hin und her.

„Ja, oh bitte, genau da, Robin!“

„Wo? Hier?“ fragte er heiser.

„Oh ja, Robin, bitte tu etwas!“

„Du batest mich, dich unversehrt zu lassen“, murmelte er neben ihrer Brust. Doch als er daraufhin ihren Fußtritt verspürte, nahm er zärtlich ihre Knospe zwischen die Zähne und schob seinen langen Finger in die feuchte Öffnung zwischen ihren Schenkeln. Sybil schnappte nach Luft und erschauerte, als sie spürte, dass er in sie eingedrungen war. Sie umarmte ihn, und ihr Körper wurde plötzlich heiß und steif, fast hätte sie geweint vor Spannung und Lust.

„Sch, Sch.“ Angespannt und hochgradig erregt vernahm sie Robins Stimme. Er hielt sie fest in seinem Arm, und sie schmiegte das

Gesicht an seine Schulter. Als die letzten Lustschauer abebbten, kam sie langsam wieder zu sich und schaute Robin an.

„Aber was ist mit dir?" fragte sie und starrte auf jenen Teil seines Körpers, der ziemlich an Größe zugenommen hatte.

Robin lächelte und schien etwas verlegen. „Ich hatte gehofft, dass du mir vielleicht behilflich wärst", flüsterte er mit gepresster Stimme.

„Oh", erwiderte Sybil und musste schlucken. Ihr Herzrhythmus hatte sich gerade normalisiert, doch beim Anblick seines Körpers schlug ihr Herz wieder wie wild.

„Wie?" hauchte sie und berührte seinen Unterleib mit dem Finger.

Robin lag auf der Seite und stöhnte leise, als sich sein Körper nach ihrer zaghaften Berührung aufbäumte. „Wie immer du willst", presste er hervor.

„Wie nennst du ihn?" erkundigte sich Sybil.

Robin war irritiert und seufzte. „Ich habe keine bestimmte Bezeichnung dafür!"

„Aber ich weiß überhaupt nicht, was ich dazu sagen soll", meinte Sybil. „In der Klosterschule hat man mir so etwas nicht beigebracht. Zwar hatte ich Kontakt zu den Witwen, die im Kloster lebten, aber …"

„Lanze. Du kannst es Lanze nennen", brachte Robin mühsam hervor. Sybil musste lachen. Ihr wurde bewusst, dass sie in diesem Moment eine gewisse Macht über ihn ausübte, und das behagte ihr sehr. Langsam und genüsslich glitt sie mit der Hand zwischen seine muskulösen Schenkel und vernahm sein harsches, tiefes Stöhnen. Dann nahm sie den Teil seines Körpers, der einen so merkwürdigen Namen hatte, in die Hand. Sie fühlte sich stark und erregt.

„Fester", stöhnte Robin. „Kräftiger!" Er murmelte irgendetwas vor sich hin, umschloss ihre Hand mit der seinen und zeigte ihr, was er wollte, bis beide schweißgebadet keuchten. Sybil beobachtete erstaunt, wie er sich aufbäumte und dann zusammensackte. Er zitterte am ganzen Körper – genauso wie sie.

„Robin!" rief Sybil erregt und umarmte ihn. Er presste sie an sich, und sie fühlte sich in seinen kräftigen Armen sicher, warm und geborgen und war von einem Gefühl der Befriedigung und Freude erfüllt, das ergreifender war, als alles, was sie je erfahren hatte. Dieses Gefühl war mehr als körperliche Befriedigung, mehr als Entspannung, es hatte seinen Ursprung tief in ihrer Seele, und Sybil war trotz ihres widerspenstigen Naturells in der Lage, sich diesem Gefühl ganz hinzugeben. Ihre Ehe mochte zeitlich begrenzt sein, was sie jetzt fühlte, schien ihr unauslöschlich zu sein.

Das war Liebe, und was auch immer die Zukunft bringen mochte, es war für immer.

13. KAPITEL

Robin war noch recht benommen, als er erwachte, und brauchte etwas Zeit, um zu sich zu kommen. Sonnenstrahlen fielen durch die Fensterläden, das Feuer im Kamin war längst erloschen, und er lag immer noch im Bett. Noch ungewöhnlicher erschien ihm dieses Gefühl von Wärme und Wohlbehagen, das ihn innerlich erfüllte. Er atmete tief ein und stellte fest, dass er sich besser fühlte als in all den letzten Jahren. Er war übermäßig glücklich. Als er sich räkelte, berührte er mit der Hand Sybils samtene Haut, und er erkannte, was der Grund für sein Wohlbefinden war.

Robin betrachtete sie und erschrak etwas über sich selbst. Entgegen seinem Versprechen, sie nicht anzutasten, hatte er eine leidenschaftliche Nacht mit ihr verbracht. Jedoch bereute er es nicht. Als er so dalag und versonnen in ihr anmutiges Gesicht schaute, fühlte er sich wie verzaubert. Und als sein Blick zu ihrem Hals und ihren Schultern wanderte, war er fasziniert.

Sie hatte Sommersprossen. Teilweise war das Robin schon in der Nacht aufgefallen, und nun hätte er am liebsten jedes einzelne Fleckchen genauer studiert. Bei diesem Gedanken wurde er wiederum von heftigem Begehren übermannt, von dem Verlangen, in ihr zu versinken. Mit einem leidenschaftlichen Seufzer streckte er die Hand nach ihr aus, hielt aber inne, als er ein Klopfen an der Tür vernahm. Robin schnaubte verärgert, wahrscheinlich war es der neugierige und aufdringliche Florian. „Was ist?“ rief Robin, worauf sich Sybil neben ihm regte.

„Guten Morgen, Mylord. Ich bringe eine Kleinigkeit zum Frühstück. Und wie wäre es mit einem Bad für Mylady?“ meinte der Verwalter.

Ein Bad. Robin erbleichte. Ihm fiel ein, dass eigentlich Blut auf dem Laken hätte sein sollen, und er dachte kurz daran, sich selbst eine kleine Verletzung zuzufügen. Das könnte allerdings nach der Annullierung der Ehe verfänglich sein. Er hatte versäumt, sich darüber Gedanken zu machen. Wie sollte er auch, wenn Sybil neben ihm lag, so warm und weich und verführerisch?

Er sah sie abermals an und war hingerissen von der feurig roten Lockenpracht, die sich über ihre Schultern ergoss, und den zarten Kurven ihres Busens, die sich unter dem Betttuch abzeichneten. Er seufzte, als er von einem Lustschauer ergriffen wurde. Am liebsten hätte er jetzt das Gesicht an ihre Brust geschmiegt.

„Mylord!“ Die Beharrlichkeit von Florian regte ihn auf einmal maßlos auf, und allmählich begriff er auch, warum sein Bruder diesen immer als lästig empfand.

„Geht fort!“ rief er.

„Robin“, hauchte Sybil. Robin wandte sich ihr zu, sein Blick blieb an ihren Lippen hängen, und er musste daran denken, wie leidenschaftlich sie seine Brust geküsst hatte. Er stöhnte und bekam nicht so recht mit, was sie Florian antwortete. Irgendetwas wie „einen Moment bitte“. Einen Moment? Er verfluchte den Verwalter und alle die es wagen würden, sie heute zu stören. Am liebsten wäre ihm gewesen, wenn alle Menschen sie diese Woche in Ruhe lassen würden. Getrieben von Lust, streckte Robin den Arm nach Sybil aus. Sie aber entzog sich ihm lachend.

Er drehte sich auf den Rücken und bedeckte das Gesicht mit dem Arm. Sie verspürte offensichtlich heute Morgen keinerlei Wollust, und er befürchtete, dass sie bald wieder widerspenstig werden und ihn mit diversen Gegenständen bewerfen würde. Doch sie lächelte ihn kurz, aber feurig an, verließ das Bett und schlang das Betttuch um ihren Körper.

Er hatte immer angenommen, dass sie ihn nicht leiden könnte, doch war er sich dessen jetzt nicht mehr so sicher. Er musste sich eingestehen, dass es ihn tief verletzen würde, wenn sie ihn nicht mochte. Irgendwie kam sie ihm heute verändert vor, selbstbewusst, souverän und außerordentlich weiblich. Zwar hatte sie sich immer selbstsicher gegeben, doch war es ihr in der strengen und beengten Welt der Klostergemeinschaft nicht möglich gewesen, ihre Persönlichkeit voll zu entfalten. Hier schien sie eher hinzugehören.

„Ich muss jemanden zum Kloster schicken, um meine Kleidung holen zu lassen. Oder soll ich ständig in dieser Nonnentracht herumlaufen?“ fragte sie und ging zur Tür.

Robin stutzte. Er hielt es nicht für angemessen, dass sie weiterhin ihre Novizinnengewänder trug. Als sie durch den Raum schritt, verfolgte er sie mit den Augen – in der Hoffnung, einen Blick auf ihren nackten Körper erhaschen zu können, falls sich das Betttuch einmal zur Seite bewegen sollte. Doch das tat es nicht. Sybil öffnete die Tür. „Was hast du vor?“ fragte er.

In diesem Moment stürzte Florian mit einem Korb und einem großen Teller herein. Der Diener stellte alles auf eine Truhe neben dem Kamin. Dann packte Florian Brot, Käse, kleine Äpfel und ein Stück von dem in Honig gesottenen Kuchen vom gestrigen Hochzeitsmahl aus. Beim Anblick des Kuchens stöhnte Robin frustriert, doch niemand schenkte ihm Beachtung.

„Florian, so heißt Ihr doch?“ fragte Sybil in einem sehr gefälligen Tonfall, den sie Robin gegenüber normalerweise nicht anschlug. Der Verwalter schien entzückt und nickte. „Wäre es Euch vielleicht möglich, ein Gewand für mich aufzutreiben? Ich befürchte, dass mein Gepäck hier noch nicht angekommen ist.“

„Das wird sich sicher machen lassen, Mylady de Burgh“, erwiderte er.

An diese Anrede musste sich Robin erst gewöhnen. Viel ungewöhnlicher kam ihm allerdings Sybils galantes Verhalten vor. Warum konnte sie ihm gegenüber nicht so liebenswürdig sein?

„Wie wäre es mit einem Bad?" schlug der Verwalter vor.

„Oh, das wäre wunderbar", entgegnete Sybil, worauf Robin sie finster ansah. Er wusste nicht so recht, was er von ihrem selbstbewussten Auftreten halten sollte. Es irritierte ihn, dass sie plötzlich und wie selbstverständlich so souveräne Umgangsformen an den Tag legte. Und als sie durch die Tür schlüpfte, offensichtlich um einem menschlichen Drängen nachzugehen, hätte Robin sie fast zurückgerufen. *Natürlich nur aus Sicherheitsgründen.* Obwohl sie jetzt auf Baddersly waren, hielt er es für erforderlich, sie dennoch ständig im Auge zu behalten. Fast wäre er ihr nachgelaufen, besann sich dann aber eines Besseren.

„Bedrückt Euch irgendetwas, Mylord? Ihr solltet jetzt erst einmal etwas zu Euch nehmen, um wieder zu Kräften zu kommen", meinte Florian mit einem so anzüglichen Grinsen, dass Robin ihn hätte würgen können. „Ich habe Euch das Frühstück hierher gebracht, weil ich vermutete, dass Ihr nicht gerade wild darauf seid, als junges Brautpaar begafft zu werden."

Nein, du wolltest selbst alles genau inspizieren, dachte Robin mürrisch. Er zog sich rasch an für den Fall, dass er doch noch Sybil folgen sollte – *natürlich nur zu ihrer Sicherheit.*

„So eine entzückende Lady, Mylord! Obwohl ich sagen muss, dass mich diese plötzliche Hochzeit doch sehr erstaunt hat", bemerkte der Verwalter, während er das Kaminfeuer neu entfachte.

Oh, jetzt fängt er an, verfängliche Fragen zu stellen, seufzte Robin im Stillen und ermahnte sich, dem Verwalter nie und nimmer die Hintergründe der Heirat zu verraten. Schließlich war er das größte Klatschmaul in der ganzen Region, wahrscheinlich sogar im ganzen Land. Doch als Robin Florian scharf anblickte, schlug dieser die Augen nieder. Wahrscheinlich befähigte ihn sein Respekt vor den de Burghs, seine Neugierde zu zügeln.

„Zwar bin ich stolz auf das kleine Fest, das wir gestern aus dem

Stehgreif veranstaltet haben, doch plane ich bereits ein größeres. Zumal ich mich damals, als Simon auf Ansquith heiratete, etwas ausgeschlossen gefühlt habe. Aber hier ist es nun unsere Aufgabe, zu glänzen und den de Burghs mal zu zeigen, wie gediegen man auf Baddersly zu feiern weiß. Auch wenn wir nicht über die gleichen Mittel verfügen wie die auf Campion, so werden wir doch ein grandioses Hochzeitsfest ausrichten können, das seinesgleichen suchen wird."

Robin erbleichte. Er hielt das kleine Fest gestern für verfänglich genug, und nun wollte Florian noch mehr Aufmerksamkeit erregen – mit einem großen Fest, das sämtliche Familienangehörige auf den Plan rufen würde. „Ich befürchte, dass das nicht möglich sein wird", erwiderte Robin scharf.

Florian stemmte die Hände in die Hüften. „Ihr wollt sie doch nicht etwa nach Campion bringen? Wo Ihr doch mittlerweile hier zu Hause seid! Bitte sagt jetzt nicht, dass Ihr Baddersly für immer verlassen wollt!"

„Nein! Zumindest nicht in absehbarer Zeit", entgegnete Robin. Er hob den Kopf. „Wir haben nicht vor, irgendwohin zu reisen, sondern werden uns nur hier aufhalten."

Florian rieb sich erfreut die Hände. „Dann können wir die Feier ja …"

Robin unterbrach ihn. „Es wird keine Feier geben."

„Wie bitte?"

„Nicht jetzt und auch nicht später. Und ich will nichts mehr davon hören", fügte Robin hinzu, als Sybil den Raum betrat.

Florian musterte ihn und wandte sich zur Tür. „Wie dem auch sei, Euer Bruder lässt Euch ausrichten, dass er unverzüglich mit Euch reden möchte. Offensichtlich fragt er sich, wo Ihr Euch aufhaltet und warum Ihr ihn so lange nicht mehr besucht habt", meinte er anklagend.

Robin fluchte leise, weil ihm klar wurde, dass Simon bald von seiner überstürzten Heirat erfahren würde und er ihm dann eine Erklärung schuldig wäre.

Florian lächelte hinterhältig. „Ich werde das Bad bringen“, sagte er dann, verbeugte sich gefällig vor Sybil und verließ den Raum, ohne Robin eines Blickes zu würdigen.

„Komm, setz dich und iss etwas“, sagte Sybil und nahm auf einem der beiden schweren Stühle vor dem Kamin Platz. „Ich glaube, ich werde so fett wie ein Schwein sein, wenn ich hier fortgehe.“

Robin behagte es jetzt gar nicht, an das Ende ihrer Beziehung erinnert zu werden. Er setzte sich mürrisch und nahm ein Stück Brot, nur um in seiner Sprachlosigkeit nicht untätig zu sein.

„Was bedrückt dich?“ fragte Sybil.

Alles, dachte er. Er war gezwungen worden aufzustehen, obwohl er gerne noch wohlig im Bett geblieben wäre. Und dann dieses Gerede über Simon und *fortgehen*. Das missfiel ihm.

„Hast du keinen Hunger?“ erkundigte sie sich mit schelmischem Gesichtsausdruck.

Oh, er war hungrig, gewaltig hungrig, und vielleicht sollte er seiner Braut sofort mal zeigen, wie unersättlich er sein konnte. Doch plötzlich fiel ihm wieder ein, dass er ja die Mörder zur Strecke bringen musste.

„Du wirst nirgendwo hingehen“, murmelte er. Er war auf dem besten Weg, einen Streit zu provozieren, ohne recht zu wissen, warum. Vielleicht wollte er sich von seinen Sorgen ablenken oder Sybil wieder auf den Rücken bugsieren, wie immer, wenn die erotische Spannung zwischen ihnen spürbar wurde. Sybil machte jedoch keine Anstalten, ihm zu widersprechen, und Robin fragte sich, ob sie etwas ausheckte, um zu fliehen, wenn er fort war.

Robin schüttelte den Kopf über seinen Argwohn. Sie wirkt keineswegs hinterhältig, und auf Baddersly ist sie sicher, sagte er sich.

Warum hatte er dann aber das Bedürfnis, sie in der großen Schlafkammer einzuschließen, am liebsten zusammen mit ihm selbst? Er fuhr sich mit den Fingern durchs Haar. Am vernünftigsten wäre es, sie hier zu lassen und sich unverzüglich auf die Suche nach den Mördern zu machen, doch in seinem Innern rebellierte etwas gegen diesen Plan.

Und auch wenn sie nicht widersprach, was gab ihm die Gewissheit, dass die aufsässige Sybil wirklich hier bleiben würde? Zwar könnte er Wachen vor der Tür postieren, doch traute er niemandem zu, sie so beschützen zu können wie er selbst. Ihm schwirrte der Kopf angesichts dieser kaum lösbaren Probleme. Er wusste nur eins: Er konnte hier nicht weggehen.

Es schien ihm auch nicht sinnvoll, einige seiner Gefolgsleute auf die Jagd nach den Mördern zu schicken, weil keiner der Kämpen sich auf Ermittlungen in einem Mordfall verstand. Aber ebenso wenig hätte er einem von ihnen das Leben seiner Frau anvertrauen wollen. Robin war sich sicher, dass es auf Baddersly niemanden gab, dem er diese Aufgaben guten Gewissens übertragen konnte.

„Und was wollen wir jetzt machen?“ fragte Sybil.

Robin schaute sie durchdringend an. Er wusste genau, was er jetzt gerne tun würde, doch vermutete er, dass seiner Braut der Sinn nach etwas anderem stand, als gleich wieder ins Bett zu gehen. „Du bleibst hier“, sagte er schroff. „Ich muss die Mörder ausfindig machen oder zumindest jemanden auftreiben, der mir dabei behilflich sein kann.“

„Denkst du an einen deiner Ritter?“ erkundigte sich Sybil.

Robin schüttelte den Kopf. „Nein, leider gibt es keinen unter ihnen, der dieser Aufgabe gewachsen wäre. Dafür kommen nur meine Brüder infrage“, erklärte er. Ihm fiel zunächst Geoffrey ein, der Klügste der de Burghs. Doch dieser war weit weg und in seiner

Familie nicht abkömmlich, wie anscheinend *alle seiner verheirateten Brüder*. Robin bekämpfte seinen aufsteigenden Zorn und überlegte. Am schnellsten wäre Simon zu erreichen, ein hervorragender Kämpfer, aber etwas schwierig im Umgang. Außerdem war er momentan auf Robin offensichtlich nicht gerade gut zu sprechen.

Robin seufzte frustriert. „Es bleibt mir nichts anderes übrig, als Simon um Hilfe zu bitten", erklärte er.

Noch bevor Sybil nachfragen konnte, öffnete sich die Tür und Bedienstete brachten Wasser für ihr Bad herein. Während sie das Wasser in den Badezuber füllten, den Florian vor den Kamin gestellt hatte, stellte Robin sich vor, wie Sybil hier nackt im Zuber sitzen würde, und er wurde so lüstern, dass ihm sogar etwas Speichel aus dem Mundwinkel floss. Als die Diener den Raum verlassen hatten, saß Robin noch eine ganze Weile da und gab sich seinen sinnlichen Fantasien hin.

„Ihr solltet jetzt besser die Reise zu Eurem Bruder antreten", befand Sybil und guckte ihn herausfordernd an.

Auch Robin war klar, dass er hier nicht länger verweilen durfte. Je schneller er die Mörder zu Strecke brachte, desto eher würde er nicht mehr in so verfängliche Situationen wie jetzt gebracht werden. Er murmelte ein paar Worte zum Abschied und verließ den Raum. Hinter sich hörte er Sybil verhalten lachen.

Mit heiserer Stimme rief er nach einem Wachposten und befahl diesem, während seiner Abwesenheit niemanden, auch keine Bediensteten, in die Schlafkammer zu lassen. Dann verlangte er nach einem Boten und begab sich mit dem jungen Mann in eine kleine Kammer. Er überlegte sorgfältig, welche Nachricht seinem Bruder Simon nach Ansquith überbracht werden sollte.

Nachdem der Bote aufgebrochen war, beorderte er seine Männer zu sich und erklärte ihnen, dass zwei fremde Männer auf seinem

Territorium einen Mord begangen hatten. Ohne auf Einzelheiten einzugehen, teilte er ihnen mit, dass seine Frau in großer Gefahr schwebte, und beriet mit ihnen, wie man die Burg am besten bewachen konnte. Nachdem die Wachposten an den Toren und Mauern die entsprechenden Befehle erhalten hatten, war ihm etwas wohler, und er verließ hastig die Kammer.

Jedoch drängte es ihn plötzlich, noch einmal nach Sybil zu sehen, um sich davon zu überzeugen, dass sie in Sicherheit war. Vielleicht wollte er einfach nur noch einmal mit ihr zusammen sein. Fast hätte er die große Schlafkammer erneut betreten, als er aus der Richtung des Eingangstores lautes Gebrüll vernahm.

„Was zum Teufel bildest du dir ein, solch einen Blödsinn zu verzapfen?"

Diese rüden Worte stammten eindeutig von Simon, und Robin erschrak, als er seinen kräftigen Bruder im Eingang erblickte. Simon schlug die Tür hinter sich zu und musterte seinen Bruder mit jenem stechenden und grimmigen Blick, der schon manchen Ritter im Kampf das Fürchten gelehrt hatte. Da Robin seinen Bruder nur zu gut kannte, hielt er es für ratsam, sich zu wappnen.

„Ich komme nach Hause und muss als Erstes erfahren, dass du nach Baddersly zurückgekehrt bist, ohne mich davon in Kenntnis zu setzen. Ja, denkst du denn, dass wir uns nicht um dich sorgen? Bethia scheint dich aus irgendwelchen dämlichen Gründen ins Herz geschlossen zu haben und hat mich gebeten, nach dir zu schauen", schimpfte Simon. „Eigentlich wollten wir beide dich besuchen, doch hörte ich, dass du dich im Kloster einquartiert hast, um einen Mord aufzuklären, obwohl das doch die Aufgabe des Bischofs ist! All das weiß ich nur vom Hörensagen. Du scheinst es ja nicht für nötig zu halten, mich zu informieren."

Simon, der Kämpferischste und Impulsivste der de Burghs, war zwar seit seiner Heirat etwas ruhiger geworden, doch wirkte er jetzt außerordentlich wütend und aufgebracht. Robin wusste nur zu gut, was passieren konnte, wenn sein Bruder in Rage war.

„Und obendrein musste ich heute Morgen auch noch von einem Dörfler von der Hochzeit meines Bruders erfahren!“ fügte Simon hinzu.

Robin wollte einen Streit mit seinem älteren Bruder vermeiden und bemühte sich, möglichst schnell die Zusammenhänge zu erklären. „Simon, es handelt sich lediglich um eine Scheinehe“, sagte er und hob die Hand, um seinen zornigen Bruder zu besänftigen.

„Keine richtige Ehe?“ entrüstete sich Simon lautstark. „Was soll das bedeuten? Ist sie abstoßend?“

„Nein, absolut nicht. Sie ist die schönste ...“, begann Robin, wurde aber gleich von Simon unterbrochen.

„Dann ist sie so ein zänkisches Weib wie Geoffreys Frau?“ fragte sein Bruder.

„Nein! Sie ist höchstens manchmal etwas launisch“, erwiderte Robin und dachte an ihre Neigung, ihn mit Gegenständen zu bewerfen. „Aber sie ist ...“

„Schwachsinnig?“

„Nein!“

„Verwöhnt?“

„Mit Sicherheit nicht“, stieß Robin hervor. Sybil war nie anspruchsvoll gewesen. Eher war es so, dass er selbst jetzt das Bedürfnis hatte, sie mit Annehmlichkeiten zu überhäufen.

Doch bevor Robin etwas erklären konnte, platzte Simon mit einer weiteren Frage heraus: „Ist sie an jemand anderen gebunden?“

„Nein!“

Simon runzelte die Stirn und warf Robin einen skeptischen Blick zu. „Dann ist sie im Bett ein Eisblock. Ist das der Grund?“ erkundigte er sich.

„Lass es mich doch einmal in Ruhe erklären“, verlangte Robin.

„Was stimmt da nicht? Macht sie dich unglücklich? Krank?“ wollte Simon wissen und musterte Robin durchdringend.

„Nein, ich fühle mich großartig“, widersprach Robin.

„Wo liegt dann das Problem?“ meinte Simon verständnislos und verschränkte die Arme in der Erwartung, dass Robin nun endlich den Sachverhalt aufklärte.

Robin widerstrebte es, von seinem Bruder so eindringlich verhört zu werden. „Es gibt kein Problem, weil es keine richtige Ehe gibt. Ich habe ihr lediglich meinen Namen gegeben, um sie beschützen zu können, weil sie in Gefahr schwebt. Es handelt sich um eine Ehe auf Zeit. Wenn die Gefahr gebannt ist, werden wir die Ehe annullieren lassen“, erläuterte Robin mit angespanntem Gesichtsausdruck. Er wollte nicht darüber nachdenken, welche Konsequenzen das unvermeidliche Ende der Ehe haben würde.

Simon ließ sich wuchtig auf einem Stuhl nieder, legte die Füße auf eine Truhe, die vor ihm stand, und schaute Robin verständnislos an. „Ich begreife das nicht“, verkündete er. „Du fühlst dich großartig?“

Robin nickte widerwillig.

„Besser als je zuvor in deinem Leben?“

„Ich weiß nicht so recht“, murmelte Robin und errötete, als Simon ihn durchdringend anschaute. „Nun ja, manchmal vielleicht – eigentlich recht häufig.“

Simon betrachtete ihn kritisch. „Und dann willst du sie loswerden?“ fragte er anklagend.

„Nun ja, nicht wirklich“, entgegnete Robin. Ihm behagte weder Simons Einmischung noch das Gespräch über dieses brisante Thema, zumal alles ohnehin viel komplizierter war, als Simon zu glauben schien. Sein Bruder war ein Mensch, für den es nur das Rechte oder das Schlechte gab, und offensichtlich begriff er nicht, wie verzwickt die ganze Angelegenheit war. Robin wollte ihm gerade Einzelheiten schildern, da brach Simon in schallendes Gelächter aus.

„Du liebst sie!“ unterstellte er ihm mit sowohl rauem als auch triumphierendem Tonfall.

„*Was?*“ rief Robin. „Nein, das tue ich nicht!“

Simon ließ sich nicht beirren, sondern grinste anzüglich, als würde er sich durch Robins Widerspruch noch bestätigt fühlen.

„Doch, Robin, du liebst sie, gib es zu“, erwiderte er.

Robin stöhnte, setzte sich schwer auf einen Stuhl und fuhr sich mit den Fingern durchs Haar. „Falls ich sie wirklich lieben sollte, ist es gegen meinen Willen. Es hat alles mit dem Fluch zu tun“, erklärte Robin.

„*Fluch?* Was für ein Fluch?“ fragte Simon ungläubig und verschränkte abermals die Arme, als wenn er mit einem aufsässigen Kind spräche.

Es behagte Robin nicht, Simon zu erklären, was er herausgefunden hatte, zumal dieser von mystischen Dingen nichts verstand und sich nur an handfeste Tatsachen hielt. Jedoch schaute ihn sein Bruder interessiert an, so dass Robin sich ermutigt fühlte, ihn einzuweihen.

„Ich habe festgestellt, dass ein Bann auf unserer Familie liegt, der uns zum Heiraten zwingt, weil fast alle plötzlich geheiratet haben, obwohl wir als Junggesellen absolut glücklich gewesen waren“, murmelte Robin.

Simon stutzte. „Willst du mir weismachen, dass du vor einem Monat vollkommen glücklich warst?“ stichelte er.

„Nun ja, nicht vollkommen. Wir haben uns innerlich und auch örtlich voneinander entfernt, nur wegen dieser Frauen“, ergänzte Robin.

Simon runzelte die Stirn.

Robin merkte, dass ihm die Röte ins Gesicht stieg. Wie sollte sein Bruder ihn verstehen? Er war genau wie die anderen ein Opfer des Fluches! „Bitte begreif doch, dass ich mich nicht wie meine verheirateten Brüder an der Nase herumführen lassen will!"

Simon schien kurz vor einem Wutanfall zu stehen, und Robin rechnete damit, dass er sich gegen ihn zur Wehr setzen musste.

„Willst du behaupten, Bethia habe mich an der Nase herumgeführt?" rief Simon empört. Einen kurzen Moment befürchtete Robin, von ihm angegriffen zu werden, doch schüttelte sein Bruder lediglich den Kopf, als wenn Robin einer größeren Anstrengung nicht wert wäre. „Wir haben uns in unsere Frauen aus freiem Willen verliebt. Und wir haben nichts für sie aufgegeben – weder unsere so genannte Freiheit noch unsere Männlichkeit, sondern sogar unendlich viel dazugewonnen", resümierte Simon in fast poetischer Manier. So hatte Robin seinen Bruder bislang noch nie erlebt. Dieser schien nun etwas verlegen zu sein und blickte Robin finster an. „Falls du zu beschränkt sein solltest, das zu verstehen, so müsstest du doch wissen, dass alles auf der Welt sich ständig verändert. Um das zu begreifen, brauchst du nicht einmal so gelehrt zu sein wie Geoffrey! Kinder werden erwachsen, verlassen ihr Elternhaus und gründen eine eigene Familie. Sonst würde es auch keine Nachkommen geben. Du wirst das noch selbst erleben, wenn deine Frau schwanger ist."

„Nein, das werde ich nicht!" protestierte Robin und erhob sich. „Ich werde diese Ehe nicht vollziehen, weil es sich um keine richtige Ehe handelt."

Simon starrte seinen Bruder verständnislos an. „Du hast diese Frau, von der du sagst, dass sie schön und dir zugetan ist, noch dazu klug, gebildet und aufgeschlossen. Und von dieser Frau beabsichtigst du, dich zu trennen, um wieder alleine zu sein? Das wäre sehr dumm. Willst du deine Kindheit zurückholen und wieder wie ein kleiner Junge leben?"

Robin runzelte die Stirn. „So habe ich das nicht gemeint", murmelte er. Zwar hatte er Simon nie für besonders klug gehalten, doch jetzt schien sein Bruder ganz besonders schwer von Begriff zu sein.

„Du solltest allmählich erwachsen werden", ermahnte ihn Simon. Robin hob den Kopf, um sich zu rechtfertigen, jedoch bedeutete ihm Simon zu schweigen. „Ich möchte dir lediglich raten zu bedenken, welches Glück du in den Händen hältst, bevor du es wegwirfst."

Robin wandte sich ab. Er wollte weder an seine Zukunft noch an die Auflösung seiner Ehe denken, und ebenso wenig war er bereit, auf sein bisheriges gemeinschaftliches Leben mit seinen Brüdern zu verzichten.

Simon schnaubte verärgert über Robins Sprachlosigkeit und atmete dann tief ein. „Bis du mit dir ins Reine kommst, kannst du mir ja mal erklären, warum deine Frau in großer Gefahr schwebt", meinte er.

Robin war über den Wechsel des Gesprächsthemas erleichtert und erläuterte seinem Bruder die Situation. Simon wirkte verärgert, als er von dem Mord erfuhr, doch schien er in dieser Angelegenheit trotz seines kriegerischen Naturells nicht gerade kampflustig zu sein. Als Robin ihn bat, sich auf die Suche nach den Mördern zu machen, sah Simon ihn leicht gequält an.

„Ist das dein Ernst? Ich soll für dich die Arbeit erledigen, während du dich damit vergnügst, deiner Braut beizuwohnen?" fragte er.

Robin stieg abermals die Röte ins Gesicht. „Es ist lediglich so, dass ich niemandem zutraue, sie wirklich beschützen zu können", stotterte er.

„Nun, das Beste wäre, sie nach Campion zu bringen. Niemand wird wagen, sie dort aufzuspüren", erwiderte Simon. „Allerdings befürchte ich, dass Vater Eure Scheinehe ganz und gar nicht gefallen wird."

Robin behagte dieser Vorschlag nicht. Seinen Vater wollte er aus dieser Sache heraushalten. Auch widerstrebte es ihm, Sybil so weit wegzuschicken. „Ich darf keine Zeit verlieren! Wir müssen sofort tätig werden, bevor die Mörder ihre Spuren verwischt haben."

Simon räusperte sich. „Nun ja, ich verstehe, dass du sie nicht hier lassen möchtest. Baddersly ist zu groß, und es halten sich hier zu viele Menschen auf. Das macht einen sicheren Schutz schwierig", befand er und überlegte kurz. „Sie könnte sich auf Ansquith einquartieren, während wir beide uns auf die Suche nach den Mördern machen."

Robin wusste, dass Simon lieber auf der kleineren Festung seiner Frau lebte, als auf Baddersly, doch war er sich nicht recht schlüssig, ob es sich um einen guten Vorschlag handelte. Im Grunde glaubte er, dass es überhaupt keinen Ort gab, an dem Sybil sicher sein konnte.

„Ansquith ist sicher", verkündete Simon, als hätte er die Bedenken seines Bruders erahnt.

„Natürlich", erwiderte Robin mit gesenktem Blick. „Es ist nur so, dass ich sie nicht alleine lassen möchte, besonders weil sie niemanden hat, der ihr beistehen könnte."

„Ich verstehe", antwortete Simon schroff. „Uns bleibt aber keine andere Wahl, ansonsten wirst du sie ein Leben lang beschützen müssen."

Robin nickte und fühlte sich beklommen. Wenn die Mörder zur Strecke gebracht waren, würde er auch keinen Grund mehr haben, mit Sybil zusammen zu sein.

„Bethia kann sich ihrer annehmen", meinte Simon. „Das gewährt ihr einen sicheren Schutz, und sie wird nicht auf die Idee kommen zu fliehen."

Robin hob den Kopf. Warum glaubte Simon, dass seine Frau fliehen wollte? Er starrte seinen Bruder an.

Dieser zuckte mit den Achseln. „Frauen neigen zu solchen Handlungen“, sagte er.

Robin runzelte die Stirn. „Und woher nimmst du die Gewissheit, dass sie dort sicher sein wird?“

Simon hätte fast gelacht. „Bist du nicht bei Trost?“ fragte er. „Auf Bethia ist immer Verlass!“

14. KAPITEL

Sybil lehnte sich entspannt an die hölzerne Wand des Zubers und genoss das heiße, mit duftenden Ölen angereicherte Bad. Derartigen Luxus hatte es im Kloster nicht gegeben, geschweige denn, alleine und in Ruhe baden zu können. Und obwohl sie wusste, dass diese weltlichen Annehmlichkeiten ihr nur vorübergehend vergönnt waren, erlaubte sie sich, in Wohlbehagen zu schwelgen. Sie war so glücklich, dass sie eine Melodie, die gestern beim Tanz gespielt worden war, vor sich hin summte. Es kann keine Sünde sein, für ein Leben außerhalb des Konventes ausersehen zu sein; zumal ich selbst nach reiflicher Überlegung festgestellt habe, dass ich für das Leben einer Nonne nicht geeignet bin, dachte sie.

Hier gehörte sie schon eher hin.

Ihr bisheriges Leben kam ihr wie ein kalter, dunkler und eintöniger Tunnel vor. Ein neues Leben, hell, warm und bunt, hatte für sie seit dem Tag ihrer Hochzeit begonnen. Die Burg, das Essen, die ganze Ausstattung hier waren beeindruckend. Sie konnte sich kaum sattsehen an all den luxuriösen Annehmlichkeiten. Doch am meisten lag es an den Menschen hier und dem Gefühl, frei zu sein, dass sie so fasziniert und glücklich war.

Und natürlich an Robin.

Lächelnd hob sie ein Bein aus dem Wasser und betrachtete es. Zuvor hatte sie sich keine Gedanken darüber gemacht, welche Wirkung ihre körperliche Erscheinung auf andere hatte. Und nun fantasierte sie erregt, dass er plötzlich hereinkommen und sich zu ihr ins Wasser begeben würde. Sie erschauerte bei der Vorstellung, dass beide hier nackt und nass im Zuber säßen, und genierte sich etwas. Darauf streckte sie das Bein wieder ins Wasser und dachte nach.

Heute Morgen hatte sie an Robins Augen erkannt, dass er sie

begehrte. Und er hatte auch kein Hehl daraus gemacht, dass es ihn maßlos ärgerte, von Florian gestört zu werden. Plötzlich fühlte sich Sybil begehrenswert und stark, weil sie wusste, dass sie die Macht hatte, Robin de Burgh, diesen Lord, Ritter und kräftigen Mann, zu bezirzen.

Allerdings musste sie zugeben, dass er immer betonte, sein Interesse an ihr beruhe auf seiner Pflicht, sie zu beschützen. Und doch schien ständig dieses leidenschaftliche Begehren in seinen Augen zu stehen, wenn er sie betrachtete. Da sie keine Erfahrung mit Männern hatte, wusste sie nicht, ob er sie lediglich körperlich begehrte oder sich ihr auch innerlich verbunden fühlte.

Ihre eigenen Gefühle konnte sie besser einschätzen. Anfangs hatte sie Robin verachtet, weil sie sich so stark zu ihm hingezogen gefühlt hatte, doch dann hatte sich das geändert. Obwohl sie nicht bereit war, sich ihm jemals unterzuordnen, glaubte sie mittlerweile, dass sich beides vereinbaren ließ: ihre Liebe zu ihm und ihre Selbstständigkeit. Zumal sich nicht leugnen ließ, dass sie hier viel freier leben konnte als im Kloster. Außerdem hatte sie durch ihre leidenschaftliche Verstrickung eine innere Stärke gewonnen, die ihr zuvor fremd gewesen war.

Trotzdem wollte sie nicht vergessen, dass sie nur eine Scheinehe eingegangen war und sich ihrem Gatten auf Zeit nicht ganz und gar hingeben sollte. Doch wollte sie jetzt nichts davon wissen. Wie konnte etwas, das ihr so aufrichtig erschien, falsch sein? Früher hatte sie Elisa wegen ihrer lüsternen Gefühle verurteilt, doch nun fragte sie sich, warum diese nicht auf ihr Herz gehört und die Gelegenheit, glücklich zu leben, vertan hatte. Allerdings waren die Hintergründe ihrer beider Liebschaften sehr unterschiedlich, und Sybil war zumindest momentan mit der Lage der Dinge sehr zufrieden.

Das Ende ihres Wohllebens würde früh genug kommen.

In der Zwischenzeit wollte sie die Gelegenheit nutzen und sich frei entfalten, das Leben genießen und die große, weite Welt erkunden. Sybil lächelte und war verblüfft, dass sie letztendlich das erreicht hatte, was sie sich insgeheim gewünscht hatte. Sie musste sich allerdings eingestehen, dass sie sich selbst in ihren kühnsten Träumen nicht hatte vorstellen können, eine Lady de Burgh zu werden.

Als das Wasser langsam kühl wurde, stieg sie aus dem Zuber und bewunderte das elegante Gewand, das Florian zusammen mit dem heißen Wasser hatte bringen lassen. Sie kleidete sich sorgfältig an, bürstete ihr langes Haar und ließ es offen über den Rücken hängen, was sie als Befreiung und Erleichterung empfand. Zum ersten Mal im Leben hatte sie die Möglichkeit, sich in einem kleinen Spiegel zu betrachten, und war beeindruckt. Ich sehe wirklich aus wie eine Lady de Burgh, dachte sie, ermahnte sich aber, dass sie dieses nur auf Zeit war.

Da sie weiter nichts zu tun hatte, durchstreifte sie die große Kammer, schaute aus verschiedenen Fenstern und staunte, wie groß Baddersly war. Als sie Robins Stimme vor der Tür vernahm, wurde sie regelrecht hektisch, so sehr verlangte sie danach, ihn zu sehen. Doch besann sie sich und setzte sich schnell auf einen Stuhl. Sie hielt es für besser, sich nicht anmerken zu lassen, was sie für ihn empfand, zumal er offensichtlich nicht die gleichen Gefühle für sie hegte. Außerdem wirkte er auf sie momentan viel zu selbstgefällig.

Und so wartete sie geduldig, gab sich überrascht, als er eintrat, und hob den Kopf, um ihn zu begrüßen. Ein weiterer Mann stand neben Robin. Verblüfft musterte sie diesen Kerl. Er kam ihr fast wie ein Doppelgänger von Robin vor, nur größer, dunkler, kräftiger und grimmiger. Das wird sein Bruder sein, überlegte Sybil und war insgeheim froh, dass nicht er vor dem Kloster geweilt hatte, als Catherines Schrei über die Mauern gedrungen war.

„Sybil, das ist mein Bruder Simon."

„Lady", begrüßte Simon sie und senkte ehrerbietig den Kopf.

Sybil hätte ihn fast darauf aufmerksam gemacht, dass sie keine Lady war, erinnerte sich jedoch daran, dass dies doch der Fall war, wenn auch nur übergangsweise.

Simon musterte sie abschätzig von Kopf bis Fuß. Sybil erhob sich und schaute ihn selbstbewusst an, weil sie nicht gewillt war, sich von irgendeinem Mann einschüchtern zu lassen, auch wenn er noch so furchterregend aussehen mochte. Sie fragte sich, ob alle de Burghs so imposant wirkten und wie ohnmächtig sich jemand fühlen musste, der es mit mehreren von ihnen zu tun hatte.

Plötzlich hellte sich Simons Miene auf, und er versetzte Robin einen harten Schlag auf den Rücken. „Da muss ich dir ja wohl gratulieren! Und jetzt begreife ich allmählich", sagte er beeindruckt. „Wir sollten jetzt aber keine Zeit vergeuden. Ihr seid in Gefahr, Mylady, und ich meine, dass Ihr auf Ansquith sicherer untergebracht seid. Daher sollten wir Euch schleunigst dort hinbringen."

Wollte Robin sie loswerden? Dieser Gedanke versetzte Sybil einen Stich, und sie fühlte sich nicht mehr fähig, beide angemessen zu begrüßen, als Simon auf sie zuschritt.

„Robin ist derselben Meinung", erklärte Simon und wollte sie gerade beim Arm nehmen, als sein Bruder ihn wegdrängte. Plötzlich hatte sie es mit zwei de Burghs zu tun, die sich für sie verantwortlich fühlten und um ihre Aufmerksamkeit buhlten. Das ist schon fast etwas zu viel des Guten, dachte Sybil und musste grinsen. Allerdings *nur fast und nur vorübergehend.*

Die Festung Ansquith ist kleiner als Baddersly, adrett und gepflegt und irgendwie gemütlicher, dachte Sybil, als Simon sie durch den großen Saal der wehrhaft gebauten Festung geleitete. „Der Hausherr hat sich zurückgezogen, um sich etwas auszuruhen, und wird Euch später begrüßen", sagte Simon, was Sybil wunderte, da sie Simon für den Besitzer des Anwesens gehalten hatte. Auch konnte sie sich kaum vorstellen, dass dieser finstere Ritter sich irgendwem unterordnete. Jedoch erklärte ihr Robin, dass Simon die Tochter von Sir Burnell geheiratet hatte, der sehr krank war und sich nur allmählich wieder erholte.

So fürsorglich hatte Sybil Simon nicht eingeschätzt, und als sie den Wohnraum erreichten, hatte sie auch Gelegenheit, seine Frau kennen zu lernen. Sybil fand, dass sie viel mehr einer Lady de Burgh entsprach als sie selbst. Sie war groß, schlank und schön. Das blonde Haar trug sie zu einem nach hinten geflochtenen Zopf, und sie wirkte sehr edel und würdevoll. Außerdem hielt sie ihre Hand vor ihren vorgewölbten Bauch. Offensichtlich war sie schwanger, wie Sybil zugleich erstaunt und erfreut feststellte.

Nachdem Bethia sie fast ebenso kritisch gemustert hatte wie zuvor ihr Ehemann, begrüßte sie Sybil warmherzig. Aufmerksam hörte Bethia den beiden Brüdern zu, die ihr von Sybils Bedrohung und ihrem Plan, sich auf die Suche nach den beiden fremden Männern zu machen, berichteten. Und noch bevor Sybil Gelegenheit hatte, sich hier einigermaßen heimisch zu fühlen, sprachen die beiden schon von Abschied.

Sybil war enttäuscht und traurig, dass Robin nun gleich wieder abreisen würde. Und auch Bethia und Simon schienen zu bedauern, sich wieder trennen zu müssen, weil Simon seine Frau plötzlich noch schnell umarmte und sie inbrünstig küsste. Verblüfft schaute Sybil auf Robin und hoffte, dass er nicht dasselbe mit ihr tun würde. Es wäre ihr peinlich gewesen, mit ihm vor anderen Zärtlichkeiten auszutauschen.

Zu ihrer Erleichterung ergriff Robin lediglich ihre Hände und sah sie an. Doch war sein Blick so intensiv, das ihr Herz raste und ihr der Atem stockte. Sein leidenschaftlicher Gesichtsausdruck verunsicherte sie. Dieser Abschied erschütterte sie tief. Jetzt wäre sie sogar bereit gewesen, vor den beiden anderen ihre Gefühle für Robin zu offenbaren.

Jedoch hatte Robin offensichtlich anderes im Sinn. „Verlass auf keinen Fall den Raum. Ohne Begleitung darfst du nirgendwo hingehen“, verkündete er. Sybil fühlte sich ernüchtert, weil Robin wieder einmal von nichts anderem als Sicherheit und Schutz redete.

„Ich werde vorsichtig sein“, erwiderte sie etwas kühler, als sie eigentlich beabsichtigt hatte. Doch ihr Groll verflog, als ihr bewusst wurde, dass Robin bei seiner Suche nach den Mördern verletzt werden könnte. Auch wenn sie glaubte, dass er jedem Angriff gewachsen sei, war ihr doch etwas unbehaglich zumute. Sie wünschte von ganzem Herzen, dass diesem Mann, den sie liebte, kein Unheil geschehen möge. „Bitte sei auch du vorsichtig“, fügte sie hinzu.

Robin hielt ihre Besorgnis für übertrieben, zuckte mit den Achseln und schien noch etwas entgegnen zu wollen. Jedoch zog er es mit Blick auf seinen Bruder vor zu schweigen. Voller Inbrunst schaute er ihr noch einmal tief in die Augen, drückte ihr die Hände und eilte dann zur Tür, wo sein Bruder bereits auf ihn wartete. Nachdem Simon einen großen, kräftigen Kämpen zum Schutz der beiden Frauen herbeigerufen hatte, postierte sich dieser vor dem Wohnraum und ließ die Tür hinter sich lautstark zufallen. Nach diesem überstürzten Abschied fühlte sich Sybil beklommen. Zumal sie daran erinnert wurde, dass sie eines Tages von Robin gänzlich Abschied nehmen musste.

Während sie an Robin dachte, hörte sie beiläufig, dass Bethia die Tür verriegelte. Sybil begab sich zu einem der schmalen Fenster und sah hinaus. Seit sie die ermordete Gwerful gefunden hatten, war sie davon überzeugt, dass sie es mit äußerst gefährlichen Gegnern zu tun hatten, daher sorgte sie sich um Robin. Sie hoffte inständig, dass er unversehrt zurückkäme. Doch wie soll es dann mit uns weitergehen, fragte sie sich. Zwar war sie seit der Hochzeit überaus glücklich, aber jetzt, nach Robins Abreise, fühlte sie sich traurig und einsam.

„Seit wann kennt Ihr ihn?“ Bethias Frage riss sie aus ihren betrüblichen Gedanken.

„Erst seit einigen Tagen“, antwortete Sybil wahrheitsgemäß, obwohl sie das Gefühl hatte, Robin seit Ewigkeiten zu kennen.

„Das ist lange genug“, erwiderte Bethia. Und als sie abermals die Hand auf ihren Bauch legte, war Sybil etwas neidisch auf jene echte Lady de Burgh, die eine wahrhaftige Ehe führte und einen Gatten hatte, der ihr in jeder Hinsicht zugetan war. Auch wollte sie Bethia nur ungern zur Last fallen.

„Es tut mir Leid, dass man mich ohne vorherige Absprache unter Eure Obhut gestellt hat“, meinte Sybil.

„Das ist Unsinn. Ich freue mich über Gesellschaft, besonders von einer Schwägerin“, entgegnete Bethia.

Sybil errötete, sie war doch gar keine richtige Schwägerin. Bethia wusste nur von der Gefahr, in der Sybil schwebte, doch hatte ihr niemand erklärt, dass Robin sie einzig aus diesem Grund geheiratet hatte. Vielleicht hatte er dieses aus Sicherheitsgründen verheimlicht, doch Sybil behagte es nicht, die Gastfreundschaft dieser Frau unter falschen Voraussetzungen in Anspruch zu nehmen. „Wir sind keine wirkliche Ehe eingegangen“, erläuterte sie, obwohl es ihr schwer fiel, das zu bekennen.

Sie stellte jedoch erstaunt fest, dass Bethia keineswegs entrüstet war, sondern ihren langen Zopf zurückwarf und lachte. „Für einen de Burgh ist es kaum möglich, eine wirkliche Ehe aus Liebe einzugehen“, stellte sie fest.

Sybil blickte zur Seite und räusperte sich. „Vielleicht ist das so, aber in diesem Fall hat mich Robin lediglich geheiratet, um mich beschützen zu können.“

Abermals reagierte Bethia anders, als Sybil erwartet hatte. Sie lachte lauthals, worauf Sybil sie zweifelnd ansah. Wollte diese Frau sie verspotten? „Entschuldigt", sagte die blonde Schönheit und unterdrückte einen weiteren Lachanfall. „Ich kann mir sehr gut vorstellen, dass Robin Euch versichert hat, dass er Euch nur zwangsweise zu Eurem Schutz geheiratet hat. Und höchstwahrscheinlich glaubt er selbst daran. Obwohl die de Burghs in der Regel sehr scharfsinnig zu sein pflegen, sind sie in Gefühlsdingen bemerkenswert unerfahren", verkündete sie.

Als sie Sybils Verwirrung bemerkte, lächelte Bethia. „Robin mag zwar in der Lage sein, sich selbst und Euch etwas vorzumachen, aber bei Simon und mir gelingt ihm das nicht", meinte sie. „Ich habe gesehen, wie Robin Euch angeschaut hat, das war ganz und gar nicht der Blick eines Mannes, der lediglich seine Pflicht erfüllt."

Sybil schwankte zwischen Verunsicherung und Freude, als Bethia das aussprach. Die Hoffnung, dass Robin sie vielleicht doch liebte, keimte erneut in ihr auf. Nach der letzten Nacht war sie sich dessen fast sicher gewesen, doch hatte sie auch erhebliche Zweifel gehabt. Vielleicht beruhte Robins Interesse an ihr nur auf körperlichem Begehren.

„Was weiß ich als ehemalige Novizin schon über männliche …" Sybil hielt inne, sie hatte Wollust sagen wollen, genierte sich aber dieses dreisten Ausdruckes, „… Verhaltensweisen?" ergänzte sie.

Bethia lachte abermals. Ihr Lachen war tief und ungezwungen und ermutigte Sybil, über dieses delikate Thema ohne falsche Scham zu reden. „Wahrscheinlich ist es leichter zu fliegen, als das Verhalten eines Mannes zu verstehen! Es ist aber offensichtlich, dass Robin Euch nicht nur begehrt, sondern auch liebt", antwortete sie.

Sybils Herz machte kleine Freudensprünge. Ihr schwirrte der

Kopf vor Aufregung. Sie sank auf einen Stuhl und atmete tief ein und aus. Wie gern hätte sie Bethia geglaubt, sie war aber noch immer skeptisch. „Woraus schließt Ihr das?“ fragte sie.

„Ich habe beobachtet, wie er sich von Euch verabschiedet hat. Es ist ihm offensichtlich sehr schwer gefallen, sich von Euch zu trennen“, erwiderte Bethia und grinste. „Auch strahlt er jene unerschütterliche Gewissheit aus, dass Ihr die seine seid. Und wehe dem, der das bezweifelt – das würde er auch Euch nicht verzeihen!“

„Wirklich?“ meinte Sybil verblüfft. Sie runzelte nachdenklich die Stirn und war hin- und hergerissen zwischen ihrem Wunsch, Bethia zu glauben und ihren eigenen Zweifeln. „Wenn es so ist, wie Ihr behauptet, warum bekennt er sich dann nicht dazu?“ wollte sie wissen. Es hatte für Robin viele Gelegenheiten gegeben, ihr seine Liebe zu gestehen, besonders letzte Nacht.

Bethia setzte sich neben Sybil und wandte sich ihr lächelnd zu. In ihrem Antlitz spiegelte sich der Erfahrungsschatz einer erfahrenen Frau. „Ich will Euch mal etwas über die de Burghs erzählen.“

Sybil hörte ihr gespannt zu, als sie über den Earl of Campion und seine sieben Söhne berichtete, welche die meiste Zeit in einem Männerhaushalt mit nur spärlichen weiblichen Einflüssen gelebt hatten. „Die älteren Brüder erinnern sich noch an Campions zweite Frau, die jüngeren aber nicht“, sagte Bethia. „Robin war noch ein Kleinkind, als sie starb. Daher sind er, Reynold und Nicholas ohne Mutter aufgewachsen. Zwar sind sie alle sehr attraktiv und charmant, doch haben sie kaum Erfahrung im Umgang mit Frauen. Manchmal brauchen sie wirklich einen Klaps auf den Hinterkopf – oder auf das Herz –, um ihre Gefühle zu zeigen.“ Bethia schüttelte den Kopf. „Ich habe darüber mit meinen Schwägerinnen gesprochen. Es ist immer die gleiche Geschichte, wenn man hofft, dass sie einem ihre Liebe gestehen, bekommen sie die Zähne nicht auseinander!“

„Dann hattet Ihr auch mit Simon dieses Problem? Wie habt Ihr ihn dazu gebracht, sich zu verändern?“ erkundigte sich Sybil.

Bethia lachte abermals lauthals. „Ich habe eine ganze Menge Probleme mit Simon gehabt. Am schlimmsten war seine Neigung, jeden anderen Menschen beherrschen und lenken zu wollen. Dazu neigt er heute noch.“ Sie lehnte sich mit einem selbstgefälligen Lächeln zurück. „Aber ich habe gelernt, ihn zu lenken. Und wenn ihr Robin dazu bringen wollt, Euch seine Liebe zu gestehen, müsst Ihr Euren Kopf gebrauchen – und Euren Körper.“ Als sie sah, dass Sybil erschrak, lachte Bethia. „Man sagt immer, dass es in der Liebe und im Kampf gerecht zugehen muss, und manchmal habe ich den Eindruck, dass die de Burghs den Unterschied zwischen Liebe und Kampf nicht kennen.“

Ermutigt durch diese außergewöhnliche Frau fasste Sybil wieder Mut. Wenn ihr ihre Zukunft vorhin noch düster erschienen war, so sah sie ihr jetzt mit Zuversicht entgegen. Zwar wusste sie noch nicht so recht, was sie wollte, doch war ihr klar, dass sie auf keinen Fall wieder ins Kloster zurückkehren würde. Ihr neues Leben war so interessant und aufregend, darauf wollte sie um keinen Preis verzichten.

„Übrigens, da ich gerade vom Kampf sprach, habt Ihr Erfahrung darin?“ fragte Bethia.

„Ich habe mich lediglich mal gegen Robin zur Wehr gesetzt“, antwortete Sybil unsicher.

„Nun denn, als Erstes müsst Ihr lernen, Euch selbst zu verteidigen. Auch wenn Robin Euch offensichtlich immer so nahe wie irgend möglich sein möchte, wird er nicht stets zu Eurem Schutz bei Euch sein können. Oder es besteht die Möglichkeit, dass ihr beide gleichzeitig angegriffen werdet. Zwar halten sich die de Burghs für unbesiegbar, doch weiß ich aus eigener Erfahrung, dass sie das nicht sind“, teilte Bethia ihr selbstbewusst mit.

Sybil schmunzelte, doch dann stutzte sie. „Aber sind wir hier denn nicht sicher?“

„So sicher wie irgend möglich“, erwiderte Bethia. „Burgen und auch kleinere Festungen dienen der Abwehr von Kriegern. Man kann jedoch nie ausschließen, dass es einzelnen Personen unter Vorspiegelung falscher Tatsachen gelingt, sich einzuschleichen. Auch wenn Simon das Eingangstor verbarrikadiert hat, halte ich dennoch beständige Wachsamkeit für erforderlich. Und selbst wenn wir von Gefahren verschont bleiben, könnt Ihr lernen, Euch selbst zu verteidigen, eine Kunst, die Euch sicher später einmal von Nutzen sein wird. Wie denkt Ihr darüber, Schwester?“ erkundigte sie sich.

Sybil behagte die Vorstellung ganz und gar nicht, sich irgendwann verteidigen zu müssen. Daher nickte sie nur stumm. Auch überlegte sie, wie eine schwangere Frau wohl in der Lage sein mochte, sie Kampftechniken zu lehren. Jedoch verflogen ihre Bedenken, als Bethia sofort tatkräftig zu einer großen Truhe schritt, den Deckel hob und eine Reihe schrecklicher Messer herausholte. Und als ob es damit nicht genug wäre, entnahm sie der Truhe mit glückseligem Gesichtsausdruck auch noch ein langes, massives Schwert.

„Lasst uns hiermit anfangen, meiner Lieblingswaffe“, meinte sie und blickte Sybil freundlich auffordernd an.

Es missfiel Robin, dass Sybil nicht in seiner Nähe war. Er war verpflichtet, sie zu beschützen, und es entsprach nicht seinem Naturell, Pflichten zu vernachlässigen. Er grübelte über den Abschied nach. Ich hätte ihr gerne noch etwas gesagt, aber in Gegenwart meines Bruders und seiner Frau war das nicht möglich; außerdem war meine Zunge wie gelähmt, als ich vor ihr stand und ihre Hände hielt, dachte er.

Das hatte alles mit dem Fluch zu tun, da war er sich ganz sicher. Doch in Wahrheit beunruhigte er Robin gar nicht mehr. Es gab wichtigere Dinge zu bedenken – zum Beispiel wie Sybils neues Selbstbewusstsein einzuschätzen war und ob sie nun vielleicht während seiner Abwesenheit mit einem der Wachposten auf Ansquith herumschäkern würde. Auch fragte er sich, warum sie ihm zum Abschied nicht irgendetwas Liebevolles gesagt hatte, so etwas wie: *Ich werde dich vermissen*.

Na ja, das ist typisch für sie. Sie scheint offensichtlich heilfroh zu sein, mich endlich los zu sein, überlegte Robin. Auch hatte sie keinerlei Einwände erhoben, nach Ansquith gebracht zu werden. Ganz im Gegensatz zu Florian, der regelrecht beleidigt gewesen war, weil die beiden de Burghs die kleinere Festung der größeren und luxuriöseren Burg vorgezogen hatten. Florian hatte versucht, Sybil umzustimmen. Sie hatte aber nur gelacht und ihm versichert, dass sie bald zurück sein würden. Werden wir wirklich nach Baddersly zurückkehren, fragte sich Robin beklommen, wollte aber nicht weiter darüber nachsinnen.

Auf Ansquith hatte er sich selbstbewusst und gefasst gegeben, um Sybil nicht zu verunsichern, doch hatte er sich bei dem Gedanken, Sybil verlassen zu müssen, innerlich zerrissen gefühlt. Simon schien dafür kein Verständnis zu haben, sondern sich sogar daran zu ergötzen, dass sein jüngerer Bruder sich mit Sorgen quälte. Robin bereute jetzt manchen Streich und Witz, den er auf Kosten seines Bruders zum Besten gegeben hatte.

Auch hatte ihm Simon kurz vor ihrer Abreise schnell noch eine der Schlafkammern von Ansquith gezeigt und ohne jegliches Mitgefühl versichert, dass selbstverständlich auch für Sybil eine separate Schlafkammer zur Verfügung gestellt würde. „Da es sich ja um keine wirkliche Ehe handelt“, hatte er gesagt. Und als Robin ihn daraufhin wütend angeblickt hatte, war Simon in schallendes Gelächter ausgebrochen, so wie Robin früher oft ihn ausgelacht hatte. So kannte Robin seinen älteren Bruder gar nicht. In ihrer Jugendzeit war Simon nicht in der Lage gewesen zu scherzen, weil er alles wörtlich nahm und etwas engstirnig war. Doch nun machte es seinem Bruder regelrecht Spaß, ihn zu verspotten, wie Robin befremdet feststellen musste.

In dieser trübseligen Stimmung war Robin kurz davor, seinen Bruder zu verfluchen. Er hob den Kopf und sah, dass Simon ihn finster anschaute. „Ich hätte dich nicht mitnehmen sollen“, murmelte er.

„Äh, was?“ fragte Robin. „Hast du etwas gesagt?“

Simon schien verärgert. „Ja! Ich hatte nicht vor, auf der Reise nur Selbstgespräche zu führen. Aber was soll's, mit dir ist ja nichts anzufangen“, schimpfte er.

„Wovon redest du überhaupt?“ wollte Robin wissen.

Sein Bruder stöhnte. „Erinnerst du dich noch, wie es um mich bestellt war, als du im letzten Herbst nach Ansquith kamst, nachdem Bethia und ich einen Schwertkampf gegeneinander geführt hatten? Sie hatte mich besiegt, und ich war äußerst betrübt und ließ zu, dass dieser Schwachkopf Stephen mich betrunken machte“, meinte er und schüttelte sich.

„Ja“, erwiderte Robin bedächtig. Er wusste nicht so recht, was das mit ihrer Suche nach den Mördern zu tun hatte. Sein eigentlich eher wortkarger Bruder schien heute ein großes Mitteilungsbedürfnis zu haben.

„Und du, mein Lieber, verhältst dich jetzt genauso wie ich damals“, stellte Simon fest. „Dagegen gibt es nur ein einziges Mittel.“

„Ich bin nicht betrübt“, entgegnete Robin. „Ich, äh, denke nur nach. Außerdem hatten Sybil und ich gar kein Gefecht miteinander."

Simon lachte trocken. „Das mag wohl sein, aber es stehen viele ungeklärte Dinge zwischen euch."

Robin schwieg. Er wollte nicht schon wieder mit Simon über seine Scheinehe reden. Jedoch hätte er gerne gewusst, worauf sein Bruder anspielte. Also sagte er doch noch etwas. „Und was ist das für ein Mittel?" erkundigte er sich.

„Ich würde dir raten, sie zu heiraten, aber da du das bereits getan hast, solltest du die Ehe auch wirklich vollziehen und zwar eine Ehe, die nicht auf Zweckmäßigkeit, sondern auf Liebe basiert", brüllte Simon ihn an.

Robin verzog das Gesicht, und Simon grinste. Beide schwiegen, bis sie das Dorf erreicht hatten, in dem Gwerful ermordet worden war. Vor ihrer Hütte stiegen sie von den Rössern, und Robin begrüßte den Wachposten, den er dort zurückgelassen hatte. Im Haus hatte sich nichts verändert. Lediglich der Leichnam war zur Beerdigung entfernt worden, und Gwerfuls Mann war noch immer nicht zurückgekehrt.

„Hast du daran gedacht, dass auch ihr Mann sie in einem Wutanfall getötet haben könnte?" fragte Simon grimmig. „So etwas kommt vor."

„Das ist kaum anzunehmen, andere Schlussfolgerungen drängen sich eher auf", entgegnete Robin. „Die beiden haben jahrelang friedlich zusammengelebt. Sie wurde umgebracht, weil ich mich auf die Suche nach Vala gemacht habe."

„Du trägst nicht die Schuld an ihrem Tod", sagte Simon barsch.

„Doch, ich habe ihn heraufbeschworen", erwiderte Robin.

Sein Bruder kniete sich auf den Boden, um dort, wo die Frau gelegen hatte, nach Spuren zu suchen, und Robin schaute sich noch einmal nach Beweisen in dem kleinen Häuschen um, doch fand er auch jetzt nichts.

„Offensichtlich hat sie sich nicht zur Wehr gesetzt“, stellte Simon fest.

„Jeder, der Kleidung kaufen wollte, konnte hier hereinkommen“, erklärte Robin.

„Aber Männer, die heimlich ein Verbrechen verüben wollen, würden sicher nicht die Eingangstür benutzen“, gab Simon zu bedenken. Die Brüder blickten sich an und schritten schnurstracks zum hinteren Teil der Hütte, wo sich eine schmale Tür befand, die in einen Garten führte, in dem Bohnen und anderes Gemüse wuchsen. Simon suchte auf dem Boden nach Abdrücken von Pferdehufen.

„Hier!“ rief er. Er stand am Ende des Gartens vor einer Brombeerhecke, die einen hölzernen Zaun umrankte, und Robin eilte dorthin.

„Die Männer scheinen ein wenig fahrlässig zu sein“, meinte Simon. Im Fährtenlesen war er fast so versiert wie Dunstan, der Älteste der de Burghs. Simon folgte der Spur mit den Augen, die durch eine Baumgruppe und über einen gepflügten Acker wieder zur Landstraße führte.

„Was nun?“ erkundigte sich Robin.

„Wir reiten die Landstraße entlang und achten sorgfältig darauf, ob sie irgendwo abgebogen sind“, antwortete Simon und begab sich zu den Rössern.

„Wahrscheinlich sind sie zum Kloster zurückgeritten“, erwiderte Robin besorgt, weil die Straße zum Konvent und dessen Umgebung führte.

„Wir werden sehen“, sagte Simon.

Robin nickte kurz, bestieg sein Streitross und ließ es zur Landstraße traben.

Um die Spuren nicht aus den Augen zu verlieren, ritten sie langsam, was Robin auf eine harte Probe stellte. Er neigte sowieso zur Ungeduld, und die Sorge um Sybil verstärkte seinen Drang, schnell zu handeln.

„Wahrscheinlich sind sie unverzüglich zum Kloster geritten, nachdem sie herausgefunden haben, dass Sybil die wahre Prinzessin ist", überlegte er laut. „Vielleicht haben sie schon eine der Nonnen angegriffen, oder treffen dort jetzt gerade ein ..."

Simon unterbrach ihn rüde fluchend. „Ich hätte lieber Bethia mitnehmen sollen anstatt dich", fluchte er. „Du benutzt nicht deinen Verstand zum Denken, sondern lässt dich von etwas anderem leiten."

„Das ist nicht wahr!" entrüstete sich Robin. Er war lediglich etwas übermäßig besorgt, seit er Sybil zurückgelassen hatte.

Simon fluchte abermals. „Ich spreche von deinem Herz, du Dummkopf!"

Robin wollte sich rechtfertigen, aber Simon brachte sein Ross bei einem Gebüsch zum Stehen und gab Robin ein Zeichen, anzuhalten. Robin sah zu, wie sein Bruder vom Pferd stieg und den Boden untersuchte. „Wir müssen hier lang", verkündete er schließlich und schwang sich wieder in den Sattel.

„Aber wie kannst du sicher sein, dass diese Hufspuren zu den Pferden der Mörder gehören?" fragte Robin, obwohl er ahnte, dass sie keine andere Wahl hatten, als dieser Spur zu folgen.

„Ich bin mir nicht absolut sicher, aber ich vermute, dass sie abseits der Straße geritten sind, um niemandem zu begegnen, und dabei gestern deinen Tross beobachtet haben. Die Tatsache, dass du als Leichenbeschauer eine Novizin mit dir führtest, könnte ihr Misstrauen geweckt haben."

Robin stockte der Atem, er befürchtete das Schlimmste und warf einen flüchtigen Blick auf Simon.

„Es könnte so gewesen sein, vielleicht auch nicht", meinte Simon.

Das beruhigte Robin aber nicht. Er wusste, dass sein Bruder davon ausging, dass die Mörder ihnen erst nach Baddersly und dann nach Ansquith gefolgt waren.

15. KAPITEL

Sybil empfand es als Bereicherung, den Tag mit Bethia de Burgh zu verbringen. Diese Frau war stolz auf ihre Stärke und Eigenständigkeit. Damit unterschied sie sich von allen weiblichen Wesen, die Sybil kannte. Bethia war immer ihren eigenen Weg gegangen, trotz der Härte und der Risiken, die das mit sich brachte. Da Sybil ohne familiäre Bande und zwangsweise im Kloster aufgewachsen war, fühlte sie eine Seelenverwandtschaft zu dieser Frau, die sich viele Jahre gegen ihre Angehörigen aufgelehnt hatte, welche ihren Willen hatten brechen wollen, anstatt sie ihrem Naturell gemäß aufwachsen zu lassen.

Bethia schien für eine Frau erstaunlich muskulös zu sein. Zwar war Sybil durch die harte Arbeit im Kloster auch recht kräftig, doch hatte sie keinerlei Erfahrung im Messerwurf oder Führen eines Schwertes. Und obwohl Bethia darauf verwies, dass ihre Waffen leichter waren als die üblichen, konnte sich Sybil gut vorstellen, dass Bethia durch den häufigen Gebrauch dieser Waffen so athletisch war. Und sie begrüßte es sehr, durch das Erlernen des Waffengebrauchs einen Zuwachs an Kraft und Selbstsicherheit zu erlangen.

Sie fühlte sich außerordentlich wohl. Freundschaften waren ihr all die Jahre wichtig gewesen, besonders jene mit Elisa. Doch Bethia, die offen, durchsetzungsfähig und selbstständig war, schien Sybil ähnlicher zu sein. Auch fühlte sich Sybil hier heimischer, als es je im Kloster der Fall gewesen war. Und obwohl sie wusste, dass sie wegen der Scheinehe keine wirkliche Verwandtschaft mit Bethia verband und auch die luxuriösen Lebensumstände ihr nur übergangsweise vergönnt sein würden, war sie nun davon überzeugt, dass auch nach dem Ende der Ehe auf jeden Fall eine bessere Zukunft vor ihr liegen würde. Sie hatte neue Freunde gefunden und viele wichtige Dinge gelernt. Sie stand *mitten im Leben*, und das war wundervoll.

Stöhnend sank sie auf eine Truhe und bat um eine Pause, während Bethia trotz der anstrengenden Übungen noch keinerlei Anzeichen von Erschöpfung zeigte. Sie setzte sich lächelnd auf einen Stuhl und stellte das Schwert mit einer gleichermaßen resoluten und graziösen Bewegung neben diesen. Sybil strich sich eine Locke aus dem Gesicht und dachte über das nach, was sie gerade gelernt hatte. Die zuvor elegant eingerichtete Wohnstube wirkte nun recht merkwürdig. Die Möbelstücke hatten sie an die Wand gerückt, um genug Platz für den Schwertkampf zu haben, und ein eigens zu diesem Zweck aufgestellter Strohsack war von ihren Messerwürfen durchlöchert.

„Es sieht jetzt hier reichlich anders aus als bei meiner Ankunft", stellte Sybil fest, worauf die beiden Frauen wie junge Mädchen kicherten. Als jemand an die Tür klopfte, verstummten sie.

„Was ist?" fragte Bethia.

„Ich bin's, Gerbold, Mylady", antwortete jemand vor der Tür.

„Tretet ein!" rief Bethia, worauf der kräftige Ritter hereinkam und sich höflich verbeugte.

„Mylady, zwei Priester bitten um Einlass. Sie möchten mit der Novizin aus dem Kloster *Our Lady of all Sorrows* sprechen, weil sie in einem Mordfall ermitteln", sagte er.

Sybil erschrak. Obgleich sie wusste, dass jetzt nicht einmal der Bischof mehr über sie verfügen konnte, schaute sie Bethia ängstlich an. Seit ihrer Kindheit war sie der Willkür der kirchlichen Obrigkeiten ausgeliefert gewesen und misstraute ihr deshalb noch heute. Doch da Bethia ruhig und gefasst wirkte, beruhigte sich Sybil und hob selbstbewusst den Kopf. Sie war keine Novizin mehr, sondern Lady de Burgh.

„In Ordnung, lasst sie herein!" erwiderte Bethia.

Die beiden Priester betraten den Raum, verbeugten sich und stellten sich mit leiser Stimme als Paulinus und Randal vor. Sie trugen dunkle Umhänge mit Kapuzen. Merkwürdigerweise ließ sich in den Gesichtszügen der Männer keinerlei Anzeichen von Nachdenklichkeit oder Sorge erkennen.

Bethia nickte ihnen ehrerbietig zu. „Ich heiße Euch als Herrin von Ansquith herzlich willkommen", meinte sie. „Wie ich hörte, wollt Ihr mit meiner Schwägerin, Lady de Burgh, einer ehemaligen Novizin, sprechen." Sie zeigte auf Sybil.

Die beiden Geistlichen wechselten finstere Blicke und starrten dann Sybil an. „Wieso …? Äh, herzlichen Glückwunsch, Mylady", sagte Paulinus, worauf sich beide abermals verbeugten. Sybil, die unbewusst die Luft angehalten hatte, atmete geräuschvoll aus.

„Wir sind erfreut, Eure Bekanntschaft zu machen, Mylady", wandte sich der andere Priester an Bethia, „doch müssen wir mit Eurer Schwägerin alleine reden. Es handelt sich um eine kirchliche Angelegenheit von großer Bedeutung, die diskret behandelt werden soll."

Bethias Gesichtszüge verhärteten sich. „Das ist leider nicht möglich. Gerbold …" Plötzlich kam es zu einem Tumult. Die Priester, die zuvor zurückhaltend und in gebeugter Haltung vor ihnen gestanden hatten, richteten sich auf. Einer von ihnen zog blitzschnell ein Messer und hielt es Gerbold an die Kehle, noch bevor dieser Bethia beistehen konnte.

„Dann müssen wir leider gewaltsam vorgehen", stellte Randal grimmig fest. Seine Kapuze war nach hinten gefallen und entblößte Gesichtszüge, die zu einem frommen Mann in keiner Weise passten.

„Ihr seid keine Priester und habt auch nichts mit der Aufklärung des Mordes zu tun. Ihr selbst seid die Mörder", entrüstete sich Bethia und erhob sich zornig.

„Rührt Euch nicht vom Fleck, Lady", warnte der Bursche, der sich als Paulinus vorgestellt hatte. „An Euch sind wir nicht interessiert."

„Ihr habt es hier aber mit mir zu tun. Macht Euch darauf gefasst, dass es etwas anderes ist, eine wehrlose Nonne in der Dunkelheit zu ermorden, als zwei bewaffnete Frauen in ihrer eigenen Festung anzugreifen", entgegnete sie und ergriff ihr Schwert.

Die beiden Mörder musterten Bethia, eine elegant gekleidete Schönheit und offensichtlich schwanger, und lachten schallend. Als Sybil sah, dass Bethia sich auf einen Kampf einlassen wollte, sorgte sie sich um diese und besonders um das ungeborene Kind. Das hier war ihre Angelegenheit, und sie hätte es sich nie verzeihen können, wenn Bethia oder dem Kind etwas zustoßen würde. Sie umfasste den Griff des Messers, das noch auf ihrem Schoß lag.

„Nein!" brüllte Sybil, richtete sich auf und zückte das Messer. Sie überlegte noch, ob sie sich auf Paulinus stürzen oder das Messer nach ihm werfen sollte, da hatte Bethia sich schon auf ihn gestürzt. Sybils Schrei hatte die Mörder abgelenkt, und in dem Moment, als die Männer sich ihr zuwandten, hatte Bethia Paulinus mit dem Schwert angegriffen.

Sybil, die genauso verblüfft wie die beiden Männer war, erschrak, als sie sah, dass Bethias Schwert Paulinus vom Rücken bis zum Bauch durchbohrt hatte. Randal ließ von Gerbold ab und stürzte sich fluchend auf Bethia. Jedoch wurde er jetzt von Bethia und Gerbold gleichzeitig angegriffen.

Mit weit aufgerissenen Augen beobachtete Sybil, wie Bethia dem Übeltäter, der nun auf dem Boden lag, das Schwert an die Kehle setzte. „Wer ist Euer Auftraggeber?" fragte sie zornig. Der Mann bäumte sich jedoch lediglich noch einmal auf und starb dann. Bei diesem schrecklichen Anblick bekam Sybil weiche Knie, hockte sich hin und verbarg das Gesicht in den Händen. Sie zitterte am ganzen Körper und sehnte sich nach dem Beistand ihres starken Ehemannes.

Vielleicht war das Leben in der weltlichen Gesellschaft doch nicht so angenehm.

Als sie Ansquith erreichten, merkte Robin gleich, dass etwas passiert war, weil die Wachposten am Tor in Aufruhr waren und ihnen aufgeregt zuwinkten. Robin wurde von einer Besorgnis ergriffen, die stärker war als alle Befürchtungen, die ihn in den letzten Tagen gequält hatten. Deshalb hielt er sich nicht mit Fragen auf, sondern galoppierte schnellstens in die Festung und fluchte wutentbrannt. Simon folgte ihm, voller Furcht, dass er zu spät kommen könnte und seine geliebte Frau vielleicht schon tot war.

Erst als Simon ihn darauf aufmerksam machte, dass Bethia ihnen aus einem der höher gelegenen Fenster zuwinkte, hielt Robin kurz an und steckte sein Schwert zurück in die Scheide, weil Bethia ihnen zurief, dass alles in Ordnung sei. Jetzt bemerkte er, dass er vor Anspannung zitterte. Er brauchte eine Weile, um sich zu beruhigen. Als er Simon anschaute, fiel ihm auf, dass dieser kreidebleich war und auch sehr angespannt wirkte.

Schweigend eilten die beiden Brüder durch die Halle zum Wohnraum, wo Bethia ihnen berichtete, was geschehen war. Robin konzentrierte sich auf ihren Bericht, so gut er konnte, beobachtete aber ständig Sybil, die in der Nähe des Fensters saß und krampfhaft einen Becher in den Händen hielt. Er schritt auf sie zu und kniete vor ihr nieder. Dann nahm er ihr wortlos den Becher mit dem heißen Wein aus den Händen und umfasste diese mit den seinigen. Ihre Hände waren eiskalt, daher rieb er sie fürsorglich. „Seid Ihr unverletzt?“ fragte er mit belegter Stimme.

Sie nickte verhalten und wirkte deutlich mitgenommen, fast versteinert. Im Gegensatz zu ihrem eigentlich agilen und rebellischen Naturell erschien sie ihm nun verloren und sehr einsam. Sie wandte sich ihm zu und hob den Kopf. „Es war schrecklich, aber ich bin nicht zusammengebrochen“, sagte sie.

Robin empfand tiefes Mitleid mit ihr und hätte sie am liebsten in den Arm genommen, beherrschte sich aber.

Zwar ist sie standhaft und nicht so leicht zu erschüttern, doch ist sie durch ihr abgeschiedenes Leben im Kloster von weltlichen Grausamkeiten verschont geblieben. Diese Unerfahrenheit macht sie leicht angreifbar und verletzlich. Sie braucht jemanden, der auf sie aufpasst, dachte Robin. Und als er sie so verloren dort sitzen sah, konnte er nicht mehr an sich halten. Er umfasste sie mit den Armen und hob sie hoch, während er sich aufrichtete.

Ihren schwachen Einwand überhörte er und trug sie zu der Schlafkammer, die man ihm zugewiesen hatte. Er schlug die Tür hinter sich zu. Heftige Gefühle tobten in seinem Innern. Er wollte Sybil beschützen und besitzen. Wie hatte er sich um sie gesorgt und wie erleichtert war er jetzt, sie unversehrt in den Armen zu halten. Er erkannte, dass er sie liebte. Nichts anderes zählte, nur sie, Sybil.

„Ich bin nicht verletzt, Robin“, protestierte sie, als er sie auf das große Bett legte. „Ich muss mich nicht hinlegen.“

„Nein? Du meinst, es sei nicht nötig?“ fragte er und beugte sich über sie. „Ich bin da aber ganz anderer Ansicht.“

Er umfasste ihren Kopf und küsste sie, erfüllt von Leidenschaft und Liebe. Sybil wehrte sich nicht, sondern erwiderte seine Küsse inbrünstig. Kurz darauf rissen sie sich hastig die Kleidung vom Leib. Robin ging so stürmisch vor, dass er einige Nähte ihres Gewandes zerriss. Ihm war das egal, und Sybil ließ ihn gewähren. Sie schien genauso wollüstig wie er zu sein und auch die Kälte der schrecklichen letzten Stunden durch die Hitze der Leidenschaft vertreiben zu wollen. Als beide endlich nackt waren, nahm Robin sie ganz fest in die Arme. Er war wie besessen vor Verlangen und hatte das Gefühl, dass sie ihm immer noch nicht nah genug war.

Er wollte in ihr versinken, ihr seine Liebe gestehen, so laut, dass die ganze Welt es hören konnte. Jedoch schwieg er, weil ihm das Abkommen wieder einfiel, das sie getroffen hatten, und er das Gefühl hatte, im Moment völlig durcheinander zu sein. In diesem Zustand wollte er ihr nicht unbedacht die Unschuld nehmen, und schon gar nicht ohne ihr Einverständnis.

Sie hatte viel durchgemacht, und er wollte jetzt nur für sie da sein. Also zwang er sich, seine drängende Begierde zu beherrschen, streichelte und liebkoste Sybil am ganzen Körper mit den Händen und dem Mund. Er saugte an ihren Brüsten, widmete sich mit der Zunge ihrem Bauch.

Mit zitternden Händen spreizte er ihre Schenkel und senkte seinen Kopf zwischen ihre Beine. Sybil stöhnte lustvoll auf, und er liebkoste ihre Perle mit den Fingern, der Zunge und dem Mund. Ein wollüstiger Schrei war die Belohnung seiner Bemühungen, und Robin schloss Sybil in die Arme, ohne sich um seine mächtig erstarkte Mannbarkeit zu kümmern, die fast schmerzte. Er hielt sie zärtlich umschlungen, und so schlief sie in seinen Armen ein.

Er selbst konnte jedoch keine Ruhe finden, weil ihn noch immer tief erschütterte, was sich in seiner Abwesenheit zugetragen hatte. Außerdem quälten ihn auch noch andere Gefühle, die seine gesamte Lebensplanung infrage stellten. Eigentlich hätte er dankbar sein sollen, dass nichts Schlimmeres passiert war. Niemand war verletzt worden, und die Frauen hatten die Mörder außer Gefecht gesetzt. Und doch belastete ihn etwas so heftig, dass er unbewusst die Hand nach Sybil ausstreckte. Fast hätte er seinem Drang nachgegeben, sie zu wecken und sich mit ihr zu vereinigen, um in ihrem Körper Glückseligkeit zu finden. *Jetzt und für immer*.

Jedoch verließ er das Bett und betrachtete erstaunt seine zitternden Hände. Mit einem letzten Blick auf seine Frau schloss er die Tür leise hinter sich. Wie immer wenn er Sorgen hatte, sehnte er sich jetzt nach seiner Familie und suchte Simon. Entgegen seiner Erwartung fand er ihn schließlich im Wohnraum und wunderte sich, dass Simon so zerzaust aussah. „Was ist mit dir los?" fragte Robin.

Simon starrte ihn sprachlos an, und als Robin kurz darauf Bethia bemerkte, wurde ihm klar, dass er die beiden in einem ungünstigen Moment gestört hatte. Erst lachte er, doch dann stieg ihm die Röte ins Gesicht. Er wandte sich ab und entschuldigte sich leise. Jedoch hatte Simon sich bereits aufgerichtet.

„Nachdem die Mörder tot sind und die Gefahr gebannt ist, kannst du nun auch deine Ehe annullieren lassen. Wann gedenkst du das zu tun?"

Es missfiel Robin, dass ausgerechnet sein Bruder das aussprach, was ihn selbst bewegte. Er drehte sich um und wollte etwas erwidern, da bemerkte er, dass Simon ihn selbstgefällig anblickte. Robin zerrte am Halsausschnitt seines Waffenrockes und fragte sich, ob sich sein Bruder insgeheim an seiner Verlegenheit ergötzte.

„Ich kann noch nicht genau sagen, wann. Und selbstverständlich muss ich das erst noch mit meiner Frau besprechen", antwortete Robin.

„Selbstverständlich", entgegnete Simon verschmitzt. „Aber du willst doch sicherlich diese Sache so schnell wie möglich in die Wege leiten. Du weißt doch, wie langsam die kirchlichen Gerichte arbeiten." Er lächelte, als wenn er Robin zugetan wäre, doch hatte dieser eher das Gefühl, dass Simon ihn quälen wollte.

„Nun, welchen Grund wirst du zwecks Auflösung der Ehe geltend machen?" fuhr Simon ungeniert fort. „Ich vermute, dass Vater es nicht billigen wird, wenn ihr beiden behauptet, dass Sybil zur Ehe gezwungen wurde."

Robin schüttelte benommen den Kopf, er hatte keine Lust, über all das jetzt nachzudenken, geschweige denn darüber zu reden.

„Wie wäre es, wenn ihr behauptet, dass sie schon vor eurer Ehe verheiratet war? Das wird häufig als Grund angeführt, und wenn du jemandem genug Geld bietest, bist du schnell von deinem Ehejoch befreit", schlug Simon vor.

Robin sträubten sich die Haare, weil sein Bruder so gefühllos über dieses Thema sprach. Er hatte von alten Tattergreisen gehört, die sich auf diese Weise ihrer Frau entledigt hatten, um eine jüngere und hübschere Frau zu heiraten. Robin missbilligte derartiges. Und genauso wenig hätte er akzeptiert, eine andere Frau als seine Gattin auszugeben und mit dieser letztendlich lebenslang zusammenzubleiben.

„Du brauchst ja nicht zu behaupten, dass du selbst schon mit einer anderen Frau verheiratet warst. Ich weiß doch, wie sehr du die Ehe ablehnst! Du brauchst nur jemanden aufzutreiben, der beschwört, dass er mit Sybil schon vor dir verheiratet war. Die beiden können dann als Mann und Frau zusammenleben, und du bist sie unverfänglich losgeworden", meinte Simon.

Robin wurde fürchterlich wütend. *Niemand* durfte ihm Sybil wegnehmen! Und falls Simon jetzt noch ein einziges Wort über diesen Vorschlag verlieren sollte, würde er ihn unverzüglich verprügeln. Es war ihm egal, dass sein Bruder größer und stärker war, Simon war zu weit gegangen. Wütend schritt Robin mit geballten Fäusten auf ihn zu.

Simon schwieg, dann grinste er verschmitzt. „Ich hab's! Es gibt noch einen Grund, die Ehe annullieren zu lassen, der dir sicher gefallen wird."

„Welchen?" erkundigte sich Robin und entspannte sich, da sein Bruder nun anscheinend seine Sticheleien einstellte.

„In Anbetracht der Umstände entspricht diese Begründung sogar den Tatsachen", verkündete Simon mit einem anzüglichen Gesichtsausdruck, der Robin eigentlich hätte warnen sollen. „Deine Lady muss lediglich dem kirchlichen Gericht mitteilen, dass du impotent bist."

„Was?" brüllte Robin und stürzte sich auf seinen Bruder, der ihm schnell auswich und in schallendes Gelächter ausbrach. Robin unterdrückte seinen Zorn und atmete tief ein. Zwar hätte es ihn erleichtert, wenn er seinen Bruder in einem Ringkampf hätte spüren lassen können, wie wütend er war, doch erkannte er, dass Simon eigentlich Recht hatte. Robin war tatsächlich nicht in der Lage, die Ehe jetzt schon auflösen zu lassen.

Jedoch gönnte er Simon den Triumph nicht. Er reckte sich und blickte ihn selbstbewusst an. „Vielleicht haben die beiden Mörder ja im Auftrag gehandelt. Es könnte zu weiteren Angriffen kommen", sagte er. Er wollte unbedingt so lange bei Sybil bleiben, bis er absolut sicher sein konnte, dass sie nicht mehr in Gefahr war. „Eigentlich wollte ich dich fragen, ob du einen vertrauenswürdigen und klugen Ritter hast, den wir nach Wales schicken können, damit er etwas über die Mörder herausfindet."

Simon sah seinen Bruder spöttisch an, und Robin hatte das Gefühl, dass Simon ahnte, dass er nicht nur wegen Sybils Sicherheit die Ehe noch nicht annullieren wollte. „Ja, ich habe einen Mann, der dieser Aufgabe gewachsen ist", antwortete Simon schließlich. „Doch wenn du deine Frau behalten willst, solltest du ihr das unbedingt auch einmal mitteilen, anstatt dauernd neue Gründe geltend zu machen, die Scheidung aufzuschieben."

Sybil kam es so vor, als hätte sich Robin verändert. Irgendwie verhielt er sich anders als sonst. Zum Beispiel hatte er sie voller Wollust zum Bett getragen, sich dann jedoch nur noch ihrer Befriedigung gewidmet und dafür gesorgt, dass sie eingeschlafen war. Um sein eigenes Begehren hatte er sich gar nicht geschert. Derartige Selbstlosigkeit hatte Sybil ihm gar nicht zugetraut.

Ihm war nur daran gelegen gewesen, dass sie sich hingab und in seinen Armen selig einschlief. Die Anstrengungen der letzen Tage, der heiße Wein und die Entspannung, die ihr Robin verschafft hatte, hatten dazu geführt, dass sie sehr lange geschlafen hatte. Doch nun war sie wach und wollte sich bei Robin revanchieren. Doch er lag nicht neben ihr, und sein Bettzeug war kalt. Sie war erstaunt, dass er nicht hier genächtigt hatte, zumal er seit ihrer Hochzeit keine Gelegenheit ausließ, mit ihr herumzutändeln.

Und auch als sie ihn in der großen Halle beim Frühstück antraf, schien er verändert. Er war zurückhaltend, aber außerordentlich freundlich zu ihr. Fast hätte Sybil gewünscht, dass er mit ihr streiten würde, nur um sich zu vergewissern, dass dies der Mann war, den sie im Kloster kennen gelernt hatte. Als er sie galant zum Tisch geleitete, keimte ein Verdacht in ihr auf. Immer wenn sich Robin ihr gegenüber ganz besonders freundlich verhalten hatte, hatte er irgendetwas von ihr gewollt. Was führte er im Schilde?

Sybil brachte kaum einen Bissen herunter, weil sie sich die ganze Zeit von ihm beobachtete fühlte. Doch wenn sie ihn anschaute, wandte er den Blick ab. Sie zerbrach sich den Kopf über sein Verhalten und bekam deshalb nur flüchtig mit, dass die beiden Brüder über ihren Plan redeten, jemanden nach Wales zu schicken. Robin war fest davon überzeugt, dass auch nach dem Tod der Mörder für Sybil noch immer Gefahr bestand. Eigentlich hätte sie das in Sorge versetzen müssen, doch interessierte sie vielmehr, was Robin vorhatte.

Vielleicht will Robin die Ehe umgehend annullieren lassen, überlegte Sybil. Sie hätte es akzeptiert, weil er ausdrücklich betont hatte, dass es nur eine Scheinehe sein sollte. Jedoch verübelte sie ihm die Art, wie er vorging. Warum konnte er ihr nicht offen sagen, dass er sich jetzt von ihr trennen wollte, anstatt sie hinzuhalten und mit seiner ungewöhnlichen Liebenswürdigkeit zu quälen? Glaubte er, dass sie daran zerbrechen würde, wenn er sie verließ? Den Gefallen werde ich ihm nicht tun, dachte Sybil, er soll nicht sehen, wie sehr es mich verletzt.

Nach dem Frühstück führte Robin sie in eine Ecke der Halle. Sybil fühlte sich unwohl. Warum können wir nicht in der Schlafkammer miteinander reden, fragte sie sich. Und als sie bemerkte, dass Simon und Bethia sie neugierig beäugten, hätte sie Robin am liebsten irgendetwas an den Kopf geworfen.

Er räusperte sich und wich ihrem Blick aus, worauf Sybil die Arme verschränkte und ungeduldig auf den Zehen auf und ab wippte. Seine Zeitschinderei ärgerte sie.

„Sybil, ich, oh …“

Sie musterte ihn scharf.

„Es tut mir Leid, dass ich gestern nicht hier war, als du bedroht wurdest“, sagte er mit finsterer Mine. „Ich bedauere, dass du dieser lebensbedrohlichen Situation ausgesetzt warst, aber ich hoffe auch, dass du nun einsiehst, in welcher Gefahr du schwebst“, fügte er hinzu und traute sich nicht, sie anzuschauen.

Ich bin doch gar nicht mehr gefährdet, dachte Sybil. Es wird mir ja wohl kaum eine ganze Armee nach dem Leben trachten. Zumal ich keine Königin bin, sondern nur eine der vielen so genannten Prinzessinnen aus dem kleinen Land Wales.

„Ich bin Bethia sehr dankbar, dass sie dich in ihre Obhut genommen hat, aber es könnte noch eine ganze Zeit dauern, bis wir wissen, wer Euch umbringen lassen will. Daher halte ich es für angebracht, dass wir wieder nach Baddersly zurückkehren“, verkündete er.

Sybil blickte ihn forsch an. „Und dann?“

„Wir müssen weiterhin auf der Hut sein und, äh, unsere Ehe erst einmal fortsetzen“, fuhr Robin fort und zerrte am Halsausschnitt seines Waffenrockes. „Das geschieht natürlich nur zu Eurem Schutz“, ergänzte er.

Sybil war insgeheim erleichtert, doch ließ sie sich das nicht anmerken. Die Gewissheit, dass er sie noch nicht loswerden wollte, machte sie kühn, und ihr fiel wieder ein, was Bethia ihr geraten hatte. „Hast du wieder diesen juckenden Ausschlag?“ fragte sie und schritt auf ihn zu. Dann nestelte sie an seinem Waffenrock, um einen Blick auf seine Brust werfen zu können. Er aber schob ihre Hände weg.

„Nein, ich habe nichts.“

Zwar hatte Sybil lediglich beabsichtigt, ihn ein wenig aufzuziehen, doch bemerkte sie, dass ihr selbst die Knie etwas weich wurden, als sie ihm so nahe war und er ihre Hände ergriff. Sie nahm seine Körperwärme, seinen Geruch wahr und war überwältigt vor Freude, dass sie noch eine Zeitlang bei ihm bleiben konnte.

„Lass uns doch in unsere Schlafkammer gehen, damit ich mir deine Haut genauer anschauen kann!“ sagte sie.

Robins dunkle Augen weiteten sich, und sie hörte, wie er nach Luft schnappte. „Wenn wir zu Hause sind“, erwiderte er und drückte versonnen ihre Hände.

Sybil lächelte und fühlte sich wieder selbstbewusst, weil sie erkannte, dass sie noch ziemliche Macht über ihn hatte. „Vielleicht gibt es dort auch eine Salbe, mit der ich dich einreiben kann“, flüsterte sie.

Robin räusperte sich. „Ich glaube, da wird sich, äh, etwas finden lassen“, antwortete er.

„Wunderbar“, meinte Sybil, trat einen Schritt zurück und lächelte ihn an. Sie waren zusammen, Robin verhielt sich wieder normal, und alles war gut. Zunächst einmal.

Ist doch alles in Ordnung, dachte Robin selbstgefällig. Entgegen der Bedenken, die sein Bruder geäußert hatte, und seiner eigenen Befürchtung, dass es ihm nicht gelingen könnte, Sybil zur Rückkehr nach Baddersly zu bewegen, hatte sich alles bestens entwickelt. Er fragte sich nun, warum er sich von seinem Bruder hatte aufziehen lassen, und hätte fast über sich selbst gelacht, weil er die letzte Nacht ohne Sybil verbracht und sich mit der Vorstellung gequält hatte, dass Sybil ihn abermals wutentbrannt mit diversen Gegenständen bewerfen würde, wenn er auf eine Fortsetzung der Ehe bestehen würde. Was natürlich nur zu ihrem Schutz geschehen sollte!

Von seinem Bruder hatte er sich mit einem überheblichen Grinsen verabschiedet und keinen weiteren Gedanken an die nähere Zukunft verschwendet. Auch musste er auf der Reise nach Baddersly nicht mit Angriffen rechnen, weil anzunehmen war, dass in Wales noch niemand vom Tod der Mörder erfahren hatte. Erfreut dachte er an Sybils Versprechen, sich zu Hause in der großen Schlafkammer um seinen Körper zu kümmern.

Besser hätte die Situation gar nicht sein können.

Als sie auf Baddersly ankamen, strafte Robin Florian mit Missachtung, der sie überschwänglich begrüßte, und half Sybil, vom Pferd abzusteigen. Der Verwalter redete unablässig auf sie ein, wie froh er sei, dass sie zurückgekehrt waren, und flüsterte etwas von einer Überraschung, die sie in der großen Halle erwartete. Wahrscheinlich will er wieder ein Bankett ausrichten, überlegte Robin. Und da er bester Stimmung war, machte es ihm nichts aus, dass es wegen eines Festmahles etwas länger dauern würde, bis er mit seiner Frau endlich allein war.

Er konnte es sich jetzt erlauben, großzügiger mit seiner Zeit umzugehen, weil er gewiss war, dass noch viele gemeinsame Tage und Nächte vor ihnen lagen. Es würde genug Gelegenheiten geben, mit seiner Frau herumzutändeln. Doch wollte er die Zeit auch nutzen, um sie wirklich zu seiner Ehefrau zu machen, nicht im Sinne einer Scheinehe, sondern für immer. Bei diesem Gedanken wurde er etwas nervös, als er Sybil in die große Halle geleitete. Plötzlich blieb er abrupt stehen, weil er dort im Dunkeln zwei Frauengestalten erblickte.

„Seht, wer hier ist!" rief Florian und schwenkte enthusiastisch die Arme.

„Robin, mein Lieber!"

Robin mochte es kaum glauben, doch fuhr es ihm durch Mark und Bein, als er die bekannte Stimme und das Schellen der Glöckchen vernahm. Und wirklich, als sich seine Augen an die Dunkelheit in der Halle gewöhnt hatten, erkannte er die Damen L'Estrange in all ihrer Pracht und Herrlichkeit. Robin seufzte und fluchte leise, weil ihn eine dunkle Ahnung überkam.

„Oh, er ist tatsächlich so überrascht, wie Ihr vermutet habt, mein guter Florian", sagte Cafel und klatschte erfreut in die Hände. Sie schritt auf ihn zu, und Robin war erst einmal sprachlos.

„Wahrscheinlich fragt er sich, was wir hier wollen", meinte Armes. „Cafel hatte eine Eingebung", erklärte sie Robin.

„Es war ein prophetischer Traum, meine Liebe", verbesserte Cafel ihre Schwester.

„Dann war es eben ein Traum", erwiderte Armes.

„Ich träumte von Vala", fuhr Cafel fort und lief auf Robin zu. „Ich muss leider gestehen, dass es ein recht verworrener Traum war. Träume sind manchmal so schwer zu deuten. Aus Wasser lässt sich die Zukunft besser voraussagen", fügte sie flüsternd hinzu.

Robin starrte sie an und war immer noch nicht in der Lage zu sprechen.

„Immerhin konnte ich dem Traum deutlich entnehmen, dass mir Vala etwas über ihre Tochter mitteilen wollte. Und ich dachte, dass es Euch vielleicht von Nutzen sein könnte. Er hat nämlich ein Problem", wandte sie sich an Sybil. Robin seufzte und bedeutete den Damen, nicht näher darauf einzugehen.

„Setzt Euch, junger Mann! Ihr seht etwas mitgenommen aus", befand Armes und bugsierte ihn resolut zu einem Stuhl.

„Ein Problem?" fragte Sybil.

„Nein, ich ...", begann Robin.

„Tut Euch keinen Zwang an, Mylord", mischte sich Florian ein und lächelte die Damen an. Wie immer war er begierig auf Klatsch und Tratsch. „Erzählt uns ruhig alles!"

„Nein!" rief Robin und erhob sich. Sybil sollte auf keinen Fall von seiner Furcht erfahren, mit einem Fluch belegt zu sein, der ihn und seine Brüder zum Heiraten zwang.

„Nun habt Euch doch nicht so", meinte Armes, als er Sybils Arm packte, um sie hinauszugeleiten.

„Wir müssen gewisse Sicherheitsvorkehrungen treffen", erklärte er und zerrte Sybil erst zur Treppe, die zur großen Schlafkammer führte, und dann zum Eingangstor, weil ihm plötzlich der Gedanke kam, dass sie auf Ansquith doch sicherer untergebracht wäre.

Sybil blieb wie angewurzelt stehen. „Robin de Burgh! Was ist mit Euch los? Lasst mich doch bitte in Ruhe!" rief sie und schaute ihn misstrauisch an.

„Oje! Vielleicht beeinflusst der Fluch seine Handlungen", verkündete Cafel.

„Ein Fluch!" Florian schien völlig hingerissen vor Aufregung. „Was für ein Fluch?"

„Kein Fluch! Es gibt keinen Fluch!" versicherte Robin hastig, doch irgendwie schien ihm niemand zu glauben.

„Da habt Ihr uns gegenüber aber etwas ganz anderes verlauten lassen", protestierte Cafel und musterte ihn argwöhnisch.

„Ja, wirklich. Damals schient Ihr sehr verzweifelt zu sein, weil

Ihr befürchtet habt, der gleichen Verdammung zu erliegen wie Eure Brüder", fügte Armes hinzu.

„Ich war betrunken", murmelte Robin, doch schenkte ihm niemand Gehör. Benommen sank er auf einen Stuhl und gab sich geschlagen. Selbst wenn er Sybil in der großen Schlafkammer einsperren würde, könnte er nicht verhindern, dass die beiden Damen nun alles erzählen würden. Und in Florian hatten sie einen Zuhörer gefunden, der mit Sicherheit wie ein Besessener dafür sorgen würde, dass jeder auf der Burg von seiner Furcht vor dem Bann erfuhr. Robin war verzweifelt und fühlte sich erbärmlich.

„Die ganze Sache hat mit dem Heiraten zu tun", erläuterte Cafel. „Der arme, gute Robin ist überzeugt, dass jemand die de Burghs durch einen Fluch zum Heiraten zwingt, weil viele seiner Brüder recht schnell hintereinander Hochzeit gehalten haben. Ich muss zugeben, dass ich ihn anfangs nicht so recht ernst nehmen konnte, aber dann ..."

„Er hat uns gebeten, den Fluch abzuwenden", unterbrach Armes sie.

Robin bemerkte, dass ihn alle anstarrten. Und Florian schien äußerst erfreut zu sein, solch ungewöhnliche und unmännliche Dinge über seinen Herrn zu erfahren. Wie Sybil reagiert hatte, wusste er nicht. Er wagte nicht, sie anzusehen.

„Aber wir konnten ihm nicht helfen, weil Brighid derartiges missbilligt hätte. Außerdem sind wir nicht versiert im Abwenden von Flüchen", verkündete Cafel. „Trotzdem bat er uns, ihn an einen unserer Kollegen zu verweisen, der diese Sache für ihn erledigen könnte."

Robin stöhnte. Die ganze Geschichte hörte sich aus dem Munde der beiden Frauen wirklich sehr übel an.

Armes schnaubte entrüstet. „Eigentlich kann kein Mensch einen anderen vom Heiraten abhalten."

„Daher haben wir gedacht, dass, wenn überhaupt, nur jemand aus unserer Verwandtschaft dazu in der Lage wäre", fügte Cafel hinzu.

„Und da fiel uns eigentlich nur Vala ein", ergänzte Armes.

„Allerdings hatten wir keine Ahnung, was aus ihr geworden war. Wir wussten nur, dass sie einen walisischen Prinzen geheiratet hatte", sinnierte Cafel.

„Deshalb hat er sich auf die Suche nach Vala gemacht", berichtete Armes.

Cafel wandte sich direkt an Robin. „Ach, mein lieber Junge, warum habt Ihr uns nicht auf dem Laufenden gehalten? Wir waren sehr gespannt, was aus der ganzen Sache geworden ist." Ihr schien gar nicht aufzufallen, dass er mittlerweile auf die Knie gesunken war und das Gesicht in den Händen verbarg.

„Cafel war sehr ungeduldig", sagte Armes.

„Deshalb habe ich versucht, einen Blick …", begann Cafel und lachte dann nervös. „Genau genommen spielte in dem Traum Valas Tochter eine wichtige Rolle für Eure Zukunft."

Cafel hielt inne, weil sie erst einmal verschnaufen musste. Daraufhin begannen alle anderen gleichzeitig zu reden. Am lautesten war Florians Stimme zu vernehmen. Doch dann geschah das, was Robin befürchtet hatte. Sybils klare Stimme brachte alle anderen zum Schweigen.

„Wollt Ihr damit sagen, dass Robin Vala gesucht hat, damit sie einen Bann bricht, von dem er glaubte, dass durch ihn seine Angehörigen zum Heiraten gezwungen werden?" fragte Sybil ungläubig.

„Nun ja, ich vermute, seine größte Sorge war, dass es ihn als Nächsten treffen würde", antwortete Cafel.

„Aber er ist bereits …", begann Florian, doch bewog ihn ein letzter Rest von Taktgefühl, zu schweigen.

„Ich kann mir vorstellen, wie sehr ihm vor einer Heirat graute“, sagte Sybil, und Robin seufzte verzweifelt, weil ihre Stimme eiskalt berechnend und schneidend klang.

„Ja, dem armen Jungen saß deutlich die Furcht im Nacken, wenn er das Wort Heirat nur aussprach“, erwiderte Cafel.

Robin seufzte abermals.

„Ich habe selbst oft miterlebt, dass ihn etwas am Nacken plagte. Ich dachte immer, dass ihn ein Ausschlag quält, um den ich mich kümmern sollte“, meinte Sybil.

Angesichts dieser spöttischen Bemerkung über seinen angeblichen Ausschlag zuckte Robin zusammen und hob den Kopf.

„Entschuldigt, meine Liebe“, sagte Cafel und betrachtete Sybil neugierig. „Ich weiß gar nicht, wie ich Euch anreden soll, da wir uns noch gar nicht vorgestellt wurden.“

Sybil lächelte, doch ließ sich Robin nicht täuschen. Er rechnete mit dem Schlimmsten, als alle Sybil neugierig anstarrten.

„Ich bin Robins Frau“, verkündete sie.

16. KAPITEL

Sybil konnte es kaum glauben. Sie wusste nicht, was übler war: dass ein erwachsener Mann an so einen Schwachsinn glauben konnte, jemand sei zum Heiraten verflucht, oder dass Robin sich durch seine eigene Borniertheit genau in jene missliche Lage gebracht hatte, die er um jeden Preis hatte verhindern wollen. „Was für ein Flegel! Welch ein Dummkopf! Dieser Lümmel!" schimpfte Sybil, während sie ihre wenigen Habseligkeiten zusammenpackte.

Diese waren während ihrer Abwesenheit vom Kloster hierher gebracht worden. Doch nun kann ich meine Sachen gleich wieder dorthin zurückbringen und selbst auch gleich dableiben, überlegte Sybil. Doch spürte sie bei diesem Gedanken einen Kloß in ihrem Hals. Nein, ich werde nicht ins Kloster zurückkehren, niemals. Ich werde irgendwo anders ein Zuhause finden. Bethia würde mich bestimmt aufnehmen oder vielleicht auch die beiden Damen L'Estrange, die meine Blutsverwandten sind, dachte Sybil.

„Lass mich herein."

Sie blickte auf und war keineswegs überrascht, dass der größte, flegelhafte Rüpel vor der Schlafkammer stand und hereingelassen werden wollte. „Verschwinde!" rief sie.

„Sybil, öffne die Tür, oder ich werde sie einrammen. Und wenn es sein muss, werde ich sogar die Wand aufschlagen oder die ganze erbärmliche Burg niederreißen!" brüllte Robin.

Mit einem lauten Seufzer gab Sybil nach und entriegelte die massive Tür. Sie würdigte ihren Gatten keines Blickes und widmete sich wieder dem Packen.

„Ich verlasse dich. Dann kannst du diese widerliche Ehe umgehend annullieren lassen", sagte Sybil und sah kurz zu ihm hin. „Ich bin erschüttert, dass du dich trotz deiner heftigen Ablehnung überhaupt auf eine Ehe eingelassen hast. Deine Schuldgefühle wegen Elisas Tod und meiner Bedrohung müssen wohl sehr groß gewesen sein."

„Natürlich habe ich mich schuldig gefühlt, aber nicht nur deswegen. Ich fühlte ...", begann Robin.

„Ich weiß, *du fühltest dich verantwortlich*", ergänzte Sybil verbittert. Wie hatte sie nur hoffen können, dass etwas anderes ihn zur Heirat veranlasst hatte? Pflichterfüllung, Geleitschutz und vielleicht noch Wollust waren für Robin von Bedeutung, Gefühle aber nicht. Bethia hatte sich getäuscht, und sie hatte ihr nur zu gern geglaubt und ihre Liebe einem Mann geschenkt, der nicht lieben konnte.

„Ja, aber ...", wandte Robin ein.

„Es macht mir nichts aus", fiel ihm Sybil ins Wort. Sie war eine stolze Frau und konnte auf Robins Mitleid gut verzichten. Ebenso wenig war sie gewillt, sich weiterhin seine verqueren Erklärungen anzuhören. Der Mann war ein Idiot!

„Aber es ist nicht so, wie sie erzählt haben", protestierte Robin und war so unverschämt, sie bei den Armen zu packen.

„Lass mich los", forderte sie ihn mit gepresster Stimme auf. Jedoch drehte er sie zu sich herum, so dass sie ihm nun gegenüberstand. Sybil überlegte, ob sie von den Kampftechniken, die ihr Bethia beigebracht hatte, Gebrauch machen sollte. Sie befürchtete aber, dass er den Kampf gewinnen und sie vielleicht wieder auf dem Rücken liegen würde. Es wäre nicht das erste Mal, dachte Sybil und errötete. Also blieb sie regungslos stehen und vermied es, ihm in die Augen zu schauen. Sie starrte auf einen Fleck auf seinem Waffenrock und redete sich ein, dass sie ihn maßlos hasste, obwohl durch seine Berührung eine qualvolle Sehnsucht in ihr aufkeimte.

„Ich war betrunken, als ich diese dämliche Idee mit dem Fluch hatte", erklärte er.

Diese jämmerliche Entschuldigung ärgerte Sybil maßlos. „Dann warst du also die ganze Zeit auf der langen Reise nach Wales wegen Trunkenheit nicht zurechnungsfähig?“ fragte sie.

„Nein, aber …“

Sybil wurde noch zorniger, und sie versuchte, seine Hand abzuschütteln. „Lass mich los!“ rief sie.

„Bewirf mich mit Gegenständen, schlag mich, wenn du willst, aber ich kann dich nicht gehen lassen. Ich kann es einfach nicht“, flehte er mit heiserer Stimme und verzweifeltem Gesichtsausdruck.

Er wirkte dermaßen unglücklich, dass Sybil es doch über sich brachte, ihm in die Augen zu sehen. Eine zarte Hoffnung keimte in ihr auf. „Warum nicht?“ erkundigte sie sich.

„Weil“, begann Robin, senkte den Kopf und atmete tief ein, „weil du noch immer in Gefahr schwebst. Es ist meine Pflicht, dich weiterhin zu beschützen.“

Mit einem gewaltigen Ruck stieß Sybil ihn weg. Sie war maßlos enttäuscht. Er empfindet nichts für mich und schert sich keinen Deut um meine Gefühle, stellte sie ernüchtert und gekränkt fest. „Dann beschütz mich eben, aber halte dich von meinem Bett fern!“ rief sie.

„Das kann ich nicht“, flüsterte Robin mit verkrampfter Miene.

Jedoch hatte Sybil kein Mitleid mit ihm. „Du legst doch immer so großen Wert auf deine Ehrenhaftigkeit. Dann verhalte dich auch anständig! Wenn du dich in mein Bett schleichen solltest, werde ich mich unverzüglich wieder zurück ins Kloster begeben, dann bin ich außerhalb deiner Reichweite.“

Ihre Drohung schien ihn beeindruckt zu haben. Er wirkte jetzt äußerst gequält. Sein Gesichtsausdruck erinnerte Sybil an einen verwöhnten Jungen, dem man sein Spielzeug weggenommen hatte. „Ich werde hier in diesem Raum schlafen, um dich zu beschützen.

Außerdem sollten wir nicht den Eindruck erwecken, dass es sich um keine richtige Ehe handelt", verkündete er.

Sybil lachte höhnisch. „Wie willst du das denn vermeiden? Nach dem Bericht der Damen L'Estrange zerreißen sich doch alle schon über uns das Maul."

„Es ist mir egal, was die Leute reden. Du bist meine Frau", sagte Robin mit gepresster Stimme. Er wirkte vollkommen aufrichtig. Fast hätte Sybil seinen Worten Glauben geschenkt, wenn ihr nicht wieder eingefallen wäre, was Robin de Burgh wirklich von der Ehe hielt.

Robin saß schwermütig in einer Ecke der Halle und fragte sich, was er nur getan haben mochte, dass er in so eine missliche Lage geraten konnte. Er brauchte nicht lange nachzudenken und verwünschte den Tag, an dem ihm der Gedanke gekommen war, auf den de Burghs könne ein Fluch liegen. Welch magische Kräfte es auch geben mochte, wie sollte ein Zauberer oder eine Hexe die Macht haben, Männer zum Heiraten zu zwingen? Und wenn tatsächlich irgendjemand einen Groll gegen die Familie hegte, warum sollte er dann alle Mitglieder damit bestrafen, dass er sie in die Ehe trieb? Inzwischen hatte er begriffen, dass es keine Pein war, mit einer Frau verheiratet zu sein. Außerdem war abzusehen, dass durch die Ehen mit einer Fülle von Nachkommen der de Burghs zu rechnen war. Das konnte nicht im Sinne von jemandem sein, der ihnen eventuell schaden wollte.

Robin schüttelte den Kopf. Er musste nun zugeben, dass seine damalige Befürchtung vollkommen schwachsinnig gewesen war. Und er würde in den Wochen, die er noch gemeinsam mit Sybil verbringen konnte, viel Zeit haben, seine frühere Einstellung zu bedauern.

Sie scheint sich in ihrer jetzigen Situation recht wohl zu fühlen, befand Robin. Er hatte beobachtet, dass sie sich in Gesellschaft mit atemberaubender Grazie bewegte und jeden mit ihrer Warmherzigkeit erfreute, von den Tanten über Florian bis hin zu den rangniedrigsten Bediensteten. Jeder mochte sie, und Robin wurde eifersüchtig, wenn sie jemanden auch nur freundlich anlächelte. Außerdem konnte er sich jetzt nicht mehr einreden, dass die Anziehungskraft, die von ihr ausging, mit einem Fluch zu tun hatte.

Jede Nacht wälzte er sich unruhig auf dem Strohsack in der gemeinsamen Kammer hin und her. Dabei wünschte er sich in Wirklichkeit nichts sehnlicher, als im Bett bei Sybil zu liegen. Er verzehrte sich nicht nur danach, sie berühren zu dürfen, er sehnte sich, sie in den Armen zu halten und in inniger Zweisamkeit ihren schlanken Körper an sich zu pressen. Er brauchte sie, nicht nur ihren Körper, sondern auch ihre Seele.

Er fühlte sich erbärmlich. Viel elender als damals, wenn einer seiner Brüder wegen seiner Heirat ihr gemeinsames Zuhause verlassen hatte. Er litt sogar mehr als nach dem Tod seiner Mutter, an die er sich kaum entsinnen konnte. Robin lehnte sich seufzend an die Wand. Er versuchte, sich an seine Mutter zu erinnern, doch fielen ihm nur Blumen, Wärme und Liebe ein.

Er konnte sich aber gut daran erinnern, wie sehr er an seinen älteren Brüdern gehangen hatte. Nicholas war noch ein Säugling und Reynold ein Kleinkind gewesen, das in seiner eigenen Welt gelebt hatte. Deshalb hatte sich Robin immer an seine älteren Brüder gewandt, wenn ihm etwas auf der Seele lag. So war er in einer rauen und etwas chaotischen Männergemeinschaft aufgewachsen, in der es nicht viel Zärtlichkeit und liebevolle Fürsorge gegeben hatte. Aus diesem Grund hatte er auch solche Dinge all die Jahre als überflüssige Gefühlsduselei abgetan. Erst jetzt, nachdem er Sybil kennen gelernt hatte und diese heftige Sehnsucht nach ihr verspürte, wurde ihm klar, dass er wohl doch in seinem bisherigen Leben etwas vermisst hatte.

Zwar war er dankbar, eine so wunderbare Familie zu haben, doch erkannte er jetzt, dass er die Liebe und zärtliche Fürsorge einer Mutter hatte entbehren müssen. Zwar hatte er versucht, das Beste daraus zu machen und nicht in Trübsinnigkeit zu verfallen, doch merkte er nun, dass er in seinem Innern eine Leere verspürte.

Sybil jedoch konnte diese Leere in ihm füllen.

Dessen war sich Robin absolut sicher. Er hob den Kopf und schaute sich nach ihr in der Halle um. Sie saß auf einer Bank neben einer jungen Dienerin, die ein kleines Kind auf dem Schoß hatte. Und als Robin beobachtete, wie liebevoll Sybil den Säugling anlächelte, wurde er von so heftiger Sehnsucht ergriffen, dass ihm der Atem stockte.

Er fühlte ein schmerzhaftes Ziehen in der Brust, als sie mit dem kleinen Kind schäkerte, und plötzlich wünschte er sich von ganzem Herzen, dass sie ihm Kinder schenken und er mit ihr eine Familie gründen möge. Zum ersten Mal in seinem Leben wollte er sein Leben nicht mehr mit seinen Brüdern, sondern mit Sybil und gemeinsamen Kindern teilen. Ihm lag nichts mehr daran, seine Kindheit zurückzuholen, wie es ihm Simon vorgeworfen hatte. Und selbst wenn er jetzt die Möglichkeit gehabt hätte, wieder mit seinen Brüdern als Junggesellen auf Campion Castle zusammenzuleben, hätte ihm das nicht mehr gefallen. Sybil war alles, wonach ihn verlangte.

Simon hatte Recht gehabt. Man wird erwachsen und sehnt sich nach Dingen, die vorher unbekannt und bedeutungslos waren. Ich sollte mich bei meinem Bruder entschuldigen, dachte Robin. Zumal er nun auch erkannte, dass er offensichtlich seinen Brüdern ihr Glück immer geneidet hatte. Wenn er Geoffrey und Dunstan mit ihren Kindern beobachtet hatte, war er sich irgendwie zurückgesetzt und ausgeschlossen vorgekommen. Zwar hatte er nach außen hin so getan, als würde er ihre Lebensfreude ablehnen, doch eigentlich war er traurig gewesen, weil er nicht so glücklich wie sie war und auch nicht wusste, wie er es je werden sollte.

Doch jetzt wusste er es.

Ich werde ein guter Vater sein, überlegte Robin. Er würde mit seinen Kindern spielen, lachen und zugänglicher sein, als es sein eigener strenger Vater war. Doch hoffte er, dass er seinen Kindern ein ebenso weiser Vater sein würde wie der Earl of Campion. Momentan fühlte er sich allerdings überhaupt nicht weise, sondern unbeschreiblich dumm.

Mit Grauen fiel ihm jetzt wieder Reynolds Reaktion ein, als er ihm seine abstruse Theorie über den Fluch unterbreitet hatte. Und auch gegenüber Simon hatte er sich damit blamiert. Kein Wunder, dass sie ihn für verrückt hielten. Wie hatte er nur auf eine solch hirnrissige Idee kommen können? Und als er in diesem Zusammenhang an den Tod von Elisa und Sybils Gefährdung dachte, fühlte er sich sehr schlecht.

„Was ist denn nur mit Euch los, mein Lieber?" Eine sanfte Stimme, begleitet vom Schellen von Glöckchen, bewog Robin, sich umzudrehen. Cafel blickte ihn besorgt an.

Robin schüttelte den Kopf. „Wie konnte ich nur auf diese schwachsinnige Idee verfallen, dass ein Fluch auf uns lastet? Und warum habt Ihr mich in dieser Annahme noch bestärkt?" wollte er wissen und stöhnte.

Sie tätschelte seinen Arm, und abermals klingelten die Glöckchen. „Sachte, sachte! Wenn Ihr nicht losgezogen wärt, um Euer Schicksal zu lenken, wie hättet Ihr dann das finden können, was für Euch bestimmt ist?" fragte sie.

Robin stutzte. Bislang hatte er es im Gegensatz zu seinem Bruder Geoffrey für Zeitverschwendung gehalten, über derartige philosophische Fragen zu räsonieren, doch jetzt horchte er auf und wurde nachdenklich. Wenn er nicht an einen Fluch geglaubt hätte, dann hätte es ihn auch nicht im Zuge seiner Nachforschungen ins Kloster *Our Lady of All Sorrows* verschlagen. Und er hätte niemals jene Novizin gefunden, die dort lebte. Um keinen Preis hätte er darauf verzichten wollen, sie kennen gelernt und in den Armen gehalten zu haben.

„Versteht Ihr? Ihr musstet diesen Weg gehen, damit sich Euer Schicksal erfüllt", fuhr Cafel fort. „Manchmal findet man nur über Umwege und Widerstände sein vorbestimmtes Glück." Robin hörte ihr voller Ehrfurcht zu. Sie mochte ja in die Zukunft schauen können, doch im Moment war ihm nicht daran gelegen. Er konnte sich seine auch ohne magische Hilfe gut vorstellen: Von dem Moment an, da Sybil in keiner Gefahr mehr schwebte, würde er sie verlieren und den Rest seines Lebens damit verbringen, ihr nachzutrauern.

Keine erfreuliche Aussicht.

„Aber jetzt liegt es einzig und allein an Euch selbst, welche Wende Euer Schicksal nimmt, mein Lieber", meinte Cafel mit einem Blick auf Sybil.

Robin fühlte sich wie gelähmt, er war zu mutlos, um sich zu irgendetwas aufraffen zu können. Die alte Frau trat einen Schritt auf ihn zu. „Ihr liebt sie, nicht wahr?" fragte sie.

Und plötzlich fühlte sich Robin, als wenn ihm jemand einen Schlag auf den Hinterkopf versetzt hätte, der ihn aus seiner Starre riss. Ich liebe meine Frau, erkannte er. Immer wieder gingen ihm diese Worte durch den Kopf: *Ich liebe sie*. Zu dieser Einsicht war er bestimmt nicht wegen eines obskuren Fluches gelangt. Was zum Teufel mache ich eigentlich? Warum vergraule ich ausgerechnet das, wonach ich mich am meisten sehne, überlegte Robin.

Er betrachtete Sybil und wusste nun, was er zu tun hatte.

Sybil schaute hingebungsvoll den Säugling an, der jetzt auf ihrem Schoß lag und vor sich hin lallte. Im Kloster hatte sie nur sehr selten Gelegenheit gehabt, einen Säugling in den Armen zu halten. Daher beschäftigte sie sich jetzt erfreut mit dem kleinen Jungen und schäkerte mit ihm herum. Seine Mutter saß neben ihr und nahm ein zweites Frühstück zu sich, hin und wieder gab sie ihrem Kind etwas Honig.

„Oh, ist er nicht ein Schätzchen?" Sybil vernahm die sanfte Frauenstimme, die vom Schellen von Glöckchen begleitet wurde, und wandte sich um. Eine der beiden Damen L'Estrange stand neben ihr, und Sybil nickte ihr zu. Die andere hielt sich einige Meter entfernt auf. „Seine Hände sind etwas verschwitzt", befand Cafel.

„Ich mach das schon, Mistress", erwiderte die Kindsmutter, doch Cafel hob zum Einspruch die Hand.

„Esst ruhig weiter, wir kümmern uns schon um Euren Kleinen."

Und eh sich Sybil versah, hatte Armes schon eine Schüssel bereitgestellt. Es war aber keine der üblichen Schalen, in denen man sich vor dem Essen die Hände reinigte. „Was für eine ungewöhnliche Schüssel", stellte Sybil beim Anblick des recht großen, metallenen Gefäßes fest. Ihre beiden Tanten schienen von Kinderpflege noch weniger zu verstehen als sie selbst.

Sie nahm den kleinen Jungen vom Schoß und hielt ihn über die Schüssel, um seine Hände ins Wasser zu tauchen. Der Kleine lachte und plantschte munter im Wasser herum, und Sybil freute sich mit ihm, obwohl sie dabei etwas nass wurde. Dann griff sie nach der Schüssel, um sie beiseite zu stellen, und erblickte ihr Spiegelbild im Wasser. Sie stutzte. Im Wasser sah sie sich, das Kind und noch jemand anderen. Wer stand da hinter ihr? Robin? Sybil drehte sich aufgebracht um, doch war da niemand.

Sie blinzelte und warf erneut einen Blick auf das Wasser. Dort war immer noch das unerklärliche, unheimliche Abbild zu sehen. Da das Wasser sich nun nicht mehr bewegte, konnte sie Robin deutlich erkennen. Er beugte sich zu ihr und nahm das kleine Kind auf den Arm. Und Sybil fiel auf, dass es nicht das blonde Kind der Dienerin war, sondern ein dunkelhaariger Junge, der Robin sehr ähnelte. Das kann nur sein Sohn sein, dachte Sybil und sehnte sich danach, den kleinen Kerl in den Armen zu halten – und nach seinem Vater.

Sybil war wie gebannt, weil das Abbild im Wasser ihre geheimsten Sehnsüchte offenbarte, schienen die drei Personen dort doch eine Familie zu sein. Und plötzlich verschwand das Bild so unerwartet, wie es erschienen war. Sybil erblickte nur noch das klare Wasser in der metallenen Schüssel. Aufgeregt schnappte Sybil nach Luft und drehte sich um. Robin stand nicht hinter ihr. Lediglich die Mutter des Säuglings kam auf sie zu und nahm ihr das Kind lächelnd ab. Sybil mochte den Kleinen nur ungern weggeben.

„Habt Ihr etwas gesehen, meine Liebe?“ Sybil erschrak ob dieser unerwarteten Frage und war erstaunt, dass Cafel plötzlich neben ihr stand. Und weil sie so verwirrt war, schüttelte Sybil lediglich sprachlos den Kopf.

„Wirklich nicht?“ hakte Cafel ungläubig nach. „Das ist sehr bedauerlich. Eure Mutter war außerordentlich talentiert in diesen Dingen! Ich hatte gehofft, dass Ihr dieses Talent geerbt habt und im Wasser die Zukunft sehen könnt, Eure Zukunft“, erklärte Cafel.

Sybil musterte die kleine alte Dame, die sie freundlich anschaute, als wenn es ganz selbstverständlich wäre, über solch bizarre Dinge zu reden. Zwar hatte sie mitbekommen, dass das Gerücht kursierte, die Tanten seien heilkundig und hätten spezielle, mysteriöse Talente, doch hatte sie diesem Unsinn keine Bedeutung beigemessen.

„Natürlich ist es so, dass manche nichts über ihre Zukunft erfahren möchten, besonders wenn sie meinen, es sei schlecht um sie bestellt", verkündete Armes, als sie die Schüssel vom Tisch nahm.

„Trotzdem halte ich es immer für recht gut, etwas über die eigene Zukunft herauszufinden, weil man dann auch seinem Schicksal etwas auf die Sprünge helfen kann", sagte Cafel mit einem Augenzwinkern.

Sybil schaute den beiden nach, als sie weggingen und sich munter über Dinge unterhielten, deren Existenz sie bislang für unmöglich gehalten hatte. Wie sollte es möglich sein, in die Zukunft zu sehen? Es war schon schwierig für sie zu verstehen, dass sie eigentlich eine walisische Prinzessin mit einer schrecklichen Vergangenheit war, und nun sollte sie auch noch eine Wahrsagerin sein? Allerdings konnte sie nicht abstreiten, dass sie im Wasser tatsächlich etwas erblickt hatte. Hatten die Tanten die Schüssel manipuliert? Sie schüttelte den Kopf. Die beiden alten Damen waren mit Sicherheit nicht fähig, solch ein Kunststück zu vollbringen. Auch schien Cafel ziemlich zerstreut zu sein.

Ich sollte die Schüssel einmal genauer betrachten, dachte Sybil. Sie selbst war so erzogen worden, an nichts anderes als die kirchliche Lehre zu glauben, doch wusste sie, dass die Bediensteten und Dörfler an Zauberei und Glücksbringern interessiert waren. Auch wurden die Reliquien von Heiligen von allen anerkannt. Vielleicht beruht das, was ich gesehen habe, nur auf meiner eigenen Einbildung, weil es meine eigenen verdrängten Sehnsüchte wiedergibt, überlegte Sybil. Zumal das Abbild von ihr, Robin und ihrem gemeinsamen Kind so absurd war, dass es nichts mit der Zukunft zu tun haben konnte, weil ihre Scheinehe von jenem Mann baldigst annulliert werden würde, der diese Verbindung zutiefst ablehnte.

Doch trotz alledem schöpfte Sybil zum ersten Mal wieder Hoffnung, seit sie von Robins Furcht vor dem Fluch erfahren hatte. Sie wandte sich um und schaute in jene Ecke der Halle, in der er die meiste Zeit wie ein beleidigtes Kind gehockt hatte, das seinen Willen nicht hatte durchsetzen können. Er wirkte jetzt aber gar nicht mehr eingeschnappt, sondern schaute sie so inbrünstig an, dass ihr der Atem stockte. Und wider besseren Wissens zitterte Sybil plötzlich und war völlig aufgewühlt vor Sehnsucht nach ihm – heftiger als je zuvor.

Sie konnte ihn lediglich regungslos anstarren, als er sich erhob und auf sie zuging. Sie versuchte, sich gegen ihn zu wappnen, doch konnte sie jetzt gar nicht mehr verstehen, warum sie sich so sehr über ihn erzürnt hatte. Jetzt wirkte er absolut nicht mehr wie ein beleidigter Junge, sondern wie ein erwachsener Mann, der genau wusste, was er wollte. Und er wollte sie, dessen war sie sich bei seinem Anblick sicher. Sie fragte sich aber, wie tief seine Gefühle für sie waren.

Als er sich ihr näherte, war Sybil immer noch wie gebannt. Sie nahm weder die Halle mit der eleganten Einrichtung noch die Menschen, die sich hier nach der Mahlzeit noch aufhielten, wahr. Sybil hatte nur noch Augen für Robin, der ihr entschlossen entgegenschritt. Ohne sich dessen recht bewusst zu sein, erhob sie sich und dachte kurz daran, ihm aus dem Weg zu gehen, jedoch blieb sie stehen und blickte ihm so tief in die Augen, als wenn ihre gesamte Zukunft davon abhängen würde.

Und nun konnte sie ihm nicht mehr ausweichen, als er vor ihr stand, groß und stattlich, von ihr geliebt, wie es kein anderer Mann je sein könnte, und mit einer Anziehungskraft, die sie nie zuvor gespürt hatte und auch niemals wieder bei jemand anderem finden würde. Er war ihr jetzt so nahe, dass sie ihn hätte berühren können, und als sie in seine dunklen braunen Augen schaute, ließ sie alle Vorbehalte fallen. Wenn er sie jetzt hochgehoben und in die große Schlafkammer getragen hätte, hätte sie sich mit Sicherheit nicht dagegen gesträubt.

Sie konnte nicht genau sagen, was sie eigentlich erwartete, hatte aber nicht damit gerechnet, dass er lediglich mit ihr reden wollte. „Ich bin ein Dummkopf gewesen", meinte er.

Sie war enttäuscht, dass er sich so förmlich verhielt. Aber worauf hatte sie gehofft? Dass er von Liebe sprach? „Ja", erwiderte sie gefasst.

„Und weil ich mich wie ein Narr verhielt, habe ich Elisas Tod und deine Gefährdung heraufbeschworen", stellte Robin fest.

Obwohl Sybil enttäuscht war über die Richtung, die das Gespräch eingeschlagen hatte, beschwichtigte sie ihn. „Du hast Elisas Tod nicht verursacht. In dieser Angelegenheit spielen so viele Dinge eine Rolle, dass dein Zutun nicht ausschlaggebend war." Sie atmete tief ein. „Und was mich betrifft, hast du mal darüber nachgedacht, wo ich jetzt wäre, wenn du nie nach mir gesucht hättest? Ich würde im Kloster verkümmern ohne die geringste Chance, mein Leben zu verändern. Ich werde dir ewig dafür dankbar sein, dass du mich aus dem Konvent geholt hast."

Er streckte die Hand nach ihr aus, doch hatten sie keine Gelegenheit, sich näher zu kommen, weil die große Eingangstür zur Halle lautstark und wuchtig geöffnet wurde. Sybil wandte sich um und erblickte Simon in Begleitung eines fremden Mannes.

„Robin, ich habe auf dem Weg nach Baddersly diesen Boten getroffen. Er hat eine gerichtliche Vorladung für dich", sagte Simon grimmig.

Eine Vorladung? Sybil schaute Robin fragend an. Er schüttelte den Kopf und lief auf seinen Bruder zu. „Lasst uns in den Wohnraum gehen und das Missverständnis aufklären", entgegnete Robin. Und ehe Sybil etwas einwenden konnte, stiegen die drei Männer schon die Treppe hoch, um miteinander zu reden. Und da es Sybil nun nicht möglich war, den Lauf der Dinge zu beeinflussen, bekam sie Angst.

17. KAPITEL

Robin blickte schockiert auf das Pergament in seiner Hand und nahm die Schrift nur noch verschwommen wahr. Dann wandte er sich an seinen Bruder. „Das ist eine Vorladung vor ein kirchliches Gericht. Es wird die Annullierung meiner Ehe gefordert“, verkündete er mit heiserer Stimme.

„Was?“ brüllte Simon.

Robin las weiter. „Sie behaupten, Sybil sei bereits nach ihrer Geburt mit einem walisischen Prinzen verlobt worden.“ Robin fühlte sein Herz bis zum Hals schlagen, als er fortfuhr. „Sie beanspruchen daher einen rechtlichen Vorrang vor *der heimlichen Eheschließung, die ein gewisser Robin de Burgh behauptet vollzogen zu haben. Ferner habe dieser die Hochzeit erzwungen und ohne das Einverständnis der Äbtissin die Novizin, bekannt als Sybil vom Konvent Our Lady of All Sorrows, aus dem Kloster entführt.*“

Robin war aufgebracht. „Die Ehe wurde nicht heimlich geschlossen, sondern öffentlich mit Gästen, und wir wurden ordnungsgemäß von einem Priester getraut. Und die Behauptung, ich habe Sybil aus dem Kloster entführt, entbehrt jeglicher Grundlage“, widersprach er.

Simon nahm ihm das Dokument aus der Hand und überflog es voller Entrüstung. „Alles, was hier steht, ist falsch. Was bezwecken sie damit?“

„Sie wollen sie mir wegnehmen“, antwortete Robin und fühlte sich, als wenn ihm jemand einen Stich versetzt hätte, der schmerzhafter war, als es eine Verletzung mit einem Messer je hätte sein können.

„Die Lords aus dem Geschlecht der Marches können nicht dahinter stecken“, meinte Simon. „Keiner von Ihnen würde es wagen, sich mit den de Burghs anzulegen.“

„Das haben die Waliser verzapft, Sybils Angehörige“, murmelte Robin mit belegter Stimme. Er war völlig verzweifelt und fast erstarrt vor Sorge.

Mit einem kräftigen Schlag auf den Rücken rüttelte Simon ihn auf. „Sie sind sich anscheinend nicht bewusst, wen sie damit herausgefordert haben.“

Robin hatte das Gefühl, dass Simon ihn beruhigen wollte, ihm selbst schien die Situation aber hoffnungslos. Doch fasste er neuen Mut, als er sah, dass sein Bruder außerordentlich zornig und wild entschlossen wirkte. Seine Augen glühten vor Wut.

„Wir müssen uns jetzt um Verbündete kümmern.“

Nachdem Robin und Simon ihre Strategie ausführlich besprochen hatten, sandten sie Boten in alle Richtungen aus. Es war mittlerweile später Nachmittag, und Sybil hielt sich, wie Robin bemerkte, nicht mehr in der Halle auf. Verzweifelt suchte Robin sie überall in der Burg. Er wollte sich vergewissern, dass sie die seine war, jetzt und für immer. Schließlich fand er sie in der großen Schlafkammer. Sie saß friedlich auf dem Boden und nähte. Als er feststellte, dass sie einen seiner Waffenröcke flickte, war er gerührt. Sein Gemütszustand spiegelte sich auf seinem Gesicht, daher schaute ihn Sybil besorgt an.

„Was ist los?“ fragte sie.

Robin verschloss die Tür und ging zu ihr. „Sie haben es auf uns abgesehen, auf eine feige, hinterhältige Art.“

„Wer? Meine ... Feinde?“ erkundigte sich Sybil.

„Genau“, erwiderte Robin und nickte. „Hinter dieser Intrige stecken deine Verwandten, weil es kein Engländer wagen würde, einen de Burgh auf diese Weise herauszufordern. Ich hatte erst die Marches im Verdacht, weil diese sich gerne arglistiger Machenschaften bedienen. Aber aus diesem Geschlecht würde sich keiner mit uns anlegen." Er warf ihr das missliche Pergament auf den Schoß.

„Was ist das?" wollte sie wissen.

„Das ist eine Vorladung vor ein kirchliches Gericht. Du sollst mir weggenommen werden – mit der Begründung, dass unsere Ehe ungültig ist."

Sybil erbleichte. „Womit rechtfertigen sie das?

„Sie behaupten, dass du seit deiner Geburt mit einem walisischen Prinzen verlobt seiest", murmelte Robin. Der Gedanke, dass Sybil die Frau eines anderen sein könnte, bestürzte ihn.

Sybil schnaubte verächtlich, und normalerweise hätte sie damit Robin ein Lächeln entlockt, doch jetzt war er zu besorgt, um sie anzustrahlen. „Das ist absurd! Mit solch einer Behauptung können sie uns doch nicht auseinander bringen", meinte sie.

Robin kniete vor ihr nieder und fasste sie bei den Schultern. „Ich werde dich nicht hergeben", verkündete er entschlossen. „Nie und nimmer!"

Sybil guckte ihn ernst an. „Aber was ist mit deinem Plan, die Ehe annullieren zu lassen?"

„Die Ehe wird nicht aufgelöst", erwiderte er bestimmt.

Er schien seine Frau allerdings nicht so recht überzeugt zu haben, denn sie schaute ihn zweifelnd an. „Und die Sache mit dem Fluch?" fragte sie.

Robin schüttelte den Kopf. „Das war eine schwachsinnige Vorstellung, die aus meiner Sehnsucht nach einem Leben resultierte, das ich eigentlich nie geführt habe. Allerdings bereue ich nichts. Ohne meinen Glauben an einen Bann hätte ich dich nie gefunden", bemerkte er.

„Und wenn ..."

Robin unterbrach sie, weil er ahnte, was sie sagen wollte. „Es wird niemandem gelingen, dich mir wegzunehmen", meinte er und umklammerte ihre Schultern noch fester. „Niemandem und niemals.“ In seinem ganzen Leben war ihm nichts so wichtig gewesen. Warum konnte sie ihm seine Fehler nicht verzeihen?

Sybil blickte ihn mit ihren blauen Augen herausfordernd an. „Warum?“ erkundigte sie sich.

„Weil ich dich liebe und weil wir füreinander bestimmt sind“, antwortete Robin mit heiserer Stimme. Und als er ihr tief in die Augen schaute, drängte es ihn, ihr dieses jetzt zu beweisen. Sie war seine Frau, jetzt und für immer. Er senkte den Kopf, um sein Versprechen mit einem Kuss zu besiegeln.

Als sich ihre Lippen berührten, spürte Robin, wie die Leidenschaft zwischen ihnen wieder aufflammte. Doch kam ihm das Gefühl jetzt anders als sonst vor, tiefer und reicher, erfüllt von inniger Liebe. Diese Frau war für ihn bestimmt. Und obwohl er überstürzt eine Scheinehe eingegangen war, wollte er jetzt seinem Eheversprechen aufrichtig nachkommen und es für immer halten. Robin küsste sie und versuchte, all seine Gefühle in diesen Kuss zu legen, in der Hoffnung, dass sie spüren könnte, was ihn bewegte.

Als sie sich plötzlich zurückzog, hätte er beinahe aufgeschrien. Eine neue Sorge überkam ihn. Wenn er sie nun doch verlieren sollte, nicht wegen seiner Fehler, sondern wegen ihrer Gefühle für ihn – oder vielmehr weil sie gar nichts für ihn empfand? Seit ihrer ersten Begegnung hatte er gegen seine Liebe zu ihr angekämpft, aber was fühlte Sybil? Wenn sie nun seine Zuneigung nicht erwiderte? In den letzten Wochen hatte sie sich recht distanziert verhalten. Sie hatte so gewirkt, als lege sie keinen besonderen Wert auf Tändeleien und freue sich auch nicht, mit ihm zusammen zu sein.

Robin sah sie an. Ihm stockte der Atem, und er machte sich auf das Schlimmste gefasst. Er befürchtete, es nicht zu überleben, wenn sie ihn abweisen würde. Sybil jedoch lächelte ihn sanft an und strich ihm über Wange und Haar.

„Und was ist mit deiner sprichwörtlichen Ehrenhaftigkeit, Robin de Burgh?“ fragte sie. Robin wusste erst nicht, was sie meinte, dann dämmerte es ihm. Sie spielte auf sein Versprechen, ihr nicht die Unschuld zu nehmen, an. Er seufzte. Natürlich hatte er jetzt nicht mehr vor, sich an dieses Versprechen zu halten.

„In einer richtigen Ehe gibt es keinen Grund, sich an ein solches Versprechen zu halten“, murmelte er. Er warf ihr einen feurigen Blick zu und hörte ihr bezauberndes Lachen, das sein Herz mit Freude erfüllte. Darauf hob er sie hoch, küsste sie und trug sie entschlossen zum Bett. Im Zwielicht der Abenddämmerung zog er sie aus, während sich Sybil gleichzeitig ungeduldig an seiner Kleidung zu schaffen machte.

Und als beide gänzlich nackt waren, legte er sich auf sie und genoss den Anblick ihrer feurig roten Lockenpracht, die sich über das Kissen ergoss, und das Gefühl, ihren Körper unter dem seinen zu spüren.

In der Zeit, die sie miteinander verbracht hatten, hatte er ihren Körper ziemlich gut kennen gelernt und unternahm nun alles, um ihre Lust zu steigern. Als sie wollüstig aufschrie, erregte er sie erneut, bis sie atemlos keuchte.

Erst jetzt wollte er sie nehmen. Er spreizte ihre Beine und drang stoßweise in sie ein, überwältigt von einem Verlangen, das er so lange hatte aufschieben müssen. „Ich liebe dich!“ rief er, als er sich in ihr verströmte. Dann flüsterte er mehrmals ihren Namen, als sein Körper erschlaffte und er keuchend und bebend auf ihr lag. Und als er sich etwas erholt hatte, umarmte er sie und sah sie lange an.

„Ich liebe dich“, wiederholte er mit heiserer Stimme. „Du bist meine Frau, jetzt und für immer, meine Lady de Burgh.“

Die Zeit bis zum Gerichtstermin schien viel zu schnell zu verstreichen. Zwar hatte er Sybil für sich gewonnen, doch lastete der Gedanke an die Vorladung wie ein schwarzer Schatten auf ihm. Es quälte ihn, dass man seine Liebe zerstören wollte, wo er doch so lange gebraucht hatte, um sich zu dieser zu bekennen.

Anfangs hatte Robin daran gedacht, sie von hier weg, irgendwohin zu bringen, wo sie vielleicht sicher wäre, aber seine Frau hatte es abgelehnt, zu flüchten. Und auch Simon hatte ihm davon abgeraten und darauf verwiesen, dass die Macht der Kirche auch jenseits der Grenzen Englands bestand. Für Simon schien es einfach zu sein, ihm in aller Ruhe derartige Ratschläge zu geben, weil sein Bruder davon überzeugt war, dass ihre Gegner mit ihrer Vorladung nichts erreichen würden. Auch gab er zu bedenken, dass es die ganze Angelegenheit nur noch verschlimmern würde, wenn Robin sich nicht dem kirchlichen Gericht stellte, weil das einer Beleidigung des Bischofs gleichkäme.

Da Simon nicht besonders gebildet war, gab Robin nicht viel auf dessen Meinung. Doch hatte er sich auch über Boten mit seinem gelehrten Bruder Geoffrey ausgetauscht und dadurch etwas mehr Sicherheit gewonnen. Zwar hatte Geoffrey darauf verwiesen, dass er sich in walisischem Recht nicht so gut auskenne, doch war es ihm äußerst fragwürdig erschienen, dass eine bereits bei der Geburt beschlossene Ehe Gültigkeit haben sollte, zumal die Kirche äußersten Wert darauf legte, dass eine Frau die Ehe aus freiem Willen einging. Wie sollte ein weiblicher Säugling sich für die Ehe mit einem bestimmten Mann entscheiden können?

Jedoch versetzten Robin der Ernst seiner Lage und die verworrene Situation in einen Zustand großer Anspannung, er bekam gar Magenschmerzen vor Sorge. Er war ein Mann der Tat, schnell im Denken und Handeln und ein geschickter Kämpfer. Daher ertrug er es kaum, untätig herumzusitzen und abwarten zu müssen. Zum ersten Mal in seinem Leben fühlte er sich seinen Feinden gegenüber ziemlich machtlos. Und das behagte ihm ganz und gar nicht.

So verbrachte er die folgenden Tage in großer Anspannung. Selbst Sybils zärtliche Zuwendung und ihre Versuche, ihn aufzuheitern, fruchteten nichts. Er ahnte jetzt, warum er sich so heftig dagegen gewehrt hatte, sich der Liebe hinzugeben. Ein Mann, der liebte, war verletzbar und konnte geschwächt werden oder gar gänzlich zerbrechen.

An dem Tag, als die Gerichtsverhandlung anstand, war Robin sehr schweigsam und wirkte erstaunlich gefasst. Vielleicht hatte er dieses Verhalten von seinem besonnenen Vater geerbt, den nichts aus der Ruhe bringen konnte. Allerdings wusste Robin, dass er nicht über das gleiche diplomatische Geschick verfügte wie der Earl of Campion. Robins Gelassenheit beruhte grundlegend auf der Gewissheit, dass, egal wie der Bischof entscheiden würde, Sybil zu ihm gehörte und er sie auch um den Preis seines eigenen Lebens beschützen wollte.

Zwar teilte Robin nicht Simons Meinung, dass es zu Kampf und Blutvergießen kommen könnte, doch war er froh, dass sein starker Bruder ihn begleitete. Allerdings störte es ihn etwas, dass der eher wortkarge Simon auf der Reise zum Gericht besonders redselig war und Sybil und Bethia unablässig seine Ansichten darlegte.

„Kein vernünftiger Kleriker würde sich mit den de Burghs anlegen, schon gar nicht in so einer unbedeutenden Angelegenheit", erklärte Simon. Robin jedoch hielt die Anklage keineswegs für unbedeutend, obschon er wusste, dass sich die kirchlichen Obrigkeiten vorrangig um Fälle kümmerten, in denen es um kirchliche Besitztümer ging. Dagegen war die Klärung der Rechtmäßigkeit einer Ehe tatsächlich nicht so wichtig.

„Unser Vater ist nicht nur der größte Grundbesitzer im ganzen Land, er hat der Kirche auch viel Land und Gelder zukommen lassen", verkündete Simon. „Und er steht im Kontakt mit den höchsten kirchlichen Würdenträgern, die seine Gastfreundschaft stets zu schätzen wussten."

Robin musste grinsen, weil ihm plötzlich eine seiner Unterhaltungen mit einem dieser Kleriker wieder einfiel. „Erinnerst du dich noch an diesen fetten Kerl, der so viel gegessen hat, dass wir befürchteten, er könne platzen?" fragte Robin, worauf Simon lauthals lachte.

„Ja, genau", erwiderte Simon. „Sie haben an seinem Tisch gesessen und seine Gastfreundschaft genossen. Und wie ich unseren Vater kenne, hat er bereits mit einigen dieser Kleriker über deine Vorladung gesprochen. Das wird auch Einfluss auf die Entscheidung des Bischofs haben, der diesem kirchlichen Gericht vorsitzt. Es könnte natürlich aber auch sein, dass er aus irgendwelchen anderen Gründen eine bestimmte Absicht verfolgt."

„Du meinst Gründe, die mit geldwerten Vorteilen zu tun haben?" erkundigte sich Bethia besorgt.

„Willst du damit sagen, dass kirchliche Gerichte bestechlich sind?" fragte Sybil.

Bethia seufzte. „Sicher nicht alle, aber in diesem Fall befürchte ich, dass deine Verwandten mit Geld dafür gesorgt haben, dass es überhaupt zu der Vorladung gekommen ist."

Sybil war beunruhigt. „Und wenn sie den Bischof mit noch mehr Geld bestochen haben, damit die Verhandlung zu ihren Gunsten ausgeht?"

Simon schnaubte. „Meines Wissens benötigen sie ihr Geld dringend für den Krieg gegen Edward und werden es kaum für eine Prinzessin ausgeben, an die sich eh keiner mehr erinnert."

Bethia zischte leise, worauf Simon sie anschaute. „Was? Oh,

entschuldige Sybil“, meinte er. „Und selbst wenn der Bischof, der dieses Gericht leitet, bestochen wurde, so können wir doch immer noch davon ausgehen, dass sein Vorgesetzter auf unserer Seite ist. Glaub mir, er wird das Verfahren einstellen, besonders, wenn er unsere Zeugen gesehen hat.“

„Welche Zeugen?“ wollte Sybil wissen.

Simon lächelte abermals, und Robin war dankbar, dass sein Bruder ihm so engagiert beistand. „Die de Burghs können einige Zeugen anführen. Und unser Vorteil ist, dass auch die L'Estranges als Waliser unsere Position vertreten werden“, sagte Simon.

„Und welche Position ist das?“ erkundigte sich Sybil.

„Dass die Waliser keinen Anspruch auf dich erheben können. Und wenn wir damit keinen Erfolg haben, können wir immer noch behaupten, dass eure Ehe schon vor längerer Zeit abgesprochen worden ist“, ergänzte Simon.

Sybil stutzte. „Heißt das, die de Burghs wollen eine Lüge vorbringen?“

Bethia blickte ihren Mann an. „Natürlich nicht, aber ich denke, in einer Notlage ist auch eine kleine Lüge ehrenhaft. Zumal deine Feinde Mörder sind, die keine Skrupel haben, sich der übelsten unlauteren Machenschaften zu bedienen.“

„Als Ritter haben wir geschworen, die Schwachen und die Frauen zu beschützen“, verkündete Simon grimmig. Und mit einem Leuchten in seinen braunen Augen ergänzte er: „Als de Burghs werden wir alles unternehmen, um unsere Familie zu beschützen.“

Robin nickte zustimmend. Er wusste genau, was er zu tun bereit war, und blickte mit grimmiger Entschlossenheit zum Portal des Nonnenklosters, das nun in Sichtweite war. Die hohen Bäume bogen sich im Wind, als wenn sie die Ankömmlinge begrüßen wollten, und Robin wunderte sich, wie vertraut ihm alles erschien.

Sybil allerdings fühlte sich beklommen, als sie das Kloster, das gezwungenermaßen all die Jahre ihr Zuhause gewesen war, erblickte. Es blieb ihr aber nichts anderes übrig, als diesen Ort noch einmal aufzusuchen, weil der Bischof beschlossen hatte, die Verhandlung hier abzuhalten.

Offensichtlich kamen sie als Letzte an. Sie konnten kaum durch die Menschenansammlung in der großen Halle gelangen. Robin legte den Arm schützend um Sybil und verfluchte innerlich dieses ganze Spektakel. Natürlich waren alle Nonnen anwesend, aber es hatten sich anscheinend auch viele andere neugierige Zuschauer hier versammelt, die mit dieser Angelegenheit überhaupt nichts zu tun hatten. Robin verübelte dem Richter, dass er so viel Publikum zugelassen hatte.

„Was ist denn hier los? Was wollen diese vielen Menschen hier?“ fragte jemand hinter ihm. Robin drehte sich um und sah, dass es der Bischof war. Er erkannte den korpulenten Kirchenmann wieder, weil dieser einst ausgiebig mit seinem Vater getafelt hatte. Seitdem waren einige Jahre vergangen, der Mann war aber nicht gerade schlanker geworden und hatte nun große Mühe, sich durch die Zuschauermenge zu zwängen.

Sein Begleiter, ein großer, schlanker Geistlicher, antwortete dem Bischof: „Diese Menschen warten hier schon seit Tagesanbruch – Nonnen, Bedienstete, Landarbeiter, Dörfler und Diener. Sie alle wollen das Ehepaar unterstützen.“

„Das Ehepaar?“ erkundigte sich der Bischof.

„Ja, Mylord, die de Burghs. Lord Robin und Lady Sybil. Viele dieser Menschen sind als Zeugen hier, die ebenso wie die meisten der Nonnen aussagen werden, dass Lady Sybil nach ihrem Wissen mit niemandem verlobt war.“ Er schaute auf das Pergament in seiner Hand. „Alle außer einer Nonne namens Maud. Sie ist Zeugin der Anklage.“

Der Bischof räusperte sich. „Einen derartigen Ansturm habe ich noch bei keiner Verhandlung erlebt!“ Er blinzelte und zeigte auf die ganz vorne stehenden Bänke. „Ach, der junge Mann dort scheint ein de Burgh zu sein. Ist das der Angeklagte?“

Der Geistliche musterte die Gruppe, die vorne saß. „Nein. Ich habe zwar nur wenig mit ihnen zu tun gehabt, aber ich glaube, das ist Lord Nicholas de Burgh. Daneben sitzen Lord Reynold de Burgh, Lord Stephen de Burgh und Lord Geoffrey de Burgh.“

Robin blieb kurz stehen, reckte den Hals und wurde plötzlich von einer inneren Wärme erfüllt, die nichts mit der durch die vielen Menschen bedingten Hitze in der Halle zu tun hatte. Er bemerkte beiläufig, dass Simon und Bethia an ihm vorbeigingen, um sich neben die anderen de Burghs zu setzen. *Seine Familie*. Das ist wirkliche Blutsverwandtschaft und Treue. Wie weit entfernt sie auch gerade sein mögen, wenn es drauf ankommt, kann ich sicher sein, dass mir jeder von ihnen beisteht, dachte Robin.

„Seht mal, dort ist der Lord of Wessex. Und dort, ist das nicht der Earl of Campion selbst mit seiner neuen Lady?“ fragte der Geistliche. „Man sagt, dass er nur noch selten seine Festung verlässt.“

„Ich kann mir denken, warum“, erwiderte der Bischof mit einem Blick auf Robins neue Stiefmutter. „Der Earl ist noch immer der alte kernige Bursche, nicht wahr?“

„So scheint es, Mylord“, antwortete der Geistliche. „Sie und ihre Frauen wollen sicherlich für die Angeklagten aussagen. Und die Angehörigen von Lady Sybil, die Damen L'Estrange, werden es sicherlich genauso halten.“

Der Bischof runzelte die Stirn. „Und welches sind die Zeugen der Anklage?“ fragte er.

Der Geistliche blickte auf sein Dokument. „Wie ich schon sagte, die Nonne Maud und der Mann, der die Anklage erhoben hat, ein Edelmann, der Sybils walisische Verwandtschaft vertritt. Es tut mir Leid, aber ich kann seinen Namen nicht aussprechen."

„Nun gut, wo ist dieser Mann?" wollte der Bischof wissen.

Der Geistliche schaute sich in der Halle um. „Er war gerade noch hier. Ich habe ihn nach den de Burghs hereinkommen sehen."

„Vielleicht hat ihn der Anblick der gesamten Familie de Burgh eingeschüchtert", vermutete der Bischof nachdenklich.

Der Geistliche schaute sich noch einmal gründlich nach allen Seiten um und stutzte, als er durch eines der schmalen Fenster blickte. „Nanu, er ist dort draußen!" rief er.

Auch Robin sah kurz aus dem Fenster und nahm gerade noch wahr, wie einige berittene Männer in schnellem Galopp das Klostergelände verließen.

„Was meint Ihr, warum sie jetzt plötzlich Reißaus genommen haben?" erkundigte sich der Geistliche erstaunt beim Bischof.

Dieser schien gar nicht verwundert. „Es ist so, wie ich es bereits angedeutet habe, mein Lieber. Als sie die de Burghs erblickten, haben sie den Schwanz eingekniffen und sind geflohen."

Dann ging er entschlossen nach vorne und eröffnete die Gerichtsverhandlung. „Ich bitte um Ruhe, meine Lieben!" sagte der Bischof mit erhobenen Händen.

Unverzüglich wurde es still in der Halle, und alle wandten sich gespannt dem Bischof zu.

„Weil diese angebliche Verlobung von Walisern beschlossen wurde und unser guter König Edward mit diesem Land im Krieg liegt und weil jene, die die Klage erhoben, angesichts der Macht der Engländer de Burgh nun die Flucht ergriffen haben, weise ich hiermit die Anklage als gegenstandslos ab, jetzt und für alle Zeiten."

Die Menschen in der Halle jubelten und applaudierten so stark, dass es Robin sein Leben lang nicht vergessen würde. Und plötzlich wurden er und Sybil nach vorne gedrängt, wo sie der Bischof persönlich unter tosendem Beifall der Menschen beglückwünschte. Auch die Äbtissin gratulierte ihnen mit einem heiteren Lächeln.

„Ich bin sehr erfreut, dass sich alles für Euch zum Guten gewendet hat“, sagte sie.

„Entschuldigt bitte, dass ich das Kloster so überstürzt verlassen habe, ohne mich bei Euch und den Nonnen für alles zu bedanken. Ihr wart sicherlich konsterniert, als Ihr meine Nachricht erhalten habt“, erwiderte Sybil.

„Oh, es hat mich keineswegs erstaunt, als ich von Eurer Hochzeit erfuhr. Ich habe schon lange vermutet, dass Ihr mehr für ein Leben außerhalb der Klostermauern geschaffen seid. Und als Ihr so ... wie soll ich sagen, als Ihr damals eine so große Abneigung gegenüber Lord de Burgh bekundet habt, vermutete ich, dass hinter Eurer Abwehr etwas ganz anderes steckt“, erklärte die Oberin, worauf Sybil errötete. „Und als Lord de Burgh mich bat, Euch von der Assistenz zu entbinden, weil er meinte, es wäre nicht schicklich, Euch ihm anzuvertrauen, habe ich den Schluss gezogen, dass auch er sich zu Euch hingezogen fühlt“, fügte die Äbtissin hinzu.

Nun stieg auch Robin die Röte ins Gesicht, und er war heilfroh, dass Simon ihr Gespräch unterbrach und ihm mit einem kräftigen Schlag auf den Rücken gratulierte.

„Hab ich's dir nicht gesagt?“ fragte Simon mit selbstgefälligem Lächeln.

„Du hattest Recht“, gab Robin zu. „Und ich bin heilfroh darüber.“

„Da wir hier nun alles erledigt haben, schlage ich vor, nach Baddersly zu reiten, um den Sieg zu feiern“, antwortete Simon.

Robin musterte die Zeugin der Anklage, die einzige Person in der Halle, die unzufrieden wirkte. „Ich habe noch etwas zu erledigen“, verkündete er.

Mit grimmiger Entschlossenheit wandte er sich an den Bischof, der gerade lebhaft in ein Gespräch mit Campion und seiner Frau vertieft war. Besonders Campions Frau hatte es ihm angetan. „Entschuldigt bitte“, begann Robin, „aber ich möchte Euch darauf hinweisen, dass eine der Personen, die jene Zwistigkeiten zwischen den de Burghs und der Kirche heraufbeschworen haben, noch hier ist. Ich halte diese Frau als Mitglied einer Ordensgemeinschaft für nicht mehr vertrauenswürdig“, sagte er und zeigte auf Maud, die sie anstarrte.

„Als Leichenbeschauer erhebe ich Anklage gegen diese Nonne, welche die Komplizin jener Männer ist, die Elisa und Gwerful, die Frau des Kaufmannes, ermordet und noch dazu meine Frau angegriffen haben. Ich kann als Zeugen einen Dörfler anführen und vielleicht auch noch andere, die die Komplizenschaft beschwören können.“

Mit ernster Miene schritt der Bischof auf Maud zu. „Ihr da, wie lautet Euer Name?“ fragte er.

„Maud, Mylord“, erwiderte die Nonne und erhob sich ehrerbietig.

„Maud, gegen Euch werden schwere Vorwürfe erhoben! Ihr sollt die Komplizin der Mörder sein und wichtige Informationen dem Leichenbeschauer, dem die Aufklärung des Falles oblag, vorenthalten haben“, verkündete der Bischof.

Maud schien entrüstet, konnte aber nichts zu ihrer Verteidigung vorbringen. Sie zischte, schrie und wirkte nun gar nicht mehr ehrfurchtsvoll, sondern so boshaft und hinterhältig, wie Robin sie kannte. Dadurch machte sie sich auch beim Bischof unbeliebt, und Robin war froh, dass dieser entschied, dass sie in einem weit entfernten Kloster untergebracht werden sollte. Dort würde sie keine Möglichkeit mehr haben, ihre Mitschwestern oder die Gäste des Klosters zu peinigen.

Ihm selbst wäre es noch lieber gewesen, wenn man sie dazu verurteilt hätte, bei den Leprakranken zu leben, doch wusste er, dass nicht alle seine Wünsche erfüllt werden konnten.

Sybil, die in der Stille des Klosters aufgewachsen war, musste sich erst einmal an das laute Getöse um sich herum gewöhnen. Sie war schier überwältigt: einerseits weil sie auf einmal von einer Vielzahl sehr attraktiver Männer umgeben war, andererseits weil sie es nicht gewohnt war, dass man sich so lautstark miteinander unterhielt. Auch an die Umgangsformen, die die de Burghs untereinander pflegten, musste sie sich erst gewöhnen. Die großen Ritter schlugen sich im Gespräch zur Bestätigung kräftig gegenseitig auf den Rücken, umarmten sich spontan grob und wuchtig und gebärdeten sich bedenkenlos auch ihrem Vater gegenüber auf diese Art. Auch unterdrückte Sybil einen leichten Anflug von Eifersucht, weil Robins Schwägerinnen ihm noch stärker ihre Gunst bezeugten als seine Brüder. Sie umarmten und küssten ihn herzlich und innig.

„Ich hoffe, dass es dir gelungen ist, ihm endlich seine Flausen auszutreiben", meinte eine zierliche dunkelhaarige Frau. Sybil erinnerte sich an Robins Erzählungen und vermutete, dass diese Frau, die nun lächelnd den Kopf schüttelte, Marion sein musste. „Er war immer ganz versessen darauf, uns Streiche zu spielen! Einmal hat er heimlich einen ganzen Haufen Kastanien in mein Bett gelegt."

„Ha!" sagte einer der Brüder, ein großer, kräftiger Bursche mit sanften Augen. „Da hast du noch Glück gehabt. Wenn du wüsstest, was er uns in die Betten getan hat!"

„Und was hat er dir ins Bett gelegt, teure Schwägerin?" fragte ein äußerst attraktiver und charmanter Mann, der leicht errötete, als er Sybil ausgiebig von Kopf bis Fuß musterte.

Sie schaute ihn kühn an. „Sich selbst", erwiderte sie, worauf alle in lautes Gelächter ausbrachen.

„So siehst du das also", entgegnete Robin verschmitzt, und Sybil schenkte *ihrem* de Burgh ein strahlendes Lächeln, ihrem Ehemann. Nicht einmal die Kirche hatte es gewagt, die Rechtmäßigkeit ihrer Ehe anzuzweifeln. Zwar war die Ehe anfangs eigentlich nur zu Sybils Schutz geschlossen worden, doch hatte sie grundsätzlich immer auf wahrer Liebe basiert. Sybil hatte keine Gelegenheit, weiter über jene unglücklichen Umstände nachzudenken, die zur Hochzeit geführt hatten, weil jetzt alle auf sie zueilten und sie mit Glückwünschen überhäuften.

Und nun äußerte sich auch der Earl. „Robin, du hast die richtige Wahl getroffen", stellte er fest und nickte anerkennend.

„Da kann ich dir nur zustimmen", antwortete Robin lächelnd und wurde dann sehr ernst. „Vater, ich danke dir für deine Hilfe!"

„Nicht der Rede wert! Wir haben ja kaum etwas für euch unternehmen müssen. Ich bin sehr froh, dass nun alles in Ordnung ist", meinte Campion.

„Besteht wirklich keine Gefahr mehr?" wollte Robin wissen. „In dieser Sache haben wir den Sieg davongetragen, aber mit welchen Intrigen müssen wir zukünftig rechnen? Werde ich immer auf der Hut sein müssen vor dem nächsten Angriff der Waliser gegen meine Familie?"

Campion schüttelte den Kopf. „Da jetzt bekannt ist, dass deine Frau unter dem Schutz der de Burghs steht und auch den Beistand der Kirche hat, wird es keiner mehr wagen, sie anzugreifen. Abgesehen davon, haben ihre Verwandten momentan ganz andere Probleme. Ich habe erfahren, dass König Edward mit einer riesigen Armee in Wales eingefallen ist, um den Aufstand der traditionellen walisischen Stammesfürsten niederzuschlagen. Und ich bin sicher, dass damit deren Herrschaft ein Ende finden wird. Dadurch werdet Ihr allerdings ohne Königreich sein, Lady", fügte Campion mit einem Blick auf Sybil hinzu.

Diese stutzte und musste lachen. „Ich lege keinen Wert darauf, eine Prinzessin zu sein, Mylord“, erwiderte sie.

„Nenn mich doch bitte Campion, du gehörst jetzt zu unserer Familie“, forderte sie der Earl mit einem warmherzigen Lächeln auf. Und Sybil fühlte sich durch diese einfachen Worte reich beschenkt, weil sie sich aufgenommen fühlte in die familiäre Gemeinschaft all der Männer und Frauen, die lachend und redend um sie herumstanden. Da sie ohne Angehörige aufgewachsen war und sich oft recht einsam gefühlt hatte, war sie überaus glücklich, nun ein Mitglied dieser wundervollen Familie sein zu dürfen.

Und auch Robin schien sich unter seinen Angehörigen äußerst wohl zu fühlen, er wirkte ausgeglichen und entspannt und hatte offensichtlich keinerlei Bedürfnis, die Stirn zu runzeln oder am Halsausschnitt seines Waffenrockes zu zerren.

Plötzlich humpelte Reynold auf sie zu und schaute Robin herausfordernd an. „Ich habe mich die ganze Zeit gefragt, Bruder“, verkündete er spöttisch, „ob es dir jemals gelingen wird, diesen Fluch abzuwenden.“

Sybil sah ihren Gatten an und hätte beinahe lauthals gelacht angesichts seines unschuldigen Gesichtsausdruckes.

Doch Robin gab sich ahnungslos und reagierte ausgesprochen souverän. „Ein Fluch?“ sagte er. „Was habe ich mit einem Fluch zu tun?“

– ENDE –

Pamela Clare

Die Schöne und der Sklave

Virginia, 1730: Zwischen der schönen Plantagenbesitzerin Catherine Blakewell und dem geheimnisvollen Sklaven Alec entbrennt eine verbotene Liebe ...

Band-Nr. 25128
5,95 € (D)
ISBN 3-89941-167-6

Julia Quinn

Wie heirate ich einen Marquis

Band-Nr. 25109
5,95 € (D)
ISBN 3-89941-145-5

Susan Wiggs

Die schöne Tochter des Senators

Band-Nr. 25110
5,95 € (D)
ISBN 3-89941-146-3

Sandra Hill

Im Bann der schönen Hexe

Band-Nr. 25120
5,95 € (D)
ISBN 3-89941-158-7

Connie Mason
Freibeuter meines Herzens

Band-Nr. 25121
5,95 € (D)
ISBN 3-89941-159-5

Taylor Chase
Verrat und Begierde

Band-Nr. 25100
5,95 € (D)
ISBN 3-89941-133-1

Jo Goodman
Schätze der Leidenschaft

Band-Nr. 25111
5,95 € (D)
ISBN 3-89941-147-1

Betina Krahn

Der Liebesfluch

Nur wenn Peril, Earl of Whitmore, eine keusche Braut heimführt, ist der Fluch gebrochen, der auf seinem Land lastet. Seine Suche nach einem Mädchen reinen Herzens führt ihn zu einem Kloster, wo er der temperamentvollen Novizin Eloise begegnet ...

Band-Nr. 25138
5,95 € (D)
ISBN 3-89941-177-3

Lauren Royal

Das geraubte Herz

Eine verzehrende Liebe entbrennt zwischen Lady Alice und dem wagemutigen Duke of Amberley, die in einer überstürzten Ehe gipfelt. Doch damit beginnen Leidenschaft und ein abenteuerliches Versteckspiel erst richtig ...

Band-Nr. 25139
5,95 € (D)
ISBN 3-89941-178-1

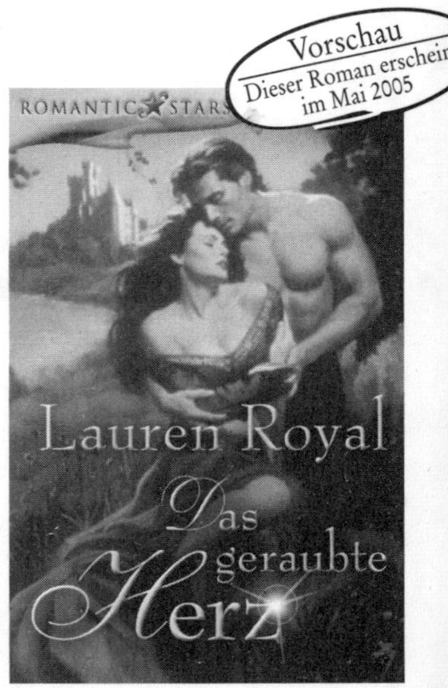